历史：追寻之旅

HISTORY 1893-1945

金一南 ★ 著

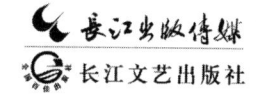

长江出版传媒
长江文艺出版社

图书在版编目（CIP）数据

历史，追寻之旅 / 金一南著. -- 武汉：长江文艺出版社，2015.9（2020.11 重印）
ISBN 978-7-5354-8136-8

Ⅰ.①历… Ⅱ.①金… Ⅲ.①纪实文学－作品集—中国－当代 Ⅳ.①I25

中国版本图书馆 CIP 数据核字(2015)第 124301 号

策　　划：尹志勇
责任编辑：高田宏　高毫林　　　　　责任校对：毛　娟
封面设计：天行云翼　　　　　　　　责任印制：邱　莉　杨　帆

出版：长江出版传媒　长江文艺出版社
地址：武汉市雄楚大街 268 号　　　邮编：430070
发行：长江文艺出版社
电话：027—87679360
http://www.cjlap.com
印刷：荆州市翔羚印刷有限公司

开本：700 毫米×720 毫米　　1/16　　印张：21.125　插页：2 页
版次：2015 年 9 月第 1 版　　　　　　2020 年 11 月第 12 次印刷
字数：291 千字

定价：36.00 元

版权所有，盗版必究（举报电话：027—87679308　87679310）
（图书出现印装问题，本社负责调换）

前　言

我们从哪里来？
谁还记得我们的昨天？
我们向哪里去？
谁能知晓我们的明天？
不记得昨天、不知晓明天，今天的意义又在哪里？

我们生活在有文字记载以来人类社会发展最为迅捷、最为迅猛的时期，新的交通工具、新的通信手段、新的社交媒体，把世界前所未有地紧密联系在了一起。多少过去的梦想，甚至连梦也不敢想的事情，变为活生生的现实。新的生活追求，新的价值观念让现代生活日新月异，也令已往传统面目全非。我们似乎已经无所不知、无所不能了，似乎没有什么东西可以阻挡我们对物质的追求了，似乎也没有任何必要再去回顾过往、研读历史了，似乎新人类、新新人类、新新新人类笃定是群体发展的必然路径了……

果真如此吗？为什么那么多昨天的东西依然在顽强地嵌入今天和明天——比如流血与战争？为什么那么多昨天的特质依然在支撑着社会运行——比如勤奋与忠诚？为什么那么多昨天的底蕴今天依然受到人们的膜拜，比如奉献与牺牲？世界的确在发生天翻地覆、沧海桑田般的变化，但这些发展和变化不是无历史轨迹的前行与演进，不是脱离地球轨道、整体奔向另一个星球的传奇与科幻。某次研讨会上，一位非洲籍军官引用他们国家的谚语：如果你对前途感到迷茫，不妨回过头去看看，你从哪里走来。这句话令人印象十分深刻，如同一位网友留言"不能因为走得太快，忘记当初出发的理由"对人的触动一样。我们必须有时间能够静下来，整理我们的渊源，思索我们的命运。哲学家说：文化的最后成果是人格。那么历史的最后成果，就是命运——个人的、民族的、国家的命运。对历史的命运，有人拼命想躲避、想遗忘。于是有了否定自身革命史的前苏联，它已经走向了解体。还有否定自身侵略史的日本，它还在徒劳地狡辩。他们可能真的恨不能没有过那段历史。但历史就是历史，既无法涂污，也无法遗忘。如法国年鉴学派史学大师吕西安·费弗尔说：在动荡不定的当今世界，唯有历史能使我们面对生活而不感到胆战心惊。

这就是历史于今天的巨大魅力：它带来清醒，带来警示，带来勇气，带来对未来的启迪，带来对挫折和烦恼、声名和荣誉的淡定。因为我们历史中有那样一批义无反顾的真人，他们天不怕、地不怕，神不怕、鬼不怕，不为钱，不为官，不怕苦，不怕死，只为胸中的主义和心中的信仰。他们衣衫褴褛，带着满身战火硝烟，消失在历史帷幕后面。他们点燃了中国人心中之火，才使我们至今未曾堕落，未曾被黑暗吞没；才使我们能够秉持"富贵不能淫，贫贱不能移，威武不能屈"的处世从容，"面青天而惧，闻雷霆不惊，履平地而恐，处风波不移"的内心定力。

生命存在于历史中只有两种方式：腐烂，或燃烧。

历史记录的，是燃烧。

金一南

2015年5月17日于北京西郊

目录

CONTENTS

第一章　历史序幕

甲午之祭（上）：军备——北洋舰队VS联合舰队 / 003

　　北洋水师的实力 / 联合舰队的家底 / 一边倒的结局

甲午之祭（下）：军魂——军风与军纪 / 008

　　腐化与混事的军风 / 谎言与自欺的军纪 / 胜利青睐千锤百炼的军队 / 反思"耻"而后勇

失败的胜利者 / 014

　　丧权辱国的"二十一条" / 不公正的巴黎和会

"共产主义的幽灵" / 018

　　国际共产主义运动 / 孙中山早年向往社会主义 / "东方的曙光"

救亡图存 / 023

　　"五四运动"与民族自觉 / "还我河山"

第二章　红色征程

共产党成立的故事（上）：马克思主义最初是从日本传入中国的 / 029
　　一衣带水的邻邦 / 明治维新后的日本 / 马克思主义传入中国 / 两个近邻的不同选择

共产党成立的故事（下）：中共"一大"的召开 / 035
　　"南陈北李" / 有惊无险的中共"一大" / 第一道难题 / 接受共产国际领导和援助 /《孙文越飞宣言》/"一大"代表的命运

孙中山的接班人考虑 / 044
　　孙中山没有指定接班人 / 蒋介石缺席国民党"一大" / 鲍罗廷助推蒋介石 / 蒋介石"一石三鸟"

共产国际（上）：看好的是国民党 / 050
　　第一次国共合作 / 国民党"一大"暗藏机关 / 斯大林看好的是蒋介石

共产国际（下）：帮忙还是帮倒忙 / 056
　　共产国际大力援助国民党 / 大革命失败 / 中国革命的"斯芬克斯之谜"

"中山舰事件" / 061
　　蒋介石到达权力顶峰 /"中山舰事件"/ 鲍罗廷被通缉

"立三路线" / 066
　　"坦克"李立三 / 安源大罢工 /"立三路线"

对手：蒋介石VS毛泽东 / 070

青年蒋介石 / 蒋是"波拿巴式的人物" / 毛泽东不是共产国际指定的领袖

"八七会议"与"枪杆子里出政权" /076

"八七会议" / 枪杆子身上找出路 / "毛泽东道路"

南昌起义（上）：逼上梁山还是清醒自觉 /080

八一南昌起义 / 三河坝分兵

南昌起义（中）：八元帅与六大将 /085

南昌城头战斗的三元帅 / 从九江赶来的元帅们 / 暗中帮助起义的叶剑英 / 被红色召唤的六位大将

南昌起义（下）：朱德保留革命的火种 /090

在天心圩面临危境 / 朱德力挽狂澜 / 朱德为部队杀出一条血路

井冈山的斗争（上）：星星之火与农村包围城市 /096

秋收起义队伍开上井冈山 / "朱毛"、"彭黄"会师井冈山 / 星星之火，可以燎原

井冈山的斗争（下）：牺牲太早的三位红军将领 /100

"美髯公"王尔琢 / "飞将军"黄公略 / "雄鹰"伍中豪

围剿与反围剿（一）：五次"围剿"与碉堡政策 /105

蒋介石动用十八般武器 / 碉堡政策与"铜墙铁壁" / 何应钦推广碉堡一法

围剿与反围剿（二）：蒋介石的"八大金刚" /110

"剿匪"司令何应钦三度败北 / 攻下一座"空城" / 陈诚替蒋"背黑锅"

围剿与反围剿（三）：战场上成长起来的彭德怀和林彪 /114

大勇大智彭德怀 / 善思善战林彪 / 失败摔打出战将

围剿与反围剿（四）：牛兰夫妇被捕案 /119

第五次"围剿" / 牛兰夫妇被捕案 / 中共高层叛变

围剿与反围剿（五）："太上皇"李德与博古的错 / 124

  送款员变身"军事顾问" / "太上皇"李德 / 惨烈的广昌战斗

围剿与反围剿（六）：蒋介石的三次惊魂 / 130

  彭德怀奇袭浒湾 / "福建事变" / 宋美龄打翻腌菜罐

围剿与反围剿（七）：王明的荒谬谎言与苏区的残酷现实 / 138

  红军决定苏区突围 / 王明的荒谬发言 / 苏区陷入四面合围

围剿与反围剿（八）：长征——命运的抉择 / 145

  "三人团" / 毛泽东同意随军突围 / 与共产国际失联

围剿与反围剿（九）：前共产党员攻占中央苏区 / 150

  前共产党员攻占苏区首府 / 前共产党员成"围剿"先锋 / 瞿秋白慷慨就义

长征前奏曲（一）："小诸葛"白崇禧精确判断红军转移时间 / 155

  "南天王"陈济棠 / 陈济棠问计"小诸葛" / 秘密停战协议

长征前奏曲（二）：陈济棠为红军让出一条通道 / 160

  红军顺利过两关 / 延寿之役 / 让蒋介石头疼的红军动向 / 薛岳接棒"追剿"

长征前奏曲（三）：最完美的湘江追堵计划 / 167

  湘江追堵计划 / 湘、桂两军封锁湘江大门 / 桂军悄悄敞开大门

血战湘江（上）：湘江防线出现大漏洞 / 174

  白崇禧让出通道 / 红军错失全州 / 桂军"击小尾"

血战湘江（中）：枪林弹雨中的红一军团 / 180

  觉山铺血战 / "星夜兼程过河" / 差点被湘军端了军团部

血战湘江（下）：蒋介石长叹："这真是外国的军队了！" / 186

  弹雨中闯过湘江 / 桂军摆拍"七千俘房"

嬗变：叛变者是怎样形成的 / 190

孔荷宠叛变 / 龚楚叛变

留守苏区的"火种"（上）/ 195

红十军团出师不利 / 寻淮洲牺牲 / 方志敏被捕 / 为了"可爱的中国"

留守苏区的"火种"（下）/ 203

陈毅留在苏区战斗 / 陈毅两次取代毛泽东的职务 / "陈毅主义" / 毛泽东坚持参加陈毅追悼会

长征，长征（一）：红军奔向大西南 / 209

贵州王家烈求自保 / 西南三军阀 / "担架上的'阴谋'" / 新"三人团"

长征，长征（二）：遵义会议 / 217

遵义会议 / 薛岳入黔怀私谋 / 薛岳害苦王家烈

长征，长征（三）：红军计划入川 / 224

刘湘统一四川 / 刘湘精明布局 / 红军与川军恶战

长征，长征（四）：二渡赤水与遵义战役 / 230

红军最后一门山炮被弃 / 长征后首次大胜 / 林彪奇兵突降

长征，长征（五）：鲁班场战斗 / 236

两诱周浑元 / 毛泽东遇到危机 / 四天两渡赤水

长征，长征（六）：彭德怀、杨尚昆最先提出入滇作战 / 242

敌军找不到红军主力 / 蒋介石贵阳惊魂 / 红军弃黔北入滇

长征，长征（七）：飞夺泸定桥 / 248

金沙江险隘 / 会理裂痕 / 大渡河上只有一条船 / 飞夺泸定桥

长征，长征（八）：北上还是南下 / 259

《八一宣言》/ 与红四方面军会合 / 毛泽东与张国焘会面 / 北上还是南下 / 张国焘摊牌

长征，长征（九）：中央红军北上 /270

　　党内分裂 / 毛泽东一生中三个9月9日 / 中央红军北上

大后方与最前方（上）/279

　　陕北红军 / 蒋介石想打"苏联牌" / 红军打通国际联系

大后方与最前方（下）/285

　　瓦窑堡会议 / 肤施会谈 / 共产国际同意"西征"

分裂与弥合（上）/293

　　张国焘另立"中央" / 张国焘"南下"受挫 / 朱德从中转圜弥合"分裂"

分裂与弥合（下）/301

　　红军二、六军团 / 张国焘挥泪北上 / 三大红军主力会师 / "西安事变"与抗日民族统一战线

第三章　世界格局里的中国

二战与世界反法西斯同盟的形成 / 313

　　苏日碰撞：日俄宿怨与诺门罕战役 / 红色"战神"朱可夫 / 美日碰撞：偷袭珍珠港与太平洋战争 / 苏德碰撞：黑色法西斯与卫国战争 / 世界对法西斯说"不"

抗战胜利后的中日关系走向 / 321

　　柏林墙的不可承受之重 / 钓鱼岛问题的前世今生 / 台湾问题的国际法认定 / 中日以邻为伴才能共赢

第一章

历史序幕

甲午之祭（上）
军备——北洋舰队 VS 联合舰队

120年前，中日甲午战争爆发。这场战争深刻影响了两国近代以至现代史的命运。现在回头再看才发现：这场决定了两个国家两种前途和命运的战争，却是近现代史上，中国军队与入侵之外敌交战时，武器装备差距最小的一次战争，然而又是败得最惨的一次战争。北洋海军全军覆灭，"洋务运动"的成果化为乌有，民族一系列灾难由此延展开来。战争双方装备实力与最终结局反差如此之大，令人深思。

北洋水师的实力

事实上，北洋水师是一支付出了巨大投入的舰队。有人统计过，不算南洋水师和广东、福建水师，仅建成北洋水师就耗银三千万两。清朝驻日本领事姚锡光在描述北洋舰队年度开支时说："其俸饷并后路天津水师学堂及军械、支应各局经费，岁一百七十六万八千余两。"这还仅仅是北洋舰队的官兵饷项及后方开支等项。

另有统计说，清廷支付的舰船购造费便超过三千万两。再加舰船上各种装备器材的购置维持费、舰队官兵薪俸、舰队基地营造费、维持费以及各造船修船局厂及官衙的开设维持费、海军人才的教育培养费等等，合而计之，清廷对海军的总投资约为一亿两白银。

这等于清廷每年拿出三百多万两白银用于海军建设，平均占其年财政收入的百分之四强，个别年份超过百分之十。这样的数目与比例，在当时的条件下不可谓不高。

而且，其建立之初，即参考西方列强海军规制，制定了一整套较为严密的规程。至少从表面上看，其组织制度已经完备，对各级官兵都有具体详尽且十分严格的要求。

舰队的训练也曾经十分刻苦。琅威理任总教习时，监督极严，"刻不自暇自逸，尝在厕中犹命打旗传令"，"日夜操练，士卒欲求离舰甚难，是琅精神所及，人无敢差错者"。英国远东舰队司令斐利曼特尔评价道："其发施号令之旗，皆用英文，各弁皆能一目了然。是故就北洋舰队而论，诚非轻心以掉之者也。"

舰队在装甲和火炮口径方面一直保持优势。排水量7335吨的定远、镇远两舰，是亚洲最令人生畏的军舰，属于当时世界较先进的铁甲堡式，各装12英寸口径大炮四门，装甲厚度达14英寸。日方叹其为"东洋巨擘"，一直视此二舰为最大威胁。当时，日本加速造舰计划，搞出所谓的"三景舰"以对付定、镇二舰，但直到战时，仍未达到如此威力。

甲午海战中被日军鱼雷击沉的"威远号"

黄海大战中，定、镇二舰"中数百弹，又被松岛之十三寸大弹击中数次，而曾无一弹之钻入，死者亦不见其多"，皆证明它们是威力极强的海战利器。

据日方资料记载，黄海海战时双方舰只装甲情况如下：

	铁甲舰	半铁甲舰	非铁甲舰
联合舰队	1	2	9
北洋海军	6	0	8

在火炮方面，据日方记载，两百毫米以上大口径的火炮，日、中两舰队之间为11门对21门。我方记载此口径火炮，北洋舰队则有26门。小

口径火炮，北洋舰队也有 92 比 50 的优势。日方只在中口径火炮方面，以 209 比 141 占优。当然，因为中口径炮多为速射炮，所以其在火炮射速方面的优势，还是很明显的。

再看船速方面的差距。就平均船速来说，日舰每小时快 1.44 节，优势似乎不像人们形容的那么大。有人说北洋舰队将十舰编为一队，使高速舰只失速达八节，不利争取主动，那么日本舰队中也有航速很低的炮舰，其舰队失速亦不在北洋舰队之下。

1894 年 5 月下旬，距甲午海战爆发仅两个月前，李鸿章还亲自校阅了北洋水师，奏称"北洋各舰及广东三船沿途行驶操演，船阵整齐变化，雁行鱼贯，操纵自如。以鱼雷六艇试演袭营阵法，攻守多方，备极奇奥"，"于驶行之际，击穿远之靶，发速中多。经远一船，发十六炮，中至十五。广东三船，中靶亦在七成以上"，"夜间合操，水师全军万炮并发，起止如一。英、法、俄、日本各国，均以兵船来观，称为节制精严"。

有种流行的说法认为：北洋海军自 1888 年后未添船购炮，已难以一战。但从以上资料可以看出，不论就哪一个方面说，这都应该是一支在危机面前可以一战的舰队。

若不是出于此种自信，清廷不会在两个月之后毅然下诏对日宣战。

联合舰队的家底

开战之初，世界舆论普遍更看好大清。

心中无底的日本大本营制定了三种方案，为胜败皆做好了准备：甲，歼灭北洋舰队夺取制海权，即与清军在直隶平原决战；乙，未能歼灭对方舰队，不能独掌制海权，则只以陆军开进朝鲜；丙，海战失利，联合舰队损失沉重，制海权为北洋舰队夺得，则以陆军主力驻守日本，等待中国军队登陆来袭。

三种方案，皆视北洋海军之命运而定取舍。一个重要原因，是日本觉出自己海军力量的不足。

首先，日本海军的投入少于清朝海军。据统计，从 1868 年至 1894 年 3 月，日本政府共向海军拨款 94805694 日元，约合白银六千多万两，只相当于同期清廷对海军投入的 60%。

其次，联合舰队的组建时间仓促。1894年7月19日，日本海军联合舰队刚刚编成。此时距丰岛海战仅六天，距黄海海战也只剩下六十天时间。其主力战舰多是1890年以后下水，舰龄短，官兵受训时间也短。相形之下，北洋海军自1888年成军后，舰队合操训练已经六年，多数官兵在舰训练时间达十年以上。

最后，联合舰队舰只混杂，有的舰只战斗力甚弱。据日方统计，联合舰队十二艘军舰参加关键的黄海海战，共计40840吨；北洋海军十四艘军舰参战，共计35346吨（我方大多数资料统计，北洋舰队参战舰只为十艘，皆不算开战后赶来增援的"平远""广乙"两舰及两艘鱼雷艇）；日方在总吨位上的优势也是貌似强大。如西京丸，排水量4100吨，只有一门120毫米火炮，日方称其为"伪装巡洋舰"，实为一艘战前刚刚改装的商船，根本不适合作战。再如赤城号炮舰，排水量仅622吨，航速十节，被安排在尾随西京丸之后，以躲避北洋舰队的直接炮火。比睿舰则是一艘1873年购自英国的全木结构老舰，首尾三根高耸的木桅杆使它看上去像一艘海盗船，完全不像一艘现代军舰。

甲午海战中日军最嚣张的"吉野号"

这就是日本联合舰队的全部家底，并非不可战胜。

客观地说：中日海军，各有优劣，没有哪一方能够稳操胜券。所以当双方在黄海相遇，将拉开大战序幕时，为缓和其官兵的紧张情绪，日本联合舰队司令官伊东祐亨甚至下令"准士兵随意吸烟，以安定心神"。

一边倒的结局

1894年9月17日，鸭绿江口大东沟附近的黄海海面，两支当时亚洲最强大的舰队遭遇，一场决定此后国运的大海战爆发。

战端一开，首先在舰队布阵上，北洋舰队就陷入了混乱。

提督丁汝昌与洋员汉纳根、泰莱商定"分段纵列、犄角鱼贯之阵"，到刘步蟾传令后，竟变为了"一字雁行阵"；接着针对日方的阵式，我方又发生龃龉，接战时的实际战斗队形摆成了"单行两翼雁行阵"。此种勉强之阵形，维持时间也不长，"待日舰绕至背后时清军阵列始乱，此后即不复能整矣"。

北洋旗舰定远舰首先开炮，一炮震塌飞桥，丁汝昌摔成重伤。"旗舰仅于开仗时升一旗令，此后遂无号令"。首炮之始，北洋舰队就失去了总指挥。

这场命运攸关的海战持续了四个多小时，北洋舰队几乎始终在无统一指挥的状态下，分散作战。刘步蟾、林泰曾二位总兵，竟无一人挺身而出，替代丁汝昌指挥。战斗将结束时，才有靖远舰管带叶祖圭升旗代替旗舰，但升起的也只是一面收队旗，收拢指挥残余舰只撤出战斗而已。

其次，作战效能低下。先击之不中，后中之不沉。在有效射距外，总兵刘步蟾就命定远舰首先发炮，首炮非但未击中目标，反震塌前部搭于主炮上的飞桥，重伤了丁汝昌。战斗掉队的日舰比睿号，从我舰群中穿过，来远舰在四百米距离上发射鱼雷，不中，其侥幸逃出。火力极弱的武装商船西京丸，经过定远舰时，定远发四炮，两炮未中；福龙号鱼雷艇赶来向其连发三颗鱼雷，最近的发射距离为四十米，竟也无一命中，又侥幸逃出。仅六百余吨的赤城号在炮火中蒸汽管破裂，前炮弹药断绝，大樯摧折居然也不沉，又侥幸逃出。

战场上的北洋海军如此失序失态，完全像一支未加训练的舰队。而组建时间很短的日本联合舰队，在整个作战过程中队形不乱，"始终信号相通，秩序井然，如在操演中"。据统计，黄海海战中，日舰平均中弹 11.17 发，而北洋各舰平均中弹 107.71 发。日舰火炮命中率高出北洋舰队九倍以上。

双方舰队的实力与战绩相较，是极不相称的。庞大的北洋舰队，如战后清臣文廷式所指——"糜费千万却不能一战"！

势均力敌的对手，一边倒的结局，出乎所有事先的预料！

甲午之祭（下）
军魂——军风与军纪

自从战争与人类社会相伴以来，还没有哪一种力量像海军这样，尤其检验一支军队的整体实力，也没有哪一种兵器像军舰这样，每一个战斗动作的质量都是全体成员战斗动作质量的总和。战场决定胜利，战场却不能孕育胜利。胜利只能孕育在充满单调乏味训练的承平时期。从这个角度来说，一支舰队平时的训练就已经注定了战场上的胜败。

腐化与混事的军风

同治年间，考察西洋归来者记载观察到的西方海军训练情况："每船数百人，终日寂然无声。所派在船分段巡查者，持枪往来，足无停趾。不但无故无一登岸者，即在船亦无酗嬉高卧之人。枪炮、器械、绳索什物，不惜厚费，必新必坚，终日淬励，如待敌至。即炮子之光滑，亦如球如镜；大小合膛，皆以规算测量，故其炮能命中致远，无坚不摧。虽王子贵人，一经入伍，与齐民等，凡劳苦蠢笨事，皆习为之。桅高数丈，缘索以登，必行走如飞。尽各兵之所能，方为水师提督。行伍之中，从无一官一兵，可以幸进。"

这就是战斗力。只有这种由严密的组织、严格的训练、严谨的作风培养出来的军队，在关键时刻才能迸发出顽强的整体合力。现代战争之勇，必须以高超的作战技能为基础，借助精确熟练的操纵使用战争兵器来体现。一支连舰炮都能用来张晒衣裤的舰队，即便战时再勇再不怕牺牲，对形成有机合力来说也为时晚矣。

而多种资料证明，北洋海军在一片承平的中后期，军风早已被各种习气严重毒化。

《北洋海军章程》规定："总兵以下各官，皆终年住船，不建衙，不建公馆。"但"琅威理去，操练尽弛。自左右翼总兵以下，争挈眷陆居，军士去船以嬉"。提督丁汝昌则在海军公所所在地刘公岛盖铺屋，出租给各将领居住，以致"夜间住岸者，一船有半"。对这种视章程为儿戏的举动，这支海军的缔造者李鸿章却以"武夫难拘绳墨"为由，睁一只眼闭一只眼。直到对日宣战前一日，他才急电丁汝昌，令"各船留火，官弁夜晚住船，不准回家"。

章程还规定：不得酗酒聚赌，违者严惩。但定远舰水兵在管带室门口赌博，却无人过问，甚至提督也厕身其间。

清朝兵部《处分则例》规定："官员宿娼者革职"，但"每北洋封冻，海军岁例巡南洋，率淫赌于香港、上海，识者早忧之"。在北洋舰队最为艰难的威海之战后期，来远、威远被日军鱼雷艇夜袭击沉，"是夜来远管带邱宝仁、威远管带林颖启登岸逐声妓未归，擅弃职守，苟且偷生"；靖远舰在港内中炮沉没时，"管带叶祖圭已先离船在陆"。

章程规定的船制与保养也形同虚设。舰船一是不保养，二是做他用。英国远东舰队司令斐利曼特曾说："中国水雷船排列海边，无人掌管，外则铁锈堆积，内则秽污狼藉；使或海波告警，业已无可驶用。"

另外，舰队后期实行每艘军舰的经费由管带（即舰长）包干，节余归己，更使各船管带平时惜费应付，鲜于保养维修，结果战时后果严重。致远、靖远二舰截门橡皮年久破烂，致使两舰在海战时中炮后迅速沉没。

至于舰船不做常年训练而挪作他用，则早已不是个别现象。"南洋'元凯'、'超武'兵船，仅供大员往来差使，并不巡缉海面"；北洋以军舰走私贩运，搭载旅客，为各衙门赚取银两。在这种风气下，舰队内部投亲攀友，结党营私。海军中大部分是福建人。黄海之战后，甚至"有若干命令，船员全体故意置之不理"，提督空有其名。这支新式军队的风气，如此之快就与八旗绿营的腐败军风无二。

舰队的腐败风气，很快发展为在训练中弄虚作假，欺上瞒下。"平日操练炮靶、雷靶，惟船动而靶不动"，每次演习打靶，总是"预量码数，设置浮标，遵标行驶，码数已知，放固易中"，"徒求演放整齐，所练仍属皮毛，毫无裨益"，空给观者以威力强大的假象，博得官爵利禄的实惠。

1894年大阅海军时，定、镇两艘铁甲舰十二英寸主炮的战时用弹，仅存三枚（定远一枚，镇远两枚），只有练习用弹"库藏尚丰"。这时战争已迫在眉睫。与备战如此相关的事宜，既不见刘步蟾、林泰曾二管带向丁汝昌报告，又不见丁汝昌向李鸿章报告。就此一项，北洋舰队大口径火炮方面的优势立成乌有。

谎言与自欺的军纪

黄海海战之前的丰岛海战中，广乙沉没，济远受伤，北洋海军首战失利。但丁汝昌报李鸿章"风闻日本提督阵亡，'吉野'伤重，中途沉没"。

黄海海战中，丁汝昌跌伤，舰队失去指挥，却奏报成"日船排炮将定远望台打坏，丁脚夹于铁木之中，身不能动"；丁汝昌还向李鸿章报称"敌忽以鱼雷快船直攻定远，尚未驶到，致远开足机轮驶出定远之前，即将来船攻沉。倭船以鱼雷轰击致远，旋亦沉没"，实则日方舰队中根本没有鱼雷快船。

此战，北洋海军损失致远、经远、扬威、超勇、广甲五舰，日舰一艘未沉。李鸿章却电军机处"我失四船，日沉三船"，又奏："据海军提督丁汝昌呈称，此次据中外各将弁目击，攻沉倭船三艘。而采诸各国传闻，则被伤后沉者尚不止此数……"为掩盖失败而说谎，达到登峰造极的地步。

北洋水师海军提督丁汝昌

一场我方损失严重的败仗，却被丁、李二人形容为"以寡击众，转败为功"，而且"若非济远、广甲相继逃遁，牵乱全队，必可大获全胜"。而昏聩的清廷也当真以为"东沟之战，倭船伤重"，"邓世昌首先冲阵，攻毁敌船"，"沉倭船三只，余多受重伤"，由此给予北洋海军大力褒奖。一时间除参战知情者外，上上下下都跌进自感欣慰的虚假光环。不能战，以为能战；本已败，以为平，或以为胜。这种严重的自欺欺人加剧了清廷上下对局势的错误判断。

直至全军覆灭那一天，谎报军情都未中止。1894年11月，镇远舰在归威海港时为避水雷浮标，误触礁石，"伤机器舱，裂口三丈余，宽五尺"；管带林泰曾见破损严重难以修复，深感责任重大，自杀身亡。这样一起严重事故，经丁汝昌、李鸿章层层奏报，就成了"镇远擦伤"，具体是"进港时为水雷浮鼓擦伤多处。"

1895年2月，鱼雷艇管带王平驾艇带头出逃，至烟台后先谎称丁汝昌令其率军冲出，又谎称威海已失。陆路援兵得知此讯，遂撤销了对威海的增援。陆路撤援，成为威海防卫战失败的直接原因。

在艰难的威海围困战后期，这支军队更是军纪全面崩溃。先是部分人员"临战先逃"，后来发展到有组织、携船艇的大规模逃遁。

1895年2月7日，日舰总攻刘公岛。交战中，北洋海军十艘鱼雷艇及两只小汽船，在管带王平、蔡廷干率领下结伙逃遁。结果"逃艇同时受我方各舰岸上之火炮，及日军舰炮之轰击，一艇跨触横档而碎，余沿汀西窜，日舰追之。或弃艇登岸，或随艇搁浅，为日军所掳"。一支完整无损的鱼雷艇支队，在战争中毫无建树，就这样丢脸地被毁灭了。

最后是集体投降。"刘公岛兵士水手聚党噪出，鸣枪过市，声言向提督觅生路"，"水手弃舰上岸，陆兵则挤至岸边，或登舰船，求载之离岛"。营务处道员牛昶炳请降，刘公岛炮台守将张文宣被兵士们拥来请降，"各管带踵至，相对泣"，众洋员皆请降。

日本联合舰队司令海军中将伊东祐亨

面对这样一个全军崩溃的局面，万般无奈的丁汝昌"乃令诸将候令，同时沉船，诸将不应，汝昌复议命诸舰突围出，亦不奉命。军士露刃挟汝昌，汝昌入舱仰药死"。镇远、济远、平远等十艘舰船为日海军俘获。

这支投入巨资兴建、前后多年操练、声名显赫一时的舰队，就此全军覆灭。

只敢露刃向己，不敢露刃向敌。军风至此，军纪至此，胜败早定，不由不亡。

胜利青睐千锤百炼的军队

甲午之战，时间往后推移40多年，1936年，中华民族再次面临日本这个恶邻入侵之时，一张表格呈现了该年年底世界各大国陆军力量比较。

当时，中国陆军220万人，世界第一；日本陆军25万人，世界第八。此时距"七七事变"仅差半年多一点。半年以后，世界第一几乎亡于世界第八。

而如将甲午之战的时间往前推移30多年，1860年，英法联军进攻北京，火烧圆明园用了多少兵力？英军18000人，法军7200人。区区25000来人竟然能长驱直入，在一泱泱大国首都杀人放火，迫其皇帝天不亮就仓皇出逃"北狩热河"，这在世界战争史上恐怕也算一项纪录。

1900年，英、法、德、俄、美、日、奥、意八国联军进攻北京，国家倒是不少，拼凑起来的兵力却不足两万人。虽然京畿一带清军不下十几万人，义和团拳民更有五六十万之众，但是仍然无法阻止北京陷落，赔款四万万五千万两白银。这或许是世界战争史上的又一项纪录。

我们声讨帝国主义的凶残及其侵略成性、掠夺成性、嗜血成性，我们诅咒旧中国统治者的腐败透顶、卑躬屈膝、丧权辱国。面对那部民族屈辱史，我们长叹不已，挥泪不已，心潮澎湃不已，但这还远远不够。战争是从来不讲道理的，不一定谁有理谁就得胜。战争只讲究实力。

无先进武备无法一战。有先进武备，胜利便唾手可得了么？

甲午战争中，北洋水师7335吨的铁甲舰定远、镇远，是亚洲最具威力的海战利器；大清陆军之毛瑟枪、克虏伯炮，也绝不劣于日军的山田枪和日制野炮，为何败得如此之惨？

胜利如果仅仅是人力与物力的算术总和，旧中国的军事，又何至败得如此之惨？

自战争诞生出军人这种职业，它就不是为了承受失败的。军人生来为战胜。但战争法则如钢铁一般冰冷。战场的荣辱不是军人的选择，而是战争的选择。一支平素耽于虚荣而荒于训练、精于应付而疏于战备的军队，一支无危机感无紧迫感的军队，一支没有枕戈待旦精神的军队，一支军纪废弛、腐化自欺的军队，兵力再多、装备再好，也无有不败。

人要有点精神，军人最宝贵的精神就是胜利精神，这是一支军队的军魂。除去胜利一无所求，为了胜利一无所惜，这样的军人才是国家和民族的无价之宝。没有这样的军人，我们到哪里去发掘人民军队过去制胜的精髓和未来决胜的根本？一个国家、一个民族没有这样一批人为之献身，怎么自立于世界民族之林？！

军人皆梦求胜利，但不是所有人都舍得为胜利付出代价，也不是所有人都舍得为胜利燃烧自己的生命。这就是为什么胜利的给予总是那么吝啬，因为从古至今，胜利只青睐千锤百炼的军队和千锤百炼的军人！

反思"耻"而后勇

面对使中国遭到空前屈辱和失败的甲午战争，是纪念还是祭奠？

1894年7月25日，丰岛海战。9月17日，大东沟海战。11月7日，大连失陷。次年2月17日，北洋水师在威海全军覆灭……纪念也好，祭奠也罢，到底该以哪一天做这个沉重的纪念日呢？哪一天都是流血的创口。

为了记住国耻，要记住甲午。知耻而后勇，首先要知。不对"耻"进行艰难、沉重的思索，就不能期望勇会来得多么猛烈、多么持久。记住它，你从历史中采摘的就不只是几枝耀眼的花朵，还有熔岩一般运行奔腾的地火。

军界有句名言：胜利是无可替代的。那么，同样我们可以说：失败是不需要掩盖的。并非邓世昌一句"撞沉吉野"，我们就可将光荣的花环斜挎在胸前。作为军人，更应记住那锈铁一样斑驳的悲怆事实：吉野未被撞沉，致远号却被一枚鱼雷击沉。

不知道有多少教训、创痛和遗憾，随同那支舰队沉入海底。一代又一代的中国人反复打捞搜寻，一百多年过去了，以一个多世纪的光阴来思索，时间不能算短。上个世纪末风云变幻，这个世纪末依然风云变幻。今天追忆甲午，我们并非仅为朝烟波浩渺的黄海投下几枚孤寂的花圈，而是要通过那个空前惨痛的教训，记住我们神圣的使命：

锻造军备军魂，保卫祖国安全，捍卫民族尊严！

HISTORY 1893-1945 历史：追寻之旅

失败的胜利者

从19世纪中叶开始，中华民族就面临着两大紧迫课题：救中国与发展中国。当这两个命题，清王朝一个也完成不了的时候，它本身就变成了中华民族实现自身利益的第一道障碍。正因如此，一个文弱的孙中山，也能以"驱逐鞑虏，恢复中华""创建民国、平均地权"为口号，令延续2700余年的封建制度在中国轰然倒塌。但，中华民族备受屈辱的历史并没有就此结束。

丧权辱国的"二十一条"

1840年第一次鸦片战争，大英帝国凭借16艘军舰、4000名陆军，就迫使清政府签订丧权辱国的《南京条约》。

1860年第二次鸦片战争，18000名英军、7200名法军，长驱直入中国首都杀人放火，将圆明园付之一炬。

1894年甲午战争失败，一纸《马关条约》不但开辟了空前的割地赔款，更使清王朝经营30年以图通过"洋务运动"获得发展的美梦，彻底破产。国土实际被划分为多个帝国主义国家的势力范围，中国沦为一个半殖民地半封建的国家。

其间难道没有抗争？

实际上，清王朝有过抗争。道光皇帝对英宣战，咸丰皇帝对英法宣战，光绪皇帝对日本宣战，慈禧太后对13国宣战，但结果是一次比一次败得惨。而且，内部有太平天国运动、捻军起义、义和团运动，这些起义虽被镇压下去，但清朝国运日渐风雨飘摇。

一个一而再、再而三丧权辱国的政权，只能一而再、再而三加速自己的覆灭命运。

面对危机四伏的国运,孙中山以"驱逐鞑虏,恢复中华""创建民国、平均地权"为口号,推翻清王朝,创立民国,试图拯救中华于危难之际。但,旧中国那种随意被踢开国门、东西方列强随时可以进来烧杀抢掠的现象,并未因清王朝的崩溃而结束。

1914年8月,第一次世界大战爆发。日本趁机加紧侵略中国。

1915年1月18日,日本驻华公使日置益晋见袁世凯,递交了二十一条要求的文件,并要求袁政府"绝对保密,尽速答复"。

"二十一条"的内容,分五大项:承认日本继承德国在山东的一切权益,山东省不得让与或租借他国;承认日本人有在南满和内蒙古东部居住、往来、经营工商业及开矿等项特权。旅顺、大连的租借期限并南满、安奉两铁路管理期限,均延展至99年为限;汉冶萍公司改为中日合办,附近矿山不准公司以外的人开采;所有中国沿海港湾、岛屿概不租借或让给他国;中国政府聘用日本人为政治、军事、财政等顾问。中日合办警政和兵工厂。武昌至南昌、南昌至杭州、南昌至潮州之间各铁路建筑权让与日本,等等。

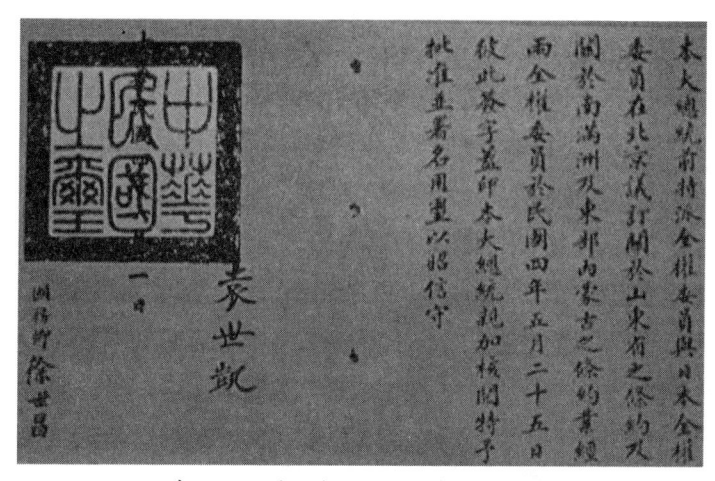

袁世凯签署批准"二十一条"的笔迹

"二十一条"严重损害了中国的主权,袁世凯不敢立即表示接受。1915年2月2日正式谈判开始,日本以支持袁世凯称帝引诱于前,以武力威胁于后,企图使袁世凯政府全盘接受。

一时间,全国反日爱国斗争浪潮高涨。日本见事态严重,便一面宣布第五项为希望条件,属于劝告性质;一面提出新案,内容与原要求一至四项基本相同,仅将若干条文改用换文方式。

5月7日,日本发出最后通牒,限中国政府48小时内应允。袁世凯指望欧美列强干涉落空，又怕得罪日本，自己做不成皇帝，便以中国无力抵御外侮为理由，于9日递交复文表示除第五项各条容日后协商外，全部接受日本的要求。5月25日，双方在北京签订了所谓"中日条约"和"换文"。

"二十一条"是日本帝国主义以吞并中国为目的，而强加于中国的单方面"条约"，袁政府事后也不得不声明，此项条约是由于日本最后通牒而被迫同意的。此后历届中国政府，均未承认其为有效条约。

不公正的巴黎和会

1919年，北洋军阀统治下的中国，作为第一次世界大战的战胜国出席巴黎和会。就在人们欢呼"公理战胜强权"的兴奋时刻，英、美、法、意、日"五强"操纵下的巴黎和会，将战败国德国在中国山东的权益全盘转让给了日本。

这一不公正决定，成为了"五四运动"的导火索。

最终，北洋政府这一傀儡政权在轰轰烈烈的北伐运动中倒台。但，中华民族还未迎来真正的新生。取而代之的国民党政权，先在1931年的"九一八事变"中丢掉了东北，后在1937年的"七七事变"中丢掉了华北。

1919年巴黎和会

试问，为何日本关东军以19000人的兵力，就敢面对10万东北军发动"九一八事变"？日本华北驻屯军以8400兵力，就敢对10余万兵力的二十九军发动"七七事变"？除了"攘外必先安内"的理由，国民党政权再做不出其他解释。

在近代中国的政治舞台上，各种力量熙熙攘攘，来来往往，都不乏机会走到前台表演一番，但有谁能够救中国于水火？在守护民族利益和捍卫国家安全面前，这些政治力量是多么的软弱和无能，招致了多么巨大的灾难。

这一百多年间的教训，一个比一个惨痛，一个比一个沉重。

从无穷无尽的灾难中，从国民党的腐败统治和军阀割据的混乱中，走出来了中国共产党人，以其震惊中外的艰苦卓绝奋斗向世界证明：只有共产党能够救中国。

1949年，在新中国成立前夕，毛泽东说："中国必须独立，中国必须解放，中国的事情必须由中国人民自己作主张，自己来处理，不容许任何帝国主义国家再有一丝一毫的干涉。"这既是共产党人的坚强决心，又是共产党人的坚决行动。

新中国的诞生，标志着东西方列强凭借坚船利炮就可轰破中国国门肆意掠夺的时代，一去不返。

历史：追寻之旅

"共产主义的幽灵"

十九世纪中叶，"共产主义的幽灵"已在欧洲徘徊。1848年，共产主义者第一次响亮地"说"出了自己的宣言，马克思主义从此诞生。自此，"全世界无产者，联合起来！"的口号，团结和激励了无数渴望自由、解放与幸福的无产者。十月革命一声炮响，也震醒了救亡图存的中国人。

国际共产主义运动

在东方，在中国，从洪秀全到孙中山，思想先进的中国人开始尝试从西方寻找真理。

1847年，世界上第一个共产主义政党——共产主义者同盟建立。11月，共产主义者同盟第二次代表大会委托马克思和恩格斯起草一个周详的理论和实践的党纲。

1848年2月，《共产党宣言》在伦敦第一次以单行本问世。

《共产党宣言》第一次全面系统地阐述了科学社会主义理论，指出共产主义运动已成为不可抗拒的历史潮流。这是国际共产主义运动第一个纲领性文献，也是马克思主义诞生的重要标志。

《共产党宣言》英文版封面

马克思，这个当年整天泡在大英博物馆的《莱茵报》记者，穷困潦倒到经常交不起房租，多次被房东撵得搬家，但他的马克思主义却掀翻了多少王座，颠覆了多少独裁者，解放了多少民众，改变了多少国家和民族的命运。其巨著《资本论》，东西方不知有多少经济学学者今天又开始重读，试图从中寻找解决因资本的贪婪而导致世界金融危机的办法。

在《共产党宣言》中，有这样一段广为流传的文字："一个幽灵，共产主义的幽灵，在欧洲大陆徘徊。为了对这个幽灵进行神圣的围剿，旧欧洲的一切势力，教皇和沙皇、梅特涅和基佐、法国的激进派和德国的警察，都联合起来了。有哪一个反对党不被它的当政的敌人骂为共产党呢？又有哪一个反对党不拿共产主义这个罪名去回敬更进步的反对党人和自己的反动敌人呢？从这一事实中可以得出两个结论：共产主义已经被欧洲的一切势力公认为一种势力；现在是共产党人向全世界公开说明自己的观点、自己的目的、自己的意图并且拿党自己的宣言来反驳关于共产主义幽灵的神话的时候了。为了这个目的，各国共产党人集会于伦敦，拟定了如下的宣言，用英文、法文、德文、意大利文、弗拉芒文和丹麦文公布于世……"

《共产党宣言》最后庄严宣告："无产者在这个革命中失去的只是锁链。他们获得的将是整个世界。"并发出国际主义的战斗号召："全世界无产者，联合起来！"

1917年11月，俄国发生十月革命。俄国无产阶级在以列宁为首的布尔什维克的领导下，组织广大农民、士兵，以暴力革命推翻资产阶级统治，建立起世界上第一个无产阶级专政的社会主义国家。

十月革命的胜利，为当时和俄国无产阶级处于同样遭遇的各国无产阶级树立了榜样。

孙中山早年向往社会主义

孙中山早在1896年旅居伦敦时，就知道了马克思。

他曾对中国最早的社会党人江亢虎等介绍说："有德国麦克司者，苦心孤诣，研究资本问题，垂三十年之久，著为《资本论》一书，发阐真理，不遗余力，而无条理之学说，遂成为有统系之学理。研究社会主义者，咸知所本，不复专迎合一般粗浅激烈之言论矣。"

社会主义对孙中山产生了极大的吸引力。孙中山自信而又自愿地以社会主义者自许，虽然那时他连马克思、恩格斯与伯恩斯坦、考茨基的区别

历史：追寻之旅

都未弄清。

1905年初，他专程前往设在比利时布鲁塞尔的第二国际书记处，要求接纳他为"党的成员"。他见到了第二国际主席王德威尔得、书记处书记胡斯曼，向他们说明"中国社会主义者的目标和纲领"。面对这两位泰斗，孙中山大胆预言：中国将从中世纪的生产方式直接过渡到社会主义的生产阶段，而工人不必经受被资本家剥削的痛苦。

当时的孙中山还是个小人物。变成大人物，孙中山就认为中国不能搞社会主义了，而他的"三民主义"更符合中国国情。但这并不妨碍他崇敬列宁。

"十月革命"一声炮响，也震动了近邻中国。最先听见这声炮响的中国人，既不是孙中山，也不是毛泽东，而是北洋政府的驻俄公使刘镜人。

1917年11月7日，刘镜人给国内发回一封电报："近俄内争益烈，广义派势力益涨，要求操政权，主和议，并以暴动相挟制。政府力弱，镇压为难，恐变在旦夕。"刘镜人只是例行公事，向北洋政府外交部进行情况报告，并不知道震撼整个20世纪的重大

打响"十月革命"第一炮的"阿芙乐尔号"巡洋舰

历史事件正在他眼皮底下发生。

次日，刘镜人再发一报："广义派联合兵、工反抗政府，经新组之革命军事会下令，凡政府命令非经该会核准，不得施行。昨已起事，夺国库，占车站……现城内各机关尽归革党掌握，民间尚无骚扰情事。"刘镜人的俄译汉有些问题，布尔什维克本应译为"多数派"，被他翻译成了"广义派"。

这些电报被送到北洋政府外交部，因电信不畅整整晚了20天。外交大员草草阅过，便将其撂在一边。北洋政府的外交当然是以各协约国的立场为立场：拒绝承认"十月革命"后的苏俄，召回公使刘镜人。

"东方的曙光"

1917年11月10日，比刘镜人的电报晚三天，上海《民国日报》出现大号标题："美克齐美（Maximalist 音译，过激党之意）占据都城"。

这是中国最早报道"十月革命"的报纸。孙中山看完报后，立即通过中间媒介给列宁一封信，代表国民党向布尔什维克党人表示高度敬意，希望中俄两国革命党人团结在一起，共同斗争。

列宁称这封信是"东方的曙光"。外交人民委员齐契林代表列宁回信："我们的胜利就是你们的胜利，

"十月革命"中列宁在演讲

我们的失败就是你们的失败，为了无产阶级的共同利益，在这伟大的斗争中团结起来。"

可惜这封信被耽误了，孙中山没有看到这些必然令他激动不已的话语。

列宁注意到孙中山，是通过中国的辛亥革命。

1912年4月，孙中山辞去临时大总统，在一篇临别演说词中说，西方国家虽然富足，"但这些国家国内贫富间的悬殊仍极明显，所以革命的思潮常激动着这些国家的国民。如果不进行社会革命，则大多数人仍然得不到生活的快乐和幸福。现在所谓幸福只是少数几个资本家才能享受的。"

这篇演说词给列宁深刻的印象。他说这是"伟大的中国民主派的纲领"，"我们接触到的是真正伟大人民的真正伟大思想"，"迫使我们再一次根据新的世界事变来研究亚洲现代资产阶级革命中民主主义和民粹主义的相互关系问题"。

列宁把对中国革命的希望，放在了孙中山身上。1918年，当年轻的苏维埃政权被帝国主义干涉者压得喘不过气，而通向中国的道路又被捷克

斯拉夫军团、社会革命党人、高尔察克匪帮切断的时候,列宁就询问过,在被"十月革命"唤醒的旅俄中国工人中间,是否可以找到能与孙中山建立联系的勇士。

列宁与孙中山两人虽未谋面,但息息相通。只是列宁想不到,最终将共产主义引入中国,使之星火燎原,并实现中国革命伟大胜利的,并不是他所看重的孙中山,而是毛泽东等一批坚定的共产党人。

救亡图存

二十世纪初的中国，西风东渐。西方先进思想大量传入中国，影响并唤醒了年轻一代。中国知识界和青年学生追随"德先生"（民主）与"赛先生"（科学），努力探索强国之路。1921年，中国共产党成立。中国共产党人团结起来，汇聚起来，走上了艰苦卓绝的救国之路。

"五四运动"与民族自觉

1915年9月，陈独秀在上海创办《青年杂志》，大量发表抨击尊孔复古的文章。这标志着新文化运动的兴起。

从1916年第二卷第一号起，《青年杂志》改名为《新青年》，1917年初迁到北京出版。主要撰稿人除陈独秀外，还有李大钊、胡适等一批思想先进者。此后，《新青年》的影响越来越大，成为新文化运动的主要阵地。

五四运动前夕，陈独秀在其主编的《新青年》刊载文章，提倡民主与科学，批判中国文化，并传播马克思主义思想；而以胡适为代表的温和派，则反对马克思主义，支持白话文运动，主张以实用主义代替儒家学说。他们和鲁迅等人成为新文化运动的核心人物，影响了一大批进步青年。

《新青年》封面

1919年5月4日，北京的青年学生首先组织起来，随后广大市民、工商人士等中下阶层广泛参与进来，以示威游行、请愿、罢课、罢工、暴力对抗政府等多种形式，呼吁取消袁世凯与日本达成的"二十一条"秘密协议；同时提出"还我青岛"，阻止一战结束后的《凡尔赛和约》把德国在中国山东的权益转让给日本。

当时，最著名的口号之一是"外争国权，内惩国贼"（对外对抗列强侵权，对内惩除媚日官员）。5月6日，五四学潮扩展到全国。

"五四运动"浮雕

此后一直到1926年北伐战争前夕，中国知识界和青年学生追随"德先生"（民主）与"赛先生"（科学），努力探索强国之路。

1924年4月19日，时任中国共产党中央局委员长的陈独秀和秘书毛泽东，联名发出通告，第一次要求各地党和团的组织开展"五一"、"五四"、"五五"及"五七"纪念和宣传活动，强调恢复国权运动、新文化运动。纪念五五（马克思诞辰），目的在于传播马克思主义。

"还我河山"

在后来的国民党与共产党阵营中，参加过"五四运动"者众多。

宋希濂参加过"五四运动"。他当时正读中学，与同学曾三合作创办《雷声》墙报，撰写声讨帝国主义侵略和军阀祸国殃民的文章。

张国焘参加过"五四运动"。运动中的一次街头演讲，听众一百多人，张国焘和同学喊得声嘶力竭、满头大汗。有位老牧师站在一旁耐心地听到最后，约他们去其住处传授演讲技术。老牧师单刀直入地告诉这些疲惫不堪的学生，他们的讲词不够通俗，没有从大众的切身问题说起，也没有将人民受痛苦的根源和爱国运动连在一起，因此卖力不小，听众却不一定完全领悟。张国焘深深记住了老牧师的话，一生为之受益。

红十军团指挥者刘畴西，参加过"五四运动"……

被毛泽东称为"五四运动时期总司令"的陈独秀，1932年10月在上海被捕，国民党江苏省高等法院审讯他，名律师章士钊自告奋勇为他辩护。为不致罪，章士钊说陈独秀是三民主义的信徒，议会政治的政客，组织托派也为反共等；章士钊辩护词未完，陈独秀拍案而起："章律师之辩护，全系个人之意见，至本人之政治主张，应以本人文件为根据。"

他所说的"本人文件"，即审讯前两个月写好的《陈独秀自撰辩诉状》：

> 予行年五十有五矣，弱冠以来，反抗清帝，反抗北洋军阀，反抗封建思想，反抗帝国主义，奔走呼号，以谋改造中国者，于今三十余年。前半期，即五四以前的运动，专在知识分子方面；后半期，乃转向工农劳苦人民方面。盖以大战后，世界革命大势及国内状况所昭示，使予不得不有此转变也。
>
> 唯有最受压迫最革命的工农劳苦人民与全世界反帝国主义反军阀官僚的无产阶级势力，联合一气，以革命怒潮，对外排除帝国主义之宰割，对内扫荡军阀官僚之压迫；然后中国的民族解放，国家独立与统一，发展经济，提高一般人民的生活，始可得而期。工农劳苦人民解放斗争，与中国民族解放斗争，势已合流并进，而不可分离。此即予五四运动以后开始组织中国共产党之原因也。

陈独秀

1942年5月，陈独秀病逝于四川江津。

死前他贫病交加，但风骨不改。已是国民党官僚的当年北大学人罗家伦、傅斯年，亲自上门给他送钱，他不要，说："你们做你们的大官，发你们的大财，我不要你们的救济。"国民党交通部长、当年在北大教德文的朱家骅，赠他5000元支票一张，他拒之。朱托张国焘转赠，又拒之。张国焘再托郑学稼寄赠，他还是不收。他在江津住两间厢房，上无天花板，下是潮湿的泥地；遇大雨满屋是水。屋内仅有两架木床，一张书桌，几条凳子和几个装满书籍的箱子。

唯一的装饰，是墙上挂着的一幅岳飞写的四个大字的拓片："还我河山"。

这也是理想。凡在历史上发生过重大影响的人物，往往在"盖棺"很久之后，人们仍在对他争论不休。

陈独秀就是这样的人。他是中国革命的先行者之一，后来又走上另一条道路。中国的大革命为什么失败，他犯了什么错误，负有怎样的责任，中国社会究竟是怎样的性质，中国革命究竟是怎样的性质，中国革命到底应该怎样革法……他以不惑的气概迎接这个世界，又带着一个又一个不解之思索，离开了这个世界。

{第二章}

红色征程

共产党成立的故事（上）
马克思主义最初是从日本传入中国的

近现代史上，带给中国最深重灾难的，莫过于与之渊源深远的近邻日本。洋务运动与明治维新，两场向西方学习的激进改革，分别让一衣带水的中、日走上了不同的发展道路。而从日本传入中国的马克思主义，最终改变了中国的命运走向。

一衣带水的邻邦

从汉字到围棋，从《论语》到《法华经》，从书法到茶道，与中国一衣带水的岛国日本，从这个泱泱大国传接了诸多文化精髓。然而，近现代带给中国最深重灾难的，又正是这个一直谦谦好学的邻邦。

自甲午战争始，哪一次针对中国的战争，都少不了日本；哪一个帝国主义杀人，都不像日本人那样在南京凶残屠城。

1840年的鸦片战争，让闭关锁国、沉醉在鸦片烟雾中的中国成为西方帝国主义攻击的目标。一衣带水的日本，危机也接踵而至。美国的东印度舰队率先以4艘军舰打开了日本国门，强迫日本签订《神奈川条约》。随后，俄、荷、

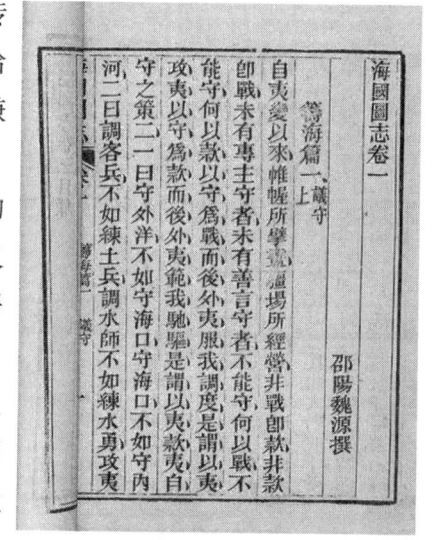

《海国图志》内文书影

英、法也强迫日本签订了一系列不平等条约。日本面临与中国同样的危机——沦为帝国主义的殖民地。

明治维新以前的日本社会，是一个超凝固、超停滞的社会。真正使日本人睁开眼睛看世界的，一个是西方的坚船利炮，另一个是中国的魏源。

林则徐交代魏源写的《海国图志》、《圣武记》、《瀛环志略》，在中国没有引起太大反响，鸦片战争后传到日本，却引起了强烈震动。这是日本统治者和知识界首先接触到的洋学知识。

当日本人透过魏源的书"睁开眼睛"看世界时，对岸正火焰熊熊——大清王朝的圆明园被英法联军付之一炬。危机四伏的日本必须作出选择——怎样避免重蹈中国的覆辙？

在中国洋务运动发生六年之后，1868年，日本也开始了一场变革——明治维新。

明治维新后的日本

中国的洋务运动核心是"师夷长技以自强"，谋求最终摆脱西方列强"坚船利炮"的威胁。日本的明治维新则提出"尊王攘夷"，也是为了挽救民族危机，驱逐外国侵略势力。

明治天皇以"广兴会议，万机决于公论"和"破除旧习，求知识于全世界"为主导，自上而下开展了一场效仿西方的激进改革：以"殖产兴业"促进资本主义在日的发展；以"文明开化"在日本全面推广现代科技和文化教育；以"富国强兵"建立新式军队的军制和警察制度，涉及日本政治、经济、军事、法律、教育、交通、文化等诸多方面的制度设计与重建。

正是这场激进的改革，让一衣带水的中、日从此走上了不同的发展道路。

在中日分道扬镳进程中，特别值得注意的是一个被誉为"日本的伏尔泰"、"日本国民的教师"的人，其头像至今印在1万日元纸币上以接受日本人的最高致意。这位思想家叫福泽谕吉。

福泽谕吉1872年写的《劝学篇》，提出"天生的人一律平等"，在等级森严的日本社会无异于平地惊雷，奠定了其启蒙思想家的地位；1875年福泽发表《文明论概略》，提出只要以文明发展为目标，不论是什么样的政体，都应当受民众欢迎；不论用什么样的方法，都应当为社会所接受。

从这里开始，福泽的思想发生转向，逐渐演变为日本的"战争合理论"。

福泽的名篇是1885年发表的《脱亚论》。这篇文章指导了迄今为止一个多世纪的日本政治实践，其核心观点是："为今日计，我国不能再盲目等待邻国达成文明开化，共同振兴亚细亚，莫如与其脱离关系而与西洋文明共进退。"《文明论概略》中包含的"侵略战争正义"观点，《脱亚论》包含的弱肉强食观点，皆成为后来日本军国主义思想的源头。

1894年的甲午战争，让首次将侵略触角伸向近邻的日本尝到了甜头：中国被迫割让台湾和辽东半岛，赔款2亿两白银。后虽经俄、德、法所谓"三国干涉还辽"免除了辽东半岛的割让，但中国又加赔日本3000万两白银。

福泽谕吉

紧接着，日清战争与日俄战争，进一步推动日本由一个面临殖民地化危机的国家，转变为占有殖民地的帝国主义国家。

这就是明治维新后的日本。

甲午战争后，中国士大夫阶层痛定思痛，终于认识到不是器不如人，而是制不如人。甲午战败推动了中国的"戊戌变法"。1898年，康有为将《日本变政考》呈送光绪皇帝，建议中国应该"以强敌为师资"，向日本学习，实行变法，由弱而强。虽然"戊戌变法"很快失败，但向日本学习之风却在中国渐呈泛滥之势。

保皇党人康有为、梁启超等，革命党人孙中山、黄兴、宋教仁等，未来的共产党人李大钊、陈独秀、彭湃、周恩来、王若飞等，都相继踏上了东渡日本学习新思想的路途。

马克思主义传入中国

1960年6月21日，毛泽东和周恩来在上海接见以野间宏为团长的日本文学代表团。毛泽东说了这样一句话：

马克思主义的传播日本比中国早，马克思主义的著作是从日本得到手的,是从日本的书上学习马克思主义政治经济学的。

毛泽东说出了一个实情。马克思主义最初是从日本传入中国的。

早在1870年,明治维新时代启蒙思想家加藤弘治就把马克思主义学说介绍到日本,只不过他介绍的目的不是为了学习,而是为了批判。加藤弘治在《真政的大意》一书中说:"共产主义和社会主义两种经济学说……大同小异,都主张消灭私有财产",是对社会治安"最为有害的制度"。

当时"共产主义的幽灵"已在欧洲徘徊,由于害怕这一幽灵徘徊到日本,明治政府容许这一学说作为反面材料出现。

36年后,同盟会党人朱执信在东京出版的同盟会机关报《民报》上发表《德意志社会革命家小传》,摘要翻译了《共产党宣言》。马克思、恩格斯的著名论断"到目前为止的一切社会历史都是阶级斗争的历史"被朱执信译为:"自草昧混沌而降,至于吾今有生,所谓史者,何非阶级争夺之陈迹乎。"

这是马克思主义第一次被介绍到中国。

朱执信翻译的《共产党宣言》,取自1904年幸德秋水和界利彦合译的英文版《共产党宣言》。"共产党"一词源于英文Communist Party,直译便是"公社分子党"、"公团分子党"。但幸德秋水和界利彦把它译作了日文的"共产党",朱执信依汉字照搬过来,于是,一个无数人为之抛头颅、洒热血的名词,经由朱执信手中的笔,在中国大地诞生了。

《共产党宣言》中译本首页

借批判之名,马克思主义在日本获得广泛传播:1882年被称为"东方卢梭"的中江兆民介绍了空想社会主义、拉萨尔主义和马克思主义,1893年草鹿丁卯次郎的《马克思与拉萨尔》,1903年片山潜的《我的社会主义》、幸德秋水的《社会主义精髓》,1904年幸德秋水和界利彦合译《共产党宣言》、安部矶雄翻译出版马克思《资本论》第一卷等。

1905年8月,孙中山在日本东京成立同盟会。这些最新的理论,被同盟会会员一批一批翻译介绍到中国。大量马克思主义的政治、哲学术语，如社会主义、社会党、共产主义、共产党、无政府主义、辩证法、形而上学、唯物主义、唯心主义等词汇，以及大革命时期响彻中国的"劳工神圣"和"团结就是力量"等口号，都是从日本传到中国的。

同盟会会员戴季陶主要介绍马克思主义的经济学说。他与人将考茨基的《马克思的经济学说》日文版一书的前四章译成中文，译名为《马克思资本论解说》。这是中国人最早了解到的马克思的《资本论》。

胡汉民将日文版《共产党宣言》、《雇佣劳动与资本》、《路易·波拿巴的雾月十八日》、《政治经济学批判（序言）》及《资本论》等著作中唯物史观部分，译介给国内读者。这位后来的国民党右派断言，在人类思想史上，只是到了马克思才"努力说明人类历史的进动的原因"，而唯物史观的创立，使"社会学、经济学、历史学、社会主义，同时有绝大的改革，差不多划一个新纪元"。

早期的国民党人，从马克思主义中吸取了丰富的营养。他们把这些新思想介绍到中国，让长期沉寂黑暗的中国思想界，擦出了几星光亮。

而最早宣传马列主义的中国共产党人，是李大钊。

1913 年至 1916 年，李大钊在早稻田大学留学时，就通过日本经济学家、京都帝国大学教授河上肇的著作，接触到了马克思主义。

周恩来在日留学期间，看到的第一本系统介绍马克思主义原理的理论著作，是河上肇的《贫乏物语》。

没有去过日本的毛泽东，对河上肇也同样有过深入的研读。至今在韶山毛泽东纪念馆里，还陈列着毛泽东早年阅读过的河上肇的《经济学大纲》，河上肇翻译的马克思的《雇佣劳动与资本》。

李大钊

两个近邻的不同选择

1922 年 1 月 25 日，《真理报》刊载季诺维也夫在远东革命组织代表大会上的演说,称"没有日本革命,远东的经济革命都是小杯里的小风暴",认为在日本发生的革命将会左右在中国乃至在整个远东发生的革命。

但是向中国人提供了先进思想武器的日本,却没有走上如中国一样的革命道路。

1901年,片山潜、幸德秋水、河上清等人发起组织了日本第一个社会主义政党——"社会民主党",宣言提出"彻底废除阶级制度","只有社会主义才能解决劳动问题"。但在日本政府镇压之下,该党只存在了一天。1922年7月中国共产党成立一年之后,在第三国际帮助下,日本终于成立了共产党,但发展艰难。

而与此同时,另外一种主义——法西斯主义,却在日本特殊的土壤环境中聚集着能量,逐渐壮大。

一衣带水的两个近邻,最终走上了不同的发展之路,并在二十世纪上演了一出侵略与反侵略的惨烈而悲壮的战争剧。

共产党成立的故事（下）
中共"一大"的召开

1921年7月1日，在嘉兴南湖的一条游船上，诞生了中国共产党。创始人"南陈北李"，却因故无缘中共"一大"。参加"一大"的13名党员,后来脱党、被开除的达7位，牺牲的4位，仅毛泽东、董必武二人完成了他们神圣的誓言、光荣的使命。这13位"一大"代表的命运，折射出中国共产党走过的是一条多么艰难曲折的道路。

"南陈北李"

1920年4月，共产国际代表维经斯基等来华，帮助建立中国共产党。中国共产党进入筹建阶段，社会工作急剧增加。

初创期的中国各地共产党早期组织成员，都是一些知识分子，其中最著名的就是"南陈北李"——陈独秀和李大钊。他们是共产主义小组的发起人，是中共建党早期的中坚人物，但两人不仅性格不同，想法也不尽相同。

李大钊认为自己和陈独秀对于马克思主义的研究都不够深刻，对于俄国情况知道得也少，因此主张"此时首先应该谈致力于马克思主义的研究"。

陈独秀则是个行动派，个性里理想主义色彩浓厚。在大清王朝垮台后，他曾和友人一起将别人按倒，强行剪掉那人的辫子。他认为"我们不必做中国的马克思和恩格斯"，"我们只要做边学边干的马克思主义的学生"。

陈独秀以为他的建议要容易实行一些，真的"边学边干"起来。在实践中，他才真正体会到"做边学边干的马克思主义的学生"比单纯的做马克思主义理论研究，不知要难上多少倍。

历史：追寻之旅

最初的组织活动经费，来源于党员个人收入的捐助。这些知识分子以教师、编辑为多，靠微薄的薪水和写文章的稿费支撑，学学理论、做做翻译还可以应付，但开展学运、工运、兵运等，他们既无经验也缺乏资金。陈独秀是大学教授，每月有400块大洋的收入，他几乎都拿出来交给党。但是，仅靠这些个人捐助，对于一个党的活动经费来说，只是杯水车薪。

进入筹建阶段后，各项工作开展起来，创办各种定期刊物，办工人夜校，出版各种革命理论书籍，所需的费用远远超出了党员们的支付能力。而且，因为工作量急增，很多党员不能兼职教书、编辑、写文章以获取薪金了。上海党组织不得不最先接受维经斯基提供的经济援助，但当时这种援助带有很大的临时性。

维经斯基来华前，共产国际和联共中央政治局给他的指示第一条，即"我们在远东的总政策是立足于日美中三国利益发生冲突，要采取一切手段来加剧这种冲突"；其次才是支援中国革命。1921年，维经斯基一离开，立即经费无着，党的各种宣传工作，特别是对工人进行启蒙教育的工作不得不停止。组织上派包惠僧南下广州，向陈独秀汇报工作，连15元路费都拿不出来，只好向私人借钱才得以成行。但此时的中国共产党人并不想接受外援，陈独秀对包惠僧说："革命是我们自己的事，有人帮助固然好，没有人帮助我们还是要干，靠拿别人的钱来革命是要不得的。"他主张一边工作，一边干革命。

有惊无险的中共"一大"

1921年7月1日，中共"一大"在上海召开，中途转到嘉兴南湖的一条游船上。

当年参加"一大"的代表共13人：包惠僧、陈公博、陈潭秋、邓恩铭、董必武、何叔衡、李达、李汉俊、刘仁静、毛泽东、王尽美、张国焘、周佛海。而早期共产主义小组的创始人——"南陈北李"却遗憾地没能到会。

当时，陈独秀正在陈炯明手下担任广东政府教育委员会委员长、大学预科校长，未出席的理由是正在争取一笔款子修建校舍，人一走，款子就不好办了。

而时任北京大学图书馆主任的李大钊，未出席的理由是北大正值学年终结期,因北洋军阀政府财政困难,停发了北京八所高校教职员工的薪金,八所高校成立了"索薪委员会",负责人马叙伦经常生病,无法主持会议,于是李大钊担当重责,整天忙于索薪事务,难以抽身赴会。

两人无法赴会的理由,与中共"一大"的历史地位相较,无疑是芝麻与西瓜相较。

但这就是历史,不理想但真实的历史。

13位代表中最年轻的是刘仁静,才19岁。按理这么重要的会议,轮不到他出席,历史却又出人意料地让他获此荣幸。当时北京小组有两个代表名额,李大钊是建党发起人,是毫无疑问的代表;另一个名额属于张国焘。李大钊因校务繁忙无法抽身,这多出的一个名额原本也轮不到刘仁静,组里还有两个资深党员邓中夏、罗章龙,他们是刘仁静的入党介绍人。可邓中夏正好要到南京参加中国少年学会会议,罗章龙要到二七机车车辆厂开工人座谈会,搞工人运动。刘仁静在回忆录里写道:"这个莫大的光荣就这样历史地落在了我的头上。"

参加中共"一大"的还有一位共产国际代表,马林。身为共产国际执委会委员的他,深受列宁赏识,是一位有着丰富地下斗争经验的荷兰共产党人。在"一大"会议上,他一口气作了将近四个小时的发言。代表们对他印象深刻,毛泽东说他"精力充沛,富有口才",包惠僧说他"口若悬河,有纵横捭阖的辩才"。

出席中共"一大"的代表
上排(左起):毛泽东 董必武 何叔衡 陈潭秋 邓恩铭 王尽美
下排(左起):李达 李汉俊 包惠僧 刘仁静 张国焘 陈公博 周佛海

中国共产党"一大"会址纪念馆位于上海市兴业路76号(原望志路106号),是两栋砖木结构的两层石库门楼房,一栋是"一大"上海代表李汉俊和他哥哥的寓所,一栋是"一大"代表在上海的住所——博文女校园。

当时属于法租界。

1921年7月1日,13位年轻的中国共产党员从各地齐聚这里。一个将经历种种艰难与曲折、最终于28年后完成中国解放大业的政党,在这里悄悄地诞生了!

参加中共"一大"的中国代表,基本上是青年学生,没有地下斗争经验。会议开到五分之四时,突然有个人闯进来,进来后连忙说走错了,又把门拉上走了。年轻的代表们以为真是有人走错了门,继续开会,幸亏经验丰富的马林意识到有危险,这个地点已经暴露,必须立即转移。马林此语一出,代表们刚开始还有所犹豫,但新生的中共,只是共产国际的一个支部,共产国际代表马林的意见,在当时情况下具有上级指示的意思,于是大家立即转移,决定将剩下的会议改在嘉兴南湖召开。中共"一大"代表刚转移不久,法国巡捕就冲进来抓人,扑了个空。

第一道难题

中共"一大",陈独秀虽然没有参加,但还是被推选为中共中央总书记。当时党的经费非常紧张,马林提出共产国际将给予中共经济援助,但中共中央必须先交出工作计划和预算,陈独秀面对的第一道难题来了。

这时候,中央内部出现了两种意见。

一种意见是当时主持上海小组工作的李汉俊和李达。他们表示:共产国际如果支援我们,我们愿意接受,但须由我们支配。否则,我们并不期望依靠共产国际的津贴来开展工作。马林同二李的关系,因此蒙上了一层不愉快的阴影。

张国焘则是另一种意见。他是最先认为应该接受国际经济援助的中共早期领导人,并以很快的速度向马林提交了一份成立劳动组合书记部的报告,还有每月约需一千余元的工作计划和经费预算。

陈独秀一回上海立即批评了张国焘。他说,这么做等于雇佣革命,中国革命一切要我们自己负责,所有党员都应该无报酬地为党服务,这是我们要坚持的立场。陈独秀与马林的几次会谈都不成功。在一旁担任马林翻译的张太雷急了,提示陈独秀说,全世界的共产主义运动都在第三国际领导之下,中国也不能例外。不料,陈怒火中烧,猛一拍桌子,大声说:"各国革命有各国情况，我们中国是个生产事业落后的国家，我们要保留独立自主的权利，要有独立自主的做法，我们有多大的能力干多大的事，决不让任何人牵着鼻子走！"说完拿起皮包就走，任人拉都拉不住。

要不要向共产国际汇报工作并接受其经费受其领导，这是1921年7月中国共产党成立后要解决的第一个难题，也是中共中央出现的第一次争吵。

接受共产国际领导和援助

我们今天看陈独秀的话是对的，但是问题在于，一个刚刚成立的党，没有任何经济支撑，要独立解决自己的经济问题非常困难。

很快，连火气很大的陈独秀也无法"无报酬地为党服务"了。他开始以革命为职业，便失去了固定职业和固定收入，经济上很不宽裕。起初商务印书馆听说他回到上海，聘请他担任馆外名誉编辑，月薪三百元，他马上接受；但这一固定收入持续时间很短。他大部分时间埋头于党务，已经没有时间再为商务印书馆写稿编稿了。

窘迫的陈独秀开始经常出入亚东图书馆。那里的职员都是安徽人，与陈有同乡之谊。它出版的《独秀文存》有他一部分版费，于是他没钱了就去亚东，但又不开口主动要钱。好在老板汪孟邹心中有数，每当他坐的时间长了，便问一句："拿一点儿钱吧？"陈独秀便点点头，拿一点儿钱，再坐一会儿就走了。即便如此，陈独秀也不肯松口同意接受共产国际的援助。

与共产国际的关系出现转机是因为他的被捕。

1921年10月4日下午，陈独秀正在家中与杨明斋、包惠僧、柯庆施等5人聚会，被法租界当局逮捕。到捕房后他化名王坦甫，想蒙混过去。但不久邵力子和褚辅成也被捕，褚辅成一见面就拉着陈的手大声说："仲甫，怎么回事，一到你家就把我拉到这来了！"陈独秀的身份当即暴露。

对陈独秀被捕的消息各大报纷纷登载，闹得满城风雨。李达通报各地的组织派人到上海设法营救，并电请孙中山先生帮忙；孙中山立即打电报给上海法租界的领事，要求通融。起关键作用的还是共产国际代表马林，他用重金聘请法国律师巴和承办此案。10月26日，法庭宣判陈独秀释放，罚100元了事。

这次遭遇，留给陈独秀的印象极深。他通过切身经历感悟到：不光是开展活动、发展组织需要钱，就是从监狱里和敌人枪口下营救自己同志的性命，也离不开一定数量的经费。这些现实问题，的确不是凭书生的空口豪言壮语能够解决的。

一番波折，增进了陈独秀对马林的感情和理解。李达回忆说："他们和谐地会谈了两次，一切问题都得到适当的解决。"据包惠僧回忆，当时陈独秀与马林达成的大体共识是：全世界的共运总部设在莫斯科，各共产党都是共产国际的一个支部；赤色职工国际与中国劳动组合书记部是有经济联系的组织。中国劳动组合书记部的工作计划和预算，每年都要赤色职工国际批准施行；中共中央不受第三国际的经济援助。如确有必要开支时，由劳动组合书记部调拨。

虽然用中共中央的下设组织中国劳动组合书记部绕了个弯，但从此，中国共产党还是接受了共产国际的领导和经济支援。中共二大正式通过了《加入第三国际决议案》。

对20世纪20年代脱产的共产党员，组织上每月给30元至40元生活费。尽管"二大"明确规定了征收党费的条款，但大多数党员的实际生活水平本来就很低，党费收入极其有限。陈独秀在"三大"上的报告称，1922年"二大"之后，"党的经费，几乎完全是从共产国际领来的"。

到1927年1月至7月，党员交纳的党费仍不足3000元，而同期党务支出已达18万元。而这一年共产国际、赤色职工国际、少共国际、农民国际、济难国际等提供的党费、工运费、团费、农运费、兵运费、济难费、反帝费、特别费等总算起来，有近一百万元之多。这些援助对于早期中国共产党人来说，十分重要。

共产国际的援助，给早期毫无经济来源的中国共产党人提供了巨大帮助。但又因为对共产国际的依赖关系，在后来给中国共产党人造成了相当大的损害。

陈独秀在大革命时期固然有他的错误，但他面对共产国际作出的一个又一个决议，有时明知不可为，也只有放弃个人主张而为之，后来大革命的失败他应当承担相当大的责任。《真理报》发表社论，指责陈独秀"这个死不改悔的机会主义者，实际上是汪精卫在共产党内的代理人"。

在下台后的个人反省期间，陈独秀经常念叨的一句话就是："中国革命应由中国人自己来领导。"

《孙文越飞宣言》

中国共产党成立一年多后，孙中山与共产国际的代表越飞发表了《孙文越飞宣言》。

这是一份国民党人经常引用、共产党人很少引用的宣言。后来出现的国共分裂及共产国际以苏联利益为中心干涉中国革命的倾向，都能从这份宣言的字里行间发现阴影。

越飞是苏联老资格革命党人，真名叫艾布拉姆·阿道夫·亚伯拉罕维奇。1922年8月，他以副外交人民委员的身份来华担任全权大使，肩负两个方向的使命：在北方，与吴佩孚控制的北京政府建立外交关系，实际解决两国间悬而未决的中东路和外蒙古问题，维护苏维埃国家的利益。如果北方受挫，就到南方帮助孙中山的南方革命政府。

因为吴佩孚在中东路问题和外蒙古问题上毫不松口，越飞不得不将工作重点转向后者。1923年1月17日，越飞以养病为名赴上海。在沪十天，每天都同孙中山或孙中山的代表张继接触。1月26日，《孙文越飞宣言》公开发表。

宣言第一条："……孙中山博士认为，共产主义秩序，乃至苏菲（维）埃制度不能实际上引进中国，因为在这里不存在成功地建立共产主义或苏菲（维）埃制度的条件。越飞先生完全同意这一看法，并且进一步认为，中国当前最重要最迫切的问题是实现国家统一和充分的民族独立。"

《孙文越飞宣言》

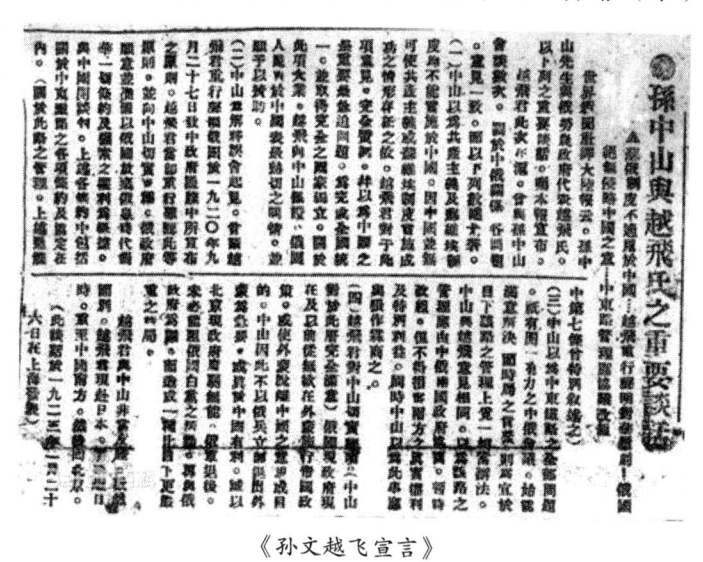

孙中山和越飞，一个是中国民主革命的伟大先行者，一个是苏联政府

同时也是共产国际在中国的代表。两人皆不认为中国存在马列主义生存发展的土壤；皆认为中国不存在建立苏维埃政权的条件。

《孙文越飞宣言》是中国现代史上一份非常重要的文件。没有这份宣言，就没有后来的国民党改造，就没有国共合作，也就不会有黄埔军校和北伐战争。它既是孙中山对中国革命走向的判断和规定，也是新生的苏联将其斗争中心由世界革命中心转向苏联利益中心的启端。

当时共产国际支持中国共产党的成立，主要是想在中国培植对北洋军阀政府的牵制力量，让北洋军阀不能毫无顾忌地反苏。但是苏联共产国际这个指导者，一直都不看好中国革命能在中国共产党的领导下搞成，甚至不相信中国能存在社会主义。

在亚洲，列宁和斯大林看好的是日本革命。1927年7月9日，斯大林在给莫洛托夫和布哈林的信中以严厉的口吻指责说："我们在中国没有真正的共产党，或者可以说，没有实实在在的共产党。"甚至到了1944年，他还在对美国特使哈里曼说，中国共产党，他们对共产主义来说，就像是人造黄油对黄油一样。他所认为的"正牌黄油"是什么？工人阶级的政党。而中共是农民与小资产阶级的结合。

可是历史就是这样有规律地发展，无规律地跳动。中国革命最终在中国共产党的领导下获得了成功。中国搞成了社会主义。

"一大"代表的命运

如今越过时间的长河，再来回望1921年那个重要的会场，会场上那一张张年轻的面孔和他们此后的命运，不能不让人感慨：中国共产党走过的是一条多么艰难曲折的道路。

1923年，陈公博因投靠军阀陈炯明被开除党籍；

1923年，李达脱党；

1924年，李汉俊脱党；

1924年，周佛海脱党；

1924年，包惠僧脱党；

1930年，刘仁静被党开除；

1938年，张国焘被党开除。

13 位代表，脱党、被开除的达 7 位。其中，周佛海、陈公博还当了臭名昭著的大汉奸，最后被国民政府判处死刑。张国焘叛党后，到戴笠手下当了一个主任，想办法怎么搞垮共产党。

还有，王尽美 1925 年牺牲，邓恩铭 1931 年牺牲，何叔衡 1935 年牺牲，陈潭秋 1943 年牺牲。最后，党内幸存者仅毛泽东、董必武二人。

还有，"四一二"、"清党"、"宁可错杀，不可错放"，共产党人横尸遍野、血流成河。

李大钊、罗亦农、赵世炎、陈延年、李启汉、肖楚女、邓培、向警予、熊雄、夏明翰、陈乔年、张太雷等多名领导人，相继遇害。中国共产党创始人、北大教授李大钊 1927 年就义时，才 38 岁。

仅仅从 13 位中共"一大"代表的命运中，就能看出这个党的存在与发展何其艰难，它走过的并非一条坦途，是一代代共产党人摸过来、爬过来、走过来的，是用汗水、泪水和鲜血铺垫的，何其不易！

历史：追寻之旅

孙中山的接班人考虑

据说，孙中山临死前指定蒋介石为其接班人，但事实并非如此。蒋介石不是孙中山指定的接班人，是苏联顾问鲍罗廷将他推上了权力高峰。在鲍罗廷的信任和帮助下，蒋介石靠"一石三鸟"之计，借廖仲恺被刺案，扫清了自己通向权力之路上的三大障碍。

孙中山没有指定接班人

很多人以为蒋介石是孙中山选定的接班人。于是就说，接班人选错了。

蒋介石也常以"总理唯一的接班人"自居。原因据说是孙中山临终时口中直呼"介石"，情之深切，意之难舍，痛于言表。可惜此说来自蒋介石自己修订的《蒋公介石年谱初稿》。

而据当年寸步不离孙中山病榻的床前侍卫李荣回忆：

> （3月11日）至晚8时30分钟止，（孙）绝终语不及私。12日晨1时，即噤口不能言。4时30分，仅呼'达龄'一声，6时30分又呼'精卫'一声，延至上午9时30分，一代伟人，竟撒手尘寰，魂归天国。

孙中山1925年3月去世。这一年7月1日，中华民国国民政府在广州成立。所谓"总理唯一的接班人"蒋介石，还既不是其中的常务委员会委员、国民政府委员，也不是国民党中央执行委员会委员，甚至连候补委员也不是，只是一个没有多大影响力的人物。

孙中山至其临终，也没有指定自己的接班人。

蒋介石与孙中山初识在 1905 年的东京，是陈其美介绍的。那时孙中山倚为股肱的军事人才是黄兴、陈其美，后有朱执信、邓铿、居正、许崇智和陈炯明。很长一段时间，他未委派蒋重要的军事职务。

蒋介石首次在孙中山面前显露军事才能，是上书陈述欧战情势及反袁斗争方略，这才使孙中山对他有所注意。

在陈炯明部任职期间，蒋介石又连向孙中山呈《今后南北两军行动之判断》《粤军第二期作战计划》等意见，也仅使孙中山觉得他是个不错的参谋人才。于是，孙中山委任给蒋介石的，多为参谋长、参军一类不掌握实际权力的职务。蒋先后担任过居正的参谋长、孙中山总统府参军、陈炯明的作战科主任、许崇智的参谋长和孙中山大元帅行营参谋长。

最先欣赏蒋介石的倒是陈炯明。他发现此人的才能，绝非限于参谋方面。蒋介石在陈部干了一段作战科主任，要辞职，陈炯明竭力挽留，向蒋表示"粤军可百败而不可无兄一人"。

孙中山

蒋介石对陈炯明怀有知遇之情。1922 年 4 月，陈炯明准备叛变，向孙中山辞粤军总司令和广东省长之职，孙中山照准。蒋介石不知陈意，还想找孙中山为陈说情，不成，便也辞职。在回沪船上还给陈炯明写信："中正与吾公共同患难，已非一日，千里咫尺，声气相通。"

但陈炯明一叛变，蒋立即抛弃与陈的友谊，站到了孙中山一边。

正是因为陈炯明的叛变，孙中山第一次对蒋介石留下了深刻印象。他后来在《孙大总统广州蒙难记》序言中写道："介石赴难来粤入舰，日侍余侧，而筹策多中，乐与余及海军将士共生死。"

蒋介石缺席国民党"一大"

但蒋介石的性格及处事方式，让孙中山深感头痛。

脾气暴躁的蒋介石，经常与周围人关系紧张，动辄辞职不干，未获批准也拂袖而去，谁去电报也召他不回。

1922年10月，孙中山任蒋为许崇智的参谋长。仅月余，蒋便以"军事无进展"为由离职归家，孙中山派廖仲恺持其手谕都无法挽留。

1923年6月，孙中山命蒋为大元帅行营参谋长。蒋到任不满一月，又以不受"倾轧之祸"为由，辞职返回溪口。

1924年初，孙中山委派蒋为黄埔军校筹备委员长。刚一个月，蒋就以"经费无着落"为由辞筹备委员长之职。9月，再辞军校校长之职。

孙中山容忍了蒋介石的多次辞职，独对他辞去黄埔军校之职不能忍受。创办军校建立革命武装，是马林1921年向孙中山建议的。1923年《孙文越飞宣言》签署后，越飞又表示苏俄将提供款项、武器和教练人员，帮助建立军校。孙中山革命奋斗几十年，吃尽了无自己武装的亏，梦寐以求想建立这一武装。历来极重兵权的蒋介石又何尝不知黄埔军校的重要，他真正不满的，并非仅仅"经费无着落"，而是在国民党"一大"上，孙中山没有指派他为代表，各省党部亦没有推选他。如此重要的大会，他却连入场券也没拿到。

青年蒋介石

1924年11月13日，孙中山起程北上。国民党党史记载，北上前两天，"总理令（黄埔）新军改称党军，任蒋中正为军事秘书"。这是孙中山给蒋介石的最后一个职务。此时距孙中山辞世只有4个月了。

四十年后，1963年11月，蒋介石在台湾回忆说："我是21岁入党的；直到27岁总理才对我单独召见。虽然以后总理即不断地对我以训诲，亦叫我担任若干重要的工作，但我并不曾向总理要求过任何职位，而总理却亦不曾特派我任何公开而高超的职位。一直到我40岁的时候，我才被推选为中央委员……"言语之间，饱含当年的不遇之委屈。

鲍罗廷助推蒋介石

真正将蒋介石推上权力高峰的，是苏联顾问鲍罗廷。

出生于拉脱维亚的鲍罗廷，先后投身俄国、西班牙、墨西哥、美国、英国和中国革命运动，是一名老资格的革命党人。

鲍罗廷是苏联驻华代表加拉罕介绍给孙中山的。孙中山说，他见过的共产国际人员中，印象最深、最为钦佩的人物，就是鲍罗廷。他称鲍罗廷为"无与伦比的人"。

鲍罗廷到中国干的第一件也是后来影响最为深远的一件事，就是主持了对国民党的改造。

鲍罗廷对孙中山说了一句让他大为震动的话，"作为有组织的力量，国民党并不存在。"此时的国民党在政治上、组织上和理论上都无法算作一个政党，没有纲领，没有组织，没有章程，没有选举，也没有定期会议，连有多少党员也是一笔糊涂账。入党要打手模向孙中山个人效忠，但连孙中山也弄不清到底有多少"党员"，这些党员又都是谁。据说有30000人，注册的却只有3000人。交纳党费的又是6000人。

鲍罗廷

鲍罗廷的话，让孙中山下决心"以俄为师"，依靠鲍罗廷，运用苏俄无产阶级政党的建党经验改造国民党。鲍罗廷像一部精细严密、不知疲倦的机器高速运转起来。他严格按照俄国共产党的组织模式，依靠中国共产党人和国民党左派，对国民党开始了彻底改造。

国民党"一大宣言"，就是布尔什维克党人鲍罗廷亲自起草、中共党人瞿秋白翻译、国民党人汪精卫润色的。

见过鲍罗廷的人都对他印象深刻。他目光敏锐，思想深刻，而且极富个人吸引力。他协调不同派系的能力极强。只要他在，广州的各种势力基本都能相安无事。时间一长，他的住地形成一个人来人往的中心，李宗仁

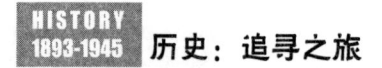

回忆说，当时人们都以在鲍公馆一坐为荣。

如此精明的鲍罗廷，在孙中山去世后却被蒋介石弄花了眼。

蒋介石"一石三鸟"

孙中山死后几个月里，表面上所有决议都由几个国民党领导人共同决定，实际是鲍罗廷说了算。他的住宅楼上经常坐满广州政府的部长们、国民党中央执行委员们和中国共产党人；楼下则是翻译们忙碌的天地：将中文文件译成英文或俄文，再将英文或俄文指令译成中文。印刷机昼夜不停，各种材料、报告、指示从这里源源而出。鲍罗廷实际已成为国民党中央的大脑。

当时蒋介石要想成为强有力的人物，面前至少有三个障碍：军事部长许崇智、外交部长胡汉民、财政部长廖仲恺。

1925年8月20日，廖仲恺被刺于国民党中央党部。当天，国民党中央执行委员会、国民政府委员会和军事委员会召开紧急会议，众人的目光都集中向鲍罗廷。他在会上提出了一条至关重要的建议：以汪精卫、许崇智、蒋介石三人组成特别委员会，授以政治、军事和警察全权。

鲍罗廷设想，这是一个类似苏俄"契卡"的组织，目的是用特别手段肃清反革命。他自己则担任特别委员会的顾问。这一建议被迅速通过。

特别委员会的三人中，汪精卫本身是国民政府主席，许崇智是政府军事部长，唯有蒋介石还未担任过高于粤军参谋长和黄埔军校校长以上的职务，他第一次获得如此大的权力。

这个机遇的到来并非偶然。

此前鲍罗廷就看好蒋介石，为此和总军事顾问加伦将军发生了很大分歧。加伦认为应该用许崇智，培植与黄埔并行的军事力量，不能以某个人或某一派系为中心，以防患于未然。鲍罗廷却认为许崇智的粤军为旧军队，不堪大任；蒋介石的黄埔新军有主义为基础，颇具革命性质，可当大任。

利用廖仲恺被刺案，蒋介石立即发动起来，指挥军队包围了许崇智住宅，指其涉嫌廖案，许崇智仓皇逃往上海。然后就是胡汉民。胡汉民之弟胡毅生与廖案有瓜葛，胡汉民先被拘留审查，后被迫出使苏联。廖仲恺则被隆重地下葬。

蒋介石一石三鸟，一举将三个夺取权力的障碍一扫而光。

半年以后，鲍罗廷才明白自己打开了魔瓶，是他帮助蒋介石迈出了夺取政权的决定性一步。但他严重低估了蒋介石的能量，最后引火烧身——反被蒋介石通缉，于1927年10月被迫离开中国。

共产国际（上）
看好的是国民党

在共产国际的推动下，国民党和共产党开始了第一次国共合作。但国民党"一大"暗藏机关，埋下了两党走向分裂的"伏笔"。被斯大林看好的蒋介石，毫不留情地背叛了革命，向共产党人举起了屠刀。而斯大林认为无法独立存在的中国共产党，却最终独立完成了中国民主革命的伟大任务。

第一次国共合作

参加了中共"一大"、帮助中共建党的马林，认为中国革命只有两个前途，或者共产党人加入国民党，或者共产主义运动在中国终止。他把是否加入国民党看作决定中国共产主义运动生死存亡的问题，在给共产国际执委会关于中国形势的报告中认为"中国政治生活完全为外国势力所控制，目前时期没有一个发展了的阶级能够负担政治领导"。

1921年12月，马林在广西桂林对孙中山提出了三条建议：改组国民党，广泛联合工农大众；创办军官学校，建立革命武装；与中国共产党合作。

孙中山认为这是来自列宁的声音。这三条建议成为后来孙中山"联俄、联共、扶助农工"三大政策的起源。

马林

三大政策中，最无问题的是联俄，问题最大的是联共。

孙夫人宋庆龄问他，为何需要共产党加入国民党。孙中山回答说："国民党正在堕落中死亡，因此要救活它就需要新鲜血液。"

1923年1月《孙文越飞宣言》发表后，孙中山召集核心干部征询意见。在联俄方面，大家都无问题。因为不论在道义、财政还是武器、顾问上，都需要苏俄提供强有力的支援。争论的焦点在联共。

汪精卫同意联俄，反对联共；廖仲恺则认为既联俄，就必须联共；胡汉民介于汪、廖之间。他向孙中山建议，先对共产党人有条件地收容。条件是"真正信仰本党的主义，共同努力于国民革命"；收容以后再有依据地淘汰，依据是"发现了他们有足以危害本党的旁的作用，或旁的行动"。

胡汉民的观点对孙中山影响很大。后来，孙中山采纳有条件联共的主张，不同意实行党外合作，坚持让共产党人加入国民党实行"党内合作"。孙中山认为最理想的，是先用共产党人的力量改造国民党，再用国民党人的纪律约束共产党。

既联俄，又不相信中国可以走俄国人的道路；既联共，又不接受红色政权可以在中国建立、生存和发展。伟大的民主革命先行者孙中山陷入了两难。

1923年11月，在国民党"一大"前，邓泽如、林直勉等十一人以国民党广东支部名义，呈给孙中山一份《检举共产党文》，指责共产党人"此次加入本党，乃有系统地有组织地加入"；"实欲借俄人之力，篡动我总理，于有意无意之间，使我党隐为彼共产所指挥，成则共产党享其福，败则吾党受其祸"。

"党内合作"本是孙中山自己的主张，因而他在批语中维护共产党人，批评了邓泽如等人疑神疑鬼的话。但也对邓泽如等人表示，共产党人"既参加吾党，自应与吾党一致动作；如不服从吾党，我亦必弃之"。第一次国共合作，就在这种复杂的心理因素和组织因素之下开始了。

国民党"一大"暗藏机关

1924年1月，由孙中山主持，国民党在广州召开第一次全国代表大会。共产党员李大钊、谭平山、毛泽东、林祖涵（林伯渠）、瞿秋白等十人当选为中央执行委员或候补执行委员,几乎占委员总数的四分之一。谭平山出任组织部长,林祖涵出任农民部长;在国民党最强大的执行部——上海执行部,毛泽东当了组织部长胡汉民的秘书;恽代英当了宣传部长汪精卫的秘书;文书主任邵元冲未到任前,毛泽东还代理了执行部的文书主任。

在共产党人表面获得的成功之中,国民党"一大"新设立的一个组织却被共产党人忽略了。或者更为准确地说,这个组织把共产党人忽略了。这就是国民党的中央监察委员会。

国民党组织松散,历史上从来没有专设监察机构。同盟会的司法部,中华革命党的司法院、监察院,都未真正行使过职权,实际职能仅是"赞助总理及所在地支部长进行党事之责"。国民党"一大"通过的党章,却专门设了第十一章《纪律》。孙中山、胡汉民在会上特别强调了纪律的重要。胡汉民专门作了说明:"嗣后党中遇有党员破坏纪律,或违背主义,当加以最严厉之制裁。"

这一章专对准共产党人而来。而执行纪律的操刀者,即中央监察委员会。

国民党"一大"选出中央监察委员5人:邓泽如、吴稚晖、李石曾、张继、谢持;候补中央监察委员5人:蔡元培、许崇智、刘震寰、樊钟秀、杨庶堪。之中没有一名共产党人。

中国国民党第一次全国代表大会

从实质上看,国民党的联共政策是联俄政策不得已的产物。孙中山希望随着时间流逝,把为数不多的共产党员逐渐消化在国民党内。

如果不能消化呢?

1924年10月9日,在一封写给蒋介石关于组织革命委员会的信中,孙中山说:"而汉民、精卫二人性质俱长于调和现状,不长于彻底解决。所以现在局面，由汉民、精卫维持调护之；若至维持不住，一旦至于崩溃，当出快刀斩乱麻，成败有所不计，今之革命委员会，则为筹备以此种手段，此固非汉民、精卫之所宜也。"

孙中山对与共产党人关系的破裂并非毫无准备。他认为只有置共产党人于国民党领导之下，才可防止其制造阶级斗争。而北伐军事一旦胜利，纵使共产党人想破坏国民革命，也不能了。

"若共产党而有纷乱我党之阴谋，则只有断然绝其提携，而一扫之于国民党以外而已。"不注言者姓名，你敢相信这是孙中山说的吗？

国民党的这些底数，当时连共产党人的领袖陈独秀都一无所知。

陈独秀加入国民党后，便以国民党员的身份在《向导》报上批评孙中山与奉系、皖系军阀建立反直系军阀的"三角联盟"，认为这是走老路，希望他回到依靠工农革命的道路上来。孙中山对陈独秀的批评十分恼火。他几次对马林说："共产党既加入国民党，便应该服从党纪，不应该公开批评国民党。共产党若不服从国民党，我便要开除他们。苏俄若袒护中国共产党，我便要反对苏俄。"

后来虽没有采取开除的极端措施，但还是通过召开中央全会讨论对共产党的弹劾案这一方式，压迫和警告了陈独秀。陈独秀深感意外。沉思之后，1924年7月14日，他给维经斯基写信说："我们不应该没有任何条件和限制地支持国民党，只应当支持左派所掌握的某些活动方式，否则，我们就是在帮助我们的敌人，为自己收买（制造）反对派。"

陈独秀的这些话当时看偏激，后来看尖锐，今天看深刻。

伟大的民主先行者并不等于共产主义者。孙中山最终的目标是三民主义的中国，不是社会主义、共产主义的中国。今天我们很多作品把这位国民党总理描写成几乎是共产党的一员，实在是对历史的曲解。

斯大林看好的是蒋介石

"斯大林"，俄语的意思是"钢"。这个人物，也以自己钢铁般的手腕和钢铁般的意志，给二十世纪国际共产主义运动和世界政治烙下了一个永久的印痕。

近年来，俄罗斯陆续公布了有关中国革命的档案资料，1923年至

1927年间，为讨论中国革命问题，联共中央政治局召开了122次会议，作出了738个决定，可谓事无巨细地指导中国大革命的基本路线、方针和政策。

斯大林深深关注着中国革命。在国际执委会第七次扩大全会上，他在《论中国革命的前途》演说中有一段铿锵的论断："武装的革命反对武装的反革命，这是中国革命的特点之一，也是中国革命的优点之一。"但斯大林讲这番话的时间是1926年底，"武装的革命"并非当时还未诞生的中国工农红军，而是蒋介石麾下的北伐大军。

看好国民党的斯大林没有想到，这条论断后来成为中国共产党人发动一次又一次武装起义、用枪杆子推翻国民党政权的基本依据。

在那次演说中，斯大林还有这样一段话："中国革命的全部进程、它的性质、它的前途都毫无疑问地说明中国共产党应当留在国民党内，并且在那里加强自己的工作。"他不相信离开国民党，中国共产党能够独立存在；不相信中国共产党能够独立完成中国民主革命的伟大任务。

斯大林之所以看好蒋介石，是因为他认定蒋是中国革命的雅各宾党人，在他的领导下，未来政权有可能过渡到社会主义。

1927年4月6日，斯大林在莫斯科积极分子代表大会上发表演讲说："蒋介石也许并不同情革命，但是他在领导着军队，他除了反帝以外，不可能有其他作为"；"因此，要充分利用他们，就像挤柠檬汁那样，挤干以后再扔掉"。

仿佛为了应答他的这一论断，6天之后，蒋介石发动了"四一二"反革命政变。当时莫斯科正在筹备五一节游行，刚刚制成一个蒋介石的大型模拟像；斯大林也刚把一张亲笔签名的相片寄给蒋介石。对于蒋介石的背叛，斯大林极其愤怒。

1927年5月，在代共产国际执行委员会起草给中共中央的信中，斯大林斩钉截铁地说："现在是开始行动的时候了。必须惩办那些坏蛋。如果国民党人不学会做革命的雅各宾党人，那么他们是会被人民和革命所抛弃的。"

中国大革命的失败在苏联引起了激烈争论。但斯大林不承认指导中国革命的方针有误，而是指责中共中央违背国际指示，犯了机会主义的错误，"没有做任何工作"。1927年5月30日，他对中共中央发出"紧急指示"（即著名的"五月指示"），"立即开始建立由共产党员和工农组成的、有绝对可靠的指挥人员的八个师或十个师"，"组织（目前还不迟）一支可靠的军队"，来代替正在叛变的"现在的军队"，以惩办蒋介石。

但当时，中国共产党人连建立一个师的实力也没有。斯大林忘记了，早先当中国共产党人提出要求建立武装的时候，他并不以为然，而把援助的武器都给了国民党。

1926年"三二〇"中山舰事件后，陈独秀曾经产生"准备独立的军事势力和蒋介石对抗"的想法。当时正好有一批苏联军火到达广州港，陈独秀立即派彭述之代表中共中央到广州和国际代表面商，要求把供给蒋介石、李济深的这批军火匀出5000支枪武装广东农民，鲍罗廷不同意，认为中共应将所有力量用于拥护蒋介石，巩固北伐计划。

1927年2月25日，上海工人第二次武装暴动失败，在华国际代表阿尔布列赫特向莫斯科报告，上海革命形势"非常好"，"这场罢工也许是起义的信号"，但"没有钱。急需钱。有5万元就可以买到武器"，但莫斯科仍然用什么也不提供的态度，反对中国共产党继续举行武装暴动。

可以说，对于蒋介石的叛变，斯大林比中国共产党人还要准备不足。

共产国际（下）
帮忙还是帮倒忙

十月革命后的苏俄和共产国际不仅给中国共产党，也给中国各革命团体都提供了广泛经济、政治、军事援助，其中的绝大部分给了国民党。尽管斯大林、孙中山、蒋介石都认为中国的红色政权无法独立存在，更无法获得胜利，但中国的红色政权却在夹缝中存在了，发展了，壮大了。这一中国革命的"斯芬克斯之谜"，毛泽东给出了答案。

共产国际大力援助国民党

苏联和共产国际给予国民党的援助，远远多过共产党。

1923年，《孙文越飞宣言》签署后，赴日的越飞从热海致电马林转孙中山，宣布向国民党援助200万卢布和8000支步枪、15挺机枪、4门火炮、2辆装甲车，并派遣教练员帮助建立军校。正因为此，国民党才有了本钱创办黄埔军校，获得了建军基础。

黄埔军校教授部主任王柏龄记述，军校开办前，孙中山批了300支粤造毛瑟枪给军校。但是当时的兵工厂一心巴结军阀，不以军校为重，结果开学时仅仅发下30支，勉强够卫兵用，廖仲恺反复交涉无果。正在此时，苏联援助枪械的船只到岸，8000支步枪全带刺刀，每支枪配有500发子弹，还有10支手枪，全体学员欢呼雀跃。

除了经费和武器，苏俄还派来大批军事顾问。除担任国民党中央政治顾问的鲍罗廷和军事顾问的加伦将军外，还有专门派到军校工作的总顾问、步兵顾问、炮兵顾问、工兵顾问等。他们指导军事、政治训练工作，编订了典、范、令和战术、兵器、筑城、地形与交通通信五大教程，成为黄埔党军后来坚强战斗力的基础。

此后，枪支弹药源源不断从苏俄运来。1925年一次运到广州的军火就价值56.4万卢布。1926年又有各种军火分四批运到广州：第一批有日造来复枪4000支，子弹400万发，军刀1000把；第二批有苏造来复枪9000支，子弹300万发；第三批有机关枪40挺，子弹带4000个，大炮12门，炮弹1000发……

第二次东征大捷后，蒋介石在汕头曾说："我们军队的组织方法是从哪里来的呢？各位恐怕不知道，我们老实说，我们军队的制度实在是从俄国共产党红军仿照来的。"

蒋介石深知，黄埔党军的胜利，很大一部分应归于苏俄武器装备和军事顾问。

除此，苏联政府还大力援助北方的冯玉祥。

从1925年3月至1926年7月，冯玉祥的国民军得到了俄式步枪38828支，日式步枪17029支，德国子弹1200万发，7.6毫米口径步枪子弹4620万发，大炮48门，山炮12门，手榴弹1万多枚，附带子弹的机枪230挺，迫击炮18门，以及大量药品等。此外，还派遣了相当数量的军事顾问。

冯玉祥回忆说，顾问组中"步骑炮工各项专门人才皆备"。苏联顾问帮助国民军新建了一些兵工修理厂，生产弹药，培养技师；按照苏俄的图纸，还制造出第一批装甲车。

所以，当蒋、冯先后叛变革命，被解职通缉的国民党政治顾问鲍罗廷途经郑州时，曾对冯玉祥感叹曰："苏俄用了三千余万巨款，我个人费了多少心血精神，国民革命才有今日成功。"

大革命失败

相形之下，苏俄及共产国际对中国共产党的援助就十分有限了。中国共产党人接受这一援助与国民党比较起来，也谨慎得多。

先有陈独秀的独立坚持。虽然后来因为营救事件，陈独秀与马林开始了对话与合作，但一直以来，共产国际给中国共产党人提供的援助，与国民党所接受的比较起来，相距甚远。

据陈独秀1922年6月30日致共产国际的报告，从1921年10月起至1922年6月，共收入国际协款16655元。因党员人数不多，全党还保持人均年支出40元左右的比例；但随着1925年以后党员人数大幅度增长，国际所提供的费用远远跟不上增长速度，全党人均支出下降到1927年的4元。苏联和共产国际的援助，主要都转到了国民党方面。

1922年春，马林提出中共党员加入国民党以实现国共合作的建议，陈独秀强烈反对。他给维经斯基写信说："共产党与国民党革命之宗旨及所据之基础不同"，国民党"政策和共产主义太不相容"，人民视国民党"仍是一争权夺利之政党，共产党倘加入该党，则在社会上信仰全失（尤其是青年社会），永无发展之机会"。

有着丰富统一战线经验的马林，看到当时中共仅是几十个知识分子组成的小党，与五四以后蓬勃发展的革命形势不相适应，加上孙中山不同意党外联合，因此提出这一建议，希望用国民党在全国的组织机构和政治影响，使共产党迅速走向工农大众，发展壮大起来。但这一建议，又颇含风险。虽然皆以个人身份加入，但弱小的共产党进入到庞大的国民党里去，怎样保持独立性而不被吞并？怎样维护蓬勃的锐气而不被官僚化、贵族化？怎样坚持自己的主义而不变成别人的尾巴？……

尽管陈独秀强烈反对，但在承认"各共产党都是共产国际的一个支部"之后，僵局不可能持久。

马林动用了组织的力量。共产国际从1922年7月至1923年5月作出一系列命令、决议和指示，批准马林的建议，要求中国共产党执行，并令中共中央与马林"密切配合进行党的一切工作"。就这样，在1922年8月马林亲自参加的中共中央杭州会议上，尽管多数中央委员思想不同，但组织上还是服从了、接受了共产国际的决定。

实践是检验真理的唯一标准。今天回过头去，再看20世纪20年代中国的大革命实践，共产国际关于国共合作的决策基本是正确的。说它正确，是因为正是这一决策种下了北伐革命成功的种子。而在正确前要加"基本"二字，因为它仅仅提了一下"不能以取消中国共产党独特的政治面貌为代价"，"毫无疑问，领导权应当归于工人阶级的政党"，却没有任何具体的安排和可行的措施，实际上是不相信中国共产党人的力量与能力，由此埋下了大革命失败的种子。

中国革命的"斯芬克斯之谜"

斯大林、孙中山、蒋介石，都认为中国的红色政权无法独立存在，更无法获得胜利。但中国红色政权产生了，独立存在了，迅猛发展了。谁可以解释这一切？

十月革命一声炮响，给我们送来了马列主义，送来了组织指导，甚至送来了部分经费。但没有送来武装割据，没有送来农村包围城市，没有送来枪杆子里面出政权。

曾雨后春笋般出现的东欧社会主义政权，基本都是扫荡法西斯德军的苏联红军帮助建立的。当苏联的支持——特别是以武装干涉为代表的军事支持突然消失，厚厚的柏林墙便像一个廉价的雪糕那样顷刻间融化掉了。

越南，朝鲜，基本上大同小异。古巴的卡斯特罗游击队也是在先夺取政权之后，才建立政权的。格瓦拉在南美丛林中和玻利维亚政府军捉迷藏时，也没有首先建立政权。

为什么偏偏在中国有这种可能？

1928年10月，秋收起义部队上井冈山一年有余，毛泽东写了《中国的红色政权为什么能够存在？》一文，最根本地揭示了这一问题的答案，揭开了中国革命的"斯芬克斯"之谜。

这篇文章的第二部分专门谈"中国红色政权发生和存在的原因"。毛泽东列出了五条原因，第一条就是"白色政权之间的战争"，即军阀混战。毛泽东说："一国之内，在四周白色政权的包围中，有一小块或若干小块红色政权的区域长期地存在，这是世界各国从来没有的事。这种奇事的发生，有其独特的原因。而其存在和发展，亦必有相当的条件。"

什么条件呢？第一条就是"它的发生不能在任何帝国主义的国家，也不能在任何帝国主义直接统治的殖民地，必然是在帝国主义间接统治的经济落后的半殖民地的中国。因为这种奇怪现象必定伴着另外一件奇怪现象，那就是白色政权之间的战争"。

正因为这一条件，才有了鄂豫皖、湘鄂赣、湘赣、闽浙赣、川滇黔等边区。也正因为此，才有了突破四道封锁线时，红军与陈济棠的协议。有了后来湘江之战白崇禧的半心半意,以及蒋与贵州军阀王家烈、四川军阀刘湘之间的矛盾,也才有了红军长征路上的一次次绝处逢生,化险为夷。

蒋介石对于自己的失败,也总结过五条原因,"赤色帝国主义者之毒计"是根本的一条。他在中国实施最严厉的白色恐怖,而毛泽东却在各个实行白色恐怖的政权连年混战中,为中国共产党人找到了广阔的发展天地。这块天地不但摆脱了敌人,也独立于友人。

红色根据地和农村革命政权的广泛建立,在政治上开辟了中国共产党人自己独特的理论领域,军事上建立了中国共产党人自己的武装力量——工农红军,经济上也摆脱了对共产国际的依赖。

"打土豪、分田地"既是红色政权政治动员的基础,也是中国共产党人经济独立的基础。于是,有了苏区根据地派人一趟一趟给上海的党中央送黄金。于是,有了中国革命的独特现象:红色首脑最先在先进发达的上海租界建立,红色政权却在贫困落后的山区边区扎根。

不集中在最现代化的大城市,中国共产党就不可能获得先进的思想体系,不会获得后来众多的领导精英;不分散到最贫困落后的边区山区,红色武装便没有充足的给养和坚韧顽强的战士,中国共产党也就失去了立足的根基。如果共产党人没有自己的军队,没有自己的政权,不创造出巩固的根据地,不开辟出自己独立的经费来源,与共产国际和苏联的依存关系也就无法根本改变。

不走毛泽东开辟的武装斗争、农村包围城市之路,中国革命不但不能独立于敌人,也不能独立于友人,也就不可能取得最后的胜利。

"中山舰事件"

国民党"一大"连张入场券都未弄到的蒋介石,个人声名在"二大"达到顶点。1926年的"中山舰事件",他再次"一石三鸟",着重打击中国共产党、苏联顾问团、汪精卫。蒋介石由此完成了攫取国民党军政大权的"全垒打"。

蒋介石到达权力顶峰

埋葬了廖仲恺,赶走了胡汉民、许崇智后,蒋介石还剩下最后三个障碍:前台的国民政府主席汪精卫、后台的国民政府政治顾问鲍罗廷和心目中的死敌中国共产党。

此时,国民党被鲍罗廷由一个松散的组织,造就为一个虎虎有生气的组织。蒋介石深知,在这个组织的全部力量转到自己门下之前,它还需要鲍罗廷的力量和影响。西山会议派攻击蒋介石将鲍罗廷"禀为师保,凡政府一切重大计议,悉听命于鲍","甚至关于党政一切重要会议,概由鲍召集于其私寓,俨然形成一太上政府",蒋介石不但不在意,反而说作为总司令,只有法国福煦元帅的地位可同鲍罗廷相比。他反复引用孙中山曾说过的话:鲍罗廷的意见就是他的意见。因此,追随鲍罗廷就是追随孙中山。

他在等待时机。

第二次东征大捷使蒋介石的军功威名如日中天。返归广州途中,沿途男女老幼观者如堵,道为之塞;至汕头盛况达到空前:社会各团体整齐列队欢迎,万头攒动。一路军乐悠扬,鞭炮毕剥,工会前导,次枪队,次步兵,次汽车,卫队为殿,连孙中山当年也没有如此之风光。

广州的汪精卫、谭延闿、伍朝枢、古应芬、宋子文联名电蒋:"我兄建此伟功,承总理未竟之志,成广东统一之局,树国民革命之声威,凡属同志,莫不钦感。东征功成,省中大计诸待商榷,凯旋有日,尚祈示知,是所祷企。"

国民政府要员站成一列,以前所未有的谦恭,向军权在握的新秀蒋介石致敬。

1926年1月,在广州举行国民党"二大",到会代表256人,选举中执委时,有效票总数249张,蒋介石得票248张,以最高票数当选中央执行委员。

这一年蒋介石40岁。

会议代表中,共产党员占100人左右,基本都投了蒋的票。得票245张的宋庆龄在"二大"讲话,赞扬东征胜利之后的广东形势:"此间一切的政治军事都很有进步,而且比先生在的时候弄得更好。"

一句"比先生在的时候弄得更好"从宋庆龄口中说出来,便是最高的夸赞。

蒋介石的个人声名此时达到了顶点。时机成熟,他开始动手了。

"中山舰事件"

1926年3月发生"中山舰事件",蒋介石又是一石三鸟。

这是一个到今天看来都没有完全清理、梳理得非常清楚的事件。但可以明确的是,这次打击的重点是中国共产党、苏联顾问团,还有汪精卫。

廖仲恺被刺案,是个意外事件;"中山舰事件",则是人为事件,是蒋介石一手炮制的。他指责中山舰舰长李之龙是共产党人,说他要劫持蒋介石去海参崴,是个反革命事件。而策划此事的,是中共,是苏联顾问团,是汪精卫。

鲍罗廷恰巧不在。在广州的苏联顾问全被软禁。蒋介石再用"整理党务案"把鲍罗廷架空。

什么叫"整理党务案"?就是将共产党人加入国民党权力核心的全部清退,尤其是将共产党人在军队中的影响,全部清除。在"整理党务案"后,共产党人被迫退出国民党中央和蒋介石掌握的最核心的军队——黄埔党军第一军。苏联总顾问季山嘉被驱逐。

长期以来,人们一直说是陈独秀对蒋让步的"妥协政策"造成这些恶果,但真相是事件发生后，当时正在广州的联共政治局使团长布勃诺夫在鲍罗廷的协助下亲自处理，妥协让步政策是他们强加给陈独秀的。事后，布勃诺夫讲了6条理由，第一条就是怕"吓跑大资产阶级"，否则中共"无论如何不能现在承担直接领导国民革命这种完全力所不及的任务"。

布勃诺夫回国经过上海时，把他的态度告诉了陈独秀。陈独秀对事变情况一无所知，匆忙表态，以中共中央名义发出指令，认为蒋受右派挑拨，"行动是极其错误的，但是，事情不能用简单的惩罚蒋的办法来解决"，应该"将他从陷入的深渊中拔出来"。

共产党人退出国民党中央和第一军，成了帮助蒋"从深渊中拔出来"。而蒋介石的回报，只是赶走吴铁城、孙科、伍朝枢等人，这正是蒋追求个人独裁所需要的。

蒋介石打击的三方之中，只有汪精卫对"三二〇"中山舰事件保持着明白和清醒。

中山舰

汪精卫后来回忆："3月20日之事，事前中央执行委员会政治委员会丝毫没有知道。我那时是政治委员会主席，我的责任应该怎样？3月20日，广州戒严，军事委员会并没有知道。我是军事委员会主席，我的责任应该怎样？"

他斥责蒋介石的行动是"造反"。但斥责完之后，他也只有闭门谢客，悄然隐藏起来，并未怎样。4月初，汪精卫以就医为名，由广州而香港，由香港而马赛，远走高飞。

自此，没有人能够阻挡蒋介石攫取国民党的军政大权了。

"中山舰事件"再次成为鲍罗廷与蒋介石的权力交易。通过这次交易，表面上鲍、蒋二人之间的信任达到了别人无法代替的程度。蒋在北伐前夕谈到后方留守时，提到两个人可以托付，除了张静江，就是鲍罗廷，称鲍罗廷是"自总理去世以来我们还没有这样一个伟大的政治活动家"。

但这位伟大的政治活动家，已经开始预感到情况有些不妙了。

鲍罗廷被通缉

1926年8月9日,在广州与共产国际远东局委员会会晤时,鲍罗廷说出了他规划的"让蒋自然灭亡"的策略:当时除第一军军官主要是黄埔军校毕业生之外,其他各军的军官主要是保定军校毕业生,而蒋与"保定派"之间的矛盾是不可调和的;在北伐胜利推进的过程中,"保定派"必定压倒黄埔系,也就是压倒蒋介石,"加速他在政治上的灭亡"。

但哪个派系都抑制不住蒋介石了。"保定派"不行,湖南讲武堂、云南讲武堂也不行。

这时,共产国际远东局也已经不信任鲍罗廷了。

主持远东局工作的维经斯基,是列宁派到中国的第一个使者。1926年9月12日,维经斯基在上海向联共驻共产国际执行委员会代表团报告:北伐虽然在客观上起到了革命的作用,但同时也使蒋介石的军事独裁倾向神圣化了。而这种危机,正是鲍罗廷自"中山舰事件"后推行牺牲共产党和左派,在国民党上层对蒋无条件退让和投降的机会主义策略的结果。

但最终被撤职的不是鲍罗廷,而是维经斯基。1927年3月10日联共政治局改组远东局,任命列普谢为书记,鲍罗廷正式进入远东局,并在维经斯基被撤职后获得了领导权。斯大林强调,"所有派往中国的同志均归鲍罗廷同志领导",而"鲍罗廷同志直接听命于莫斯科",并给鲍罗廷颁发红旗勋章。

此时斯大林还不知道:历史给鲍罗廷的时间已经进入倒计时。

1927年4月12日,蒋介石在上海发动反革命政变。5月21日,许克祥在长沙发动"马日事变"。

得知消息的斯大林坐不住了,于5月30日给鲍罗廷等人发出"紧急指示":"组建自己可靠的军队",惩办叛乱的反动军官。可是,4年来联共政治局推行的"只武装国民党不武装共产党"的政策,让这份"紧急指示"成为一张废纸。权谋大师鲍罗廷从一开始就不是执行武装工农政策的人,他鼓动陈独秀出面给莫斯科一个模棱两可的回复:"命令收到,一旦可行,立即照办。"书生气十足的陈独秀,独自承担了违抗斯大林指示的责任。

7月15日,汪精卫在武汉决议"分共",大革命完全失败。

近代中国是个大舞台。这个舞台演绎了多少兴衰、美丑、胜败。原先的默默无闻者可以在这个舞台上大放异彩；大放异彩者最终又在这个舞台上黯然失色。发现、提携蒋介石的鲍罗廷在一年之间，就由蒋介石所谓"一个伟大的政治活动家"，变成了一个要立即捉来枪毙的、"煽动赤色革命企图颠覆政权的阴谋家"。

蒋介石最后给鲍罗廷的礼物，是通缉令。

"立三路线"

大革命失败后,陈独秀承担了全部责任。1930年前后,中共中央实际由李立三主持工作。此时,蒋介石正忙于和冯玉祥、阎锡山展开中原大战。一意孤行的李立三弄出了一个"立三路线",受到共产国际严厉制裁:停发中共中央的活动经费。沉醉于"会师武汉,饮马长江"的李立三只得下台,远走莫斯科。但"立三路线"惊醒了蒋介石,就此拉开了五次"围剿"的序幕。

"坦克"李立三

在国民党"一大"上,两个刚加入国民党的青年共产党员,以能言善辩、词锋激烈给国民党元老们留下了深刻印象。一个是李立三,一个是毛泽东。

李立三单刀直入,大段大段阐发自己的观点,其中不乏率直批评国民党的言论;毛泽东则主要以孙先生的说法为依据,论证自己的观点。

许多国民党人惊异地注视着这两个人,连汪精卫也发出由衷感叹:"究竟是五四运动的青年!"

李立三,这位脾气暴烈的青年有着坚毅的性格。1920年初,他赴法国勤工俭学,甘愿做炉前翻砂工,出大力流大汗。从法国师傅那儿,他接受了共产主义思想,以

李立三

一股勇猛气概投入到学生运动和争取华工权利的斗争中。提到反动势力,

就高喊:"推翻!打倒!杀掉!"因为敢闯敢干,留法学生送他一个绰号——"坦克"。

这台勇猛的"坦克"开回国后,一直忙于闹革命。1923年春节他回家探亲,父亲李镜蓉以为他刚从法国回来,问他:"你留学回来准备做什么事?"李立三答:"我要干共产!"

父亲不知儿子此时正在安源路矿发动工人大罢工。李镜蓉暴跳如雷,"这纯属胡来!是自己找死!人家督军有那么多兵,那么多枪,你们几个小娃娃,一千年也搞不成!"李立三答:"军阀有枪,我们有真理,有人民,我们死了不要紧,牺牲了一些人,一定有更多的人起来革命,革命一定成功!"整个春节,父子都在争吵中度过。

李镜蓉后来逢人便说:"这个儿子是舍出去了,只当是没生他吧!"

安源大罢工

当时安源煤矿总监工王鸿卿探知,路矿俱乐部主任李立三是罢工首领,出600大洋找人刺杀他。

工人们得知后,从早到晚把李立三团团围住。必须由他出面的时候,也总是有几十个工人把他围在中间,谈话超过十分钟就将他一拥而走,使对方没办法下手。

罢工谈判最关键阶段,路矿当局完成"草约"十三条后又想耍阴谋。李立三站起来说:"我们让步已到最大限度,当局接受此条件就复工,否则我就离开矿区,听凭工人们自由行动。"路矿当局一听"自由行动",想必就是暴动。矿长李寿铨在日记里说:"事急如此,设有暴动,千数百万之产业,即不能保……唯有姑订条件开工以息其风。"

对于安源罢工的胜利,刘少奇说:"这实在是幼稚的中国劳动运动中绝无仅有的事。"这一胜利对全国工人运动影响巨大。京汉铁路罢工失败后,各地工会组织遭到封闭,纷纷转入地下,唯有组织严密的安源路矿工人俱乐部工人阶级因势力强大,反动当局不敢贸然镇压。成功的安源煤矿大罢工使党的组织得到很大发展,1924年末中国共产党只有党员900人,其中安源煤矿的党员就达300人。

1926年,李立三又到武汉领导工人运动。在武汉,船工出身的向忠发只是名义上的领袖，实际主持工作的是李立三。当时人们说，只要向忠发、李立三一声令下，武汉三镇 30 万工人要进可进，要退可退。

20 世纪 90 年代出版的《中国共产党历史大辞典》在"李立三"一条中评价说："蒋介石、汪精卫相继叛变革命后，参加了八一南昌起义，并担任中共前敌委员会委员、革命委员会委员和政治保卫处处长。"

李立三还是八一南昌起义的最早提出者和有力的推动者。

"立三路线"

敢于一意孤行的李立三，后来一意孤行地弄出了一个"立三路线"。

1928 年冬到 1930 年秋，李立三成为中共中央主要领导人之一。1930 年 6 月以后，更是由他在实际主持中央工作。此时，蒋介石正忙于和冯玉祥、阎锡山的中原大战。31 岁的李立三认为国民党的统治正在崩溃，中国革命必将发展为全世界最后的阶级决战。他看不起毛泽东的农村根据地的做法，认为应该"斩断统治阶级的头脑，炸裂他的心腹"，由此制订了一个"会师武汉，饮马长江"的计划——调动各路红军力量，齐指中国的心脏武汉。

1930 年 7 月 27 日，彭德怀率红三军团袭占长沙。十年土地革命战争中，这是工农红军攻下省会的唯一战例。

据说李立三嘴巴很大，大到能把自己的拳头塞进嘴里。攻陷长沙更使他声若洪钟。8 月 6 日，他在中央行动委员会上报告《目前政治形势与党在准备武装暴动中的任务》："同志们！目前中国革命的形势，正在突飞猛进地向前发展，已经显然表示着到了历史上伟大事变的前夜。"

沉醉于"会师武汉，饮马长江"的李立三，同时要求"苏联必须积极准备战争"，"西伯利亚十万中国工人迅速武装起来，加紧政治教育，准备与日本帝国主义的作战，从蒙古出来，援助中国，向敌人进攻"。在这一暴动蓝图中，中国革命是世界革命的中心，共产国际只是执行这一计划的配角。

李立三犯了大忌。

共产国际和联共指导中国革命，出发点和归宿点从来是以"世界革命的中心"——苏联的利益为核心，在中国寻找到能够与苏联结盟的力量以分散帝国主义压力，保护世界上第一个社会主义国家苏联的安全。突然间，跳出个李立三,一口一个"暴动",指手画脚地要求"苏联必须积极准备战争"。共产国际以最快的速度和最根本的手段进行了干预:停发中共中央的活动经费。

这是中共自建党以来所受到的最严厉制裁。被停发了经费的李立三,只剩下台一途。被解除政治局委员职务后的李立三,一去莫斯科15年,其中两年是在"世界无产阶级红色堡垒"的监狱中度过,品尝了苏联内务部人员对囚禁者从不手软的肉刑。

李立三虽然远走了,但"立三路线"惊醒了蒋介石。

蒋介石从河南前线向南京发出密电,要求立即任命武汉行营主任何应钦为"鄂、湘、赣三省剿匪总指挥",同时嫡系教导第三师首先抽调南下,开始了对苏区旷日持久的五次血腥"围剿"。

对手
蒋介石 VS 毛泽东

蒋介石通过辞职、下野、收买、驱逐、行刺、战争等手段,使众多的对手如多米诺骨牌一般纷纷倒地。但他遇到了平生最强劲的对手——毛泽东。他们,一个办杂志,一个办报纸,都从笔杆到枪杆;一个以黄埔起家,一个以井冈山起家,都通过枪杆子认识了对方。

青年蒋介石

蒋介石在相当长一段时间内所向无敌。他赶走许崇智,软禁胡汉民,孤立唐生智,枪毙邓演达,刺杀汪精卫,用大炮机关枪压垮冯玉祥、阎锡山、李宗仁、白崇禧、陈济棠,用官爵和袁大头买通石友三、韩复榘、余汉谋。中国政治舞台上从古到今那十八般武器,他样样会使,而且每一样都烂熟于心。

1930年9月8日,蒋、冯、阎大战之间,阎锡山在北平第八次总理纪念周上给反蒋派打气,说蒋介石有四必败:一曰与党为敌;二曰与国为敌;三曰与民为敌;四曰与公理为敌。

被称为"十九年不倒翁"的阎锡山所言极是。很长时间之内,没有人比阎锡山对蒋介石的总结更为准确、精辟、深刻的了。

但蒋纵横捭阖,就是不败。

这对众多北洋老军阀和国民党新军阀来说,此谜也是终身不解。其实,从客观因素看,他们不明白蒋代表着比他们更为先进的势力:与衰亡的封建残余更少粘连,与新兴的资产阶级更多关系。而从主观因素来说,他们忽视了这个人的精神底蕴。

1906年，蒋介石（当时名为蒋志清）报考陆军部全国陆军速成学堂（即后来的保定军校）。当时浙江省报名者千余人，仅招收60人，其中还有46名由武备学堂保送，自由招考名额仅有14人。蒋志清被招生甄试挑选出来，入千分之十四以内。

蒋入陆军速成学堂（保定军官学校前身）后，有日本军医教官讲卫生学，取一土块置于案上，说："这一块土，约一立方寸，计可容四万万微生虫。"该医官又接着说："这一立方寸之土，好比中国一国，中国有四万万人，好比微生虫寄生在这土里一样。"话音未落，课堂内一学生怒不可遏冲到台前，将土击飞，大声反问道："日本有五千万人，是否也像五千万微生虫寄生在八分之一立方寸土中？"军医教官毫无所备，稍许缓过劲来，发现是学生中唯一不留辫子的蒋介石，便指其光头大声喝问："你是否革命党？"该事在陆军速成学堂掀起轩然大波。

1908年，蒋第一次读到邹容的《革命军》，而邹容已在5年前被清廷处死；蒋对《革命军》一书"酷嗜之，晨夕览诵，寝则怀抱，梦寐间如与晤言，相将提戈逐杀鞑奴"，其对革命与造反的情怀难以言表。

1909年秋，陆军部从三个陆军中学考选20名学生赴日深造，蒋介石进入东京振武学校，受"坚船利炮"的现实影响，选学炮科。1912年，蒋在日本创办《军声》杂志社，自撰发刊词，并著《征蒙作战刍议》、《蒙藏问题之根本解决》等文，当时沙俄引诱外蒙独立，蒋十分愤慨，称征藏不如征蒙，柔俄不如柔英；研究外交与军事，"甚思提一旅之众，以平蒙为立业之基也"。

不可否认，这个人青年时代有着一以贯之的极强的精神气质。

1924年6月24日，蒋给黄埔军校学生作《革命军人不能盲从官长》的讲话，说："十三年来，中国的军人被袁世凯辈弄坏了，他们专用金钱来收买军人，军人变为他们个人的利器，专供他们做家狗"，"官长权限一大，便可卖党卖国"。又说："我们革命是以主义为中心，跟着这个主义来革命，认识这个主义来革命的，决不是跟到一个人，或是认识一个人来革命的。如其跟到一个人，或是认识一个人来革命，那就不能叫做革命，那就是叫做盲从，那就叫做私党，那就叫做他人的奴才走狗了。中国人的思想习惯到如今，仍旧是几千年前皇帝奴隶的恶劣思想。"

这篇讲话的思想甚为解放。后来的人们有不同解读：据称讲话前半部分在说陈炯明搞军阀割据，后半部分说孙中山在广东搞个人崇拜。无论此言真否，不可否认的是，能够这样讲的人，必定具有一些信念的底蕴和精神的力量。

不爱钱，不怕死，是蒋介石不离口的革命军人二信条。在黄埔军校门口有一副铿锵作响的对联：

升官发财请走别路
贪生怕死莫入此门

蒋介石的力量不仅仅来源于兵力和金钱。1968年，苏联军事顾问契列潘诺夫出版回忆录《中国国民革命军的北伐：一个军事顾问的笔记》，其中这样描写蒋介石："懂政治，自尊心强得可怕。读日文版的拿破仑著作……能很快作出决定，但经常考虑欠周，于是又改变主意。倔犟，喜欢固执己见。他在政治进步中应该会走到合乎逻辑的极点。"

这是共产党人遇到的前所未有的对手。

蒋是"波拿巴式的人物"

蒋介石在手中握有杀人的枪杆、膛内压满杀人的子弹之时，他对他的党和他自己雄心十足。1927年"四一二"反革命事变后第六天，在《敬告全国国民党同志书》中，他除了表示"伟大任务在于拯救中国"外，还说出了那段广泛流传的名言：

党在，国在，我亦在；党亡，国亡，我亦亡。

而早在1923年，蒋介石率领"孙逸仙博士代表团"访苏。在11月25日召开的共产国际执委会主席团会议上，他慷慨激昂地阐述了国民党的"世界革命概念"。

他说，俄国是世界革命的基地，应该帮助中国完成革命；在德国和中国革命胜利之后，俄、德、中三国结盟，开展对全世界资本主义的斗争；"我们希望在三五年之后,中国革命的第一阶段——民族革命将顺利完成,很快达到这一目的之后,我们将转入第二阶段——宣传共产主义口号。那时,对中国人民来说,将很容易实现共产主义"。

大会给予蒋介石热情的欢呼。可在一片热烈的气氛中,44岁的苏俄红军之父托洛茨基却冷冷地坐在一旁。

应该承认,在对待蒋介石的问题上,最先发出警告的正是托洛茨基。当苏联与共产国际领导人普遍将蒋介石当作代表中小资产阶级的"雅各宾党人"之时,托洛茨基已经提出蒋介石是"波拿巴式的人物"了。

在一次平淡甚至可以说冷淡的会面中,面对蒋介石等待指教的殷切盼望,托洛茨基装作对中国问题不甚了解。他对蒋说,他不大相信中国能够接受社会主义革命。至于如何支援中国革命,他还未考虑好。中国若没有一个强大的革命政党,这个党若不进行目的明确的政治和宣传工作,"即使我们给许多钱,给予军事援助,你们还仍然会一事无成。"这些话令蒋介石万分气恼,给他的刺激很大。

托洛茨基

中共党史出版社2002年新版《中国共产党历史》第一卷中,这样表述:"托洛茨基对大革命后期蒋介石、汪精卫两个集团的阶级实质的认识,对他们将要叛变革命的判断,对斯大林在指导中国革命中的错误的批评,有些是正确的或基本正确的","托洛茨基认为斯大林应对中国大革命的失败负责"。

毛泽东不是共产国际指定的领袖

26岁时,毛泽东在长沙创办《湘江评论》,自撰创刊宣言:"世界什么问题最大?吃饭问题最大。什么力量最强?民众联合的力量最强。什么不要怕?天不要怕,鬼不要怕,死人不要怕,官僚不要怕,军阀不要怕,资本家不要怕。"与26岁在日本创办《军声杂志》的蒋介石一样,毛泽东也在全身心地寻找真理。

他们都十分自信,自己手中握有的就是真理;都不乏对历史的深刻领悟,不乏对未来的精心安排;就各自的政党来说,后来都成了非凡的领袖。

斯大林在中国革命中首先看好的人物是蒋介石,而非毛泽东。即使后来被蒋介石伤透了心,斯大林对毛泽东也抱以长久的怀疑。他以为以毛泽东为首的中国共产党人仅是一些"土地革命者",而非真正的共产党人。

很长一段时间,共产国际并不了解毛泽东。

由于特定的历史条件,作为共产国际的一个支部,中国共产党初期的领袖选定必须得到莫斯科批准。"一大"选陈独秀为书记,得到共产国际代表马林的同意。陈独秀以后的负责人瞿秋白,是鲍罗廷一手包办。"六大"总书记由向忠发出任,因为斯大林看中了他的工人身份。六届四中全会后王明掌权,则完全出于他背后的国际特派代表米夫。

1927年5月,共产国际才知道了中共有个毛泽东。

在国际执委会第八次全会上,为反驳托洛茨基所说北伐加强了资产阶级力量、削弱了工人阶级力量,共产国际总书记布哈林引用毛泽东的《湖南农民运动考察报告》加以批驳。国际机关刊物《共产国际》在同月出版的第22期转载了毛泽东这篇报告。布哈林说,"这是一篇非常好的、很有意义的报告",从中可以看出,"北伐对于革命的最重要成果是唤醒了广大的工农群众,自己组织起来,逐渐成为一支新的巨大的社会力量……"

青年毛泽东

但知道离承认还有很远的距离。毛泽东当时提出了一种与共产国际传统理论不同的理论,但还没有证实这一理论的实践,也没有支持这一实践的实力。后来有了实践,也有了实力,国际开始重视,也只是几次致电中共中央,要与毛泽东搞好团结,发挥他的作用和影响,仅此而已。

斯大林和共产国际对毛泽东能量的认识,并不充分。实际上,真正认识毛泽东力量的，是他的对手蒋介石。

蒋介石早就知道毛泽东。"三二〇"中山舰事件后，通过"整理党务案"被赶出国民党中央的，就有宣传部代部长毛泽东。

毛泽东不是蒋介石面对的第一位共产党领袖。毛泽东之前，蒋介石用法庭审判了陈独秀，用死亡压垮了向忠发，用子弹射穿了瞿秋白。对付这三个共产党的第一把手，他甚至不用亲自出马，部下们就把审讯陈独秀的记录，枪毙向忠发、瞿秋白的照片，规规矩矩放到了他的案头。

使蒋介石真正认识毛泽东的，是他亲自发动的对中央苏区的五次"围剿"和举世震惊的中国工农红军二万五千里长征。他最终通过朱毛红军对枪杆子的运用认识了毛泽东，因而不得不于1945年在重庆恭敬地请毛泽东吃饭，还举杯互祝健康。

对手之间本不用互相尊重。蒋介石从第一次"围剿"起便以5万大洋悬赏毛泽东的人头。毛泽东1934年7月在江西苏区写《目前时局与红军抗日先遣队》一文，也嬉笑怒骂道："试问蒋介石这个蠢货懂什么？"

对手之间又是相互尊重的。

1945年抗战胜利后，蒋介石以3封电报请毛泽东到重庆商讨"举凡国际国内各种重要问题"，两次留毛泽东下榻于自己的林园官邸。抵达重庆的毛泽东得知蒋不抽烟后，虽然自己烟瘾很大，一天能吸几十支，但只要有蒋介石在场，便一根烟不吸。会谈连续达4个小时之久，也是如此。以后他对任何政要皆无这种特殊的礼遇。

双方通过各自的方式，表达出对对方的尊敬。

这种尊敬与其说是对个人的尊敬，不如说是对实力的尊敬，对各自历史地位的尊敬。抛开各自信仰的主义和各自行进的道路，有一点是两人共同的：皆以为自己必定且注定要完成某种不可言喻且不言而喻的历史使命。

蒋介石最终败给了毛泽东。为何而败？是败于主义，还是败于枪杆？是败于对历史的把握，还是败于对未来的规划？

蒋终身不解。

"八七会议"与"枪杆子里出政权"

"四一二"反革命事变之后,毛泽东曾描述自己当时"心境苍凉"。面对将枪杆子威力发挥得淋漓尽致的蒋介石,共产党人意识到,批判的武器永远代表不了武器的批判。"八七会议"成为一个重要转折,中国共产党转而从枪杆子身上找出路。

"八七会议"

从1926年"三二〇"中山舰事件到1927年"四一二"反革命事变,蒋介石突然间向中国共产党人举起屠刀。仅1927年4月到1928年上半年,死难的共产党员、共青团员、工农群众和其他革命人士,就达337000人;至1932年以前,达100万人以上。

"四一二"反革命事变之后,陈独秀十分悲痛地说:"我们一年余的忍耐、迁就、让步,不但是一

湖北省武汉市汉口鄱阳街139号"八七会议"旧址

场幻想,而且变成了他屠杀共产党的代价。"毛泽东曾描述自己当时"心境苍凉,一时不知如何是好"。

蒋介石在共产党人面前，将枪杆子的威力表现得淋漓尽致。批判的武器永远代表不了武器的批判。毛泽东通过蒋介石对枪杆子的运用，看清了他的真面目；而从枪杆子身上，看到了共产党人的出路。

残酷的现实让中国共产党人不得不痛定思痛，重新思考自己的道路与方针。于是，有了1927年8月7日在武汉召开的中共中央政治局紧急会议。会上，毛泽东激动地发言：

从前我们骂（孙）中山专做军事运动，我们则恰恰相反，不做军事运动专做民众运动。蒋唐都是拿枪杆子起（家）的，我们独不管。现在虽已注意，但仍无坚决的概念。比如秋收暴动非军事不可，此次会议应重视此问题，新政治局的常委要更加坚强起来注意此问题。湖南这次失败，可说完全由于书生主观的错误。以后要非常注意军事，须知政权是由枪杆子中取得的。

这段话，后来被总结为一个石破天惊的理论："枪杆子里面出政权。"

枪杆子身上找出路

先给中国政治带进来枪杆子的，是袁世凯。通过对枪杆子的纯熟掌握运用，清王朝知道他是一个力量过大不好控制的大臣，想把他撤职，让他回家乡休息，但是辛亥革命爆发，还是不得不将他请回来，让他镇压革命。后来，清王朝倒了，辛亥革命也不得不接纳他，孙中山让出临时大总统，将袁世凯请回来出任中华民国首任大总统。

孙中山则最先给中国革命带进来了军事。一次一次的武装起义、筹款、购买武器、组织会党，然后组成革命团体，艰难地策划与发动……同盟会的革命活动，基本就是对武装起义苦心竭虑的策划与发动。

而将枪杆子用到炉火纯青的地步的，还是蒋介石。一次次事变，一次次驱除、屠杀、围剿共产党人，从一个名声不大的参谋人员变成国民党的党魁，变成校长、蒋委员长，中国社会首屈一指的独裁人物，蒋介石靠的就是枪杆子，是他教会了共产党人认识到枪杆子的重要性。

毛泽东对枪杆子的认识经历了一个长期过程。

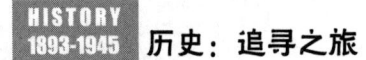

他最初并不赞成暴力革命,倾向于克鲁泡特金的无政府主义,而不是马克思的无产阶级专政。1919年受"五四"运动影响,毛泽东在长沙创办《湘江评论》,第一期《创刊宣言》上,即针对"打倒强权"提出了一番颇为温情的理论:

> (一)我们承认强权者都是人,都是我们的同类。滥用强权,是他们不自觉的误谬与不幸,是旧社会旧思想传染他们遗害他们。(二)用强权打倒强权,结果仍然得到强权。不但自相矛盾,而且毫无效力。欧洲的"同盟"、"协约"战争,我国的"南"、"北"战争,都是这一类。所以我们的见解,在学术方面,主张彻底研究,不受一切传说和迷信的束缚,要寻着什么是真理。在对人的方面,主张群众联合,向强权者为持续的"忠告运动",实行"呼声革命"——面包的呼声,自由的呼声,平等的呼声,——"无血革命"。不主张起大扰乱,行那没效果的"炸弹革命"、"有血革命"。

毛泽东当时对一切暴力——包括孙中山的南方政府反对北方北洋军阀政府的暴力——皆表现出极大的愤怒。1920年,他以极大的热忱投入湖南自治运动,把各省自决自治看作是拯救中国的唯一方法。他说:"胡适之先生有20年不谈政治的主张,我现在主张20年不谈中央政治,各省人用全力注意到自己的省,采省门罗主义,各省关上各省的大门,大门之外,一概不理。"

7年以后,毛泽东说:"革命不是请客吃饭,不是做文章,不是绘画绣花,不能那样雅致,那样从容不迫,文质彬彬,那样温良恭俭让。革命是暴动,是一个阶级推翻一个阶级的暴烈的行动。"

"八七会议"是一个重要的转折,中国共产党"决定武装反抗,从此找到了出路"。

"毛泽东道路"

知道了枪杆子里面出政权,不等于就知道了武装割据,知道了农村包围城市。中国共产党人还要在不断的摸索中调整自己的方向,寻找自己的道路。

共产党人并非不喜欢城市。打响武装反抗国民党第一枪的八一南昌起义，原定目标是南下广东，二次北伐。

开辟工农武装割据道路的秋收起义，原定目标是会攻长沙。

最先打出苏维埃旗帜的广州起义，则几乎一步不改地走十月革命城市武装暴动之路。

可南昌起义队伍转战到广东，还未立足就被打散了。秋收起义队伍则连个浏阳县城也蹲不住就被迫后退。广州起义只搞了三天，范围没有超出广州城。

毛泽东最早将失败的起义队伍转向罗霄山脉。这是在黑暗中面对失败思索的结果。

它不是神的选择。是踏踏实实的中国革命者面对中国革命的特殊性，立足于现实的选择。

它是人的选择。

在"八七会议"上，毛泽东被选为政治局候补委员。留他在中央工作他不肯，说是要去搞"土匪工作"。结果秋收起义队伍没有攻打长沙而上了井冈山，国际代表罗明纳兹提议开除毛泽东政治局候补委员，中共中央负责人瞿秋白照办。消息传到根据地就变成了开除党籍，毛泽东很长时间连组织生活都不能参加。

这些都没有阻止他在罗霄山脉扎根立足，建立农村根据地。

毛泽东的根基在井冈山，不在白区，更不在共产国际。不能设想他在大城市租界内外压低帽檐东躲西藏，更不能设想他像小学生一样端坐在共产国际会议厅里背诵冗长的决议。他属于那片实实在在的土地。只有在武装割据的中国农村中，他才如鱼得水，游刃有余。

第一个上山搞起工农武装割据、在井冈山游刃有余的毛泽东，用武器的批判给中国共产党人提供了最有力的批判的武器，也为世界革命开创了一条"毛泽东道路"。

南昌起义（上）
逼上梁山还是清醒自觉

1927年8月1日，中国共产党人在南昌打响反抗国民党血腥屠杀政策的第一枪。今天回过头去看，八一南昌起义并不是顺理成章的，具有很大的偶然性。但是，正因为有一批革命领导人有着革命的积极性、主动性和创造性，认识到了枪杆子对中国共产党的重大意义，才有了这一中国革命处于生死存亡的危急关头、中国共产党人拿起武器反抗国民党血腥屠杀政策的武装暴动。

八一南昌起义

大革命失败后，中共中央根据共产国际指示改组，陈独秀被停职，鲍罗廷指定张国焘、张太雷、李维汉、李立三、周恩来五人组成中央常委，代行政治局职权。此时，中央已经确定了武装反抗国民党的总方针，但如何武装反抗，在何时、何地举行何种起义，没有详细的计划。

一开始并没有计划在南昌起义，临时中央的主要工作是部署党组织转入地下和中央机关经九江撤退到上海。为此，李立三和中央秘书长邓中夏被先期派到九江，部署中央撤退的同时，考察利用张发奎的"回粤运动"，打回广东以图再举的可能性。

到九江后，李立三三下两下把筹划撤退的任务变成了组织武装起义。7月20日，他与谭平山、邓中夏等在九江举行会议，认为靠张发奎的"回粤运动"成功的可能性极小。即使回粤成功，也由于我党开始实行土地革命的总方针，同张发奎的破裂难以避免，因此应该搞一个独立的军事行动，"在军事上赶快集中南昌，运动二十军与我们一致，实行在南昌暴动，解决三、六、九军在南昌之武装。在政治上反对武汉、南京两政府，建立新的政府来号召。"

这是举行南昌起义的最早建议。会议一结束，李立三、邓中夏立即上庐山，向刚刚到达的鲍罗廷、瞿秋白、张太雷汇报。

鲍罗廷沉默不表态。瞿秋白、张太雷则完全赞成。

此时共产国际新任代表罗明那兹到达汉口，汉口传来要召开紧急会议的消息。李立三立即请准备去汉口开会的瞿秋白将此意见面告中央，请中央速作决定。

中央指示未到，李立三照样行动。7月24日他下山后立即开了第二次九江会议，决定叶、贺部队于28日以前集中南昌，28日晚举行暴动。然后再次电请中央从速指示，大有箭在弦上不得不发之势。

周恩来在武汉得到李立三的报告。中共中央两次召开会议讨论南昌起义问题，最后同意举行暴动，但对暴动地点提出另一种意见——在南浔，而不是南昌，同时派周恩来立即赶赴九江。

7月25日周恩来到九江，召集第三次九江会议。在会上传达：中央常委和国际代表同意在南浔一带发动暴动，然后由江西东部进入广东会合东江农军。李立三不同意把暴动地点选在南浔，他认为九江地区军阀部队聚集，于我不利；同时叶、贺部队已经陆续开往南昌，南昌起义势在必行。在他的坚持下，周恩来最终同意了这一意见。

前敌委员会书记周恩来

会后，周恩来、李立三等从九江出发奔赴南昌成立前敌委员会。前敌委员会决定7月30日晚上举行暴动。

可一波刚平，一波又起。排在第一号的中央常委张国焘于7月27日晨到达九江，带来中央最新意见，要起义推迟。30日晨，前敌委员会在南昌一所女子职业学校举行紧急会议，由张国焘传达中央精神，要求对起义重新讨论。张话音未落，李立三猛地站起来，激动地说："一切都准备好了，哈哈！为什么我们还要重新讨论？"

周恩来一生中第一次拍了桌子："国际代表和中央给我的任务是叫我

来主持这个运动,你的这种意思与中央派我来的意思不符。不准起义,我辞职不干了!"

张国焘见无法达成一致,便在会后找李立三个别谈话。说来说去李立三就是一句:"一切都准备好了,时间上已来不及作任何改变!"

最终,起义时间定到8月1日凌晨举行。

八一南昌起义,成为了中国共产党独立领导武装斗争的开始。

三河坝分兵

1927年9月初,南昌起义军在三河坝兵分两路。主力由周恩来、贺龙、叶挺、刘伯承等率领直奔潮汕,夺取海陆丰一带,争取获得一个港口接受可能来自共产国际或者苏联的军火援助;朱德率领部分兵力留守当地,阻敌抄袭起义军主力后路,然后南下与主力会合。

这就是著名的"三河坝分兵"。

当时朱德率十一军二十五师和九军教育团,共计4000余人。三天三夜的阻击伤亡很大,撤出三河坝时只剩下2000余人。路上遇到溃败下来的二十军教导团参谋长周邦采,和他带领的200多人(粟裕就在这支队伍内),朱德才得知起义军主力已经在潮汕失败。

10月3日前敌委员会的流沙会议,是轰轰烈烈的南昌起义的最后一次会议。

会议由周恩来主持。他当时正在发高烧,用担架抬到会场。郭沫若回忆说,周恩来"脸色显得碧青。他首先把打了败仗的原因,简单地检讨了一下。第一是我们的战术错误,

第三军军官教育团团长朱德

我们的情报太疏忽,我们太把敌人轻视了。其次是在行军的途中,对于军队的政治工作懈怠了。再次是我们的民众工作犯了极大的错误"。

可以想到,当时周恩来是怎样一种心情。

周恩来报告后,被称为"叶、贺部队"的叶挺说:"到了今天,只好当流寇,还有什么好说!"党史专家们后来解释,叶的所谓"流寇",是

指打游击。贺龙则表示:"我心不甘,我要干到底。就让我回到湘西,我要卷土重来。"

这样的表态也没有搞完,村外山头上发现敌人尖兵,会议匆匆散了。

分头撤退途中,队伍被敌人冲散。连给周恩来抬担架的队员也在混乱中溜走,他身边只剩下叶挺和聂荣臻。三个人仅叶挺有一支小手枪,若不是遇到中共汕头市委书记、周恩来的老朋友杨石魂搭救,真是生死未卜。

聂荣臻回忆这段经历时说:"那条船,实在太小,真是一叶扁舟。我们四个人——恩来、叶挺、我和杨石魂,再加上船工,把小船挤得满满的。我们把恩来安排在舱里躺下,舱里再也挤不下第二个人。我们二人和那位船工只好挤在舱面上……风浪又大,小船摇晃得厉害,站不稳,甚至也坐不稳。我就用绳子把身体拴到桅杆上,以免被晃到海里去。这段行程相当艰难,在茫茫大海中颠簸搏斗了两天一夜,好不容易才到了香港。"

前敌总指挥叶挺

新中国成立后,周恩来在总结南昌起义的经验教训时说:"南昌起义后的主要错误是没有采取就地革命的方针,起义后不该把军队拉走,即使要走,也不应走得太远,但共产国际却指示起义军一定要南下广东,以占领一个出海口,致使起义军长途跋涉南下,终于因优势敌兵的围攻而遭到失败。""它用国民革命左派政府名义,南下广东,想依赖外援,攻打大城市,而没有直接到农村中去发动和武装农民,实行土地革命,建立农村根据地,这是基本政策的错误。"

前委军委书记聂荣臻

这段话谈及的,实是方向和道路的选择问题。

1965年,毛泽东会见印度尼西亚共产党主席艾地时,也谈到南昌起义。他对周恩来说:"你领导的那个南昌起义,失败以后,部队往海边撤退,想得到苏联的接济,那是'上海',不是'上山',那是错了。"周恩来马上接过来说,是错了,主席上了井冈山,是正确的。

历史中确实有很多东西难以预测。南昌起义部队分散撤退的时候,很难有人想到,留在三河坝的朱德与毛泽东一道成为中国人民解放军的主要创建者和领导人。起义部队的主力在潮汕溃散了,而留在三河坝殿后的"部分兵力",最后上了井冈山,后来成为中国人民解放军建军的中流砥柱。

历史又正因为不可预测,所以才充满机会。面对不可预测的历史,能够凭借的,只有自身的素质与信念。领导者的素质与信念,最终汇聚成历史的自觉。

南昌起义（中）
八元帅与六大将

南昌起义，可以说是中国共产党人运用枪杆子的第一次实践。当年在南昌城头指挥战斗、随后赶来参与战斗、暗中支持起义的，有新中国成立后被授衔的八元帅和六大将。如此众多的未来高级将领会聚于南昌起义，绝不仅仅是历史的巧合，之中蕴含着某种历史的必然。

南昌城头战斗的三元帅

1955年，被授衔的中国人民解放军十位元帅和十位大将中，有八位元帅和六位大将与南昌起义紧紧相连。

八位元帅是：朱德、贺龙、刘伯承、聂荣臻、林彪、陈毅、叶剑英、徐向前；六位大将是：陈赓、粟裕、许光达、张云逸、谭政、罗瑞卿。

8月1日起义当天，在南昌城头指挥战斗的就有后来人民解放军的三位元帅：起义代总指挥、暂编第二十军军长贺龙；暂编十五军军长、协助贺龙实施指挥的刘伯承；第三军军官教育团团长兼南昌市公安局局长朱德。

起义总指挥贺龙

1927年7月是中国共产党最困难的时刻。继蒋介石发动"四一二"事变后，汪精卫又发动了"七一五"事变，共产党人到处被通缉、被屠杀、被囚禁。就在这样的时刻，担任川军第九混成旅旅长的贺龙作出了自己的选择。

7月23日，贺龙率部到达九江。谭平山找贺龙谈话："共产党人要在南昌举行武装暴动，希望率二十军一起行动。"贺龙当即表示："感谢党中央对我的信任。我只有一句话，赞成！"

7月28日，贺龙见到前敌委员会书记周恩来。周恩来就起义基本计划询问他的意见。贺龙说："我完全听共产党的命令，党要我怎么干就怎么干。"周恩来点点头，说："共产党对你下达的第一个命令，就是党的前委委任你为起义军总指挥！"

后来在起义部队南下途中，贺龙由周逸群、谭平山介绍，在瑞金加入了中国共产党。

素以"深思断行"为座右铭的刘伯承，凡事独立思考，不喜随波逐流。1926年5月，经吴玉章、杨闇公介绍，刘伯承加入了中国共产党。当时，他已是有"军神"之称的川中著名战将。

南昌起义前，中国共产党人还没有独立地领导过武装斗争，急需政治上可靠、有秘密组织大规模兵暴经验和丰富作战指挥经验者。周恩来选中了刘伯承。

刘伯承不负众望，他首先根据周恩来的指示，到二十军军部协助贺龙拟制起义计划，并协助指挥二十军攻占朱培德的第五方面军总指挥

军事参谋团参谋长刘伯承

部。起义成功后，他又出任参谋团参谋长，直接指挥策划起义部队随后的行军作战行动，发挥了重要作用。

后来成为元帅的朱德，在南昌起义时却并非核心领导成员。起义当晚，前敌委员会分派给朱德的任务，是用宴请、打牌和闲谈的方式拖住滇军的两个团长，以保证起义顺利进行。陈毅说，朱德在南昌暴动的时候，地位并不重要。

朱德虽然是个老同志，但没有基本部队。他任九军副军长，九军当时就是个空架子，没有军长，参加起义的只有军官教育团3个连和南昌公安局2个保安队，不到500人。但在三河坝完成阻击任务和天心圩军人大会上，朱德却表现出了坚强的领导能力，力挽狂澜，为中国共产主义革命保留下火种。

从九江赶来的元帅们

8月2日拂晓，从马回岭又赶来了后来人民解放军的两位元帅：前委军委书记聂荣臻；第四军二十五师七十三团三营七连连长林彪。

南昌起义前，经周恩来指定，在中央军事部工作的聂荣臻任前敌军委书记，负责赶赴南昌以北靠近九江的马回岭，将驻防在那里的第四军第二十五师拉入南昌起义队伍。8月1日中午，马回岭地区第二十五师的两个团又一个连，计3000人，在聂荣臻、七十三团团长周士第、七十五团副营长孙一中率领下，脱离张发奎的控制，向南昌开拔，参加起义。

这支队伍的行动坚决果断。当张发奎、二十五师师长李汉魂率领卫队营乘火车追赶上来，想把队伍拉回去时，担任殿后任务的七十三团立即猛烈射击，张发奎、李汉魂跳车狼狈逃走，火车被俘获，张发奎的卫队营也全部被缴械。

北伐作战中初露锋芒的林彪，就在担任殿后的队伍之内，时任七十三团三营七连连长。

这部分力量的加入，使南昌起义部队力量得到大大加强。

南昌起义那天，陈毅还在武汉。任第二方面军教导团准尉文书的陈毅，实际是该团内中共党团负责人。教导团奉命"东征讨蒋"，正准备开拔，陈毅向好友辞行时说："以前清朝政府骂孙中山是土匪，现在国民党又骂我们是土匪。好，我偏要去当这个'土匪'！"

乘船东进的教导团到九江后被第二方面军总指挥张发奎包围缴械。全体上岸，分别站队，清理共产党人。陈毅就在这天晚上决然脱离教导团，星夜追赶南昌起义军。8月10日，他终于在抚州追上了起义队伍，周恩来、刘伯承派他到二十五师七十三团任团指导员。周恩来说："派你做的工作太小了。你不要嫌小！"陈毅只一句："什么小不小！叫我当连指导员我也干。只要拿武装我就干！"

第十一军二十五师七十三团
指导员陈毅

暗中帮助起义的叶剑英

叶剑英在南昌起义中的重要作用，相当一段时间内不为人知。

时任张发奎第二方面军第四军参谋长的叶剑英，在白色恐怖气氛越来越浓重的1927年7月上旬，被中共中央特批为正式党员，但特殊的工作需要，党组织让他保持秘密身份，只与少数党员联系。

起义发动前，叶剑英利用与张发奎等人的关系，探知贺龙、叶挺等第二方面军将领将要被扣留，解除兵权。他立即连夜找到叶挺告知消息。为避开耳目，他与叶、贺、廖乾吾、高语罕四人到甘棠湖划船，在一条小划子上商量出对策：贺、叶不上庐山；不接受张发奎调贺、叶部队到德安集中的命令，部队立即开往南昌；叶挺部队先行，贺龙部队随后。

这次甘棠湖聚会，在党史上被称为"小划子"会议。它对保证起义领导人的安全和将起义的主力部队及时开往南昌起了重要作用。

第二方面军第四军参谋长叶剑英

起义发生后，张发奎的不少亲信将领主张派兵前后夹击起义军，一举将暴动扑灭。叶剑英又以第四军参谋长的身份站出来反对。他利用张发奎一直想重回广东的意图，对张发奎说："我们原来商量好的，到广东重新做起，如果尾追贺、叶，徒耗兵力，我军仍无立足之地，又怎样实现总理遗训、重新北伐呢？"他建议：跟随叶、贺部队进入广东，以"援师讨逆"旗号夺占广东地盘。张发奎采纳了叶剑英的建议，使南昌起义军减少了尾追，得以迅速打开南下广东的通道。

国民党方面编辑的《国民革命军战史初稿》这样描写张发奎当年的追击行动："叶、贺等遂东去抚州。张发奎率师追之。嗣忽分途，叶、贺等由闽粤边境趋潮汕，张发奎部则改由南雄入粤。"

"嗣忽分途"、"改由南雄入粤"，活脱脱再现了叶剑英当年的作用。

未能和组织接上头的徐向前，没能参加南昌起义。早在1927年3月就加入了中国共产党的他，当时随张发奎移驻九江。起义爆发后，张发奎集合第二方面军指挥部全体军官，宣布："CP分子三天以内保护，三天以外不负责任！"徐向前当时虽然未暴露身份，但决意离去。他当天晚上就悄悄离开九江去寻找党组织，从此脱离旧军队，开始了红色革命生涯。

被红色召唤的六位大将

直接参加南昌起义的三位大将，是陈赓、粟裕、许光达。

陈赓于1926年9月被党派往苏联远东，学习群众武装暴动，回国后辗转上海、武汉。他随周恩来奔赴南昌，参加组织武装起义，负责政治保卫工作，南下途中出任贺龙第二十军三师六团一营营长；粟裕大将当时是第十一军二十四师教导队学员班长，南昌起义中所在中队负责警卫设在江西大旅社的革命委员会；许光达大将当时是第四军直属炮兵营见习排长。他在宁都加入南昌起义部队，任起义军第二十五师七十五团十一连排长、代理连长。

以隐蔽身份协助南昌起义的大将是张云逸。他当时任第四军李汉魂二十五师的参谋长，根据组织要求，未暴露身份公开参加起义，却做了两件极为重要的工作：一是说服第二方面军总指挥张发奎，让共产党人卢德铭出任第二方面军警卫团团长。该团虽未赶上参加南昌起义，转道湖南成了秋收起义的主力。卢德铭本人还担任了秋收起义部队的总指挥；第二件是8月1日当天，在马回岭二十五师师部掩护七十三团团长周士第不被师长李汉魂扣留，使二十五师两个多团部队顺利加入南昌起义队伍。

因南昌起义而走上革命道路的另外两位大将，是谭政、罗瑞卿。

谭政当时在第二方面军警卫团特务营任文书。南昌起义第二天，警卫团根据党的指示，乘船离开武汉东下，准备与南昌起义大军会合。九江口已被封锁，为防备张发奎在九江截击，警卫团在湖北阳新弃船上岸，改由陆路奔赴南昌。因起义部队已大踏步南撤，谭政所在的警卫团便根据党的指示留了下来，后来也成为了秋收起义的主力。

罗瑞卿所在的方面军教导团在九江被张发奎截获。罗瑞卿后来回忆说："船到九江，部队一上岸即被第二次缴枪……全部人员被关在一医院的草坪上，电灯都没有。"张发奎向他认为问题很大的教导团训话，要大家不要跟共产党走，跟他走。罗瑞卿断然离队，返回武汉寻找党。

如此众多的未来高级将领会聚于南昌起义，绝不仅仅是历史的巧合。

南昌起义（下）
朱德保留革命的火种

当年四散撤退的南昌起义领导人，谁能想到留在三河坝担负殿后任务的朱德，最终组织起南昌起义部队的"上山"力量，成为中国人民解放军的第一号军人。在三河坝，在天心圩，面对部队一触即散的危境，朱德挺身站出来，以自己坚定的信念力挽狂澜，为革命保留下珍贵的火种。

在天心圩面临危境

八一南昌起义，仅仅是朱德威望和地位起始的低点。起义部队对朱德的认识，经历了一个不短的过程。

在留守三河坝完成阻击任务时，真正是朱德从九军带出来的人员，已经没有几个了。基本力量是周士第的二十五师，还有周邦采带回来的部分二十四师人员。三河坝这个摊子，已经是个损兵过半、四面是敌、与上下左右皆失去联系的烂摊子，思想上和组织上都相当混乱。

当时，周恩来、聂荣臻去了香港，叶挺去了南洋，贺龙去了湖南，刘伯承去了上海。从南部跑回来的一些官兵觉得主力都散了，起义领导人也都分散撤离了，三河坝这点儿力量难以保存，提出散伙。

部队面临一触即散的局面。朱德就是在这个非常时刻，面对这支并非十分信服自己的队伍，表现出了坚强的领导能力。

在商量下一步行动方针的会议上，朱德坚决反对解散队伍。他提出隐蔽北上，穿山西进，去湘南。茫然四顾的人们，听了他的话。

三河坝还不是谷底。谷底在天心圩。

部队虽然摆脱了追敌,但常受地主武装和土匪的袭击,不得不在山谷小道上穿行,在林中宿营。同上级党委仍无联系。时近冬天,官兵仍然穿着单衣,有的甚至穿着短裤,打着赤脚,连草鞋都没有;无处筹措粮食,官兵常常饿肚子;缺乏医疗设备和药品,伤病员得不到治疗;部队的枪支弹药无法补充,战斗力越来越弱;饥寒交迫,疾病流行,部队思想一片混乱。杨至诚上将后来回忆说:"每个人都考虑着同样的问题:现在部队失败了,到处都是敌人,我们这一支孤军,一无给养,二无援兵,应当怎样办?该走到哪里去?"

各级干部纷纷离队。一些高级领导干部,有的先辞后别,有的不辞而别。

南昌起义在军、师两级设立了党代表;团、营、连三级设立政治指导员。这一体制到1927年10月底崩溃。所有师以上党的领导人均已离队。只剩一个团级政治指导员陈毅。

军事干部也是如此。在天心圩不仅师长周士第、党代表李硕勋离队,七十三团团长黄浩声、七十五团团长张启图也离开了部队。师团级军事干部只剩一个七十四团参谋长王尔琢。

领导干部如此,下面更难控制。营长、连长们结着伙走。还有的把自己部队拉走,带一个排、一个连公开离队。剩下来的,便要求分散活动。林彪带着几个黄埔四期毕业的连长找陈毅,说:"现在部队不行了,一碰就垮;与其等部队垮了当俘虏,不如现在穿便衣,到上海另外去搞。"

后来,人们把这段话作为林彪在关键时刻对革命动摇、想当逃兵的证据,其实言之过重了。在当时那种局面下,地位比林彪高且不打招呼就脱离队伍的人比比皆是。很多走的人都如林彪所想,不是去上海,便是去香港"另搞"的。

部队面临顷刻瓦解、一哄而散之势。南昌起义留下的这点儿革命火种,有立即熄灭的可能。

关键时刻,站出来的还是朱德。

朱德力挽狂澜

在天心圩军人大会上,朱德沉着镇定地说:"大家知道,大革命是失败了,我们的起义军也失败了!但是我们还是要革命的。同志们,要革命

历史：追寻之旅

的跟我走；不革命的可以回家！不勉强！"

他还说："1927年的中国革命，好比1905年的俄国革命。俄国在1905年革命失败后，是黑暗的，但黑暗是暂时的。到了1917年，革命终于成功了。中国革命现在失败了，也是黑暗的。但黑暗也是暂时的。中国也会有个'1917年'的。只要保存实力，革命就有办法。你们应该相信这一点。"

人们从朱德那铿锵有力、掷地出声的话语中，感受到了他心中对革命那股不可抑制的激情与信心。这信心与激情像火焰一般，迅速传播给了剩下来的官兵。

陈毅后来说："朱总司令在最黑暗的日子里，在群众情绪低到零度、灰心丧气的时候，指出了光明的前途，增加群众的革命信念，这是总司令的伟大。"

什么叫力挽狂澜？这就叫力挽狂澜。

朱德的话语中已经包含两条政治纲领：共产主义必然胜利；革命必须自愿。

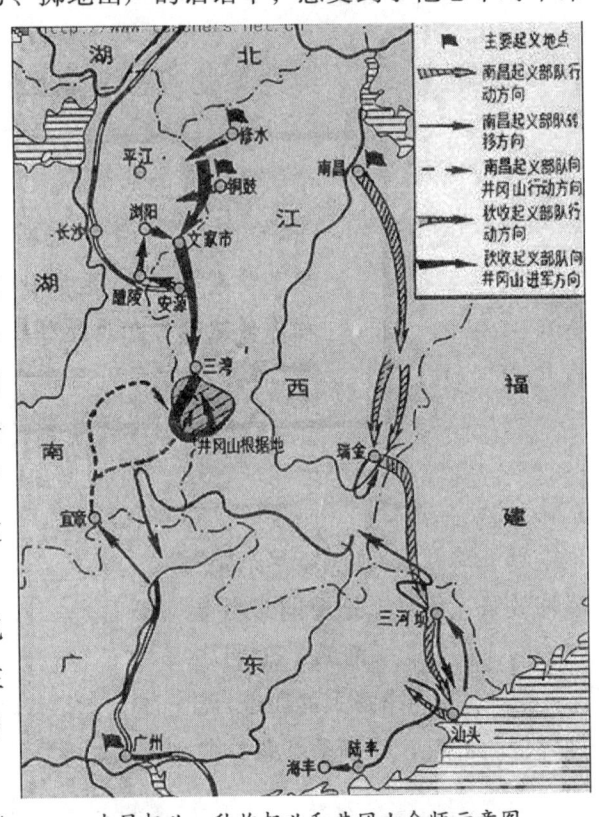

这两条纲领后来成为人民军队政治宣传工作的基础。

南昌起义、秋收起义和井冈山会师示意图

西方领导科学认为领导力的形成依赖三大要素，一曰恐惧，二曰利益，三曰信仰。恐惧迫使人们服从，利益引导人们服从，信仰则使人产生发自内心的服从。1927年10月底，在中国江西省安远的天心圩，朱德在关键时刻向即将崩溃的队伍树立起高山一样的信仰。通过信仰认识利益，再通过信仰和利益驱散恐惧，真正的领导力和领导威望，在严重的危机中凤凰涅槃一般诞生。

朱德讲话之后，陈毅也上去讲了话。"一个真正的革命者，不仅经得起胜利的考验，能做胜利时的英雄，也经得起失败的考验，能做失败时的英雄！"陈毅当时去上海、去北京、去四川都有很好的出路，但他哪儿都不去，坚决留在队伍里，践行自己"只要拿武装我就干"的决心。

黄埔一期毕业的王尔琢则蓄起胡须，向大家发誓：革命不成功，坚决不剃须！

火种保留了下来，再也没有熄灭。朱德成为这支部队无可争议的领袖，仅存的两位团职干部——团级政治指导员陈毅，团参谋长王尔琢成为他的主要助手。

为了反抗国民党的屠杀政策，从1927年4月中旬的海陆丰农民起义开始，中国共产党人先后发动了八十余次武装起义。历次起义——包括规模最大、影响最大的南昌起义都失败了。但因为保留下来了革命火种，它们又没有失败。

朱德为部队杀出一条血路

部队就地改编为一个纵队。朱德任纵队司令员，陈毅任纵队政治指导员，王尔琢任纵队参谋长。下编一个士兵支队，辖三个步兵大队；还有一个特务大队。剩下一门82追击炮，两挺手提机关枪，两挺重机关枪合编为一个机炮大队。多余下来的军官编成一个教导队，直属纵队部，共计800人。

可以想象，在当时的条件下，天心圩留下来的这800人中，没有几人能想到共产党人22年后夺取全国政权。但每一个自愿留下来的人，内心深处都从朱德、陈毅、王尔琢身上感受到了共产主义一定胜利的信念。

这支部队后来成为中国人民解放军建军的重要基础，战斗力的核心。蒋介石兵败大陆，其军事力量主要被歼于东北战场和华东战场。指挥东野的林彪，指挥华野的粟裕，1927年10月皆站在天心圩被朱德稳定下来的800人队伍中。

粟裕回忆说，当时队伍到达闽赣边界的石经岭附近隘口，受敌阻击。朱德亲率几个警卫员从长满灌木的悬崖陡壁攀登而上，出其不意地在敌侧后发起进攻；"当大家怀着胜利的喜悦，通过由朱德亲自杀开的这条血路时，

历史：追寻之旅
HISTORY 1893-1945

只见他威武地站在一块断壁上，手里掂着驳壳枪，正指挥后续部队通过隘口。"

对这支队伍的战略战术，朱德也作出了极大贡献。天心圩整顿后，他便开始向部队讲授新战术，讲授正规战如何向游击战发展。

朱德对游击战争的认识和实践很早。辛亥革命后，率部在川、滇、黔同北洋军阀部队打仗时，他就摸索出一些游击战法。1925年7月，他从德国到苏联的东方劳动大学学习。几个月后去莫斯科郊外一个叫莫洛霍夫卡的村庄接受军事训练。受训的有40多名来自法国、德国的中国革命者，主要学习城市巷战、游击战的战术。教官大多是苏联人，也有来自罗马尼亚、奥地利等国的革命者。朱德当队长。教官问他回国后怎样打仗，他回答："我的战法是'打得赢就打，打不赢就走，必要时拖队伍上山'。"

第四军二十五师七十四团参谋长王尔琢

十六字诀游击战术的核心出现了。

当起义部队南下攻打会昌时，朱德奉命指挥二十军第三师进攻会昌东北高地。他首先命令三师教导团团长侯镜如，挑选几十人组成敢死队，追击正向会昌退却的钱大钧部。他向大家动员说："你们都是不怕死的中华健儿。可是，今天我要求你们一反往常猛打猛冲的常规，只同敌人打心理战。你们要分作数股，分散活动，跟在敌人后面或插到敌人两翼，向敌人打冷枪。要搅得敌人吃不下，睡不着，这就是你们的任务。"

五十多年后，侯镜如回忆这一段战斗经历时说："会昌战斗中，朱总指挥我们和钱大钧作战，就采用了游击战法。敌人退，我们跟着进；敌人驻下了，我们就从四面八方打冷枪，扰乱敌人，不让敌人们休息。这就是'敌退我追，敌驻我扰'。"

"在这一点上，我起了一点儿带头作用。"朱德自己后来只说了这么一句。

1955年人民解放军授衔，朱德名列十大元帅之首。天心圩离队的师长周士第授衔上将，他手下的七十三团三营七连连长林彪名列十大元帅之三，七十三团政治指导员陈毅名列十大元帅之六，七十四团班长粟裕名列十大将之首。

《中国人民解放军战史》评价说，这支队伍在极端困难的情况下能够保存下来，朱德、陈毅"为中国革命事业作出了重大贡献"。

历史是一条奔腾不息的长河，给予个人的机会极其有限。朱德从南昌起义队伍的边缘走到了"朱毛红军"的核心，最后成为中国人民解放军总司令，没有义无反顾投身革命、舍生忘死追求真理的精神世界，无法获得这样深刻和敏锐的历史自觉。

井冈山的斗争（上）
星星之火与农村包围城市

1927年9月9日，秋收起义爆发，毛泽东第一次实践"枪杆子里面出政权"。但毛泽东没按原定计划攻打长沙，而是将队伍带上了井冈山。今天再看此事，就当时的中国革命现状而言，毛泽东恰恰是为中国革命找到了一条极其符合中国实际的道路。

秋收起义队伍开上井冈山

1927年9月9日，湘赣边界秋收起义爆发。起义原定的方向是攻打长沙。但毛泽东一看这个队伍的实力，主要是湖南的农军和留洋的学生，战斗力不行，军事素质也较差，没有什么作战经验，根本打不了长沙，只得放弃计划，带领部队上了井冈山。

毛泽东在"八七会议"中被增补为政治局候补委员，刚开始进入中央的核心层就被撤职，撤职原因是：让你组织秋收起义主要是攻长沙，你却上了井冈山，属于右倾逃跑。

今天再看毛泽东上井冈山一事，就当时的中国革命现状而言，毛泽东恰恰是为中国革命找到了一条极其符合中国实际的道路。那么，毛泽东在这块红色土地走出了一条怎样的道路呢？

1927年9月29日，三湾改编。毛泽东提出支部建在连上。1927年底，井冈山斗争提出建立巩固的农村根据地，实施工农武装割据。这就是毛泽东的思想脉络和发展的路径。

毛泽东对"工农武装割据，农村包围城市，最后夺取城市"的中国革命道路的探索，并不是胸有成竹的。最初上井冈山是不得已而为之，"上山"后与山大王王佐、袁文才的队伍会合，两股力量混合在一起，战斗力还是非常弱。那么，怎么夺取未来的胜利呢？

中国革命道路是一步步摸索出来，走出来的。红色根据地、革命政权的广泛建立，在政治上开辟了中国共产党人自己独特的理论领域，而且军事上建立了中国共产党自己的武装力量——工农红军。最终保障政治独立的是经济独立。正是有赖于广泛的革命根据地，我们党在经济上也完全摆脱了对共产国际的依赖，让中国革命在一定范围内能够真正独立，这是毛泽东对中国革命的重大贡献。

中央苏区也好，地方苏区也好，都实行了打土豪、分田地政策，既是红色政权政治运动的基础，也是中国共产党人经济独立的基础。在中国共产党人最为困难的土地革命时期，自从中央苏区、鄂豫皖苏区、湘鄂苏区等建立之后，苏区的财政全部自给自足。苏区有独立的工商税收，有独立的田税。苏区在这个基础上完全拥有了政权独立运作的模式，不再需要共产国际的经济支持。不仅如此，苏区还派人一趟趟给上海的党中央送经费、送黄金。

有意思的是，各个苏区都是建立在白色政权的结合部，这就是毛泽东讲的"中国的红色政权为什么能够存在"的根本条件，也是独属于中国的奇特现象。白色政权之间的战争，给中国革命提供了一个充分发展、发育、成长的空间。

毛泽东道路之所以珍贵，就在于它让中国革命不但要独立于敌人，而且独立于友人，走出了符合中国社会特质的一条独立的革命道路。

"朱毛"、"彭黄"会师井冈山

留在三河坝的八一南昌起义部分力量，在朱德的带领下也上了井冈山，与毛泽东所带领的秋收起义部队会合。

1928年4月，朱、毛井冈山会师时，心情兴奋的毛泽东特地换下穿惯的长布衫，找人连夜赶做灰布军装，只为能够穿戴得整整齐齐，会见大名鼎鼎的朱德。

在八一南昌起义部队到来之前，井冈山上的部队主要是守势，因为战斗力弱，能守住山头就不错了，若下山去打这个打不过，打那个也打不过。

历史：追寻之旅

朱德部队的到来，使得井冈山部队的战斗力大增。

蒋介石一直把红军看作两股：一股为"朱毛"，一股为"彭黄"。"朱毛"红军是中央苏区与江西苏区结合发展起来的，"彭黄"红军是平江起义从湖南拉过来的部队。第一次"围剿"刚刚开始，他亲自悬赏5万元，缉拿朱德、毛泽东、彭德怀、黄公略四人。

1928年9月，红五军取消团、连番号，编为五个大队和一个特务队。在三个多月的转战中，部队减员一千余人，张荣生、李力英等骨干牺牲，意志薄弱者或投机者也相继离队或叛变。一次彭德怀集合部队讲话时，一大队长雷振辉突然夺过警卫员薛洪全的手枪，瞄准彭德怀就要开枪。在众人皆惊呆的千钧一发之际，新党员黄云桥一手扳倒雷振辉，一手拔枪，将雷击毙。彭德怀面不改色，继续讲话。他说，我们起义是为了革命，干革命就不能怕苦，也不能怕流血牺牲，今天谁还想走，可以走。又说，就是剩我彭德怀一个人，爬山越岭也要走到底！

青年彭德怀

一声号令发出，无人离队。

彭德怀与毛泽东第一次会见，是在宁冈县茨坪一家中农的住房里。彭德怀走进屋内，看到一个身材颀长的人向他伸出手，用和自己一模一样的湘潭口音："你也走到我们这条路上来了！今后我们要在一起战斗了！"

从这句话起，他们开始了31年共同战斗的历史。

井冈山斗争初期，毛泽东揣两本最宝贵的书：《共产党宣言》、《三国演义》。彭德怀也揣两本最宝贵的书：《共产主义ABC》、《水浒传》。

有人说大智才能产生大勇。彭德怀则是大勇产生大智。

1930年7月，彭德怀率红三军团猛攻长沙。国民党第四路军总指挥何键在城内出示布告："市民住户不要惊慌，本人决与长沙共存亡"，并亲到城外督战。后来见红军攻势如排山倒海，湘军溃兵似洪水决堤，想逃跑时两腿软得连马背都爬不上去了。最后由马弁架着扶着，才逃到湘江西岸。

彭德怀率兵8000人，何键率兵30000人。30000人败于8000人，被彭德怀俘去4000多人，枪3000多支，轻重机枪28挺，追击炮20多门，山炮2门，还丢掉了省会长沙。从未如此狼狈的何键几乎精神崩溃,猫在船舱里见到岸上有胸系红兜的进香人,也以为是彭德怀的部下,连连惊呼红军追来了,随从再三劝解也不能稍安。

此役彭德怀不仅创下红军史上以少胜多、以弱胜强的光辉战例,而且创造了十年土地革命战争中,红军攻下省会的唯一战例。毛泽东1936年在陕北对斯诺说,此役"对全国革命运动所产生的反响是非常大的"。

星星之火,可以燎原

1930年1月5日,毛泽东给黄埔军校第四期毕业生、红四军第一纵队司令员林彪写信:

"但我所说的中国革命高潮快要到来,决不是如有些人所谓'有到来之可能'那样完全没有行动意义的、可望而不可即的一种空的东西。它是站在海岸遥望海中已经看得见桅杆尖头了的一只航船,它是立于高山之巅远看东方已见光芒四射喷薄欲出的一轮朝日,它是躁动于母腹中的快要成熟了的一个婴儿。"

这就是预见中国革命未来的名篇:《星星之火,可以燎原》。

就在毛泽东告诉林彪"星星之火,可以燎原"之后,把共产党人从城市赶向乡村的蒋介石,也发现了"星火燎原"的问题。

他颇感沉痛地说:"瑞金成立'苏维埃临时中央政府',并且开辟了鄂豫皖区、鄂中区、鄂西区与鄂南区,包围武汉。其扰乱范围,遍及于湘、赣、浙、闽、鄂、豫、皖七省,总计面积二十万平方公里以上,社会骚动,人民惊惶,燎原之火,有不可收拾之势。"

取代鲁涤平为国民党江西省主席的熊式辉,也在1933年4月1日密电蒋介石:"现在匪势益张……小股逐渐蔓延,坐视其大而莫能止。资溪、黎川为赣闽浙间要地,失陷数月不能收复,近且进扰南城、金溪、赤化民众,如火燎原。"

国民党人虽然不情愿,也不得不开始直面星火燎原的中国革命局面。

因而,蒋介石一次又一次发动"围剿",第五次"围剿"更是倾全国之兵。然而,国民党人依然未能扑灭这"星星之火",共产党人突破重围,开始了长征。

一条红色铁流,蜿蜒逶迤二万五千里。任围追堵截,始终不灭。

HISTORY 1893-1945 历史：追寻之旅

井冈山的斗争（下）

牺牲太早的三位红军将领

在红军初创时期的一些杰出将领，今天很多人已不知道或不记得他们的名字了，这些人过早地消失在历史帷幕的后面。但是他们在红军初创时期起到了非常重要的作用，是工农红军中非常杰出的将领，他们是王尔琢、黄公略和伍中豪。

"美髯公"王尔琢

王尔琢是黄埔一期生，在黄埔学习期间加入中国共产党。毕业后周恩来将他留下，连续担任第二期、第三期的学生分队长和党代表。

北伐时，周恩来派遣他担任第三师党代表兼政治部主任、二十六团团长。部队攻入上海，蒋介石叛变革命，王尔琢被迫转入地下，后来随周恩来参加南昌起义。八一南昌起义的余部，实际上是朱德、王尔琢、陈毅三个人共同维持下来的，最后上了井冈山，实现了伟大的朱毛会师。

1928年5月和6月，在五斗江、草市坳和龙源口的战斗中，王尔琢率二十八团三战皆捷，为井冈山革命根据地的巩固和发展作出了重要贡献。

王尔琢时任红四军二十八团第一任团长。二十八团正是朱德从三河坝保存下来的南昌起义部队，全团1900多人，在红军中军事素质最高，战斗力最强，最能打仗。

1928年，在井冈山斗争非常困难的"八月失败"中，二十八团二营长袁崇全拉走队伍叛变，朱德、陈毅派红四军参谋长兼二十八团团长王尔琢率林彪的一营追击。一营长林彪先前已经感觉出袁崇全的动摇，提出追上去武力解决。团长王尔琢相信他与袁崇全的私人感情，没有采用林彪的意见，想追回袁崇全。

当年19岁的湖南省委代表杜修经，在83岁时回忆那一幕，还感慨万千："王尔琢去叫袁崇全时，我在场。他和袁有较深的关系，同学，还是老乡，一个是石门人，一个是桃源人。当有人提出要去打袁崇全时，王尔琢很气愤，说：'岂有此理！'他不认为袁会死心塌地反革命。他认为，他去叫，袁一定会回来。听跟他去的人讲，进村后，他大声喊：'我是王团长，是来接你们的！'战士们听出他的声音，不打枪。找到袁崇全的房子时，袁拿着枪出来。王让他回去，他不回；两人吵起来。吵着吵着，袁崇全揪住王尔琢的脖子就开了枪……"

王尔琢牺牲后，由林彪出任二十八团团长，红军也就此升起了一颗新星。

"飞将军"黄公略

黄公略是红军中又一位英年早逝的杰出将领。

黄公略与彭德怀一样，湘军出身，毕业于湖南陆军讲武堂，但比彭德怀早一年加入共产党。与彭德怀、滕代远一起领导发动平江起义后，一直担任红军重要领导职务，战功卓著。

第一次反"围剿"时，他指挥红三军在龙冈直捣张辉瓒的师部。毛泽东写了一首词《渔家傲·反第一次大围剿》，之中有"齐声唤，前头捉了张辉瓒"，就是指这场战斗。当时红三军正是在黄公略的指挥下，正面出击、正面堵截、正面把张辉瓒的十八师全部吸引了，而红三军团的彭德怀、红四军的林彪指挥部队两翼夹击全面包围，最后将张辉瓒全部歼灭，活捉张，使蒋介石的第一次"围剿"彻底失败。

第二次反"围剿"，黄公略与林彪率领的红四军配合，歼灭敌二十八师和第四十七师一个旅大部，再立一功。特别是黄公略率军突然间似从天而降，将阻击战变为伏击战，以迅猛之势打乱敌人的指挥系统，毛泽东在《渔家

黄公略

傲·反第二次大围剿》中写道："白云山头云欲立，白云山下呼声急，枯木朽株齐努力。枪林逼，飞将军自重霄入"，称他为"飞将军"。

第三次反"围剿"，黄公略又率领红三军独战老营盘，歼敌蒋鼎文第九师一个旅。

红三军在黄公略率领下，与林彪的红四军、彭德怀的红五军并称为红军中的三大主力部队。

1930年7月，毛泽东在《蝶恋花·从汀州向长沙》词中，以"赣水那边红一角，偏师借重黄公略"一句，使他成为毛泽东在诗词中最早赞颂的一位红军将领。

1931年9月15日，黄公略率部转移，途中遭敌机袭击，身中三弹，重伤抢救不及牺牲了。年仅33岁。

毛泽东亲自主持了黄公略的追悼会。在追悼会上，毛泽东亲笔写下挽联："广东暴动不死，平江暴动不死，如今竟牺牲，堪恨大祸从天降；革命战争有功，游击战争有功，毕生何奋勇，好叫后世记君来"，高度评价了黄公略的一生。

"雄鹰"伍中豪

伍中豪与林彪很像。两人同是黄埔四期生。不同的是伍中豪编在步兵科第一团八连，林彪编在步兵科第二团三连。

从第四期开始，黄埔军校按成绩将学生编入军官团与预备军官团。伍中豪所在的第一团是军官团，林彪所在的第二团为预备军官团。可见伍中豪在黄埔的成绩，优于林彪。

两人都是叶挺部队出身。林彪在第四军二十五师七十三团当排长、连长，七十三团的前身是叶挺独立团。伍中豪则在第十一军二十四师的新兵营当连长，二十四师师长就是叶挺。

林彪参加南昌起义，伍中豪参加秋收起义。南昌起义部队编为红四军二十八团，林彪为该团一营营长；秋收起义部队编为三十一团，伍中豪为该团三营营长。

两人又一起当团长——林彪为二十八团团长，伍中豪为三十一团团长。

两人又一同当纵队司令——林彪为第一纵队司令，伍中豪为第三纵队司令。

两人又一同当军长——林彪任红四军军长，伍中豪任红十二军军长。

伍中豪长林彪两岁，两人都是红军中年轻优秀的指挥员。两人虽然经历相似，但作战风格却迥异。

林彪指挥的部队运动速度非常快，飘忽不定。运动战和伏击战是他的两大特长。据萧克将军回忆，林彪的指挥有两个缺点，不大稳得住，利于进攻，固守差一点。而黄公略指挥的部队在固守方面则强些。两人各有优长，当时被称作红军中的两只"鹰"。

萧克将军还回忆说：伍中豪没有林彪那种架子，他是北京大学文科三年级学生，是学文学的，有较好的文学功底，被誉为"第四军的文学家"。后来叛变的二十八团二营长袁崇全也爱好文学诗歌，与伍中豪唱和；伍中豪回信说，作诗要意境好，还要音调铿锵。伍中豪讲话从容，温文尔雅。他的军事水平也高，能把一支部队带好，训练好。任三十一团团长之后，该团战斗力有提高，能攻又能守。

伍中豪

毛泽东多次在根据地干部会上，表扬伍中豪能打仗，会做群众工作，是文武全才。

伍中豪还有一个特点，非常喜欢下象棋，那个时候红军中没有一个人能下得赢他。福建长汀有位老人精于象棋，名声很大，但红军还没攻下此地，那里还是敌占区。伍中豪某个晚上偷偷摸到这位老人家中，专门与他下象棋。那晚，伍中豪与老人连战五盘，输三盘，赢两盘。伍中豪不服气，最后一把推倒棋子，说3个月以后再战。因为此事，他受到了严厉批评，这是伍中豪参军以来第一次被批评。

可惜伍中豪"出师未捷身先死"。1930年6月，任红十二军军长的伍中豪，因病在闽西长汀福音医院治疗。10月出院归队，途经安福县遭地主武装袭击，在战斗中牺牲。年仅25岁。

"男儿沙场百战死，壮士马革裹尸还。埋骨何须桑梓地，人间处处是青山。"这首诗作于1929年5月，是伍中豪生前的铮铮誓言，也是伍中豪壮烈一生的真实写照。

历史：追寻之旅

　　残酷的牺牲让我们知道，不是一个胜利接着一个胜利，而是一个挫折接着一个挫折，一个失败连着一个失败，摔打和筛选出一批优秀的红军将领。

围剿与反围剿（一）
五次"围剿"与碉堡政策

从1930年到1934年，蒋介石发动了五次"围剿"，一次比一次规模浩大。第一次"围剿"，在张辉瓒的葬礼中悲戚结束。第二次围剿，蒋介石一箭双雕的计谋失算。后三次"围剿"，蒋介石更是亲任总司令，连九一八事变、一·二八事变都无暇顾及。他一心一意"先安内而后攘外"，结果却未能如愿。

蒋介石动用十八般武器

第一次"围剿"（1930年11月–1931年1月），蒋介石兴兵10万，以江西省主席鲁涤平为总指挥，长驱直入，分进合击。他悬赏五万光洋缉拿朱德、毛泽东、彭德怀、黄公略，同时宣称"期以三月，至多五月，限令一律肃清"红军。

1930年12月5日，蒋介石乘军舰由南京到九江，指挥"剿共"。在内心里，他对朱、毛、彭、黄红军是瞧不起的，只到江西草草转了一圈，带领幕僚游了一趟庐山，便将指挥大权交给鲁涤平，返回南京坐等胜利消息了。此时的蒋介石，已制服拥兵20万的唐生智，压垮拥兵30万的李宗仁、白崇禧，收编拥兵近40万的张学良，又刚打败拥兵70余万的冯玉祥、阎锡山。赣南的3万红军，根本没被他放在眼里。

没想到，等来的不是胜利的消息，是"围剿"主力第十八师师长张辉瓒的首级，和鲁涤平一封悲痛万分的电报："龙岗一役，十八师片甲不归。"

何应钦、鲁涤平在南昌泪水涟涟、凭棺哭吊；蒋介石也在南京大叹"呜呼石侯（张辉瓒别号），魂兮归来"。第一次"围剿"在葬礼中悲悲戚戚地结束。

历史：追寻之旅

第二次"围剿"（1931年3—5月），以军政部长何应钦为总指挥，期望"以生力军寒匪之胆"，除原有部队外，特增调王金钰第五路军、孙连仲第二十六路军入赣参战，兴兵20万。

可"生力军"却不愿生力。王金钰左推右挡，迟迟不动。直到蒋介石许以江西省主席，他才勉强带领北方部下开拔。一路说是有共军骚扰，走走停停，甚为迟缓；孙连仲的部下则开始破坏南下的铁路和车辆。该部半年前还在中原战场与蒋军血战，现在调头去充当蒋军炮灰，转变实难。

待蒋介石、何应钦软硬兼施，将王、孙两部连哄带压弄到指定地点，原定作战发起时间已经过去了半个月。以非嫡系军队剿共，本是蒋心中盘算的一箭双雕之计，却只换得惨败。

第三次"围剿"（1931年7—9月），用兵30万，蒋介石亲任总司令，动用其核心主力，将黄埔起家的老本——嫡系赵观涛第六师、蒋鼎文第九师、卫立煌第十师、罗卓英第十一师、陈诚第十四师全压了上去，分路围攻，长驱直入。但仍未换来成功，蒋介石这才真正认识到问题的严重性。他用一个晚上可以摧垮共产党人在城市中的组织，但面对武装割据的工农红军，三次"围剿"都无损朱、毛一根毫毛。

第四次"围剿"（1932年7—10月对付鄂豫皖苏区，1932年12月—1933年3月对付中央苏区），蒋自任"鄂豫皖剿匪总司令"，委任何应钦为"赣闽粤湘剿匪总司令"，先以30万兵力围攻鄂豫皖苏区，10万兵力围攻湘鄂西苏区，得手之后再集兵50万进攻中央苏区；军政并进，逐步清剿。

第五次"围剿"（1933年9月—1934年10月）更是倾全国之兵，集兵百万。其中，用于中央苏区50万。其嫡系部队倾巢而出。蒋自任总司令，三分军事，七分政治；严密封锁，发展交通；以静制动，以守为攻。

蒋介石一心一意"先安内而后攘外"，为了剿共，兴兵不可谓不多，战略战术不可谓不周密，有十八般兵器就用上了十八般兵器，可结果却未能如愿。

碉堡政策与"铜墙铁壁"

1934年1月27日，毛泽东说了这样一段话："国民党现在实行他们的堡垒政策，大筑其乌龟壳，以为这是他们的铜墙铁壁。同志们，这果然是铜墙铁壁吗？一点儿也不是！你们看，几千年来，那些封建皇帝的城池宫殿还不坚固吗？群众一起来，一个个都倒了……""真正的铜墙铁壁是什么？是群众，是千百万真心实意拥护革命的群众。这是真正的铜墙铁壁，什么力量也打不破的，完全打不破的。"

毛泽东讲这番话时，蒋介石的第五次"围剿"已全面展开。据国民党编年史《中华民国史事日志》记载，该年1月1日，仅在江西完成的碉堡就达2900座。这些碉堡或砖石或钢骨水泥结构，根据地形、射界，或成四方或成六角，分为排堡、连堡、营堡，堡内只有一条小门出入，全身像裹着铠甲，可以避弹。堡垒之间形成交叉火力，卡断公路，封锁要隘，对红军造成很大的威胁。

蒋介石的碉堡政策，来自于三个人：最早提出建议的，是滇军将领金汉鼎；最早实践此法的，是赣军十八师五十二旅旅长戴岳；最终将其全面化、系统化、完善化的，是蒋介石南昌行营第一厅第六课课长柳维垣。

这三个人可被称为"碉堡三剑客"。

1929年冬，鲁涤平在南昌召开全省"清剿"会议，商讨消灭江西朱、毛红军的办法。会上，三省会剿副总指挥、第十二师师长金汉鼎提出，当年云南少数民族曾用建碉守卡的办法，给前来镇压的清军以重大打击；后来清军也学会采用此法，最后征服了少数民族的顽强抵抗。他建议江西的进剿也可仿效此法。

此后5年间，至1934年10月红军战略转移退出中央苏区之前，密布于苏区周围的碉楼、堡垒、桥头堡、护路堡等，达到14294座。

金汉鼎与朱德曾是云南陆军讲武堂丙班二队的同学，且交情颇深。两人当年一同参加同盟会，一同参加辛亥革命后蔡锷领导的云南起义；后来两人同入滇军第二军，同任旅长：朱德任第十三旅旅长，金汉鼎任第十四旅旅长；朱德为第三混成旅旅长，金汉鼎为第四混成旅旅长。

两人在实战中多次默契配合。1916年川滇内争，滇军主力在眉山陷入重围，朱德率部做前锋突围开路，金汉鼎在后卫掩护撤离，部队安全撤到三江镇。1917年秋金汉鼎部与朱德同守泸州，抵抗川军刘存厚部进攻，激战昼夜，金、朱两旅将川军困于五峰顶，迫其举白旗投降。1922年唐继尧率军进袭云南，金汉鼎与朱德同时出走，先入川，后赴沪，与孙中山晤谈于上海。

当时正逢陈炯明叛变，孙中山答应付十万元军费，要朱、金去广西整编滇军旧部，攻打陈炯明。金汉鼎接受了这个要求。朱德则感于社会黑暗、军阀逞横，对孙中山此法不再相信，而选择了出国。朱德出国前，金汉鼎以款赠助。

1927年，两人在南昌相遇。时金汉鼎为国民革命军第九军上将军长兼赣北警备区司令，朱德则在第二十军当党代表。地位拉开了，但同是北伐军，且情谊依旧。在金汉鼎力荐下，第三军军长朱培德任命朱德出任第三军军官教育团团长，后来还兼了南昌公安局局长。

朱德参加了八一南昌起义。其时，金汉鼎被任命为第九军副军长，朱德希望争取第九军的计划未能实现，蒋介石已经觉察。而金汉鼎因为让起义部队由其驻地顺利通过，被蒋介石撤销了第九军番号，降任为第十二师师长。

再后来，朱德上了井冈山。降了职的金汉鼎则提出了围困朱、毛红军的碉堡建议。

何应钦推广碉堡一法

金汉鼎的意见在会上引起很多人的重视。但出了会场，倡议者自己反而十分消极。身为三省"剿匪"副总指挥，只要是与朱德指挥的红军对阵，金汉鼎定要避免主力决战，屡屡如此。蒋介石见他剿共不力，便降他为第三十五旅旅长；后来干脆解除其军中职务，让他去了全国禁烟委员会。

鲁涤平将金汉鼎的建议告诉了蒋介石。这条建议并没有引起蒋的重视。蒋认为朱、毛红军那点儿力量可以一扫而光，不需碉堡政策那样费时费力。

将这个建议立即付诸实践的，是张辉瓒手下的十八师五十二旅旅长戴岳，他率先在赣东实践开来。当时红军没有重武器，此法颇有效果。

敏感且大胆的戴岳却命运不佳，摊上了一个轻狂的上司张辉瓒，在第一次"围剿"中就把队伍装进红军的口袋里，令十八师全师覆灭。师长张辉瓒被割掉了脑袋，旅长戴岳也好不容易才仓皇逃回。部队没有了，他不甘心，用两天时间写了份《对于剿匪清乡的一点贡献》呈何应钦，内中特别强调了碉堡政策的重要。

何应钦正在筹划第二次"围剿"，看完后大加赏识，亲写序言，将戴岳的意见书印成小册子，大量发给"围剿"部队。碉堡一法就此被大力推广开来。

在对中央苏区久攻不下、国民党军队内不少人开始实行碉堡政策的基础上，1933年6月8日至12日，蒋介石在南昌行营召集"剿匪"会议，专门讨论第五次"围剿"的战略战术。柳维垣等人在会上提出普遍推行"堡垒政策"的建议，为蒋介石所采纳，并由会议"决定其原则"。会后，南昌行营第一厅专设第六课，由柳维垣负责，专门担任碉堡设计指导事宜。

由于当时红军没有采取正确的应对之策，这些"乌龟壳"的确变成了围困中央苏区的铜墙铁壁。

毛泽东是怎么知道对手的碉堡政策的？

在何应钦主持的第二次"围剿"中，戴岳的小册子落到了红军手里，共产党人开始知道国民党有了碉堡政策。红军长征后，被红军高级将领逐条批驳过的那本小册子，又落到戴岳手里。

1949年全国解放前夕，提出碉堡政策的金汉鼎，参加云南卢汉起义。朱德听到消息，立即指派入滇部队第四兵团司令员陈赓、政委宋任穷前去看望。1951年10月1日，中华人民共和国成立两周年之际，金汉鼎赴京参加观礼，与朱德相会于北京。

两双大手紧紧地握在一起。

围剿与反围剿（二）
蒋介石的"八大金刚"

平心而论，"围剿"不力，并非蒋介石的部下不能打仗。国民党方面不乏善战之人，蒋介石手下就有著名的"八大金刚"。但是在战场上能征善战的几大金刚，却在五次"围剿"中屡屡失利。决定战场胜负的因素，往往是多方面的。

"剿匪"司令何应钦三度败北

蒋介石手下有著名的"八大金刚"：何应钦、钱大钧、顾祝同、刘峙、陈继承、陈诚、蒋鼎文、张治中。

作为"八大金刚"之首的何应钦，在北伐与新军阀混战中无役不与、无往不胜，三次指挥对红军的"围剿"作战，却三次败北。

何应钦在第二次"围剿"中担任总司令，亲自制定"稳扎稳打、步步为营"的战略方针，集中4个军、11个师共计20万兵力，组成一条800里长的弧形战线拉网推进，席卷红军。结果却被红军横扫700里，损失30000人，丢枪20000支。

第三次"围剿"，何应钦担任前敌总指挥，用"长驱直入"方针连连扑空，始终找不到红军主力所在，陷入盲人骑瞎马的

何应钦

苦境；不经意之中，又被红军消灭17个团，俘虏20000余人。

第四次"围剿"何应钦任赣粤闽边区总司令，实际是"围剿"中央苏区的总指挥，却弄得三个主力师被歼，两个师长被俘，连蒋军精锐十一师也未逃脱覆灭命运，败得最惨。蒋介石因此雷霆震怒，撤前敌总指挥陈诚之职杀鸡儆猴，还叹曰："唯此次挫败，惨凄异常，实有生以来唯一之隐痛。"

何应钦找了个借口回南京，再不参加这样的"围剿"。一想起与红军作战和蒋介石怒不可遏的训斥，"惨凄异常，实有生以来唯一之隐痛"的首先便是他。

攻下一座"空城"

同是蒋介石"八大金刚"，刘峙与顾祝同最得何应钦信任，又被人称作何应钦的"哼哈二将"。

顾祝同在第五次"围剿"中任北路军总司令，直接指挥蒋军主力进攻中央苏区。先抢占黎川，切断中央苏区与闽浙赣苏区的联系；继而在浒湾战斗使红三军团、红七军团严重受损；三在大雄关使红一军团、红九军团蒙受重大伤亡；四则强攻广昌、建宁、古龙冈；血战高虎脑、万年亭；最后再陷石城，迫使中央红军提前长征。

刘峙则在第四次"围剿"中，任中路军副司令官。1932年6月，他指挥6个纵队和1个总预备队，计16个师另2个旅，"纵深配备，并列推进，步步为营，边进边剿"，攻占鄂豫皖根据地的"心脏"新集和金家寨。

蒋介石高兴异常，以刘峙的字改新集为"经扶县"，以刘峙麾下第六纵队司令卫立煌之名改金家寨为"立煌县"。

攻下中央苏区首府瑞金的，是另一"金刚"蒋鼎文。

早年间，关系黄埔党军生死存亡的第一次东征棉湖之役，蒋鼎文接任教导团第一营营长，于棉湖西北山地向林虎部主力发起勇猛冲击时，胸部中弹，被送进医院抢救。蒋介石当即犒赏5000元，并在撰写黄埔一期同学录时，亲笔在前言提及"蒋营长鼎文等十余人尚在危病中，死生未卜"。

如此英勇的蒋鼎文，却在"围剿"红军中被打怕了。

1931年6月，蒋介石对中央苏区发动第三次"围剿"，蒋鼎文任第四军团总指挥，率第九、第五十二两师从南城地区进犯。蒋介石原想压迫红军于赣江东岸消灭之，7月底发现红军主力转移到兴国地区，便命蒋鼎文率部向兴国急进。红军以一部伪装主力向赣江方向佯动，主力却于8月4日晚，穿过蒋鼎文部和蔡廷锴部之间20公里的空隙，跳出合围。

待蒋鼎文反过身来对君埠以东的红军集中地取大包围姿势，第九师二十七旅却在老营盘突遭红军奇袭。他急令二十六旅驰援，中间一道山又被红军占领，增援不及。激战数小时，二十七旅遭全歼，八十一团团长王铭被俘。

一波未平一波又起，9月15日第五十二师又在方石岭受红军袭击，全师倾覆。蒋鼎文自己则在黄土坳陷入红军三面包围，幸逢蔡廷锴率军及时赶到，才得解围。

第一次参加"围剿"就差点儿当了俘虏，对蒋鼎文刺激很大。后来，他虽然在进犯赣东北方志敏的红十军时频频得手，甚至还因向蒋介石提出"步步为营，步步推进"的战法受蒋夸奖，但心劲已大不如前了。他对红军作战有了戒心，常常托故避居上海。私下里，他对好友说："今后打算积资百万，在上海消磨20年岁月，就可结束此生。"

蒋介石却不让他退。第五次"围剿"中，又将他拉上第一线，让他干了两件自己也意想不到的事。

第一件是平息"闽变"。1933年11月21日，陈铭枢、蔡廷锴等第十九路军将领在福州成立"人民政府"，通电倒蒋；蒋介石命蒋鼎文以左路军总指挥身份，入闽镇压。蒋鼎文在军事进攻的同时，贿买十九路军六十一师师长毛维寿在泉州倒戈，收买地方武装及地痞流氓在十九路军后方捣乱，一口气将十九路军搞垮。

第二件就是攻占瑞金。1934年2月"闽变"结束，蒋鼎文部改为东路军，从福建方向进攻中央苏区。但出师不利。第一路陈明仁的八十师刚进入沙县，就遭到红军的围歼，官兵伤亡近半，辎重损失殆尽；第二路李玉堂的第三师第八旅又在连城方向被红军全歼，师部直属部队亦有损失。蒋鼎文气急败坏，一面亲临前线督战，一面急电南昌行营。蒋介石接电，立即派顾祝同飞往闽西，帮助其重新部署作战计划。

蒋鼎文最后占领了中央苏区首府瑞金，却是一座空城，且是在红军长征出发整整一个月之后。

陈诚替蒋"背黑锅"

"八大金刚"中，蒋介石每每用陈诚压轴。收拾不了的烂摊子，让陈诚去收拾；啃不动的硬骨头，让陈诚去啃；实在丢不起人了，蒋介石也不丢这个人，而让陈诚去丢人。

1933年初，对江西苏区的第四次"围剿"，陈诚任中路军总指挥。虽然名义上"围剿"总指挥是何应钦，但主力部队全部掌握在陈诚手里，陈事事越级直接向蒋请示，何应钦也奈何不得。

结果出师不利：2月底，陈部第五十二师、第五十九师在宜黄南部被红军歼灭；五十二师师长李明和五十九师师长陈时骥双双被红军俘虏。3月，陈诚指挥罗卓英、吴奇伟两纵队打算长驱直入，进攻广昌，十一师又被红军围歼。该师为蒋军嫡系中的嫡系，是陈诚的起家部队，在此以前从未败北，没想到此战全军覆灭，损失惨重。

陈诚

仗基本都是按照蒋委员长的意思打的，陈诚事前都有请示，事后也有汇报，但仗打败了，承担责任的却不是委员长了。1933年4月10日，国民政府军事委员会颁布决定，以中路军总指挥陈诚"骄矜自擅，不遵意图"，降一级，记大过一次……处分了一系列人，唯军事委员会委员长蒋介石以"实有生以来唯一之隐痛"便解脱干净。

当蒋介石为振作"丧失革命精神"、"缺乏信仰"、"贪生怕死"的军队，开办庐山军官训练团时，刚被处分的陈诚又马上全身心地投入了训练。

第一期至第三期庐山军官训练团，主要训练担任第五次"围剿"的主力军——北路军排以上军官。陈诚任训练团团长。

陈诚仔细研究了红军的战术，提出针对性的对策。在实兵演练中，陈诚特别重视的是射击、爬山。最终令陈诚翻身的，就是这个庐山军官训练团。

历史：追寻之旅

围剿与反围剿（三）
战场上成长起来的彭德怀和林彪

如果说彭德怀是一团火，一团随时准备摧枯拉朽的烈火；林彪则是一潭水，一潭深不可测的静水。彭德怀由勇生智，林彪则由智生勇。彭、林配合，相得益彰，成为毛泽东指挥中国革命战争十分得力的左膀右臂。

大勇大智彭德怀

对手蒋介石认识彭德怀，是从一颗人头开始的。

1931年5月，蒋介石委任黄公略的叔父黄汉湘为江西宣抚使，进驻南昌，想策反黄埔军校高级班毕业的黄公略；再通过黄公略，动摇彭德怀。

黄汉湘派黄公略的同父异母兄黄梅庄，携蒋介石写给黄公略的亲笔信进入根据地。彭德怀与黄公略在湘军即情同手足，对黄梅庄摆宴招待。席间套出口风，知道他为蒋招降而来，随即下令将黄梅庄处决。砍下的脑袋用石灰腌上，盛在篮子内封严，交其随从带回。随从还以为黄梅庄到苏区会其弟去了，不知道带回了他的人头。

蒋介石从此除了提高对红军高级将领的缉拿价码外，再不搞什么"宣抚"。

对敌斗争狠、毫不留情，是彭德怀一大特点。红三军团善攻坚，善打硬仗，在恶劣条件下也具有坚强的战斗力，无一不打上彭德怀的烙印。但他对自己的战友却不然，例如对林彪。

1929年初，彭德怀率部坚守井冈山，部队损失很大。4月与红四军会合后，根据彭德怀的要求，红四军前委会议决定，调拨部分干部和枪支补充彭德怀部。

林彪调给了彭德怀一部分坏枪。毛泽东严厉批评了林彪。彭德怀却并不记念这类事情。对红四军中的八一南昌起义骨干,特别是前身为"铁军"的叶挺独立团部队,他始终充满敬佩。1928年12月11日,在红四军与红五军新城胜利会师大会上,彭德怀就提出红四军是红五军的老大哥,号召自己率领的红五军向红四军学习。即使后来比自己小9岁的林彪出任红一军团总指挥,彭德怀对以红四军发展起来的一军团仍以大哥相称。

作为一位著名战将,彭德怀还有一大特点:终生不改其本色。

师哲在自述中有一段精彩回忆,记述解放战争时期的彭德怀:"一个炎热的下午,押解一批俘虏军官的队伍在村边树下休息,从西边走来两个人:前者为青年,身背短枪,牵着马;数十步外为中年,50岁左右,光着头,帽子抓在手里,脚上的布鞋破烂不堪,用麻绳绑在脚面上,走路却非常稳健有力。一挑水农民正在树下歇息,中年人笑呵呵走近问:'你给家里挑水啦,我想喝你几口水行吗?'农民说:'你尽管喝吧。'中年人便倾下身去,从桶里狠喝了几口水,然后谢过农民,继续赶路。路边坐的俘虏中有认出中年人者,指背影说:'那就是彭德怀,西北野战军司令员。'其他国民党将校俘虏大惊失色,起来呆视半响,直到背影不见,感慨万分地挤出一句话:'他们怎能不胜利!我们怎能不失败!'"

善思善战林彪

"泰山崩于前而色不变,麋鹿兴于左而目不瞬",前半句可形容彭,后半句可形容林。彭、林配合,相得益彰,成为毛泽东指挥中国革命战争十分得力的左膀右臂。

第五次反"围剿"中的广昌战斗,李德指挥红军与敌人正面硬拼,三军团伤亡两千七百余人,占军团总兵力的四分之一;彭德怀当面骂李德"崽卖爷田心不痛"。翻译伍修权考虑到领导之间的关系,没有全翻,彭德怀便把三军团政委杨尚昆拉过来,一字一字重新翻译,将李德气得暴跳如雷。

林彪则有另外一种方法。广昌战斗前夕,林彪个人署名写了《关于作战指挥和战略战术问题给军委的信》:

"对于敌人在五次'围剿'中所用战略战术,这是一个非常值得我们研究的问题……"他直指军委在指挥上存在四大缺点：

一、"决心迟缓致失了不少可以取得胜利的机会"，"这是军委最大的、最严重的缺点"；

二、"决心下后对时间的计算是极不精确的"，致各部队"动作不能协同"，"像这样的事实多得很"；

三、"军委对各部任务的规定及执行的手段过于琐细，使下级无机动的余地，军委凭极不可靠的地图去规定部队的位置……一直干涉到很小的战术布置，则是无论如何不适用的"；

四、"军委对于战术原则还未能根据实际情况灵活运用，未充分去分析当时当地情况上的特点，而总是一套老办法到处一样的照搬"。

在信的最后，林彪写道："有些重要的负责同志，因为他以为敌人五次'围剿'中所用的堡垒政策是完全步步为营的，我们已失去了求得运动战的机会，已失掉一个战役中消灭（敌）几个师的机会。因此遂主张我军主力分开去分路阻敌，去打堡垒战，去天天与敌人保持接触，与敌对峙，去专门求小的战术胜利，以削弱敌人……这种意见我是不同意的。事实我们没有失去运动战的机会，并没有失去一回消灭敌人几师的机会。"

这是一封尖锐泼辣又不失于冷静分析的信。这样明确、大胆而具体地向军委提出批评意见和建议，在当时党和红军高级领导人中并不多见。

失败摔打出战将

彭德怀由勇生智，林彪则由智生勇。他善思、善战，从带兵伊始，就与"主力"二字结下了不解之缘。

1928年2月，南昌起义部队到耒阳城下。朱德听取当地县委情况汇报后决定：大部队正面进攻桌子坳之敌，抽出一个主力连队配合农军攻城。被抽出的，是林彪率领的连队。耒阳被一举攻克。

朱德由此发现林彪的军事才能。这一发现此后反复被实战证明。

林彪当连长的连队，是全团战斗力最强的连；当营长的营，是全团最过硬的营；当团长的团，是红四军的头等主力团。如果一次、两次，还可说是偶然性，几十年如一日，带出一批擅长野战的人民解放军主力部队，便不能归诸偶然了。

但林彪也有过"兵败如山倒"的时候。

1929年1月红四军前委柏露会议，决定红五军及四军三十二团守井冈山，内线作战；红四军主力出击赣南。林彪刚刚担任团长，初战顺利，下山后首先歼敌一营，突破封锁线，不费一枪一弹占领大余。

很快，在小胜中露出了破绽。

红四军前委在城内天主堂召开连以上干部会，确定二十八团担任警戒，军部、三十一团、特务营和独立营，则在城内及近郊开展群众工作。林彪领受了任务，带领二十八团进入警戒位置后，便分片包干，各负责一段。既没有组织营连以上干部看地形，也没有研究出现复杂情况下的协同配合，更忽略了这是一个没有党组织、没有群众斗争基础的地方，敌人来的时候，是没有人向红军报信的。

赣敌李文彬旅悄悄逼近了大余城，突然发起攻势。二十八团在城东的警戒阵地被突破。部队急速后撤，城内一片混乱。"到那种时候，即使平时很勇敢的指挥员，也会束手无策，只好三十六计，跑为上计，结果，变成一个机会主义者。"后来曾任最高人民法院院长的江华说，他当时第一次真正体会到什么叫"兵败如山倒"。

红四军士兵委员会秘书长陈毅正在街上向群众分发财物，城北街区已经出现了敌军。他连忙后撤，在城边才追上后退的军部。所谓军部，也只剩下毛泽东和少数机关人员。毛泽东要林彪反击，林彪犹豫不决。部队已经退下来，不好掌握了。毛泽东大声说："撤下来也要拉回去！"陈毅也说："主力要坚决顶住敌人！"

林彪带着身边的少数人冲杀回去，把敌人的攻势挡住了一阵，才勉强收拢起分散开来的部队。这一仗牺牲了三十一团营长周舫，独立营营长张威。二十八团党代表何挺颖负重伤，用担架抬着行军，在敌军追击、部队仓促奔走的混乱中不幸牺牲。本来就缺干部的红四军，雪上加霜。

部队日夜行军想摆脱追兵，但祸不单行。平顶坳、崇仙圩、圳下、瑞金，红四军又四战四败。在平顶坳，向导把路带错，与追兵发生接触，造成损失。在圳下，军部险遭覆灭。

当夜军部驻圳下，前卫三十一团驻圳下以东，后卫二十八团驻圳下以西。次日拂晓，林彪未通知就带二十八团先开拔，军部失去了后卫还不知道。警卫军部的特务营也未及时发现敌情。敌人进入圳下时，陈毅、毛泽覃还没有吃完早饭，谭震林、江华正在喝糯米酒酿，晚睡晚起的毛泽东则还未起床。

枪声一响，毛泽东醒来，敌人的先头分队已越过了他的住房。

那真是中国革命史上一个惊心动魄的时刻！

毛泽东是利用拂晓昏暗，随警卫员转移到村外的。朱德差一点儿让敌人堵在房子里。警卫员中弹牺牲，妻子被敌人冲散后也被俘牺牲，他抓起警卫员的冲锋枪，才杀出重围。陈毅披着大衣疾走，被突然冲上来的敌人一把抓住了大衣。他急中生智，把大衣向后一抛，正好罩住敌人的脑袋，方才脱身。毛泽覃腿部中弹。

林彪率二十八团、伍中豪率三十一团急速返回支援，才用火力压住敌人。因未能履行好护卫军部的任务，林彪挨了个记过处分。

就是在一个失败接着一个失败的环境中，摔打出了一个林彪。

围剿与反围剿（四）
牛兰夫妇被捕案

第五次"围剿"，是蒋介石准备最充分的一次"围剿"。蒋介石的智囊团反复研究，拟订出一套全新的军事方案。而一个特殊人物的出现，导致红军方面也出现了战略战术的变化。从第五次反"围剿"开始的第一步，红军就丧失了主动权，陷入被动。

第五次"围剿"

1933年5月，第五次"围剿"拉开序幕。

蒋介石在南昌成立"军事委员会委员长南昌行营"，全权处理赣粤闽湘鄂五省军政事宜。他亲自指挥对中央苏区的第五次"围剿"。陈诚被任命为第三路总指挥兼北路军前敌总指挥。

7月，开办庐山军官训练团，用两个月时间分3批，将"围剿"主力北路军排以上军官7500余人全部轮训一遍。9月18日轮训结束，7天后战斗发起。

蒋介石在庐山反复研究战略战术，顾问团的德国将校们也参与意见，拟订出一套全新的军事方案，即以堡垒封锁和公路切割为核心的持久战与堡垒战。9月25日，"围剿"军事行动开始。陈诚指挥三个师突然向黎川发动进攻。

按照中革军委（中央革命军事委员会）的作战方针，红一方面军1933年9月27日发布《关于歼灭黎川之敌后在抚河会战给各兵团的行动命令》，计划"首先消灭进逼黎川之敌，进而会合我抚西力量全力与敌在抚河会战"。但命令发布第二天凌晨，便丢掉了苏区北大门黎川。

为恢复黎川，红军进行了一系列艰苦的战斗。彭德怀率主力应急返回，进攻硝石、黎川之敌；林彪也率主力攻击和牵制南城、南丰之敌，保障彭德怀对黎川地区的进攻。

防守硝石的敌二十四师师长，即当年发动"马日事变"的许克祥。彭德怀连攻硝石数日，不克；林彪也未能挡住南城之敌东援。陈诚指挥李延年第九师、黄维第十一师、霍揆彰第十四师、李树森第九十四师进抵硝石。蒋军嫡系四个主力师的到来，迫使彭德怀于当晚撤出战斗。

黎川失守和攻硝石数日不克，使抚河会战计划告吹。林彪率一军团攻资溪桥又数日不克，与敌人在资溪桥地区决战的计划，也不得不放弃。

第五次反"围剿"开始第一步，红军就丧失了主动权，陷入被动。

虽然都是交过手的对手，但保守实力消极避战现象和一味突击狂躁轻进现象不再出现，敌人好像换了一批人：前进果断且联系紧密，防守坚忍且增援及时。

与此同时，红军也变了。这变化源于一个特殊人物的出现。

就在陈诚向黎川进攻的9月25日，一个后来被称为"共产国际派来的军事顾问"的人到达中央苏区。他的真实身份，中国共产党人用了半个多世纪时间才真正弄清楚。

牛兰夫妇被捕案

1931年6月1日，共产国际的信使约瑟夫在新加坡被英国警察逮捕。审问结果，发现约瑟夫向马来亚共产党人转递的经费来自上海，其携带的文件中，还有一个上海的电报挂号和邮政信箱。

新加坡是英国殖民地，上海又有英租界，英国人高效率地作出了反应：立即通知上海公共租界警务处。租界警务处迅速查实了两处可疑地点：一处为上海四川路235号4室，房主是Noulens Ruegg（诺伦斯·鲁格），中文名牛兰；其妻Gertrude Ruegg（格特鲁德·鲁格）中文名汪得利昂，被称为牛兰夫人；夫妻俩持比利时和瑞士护照。另一处为南京路49号30室，泛太平洋产业同盟驻上海办事处，负责人也是牛兰。

6月15日，牛兰夫妇被上海公共租界警务处逮捕。由于事先毫无预兆，密码和账簿都来不及转移,被租界当局如数缴获。

这就是当年著名的牛兰夫妇被捕案。

今天回顾这桩当年轰动整个东方的要案,应该叹服共产国际秘密工作者的素质和纪律。上海租界当局从多方入手,都无法查实牛兰夫妇的真实身份,获得要害证据。最后他们企图从牛兰一家人所操的语言上打开缺口,以证实嫌疑犯确实来自苏联,结果发现即使牛兰夫妇当时年仅4岁的儿子吉米,也只会说德语。就连知道牛兰夫妇是共产国际秘密工作人员的中国共产党人,也一直不知道他们二人的真实姓名和经历。

直到20世纪末苏联解体,苏共中央和共产国际的大量秘密档案被公布,牛兰夫妇的儿子、年近70岁的吉米老人,才第一次将其父母的真实情况披露给世人。

牛兰的真实姓名是雅可夫·马特耶维奇·鲁德尼克,1894年出生于乌克兰一个工人家庭。第一次世界大战中因作

牛兰夫妇

战勇敢进入圣彼得堡军事学校学习。1917年2月在推翻沙皇统治的斗争中开始革命生涯,成为布尔什维克的一员。1918年被选入捷尔任斯基领导的肃反委员会"契卡",到欧洲数国执行任务,在法国被捕,被判处两年徒刑。1924年刑满返回苏联,调入共产国际联络部担任与奥地利、意大利、德国等国共产党联络的秘密信使。1927年中国大革命失败后,被共产国际定为派往中国的最佳人选,1927年11月到上海,1929年开始全面负责中国联络站的工作。

牛兰夫人的真实姓名是达吉亚娜·尼克莱维娅·玛依仙柯,1891年出生在圣彼得堡一个显赫的贵族世家。自幼受到良好的文化熏陶,专业是数理逻辑,精通法语、德语、英语、意大利语等。1917年十月革命中加入布尔什维克,受共产国际委派,先后到土耳其、意大利、奥地利等国工作,1925年在维也纳与牛兰相识相恋,1930年初带着儿子来到上海,协助丈

夫工作。

他们在上海的任务集中归结为三项：

一是利用在租界内的各种合法身份，完成共产国际执委会以及远东局、青年共产国际、赤色职工国际与中国共产党和亚洲各国党的电报、信件、邮包的接收与中转；

二是为赴苏联学习、开会、述职的东方各国共产党人办理各种手续；

三是利用公开渠道接收共产国际从柏林银行转来的款项，分发资助中国及东亚各国的革命运动。

牛兰夫妇被捕和机构被破坏，使共产国际支援东方革命的信息、人员、资金运转通道被切断。

中共高层叛变

祸不单行，中国共产党方面也出了大问题：中共中央特委负责人之一顾顺章被捕叛变。1928年11月，中共中央决定成立中央特别任务委员会——"坚固的能奋斗的秘密机关，以保障各种革命组织的存在和发展"——领导全国隐蔽战线工作。

特委三名领导人，一是中共六大选出的总书记向忠发，二是当时中共中央的实际负责人周恩来，第三便是顾顺章。

顾顺章对中共中央的所有秘密，几乎无所不知、无所不晓。他的叛变使中共中央面临严重危险。幸亏打入敌人内部的钱壮飞，在顾叛变的第二天便获此情报，立即从南京奔赴上海向周恩来报告。周恩来当机立断，在聂荣臻、陈赓、李克农、李强等人协助下，连夜布置中央机关和人员的转移撤离。

聂荣臻后来回忆说："这两三天里真是紧张极了，恩来和我们都没有合眼，终于抢在敌人前面，完成了任务。"当国民党军警按照顾的口供冲进那些秘密据点和居所时，已是人去屋空。

据说，国民党"中统"负责人陈立夫当时仰天长叹：活捉周恩来只差了5分钟。

1931年12月上旬，周恩来不得不前往中央苏区。外面的人容易走脱，已被关在国民党监狱的，危险就接踵而至了。由于顾顺章的指认，恽代英被害，也导致牛兰夫妇被捕。

1931年8月，牛兰夫妇被"引渡"，在大批全副武装的宪兵押解下，从上海解往南京。国民党方面力图以此为突破，一举切断中国共产党的国际联络渠道，瘫痪共产国际的远东联络体系。共产国际和联共中央被迫作出反应，组织营救牛兰夫妇。

营救工作的具体组织，交给了苏联红军总参谋部远东情报局的上海工作站，其负责人是理查德·佐尔格。佐尔格的公开身份，是德国报纸《法兰克福新闻》驻上海记者，主要研究中国农业问题。中共中央也派出中央特科情报科长潘汉年，协助佐尔格开展营救工作。

公开渠道由宋庆龄、史沫特莱、斯诺、伊罗生等人出面活动，要求释放牛兰夫妇；秘密渠道则是从租界和国民党内部打开缺口。潘汉年告诉佐尔格，国民党办案人员有收受贿赂的习惯。于是，佐尔格急电莫斯科，要求立即派专人送两万美元到上海，用于打通关节，完成营救。

苏军总参谋部马上采取行动。送款路线跨越西伯利亚后，要穿过中国东北。当时已是"九一八"事变后，该地区全部被日本人控制。考虑到德国与日本关系不错，于是苏军总参谋部决定选派德共党员执行这项使命。为保险起见，选用两人，每人各携带2万美元，分别走不同的路线。两人都不知道还有另外一人在完成同样的任务。

两人都是具有十年以上党龄的德共党员。一个叫赫尔曼·西伯勒尔，另一个叫奥托·布劳恩。后者，就是那个后来被称为"共产国际派来的军事顾问"李德。

历史：追寻之旅

围剿与反围剿（五）
"太上皇"李德与博古的错

给佐尔格送款，是奥托·布劳恩在苏军总参谋部领受的第一个任务，也是最后一个。没有人想到这位交通员一去不归，在中国做起了"共产国际的军事顾问"，是博古给予了他这把尚方宝剑。从此，奥托·布劳恩以"李德"这个名字进入中国革命史册，也因之给中国革命带来了巨大的损失。

送款员变身"军事顾问"

从20世纪20年代中期起，共产国际就对中国革命给予了极大的重视。先后有不少著名人物被派来中国，指导革命，如维经斯基、马林、鲍罗廷、米夫、罗明纳兹。罗明纳兹为中共八七会议起草《中共"八七"会议告全党党员书》，并作政治报告，主张武装暴动、开展土地革命和建立苏维埃政权，对中共中央转变总方针起了重要作用。但自罗明纳兹以后，驻中国的共产国际代表只列席中共中央政治局会议，不再享有决定权。共产国际也再未派遣所谓"全权代表"来中国。

那么，送款员奥托·布劳恩是怎么摇身一变成了"共产国际军事顾问"的呢？帮助奥托·布劳恩完成身份转换的，是设在上海的中共中央。

顾顺章叛变后，又有总书记向忠发被捕叛变。中共中央受此双重打击，损害极大。周恩来奔赴江西苏区，而当时在上海并没有明显危险的王明，则找出种种借口，先周恩来一步于1931年10月去了莫斯科。根据共产国际远东局提议，在王明和周恩来离开之前，驻上海的中共中央改为临时中央，何人出任临时中央负责人，中共中央自行决定。

在决定中共临时中央人选的会议上,王明提议博古负总责,他一句:好,我来就我来!毫无顾虑。这一年他24岁。

年轻气盛的博古,热情奔放,不把白色恐怖放在眼里。他又极富口才,善于作充满激情的演讲;六届四中全会后出任团中央书记,因组织和鼓动的才能受到少共国际的表扬。

当时中共中央与国际联系,主要通过驻上海的共产国际远东局。博古作为临时中央负责人,成为远东局的常客。佐尔格小组虽然隶属苏军总参谋部,也以共产国际派出人员的身份活动,小组人员也常来远东局交换情况。因而,远东局负责人尤尔特、博古和佐尔格三人之间,来往密切。

尤尔特、佐尔格和送款员奥托·布劳恩虽然代表不同方面,但都是德国人。布劳恩与尤尔特是老相识,两人在德国时一起做过党的工作。他与博古早在莫斯科就已相识,当时布劳恩是伏龙芝军事学院学生,博古则是莫斯科的中山大学学生。

博古(秦邦宪)

奥托·布劳恩来华前,博古出任中共临时中央的负责职务不久,白区工作已经逐渐退居次要地位,全国各个苏区正在如火如荼开展武装斗争,苏区工作已经上升为中国革命的主要工作。军事问题,正在成为革命斗争中首要的、迫切的和关键的问题。组织一场真正的革命战争,是中国共产党人面临的最新考验。不懂军事的人,无法把舵。

而博古,作为一个出家门进莫斯科中山大学校门,出中山大学校门即进中共中央机关门的领导者,他搞过学运,搞过工运,却没有搞过农运,更没有搞过兵运,没有接触过武装斗争。他自感最为欠缺的,就是军事这一课。恰恰这时,来了个伏龙芝军事学院的毕业生奥托·布劳恩,而且他还在德国搞过武装起义,颇有军事经验。

博古把31岁的奥托·布劳恩留了下来,权充作自己那条并不稳固的船上的水手长。

1933年春,中共中央在上海明显待不住了。博古撤到中央苏区,并邀奥托·布劳恩一同去。布劳恩考虑到自己是苏军总参谋部的人，不是共产国际的人，所以当尤尔特代表远东局征求他的意见时，他提出一个条件：请共产国际执行委员会发出一个相应的指示。他要凭借这个指示，完成自己的身份转换。

但尤尔特和博古向莫斯科发出了几封电报，迟迟没有回音，直到博古临离开上海前，才收到共产国际正式且含混的答复：奥托·布劳恩作为没有指示权力的顾问，受支配于中国共产党中央委员会。这意味着奥托·布劳恩"没有指示权力"，仅仅具有建议权；不是受托于共产国际，只受托于中共中央。

共产国际没有帮助李德完成身份转换。一直到进入苏区，布劳恩也知道他与共产国际的关系微妙。在苏区的军事会议上，起初他一再说明，他的职务只是一个顾问，没有下达指示的权力；但博古不容他这样讲下去。在介绍他的第一个欢迎会上，热情洋溢的博古便展开了他的演说才能：

"同志们！我们在这里召开一个特别会议，热烈欢迎我们盼望已久的共产国际派驻我党中央的军事顾问，奥托·布劳恩同志。""为了保密和顾问同志的安全，会后对他的称呼一律用中文的'李德'，不得泄露他的身份和原名。"

博古给予了奥托·布劳恩"共产国际派驻我党中央的军事顾问"这把尚方宝剑。从此，奥托·布劳恩以"李德"这个名字，进入中国革命史册。

"太上皇"李德

博古不遗余力地赋予李德特权。他向大家说明，李德以共产国际军事顾问身份列席中央及军委会议，参与党和红军各项方针决策的研究和制定，特别对军事战略、战役和战术，负有指导和监督的重任。

奥托·布劳恩开始还不适应"李德"这个名字，不适应"太上皇"的地位。随着时间的推移，见每一个人似乎都认为他这个顾问具有极大的权力，而且他在日记中写道："博古也许还有意识地容忍这种误解，因为他以为，这样可以加强他自己的威望。"

当时的工作程序是，前方来的电报先送到李德住处，查明电报所述地点的确切方位并完成翻译后，绘成简图由李德批阅。批阅完毕提出相应的处理意见，再译成中文送给军委副主席周恩来。周恩来根据来电的重要程度，一般问题自己处理，重大问题则提交军委或政治局讨论。

奥托·布劳恩逐渐熟悉了李德这个名字，也逐渐习惯了自己的地位和角色，真的做起"太上皇"来了。他与博古商量以后，在10月中旬中革军委一次会议上说：游击主义的黄金时代已经过去了，山沟里的马列主义该收起来了，现在一定要摆脱过去一套过时的东西，建立一套新原则。

"游击主义的黄金时代"和"山沟里的马列主义"，明显是博古的语言，借李德之口说出而已；新原则基本就是李德自己的东西了：用鲜血保卫苏维埃，一切为了前线上的胜利，不让敌人践踏一寸土地，不被敌人的气势汹汹吓倒，消灭敌人于阵地之前。

这都是李德从伏龙芝军事学院的一套老战法。这些新的原则被通过并付诸实施了。

11月11日，寻淮洲率新成立的红七军团进攻浒湾，遭敌夹击，彭德怀率三军团赴援。陈诚以部分兵力牵制我三军团，以主力向七军团猛攻。七军团阵地被突破，寻淮洲率部匆忙后撤。彭德怀的三军团也在多次向敌阵地冲击过程中，遭密集火力杀伤和低空飞机扫射，伤亡重大。两个军团伤亡1100余人。

李德

11月15日，红一军团和红九军团一部从敌人堡垒间隙北出，配合三军团作战。17日，陈诚以10个师兵力从侧面出击，企图断我归路；另以5个师向我发动正面攻击。云盖山、大雄关一带，一军团、九军团蒙受重大伤亡，被迫放弃阵地。

如果说这些仗都是李德在那里指挥，也不完全是事实。但同样是事实的是：此时李德已经拥有了决定性发言权，红军各级指战员不得不执行他的原则方针。中革军委11月20日致师以上首长及司令部的一封信，已带有鲜明的李德印记："如果原则上拒绝进攻这种堡垒，那便是拒绝战斗。"

红军开始了一场与敌人硬碰硬的决战。

历次反"围剿"中机动灵活能征善战的红一军团，由于陷入李德的"短促突击"战术,从1933年10月到1934年4月共打了黎川、云盖山、大雄关、丁毛山、凤翔峰、三岬嶂、乾昌桥和广昌战斗,除了凤翔峰、三岬嶂战斗苦守阵地,而取得小胜外,其余都打了败仗,损失严重。1933年12月丁毛山战斗,一军团一师三团9个连队,竟然阵亡了13个连级干部。

历次反"围剿"猛打猛冲能啃硬骨头的红三军团,1933年11月的浒湾战斗伤亡重大,12月的德胜关战斗伤亡重大,1934年3月的驻马寨战斗伤亡重大。

惨烈的广昌战斗

在第五次反"围剿"中,李德一系列的指挥动作,导致红军遭受了更大的损失。其中,规模最大、影响最大、几乎将红军主力拼光的广昌战斗,导致中央红军不得不突围,走上长征之路。

李德不了解中国革命、土地革命、工农武装割据和农村包围城市,他学的是伏龙芝军事学院的老战法。而陈诚带领湘兵,不断琢磨红军的战略战术,调整自己的战略战术,每次作战前都做好了充分准备。

1934年4月10日,国民党北路军陈诚指挥十一个师进攻广昌。面对敌军的强劲攻势,以博古为首的中共中央决定调集红军主力一、三、九军团共九个师坚守广昌。博古、李德赴前线组织野战司令部直接指挥。司令员名义上是朱德,实际是李德,博古担任政治委员。周恩来被放在远离前线的瑞金留守。

4月中旬,保卫广昌的政治命令下达。命令签署者是中国共产党中央委员会博古、中革军委主席朱德、代总政治部主任顾作霖:

> 我们的战斗任务,是在以全力保卫广昌……我支点之守备队,是我战斗序列之支柱,他们应毫不动摇地在敌人炮火与空中轰炸下支持着,以便用有纪律之火力射击及勇猛的反突击,消灭敌人的有生兵力。
>
> 我突击力量应该努力隐蔽地接近(爬行跑步利用死角等),以便避免在敌火下之不必要的伤亡而进行出于敌人意外的突然的攻击,在攻击时应不顾一切火力奋勇前进坚决无情地消灭敌人。

从这些令很多指挥员费解的西化语言中，映现出的正是李德的思想与意志。

陈诚以 10 个师构成 5 公里宽的攻击正面。5 个师为河西纵队，5 个师为河东纵队，一个师为预备队，以河东受阻则河西推进、河西受阻则河东推进战法，夹抚河两岸交替筑碉，向广昌推进。

红军 9 个师，敌军 11 个师。这是一场以主力拼主力、以堡垒对堡垒、以阵地对阵地的搏斗。中国革命的前途和命运，被压缩到了广昌一隅。

陈诚的主力在河西。其起家部队十一师、十四师都在那里；河东部队相对较弱。李德抓住这点，计划以九军团和红二十三师在西岸牵制敌主力；以主力一、三军团和五军团十三师集中在抚河以东大罗山、延福嶂地区，对河东之敌实施短促突击，给其以歼灭性打击。

结果弱敌不弱。我主力一、三军团还未突击，敌河东纵队就向大罗山、延福嶂地区发起猛攻。河西纵队也乘红军主力集中东岸作战之机，4 月 14 日突破九军团阵地，占领甘竹。

河东红军主力也未顶住敌河东纵队，于 19 日丢掉了大罗山、延福嶂阵地。

计划好以我弱旅吸敌主力，以我主力歼敌弱旅，反被敌以弱旅胶着我主力，以主力突破我防线。

4 月 27 日，陈诚指挥河西河东两岸敌军，同时向广昌发起总攻。当晚，红军被迫撤出广昌保卫战。

广昌保卫战是李德战略战术发展的顶点，红军损失巨大。战斗持续 18 天，红军伤亡 5500 余人，占参战总兵力的 1/5。中央苏区不得不被放弃、中央红军不得不突围长征这个第五次反"围剿"的结局，在广昌已经奠定。

李德的作战指挥给中国革命带来的损失巨大，事实已经铁一般地摆在了那里。

历史：追寻之旅

围剿与反围剿（六）
蒋介石的三次惊魂

第五次"围剿"中，蒋介石三次惊魂：红军奇袭浒湾，差点端掉了蒋介石指挥所的"老巢"；"围剿"战事正酣，突然后院起火，东路军十九路军发动抗日反蒋的"福建事变"；到前线慰问的宋美龄，发现了蒋介石藏在床下的腌菜罐。与此同时，红军却一再错过有利时机，导致中央苏区陷入四面合围的危境。

彭德怀奇袭浒湾

对红军来说，奔袭浒湾，确实是一个大胆的战役行动。连当年幸存下来的浒湾战斗参加者，也不知道后来被指责为李德式硬拼仗的浒湾战斗，竟然差点儿端掉了蒋介石的老巢。

1933年11月11日，红七军团发起浒湾战斗，攻击未能奏效，敌向浒湾方向紧急增援。12日，红三军团投入战斗，攻击也未能奏效。13日凌晨发动总攻，攻击动作也不一致。天明以后，敌机12架前来支援地面部队，低空猛烈轰炸扫射。

当时任红七军团参谋长兼二十师师长的粟裕回忆说：

> 这是一场恶战，这次作战从战役指挥到战术、技术上都有教训。战役指挥中通信联络差，军团之间未能协同配合，当三军团迂回到敌后，向敌人猛攻时，我们不知道；而当敌人向我们这边猛攻时，三军团又不知道，所以未能配合上，打成了消耗战。从战术上看，敌人在向我发起反击时，派飞机、装甲车协同步兵作战，这是红七军团未曾

经历过的。五十八团团长是一位打游击出身的干部,人称"游击健将",打仗很勇敢,但从来没有见到过飞机轰炸的场面。敌机集中投弹,他叫喊:"不得了啦,不得了啦!"其实他不是胆小怕敌,而是没有经过敌人空袭的场面。十九师是红七军团的主力,战斗力强,擅长打野战,但没有见到过装甲车,这次敌人以两辆装甲车为前导冲击他们的阵地,部队一见两个铁家伙打着机枪冲过来,就手足无措,一个师的阵地硬是被两辆装甲车冲垮。

粟裕是我军著名的常胜将军,常胜将军却爱如数家珍一般回忆曾经的失败,尤其是重大失败。但记录历史,不是只记录光荣。正是这样,我们这些后人才更加懂得,胜利从何而来。

浒湾、八角亭战斗历时3天,毙伤敌人520多人,红军伤亡和失踪合计1095人,伤亡重大。但这场战斗,却让蒋介石受到很大的刺激。

当时蒋介石的侍从秘书邓文仪回忆:

> 江西的共匪,以彭德怀为指挥,发动了一次空前的大兵团钻隙远袭,围攻蒋委员长在江西临川的前进指挥所的冒险的战争。当时剿匪的部队,都分散在赣西南及赣东北,与匪军对峙,时有或大或小的战斗,在赣中临川(抚州)委员长前进指挥所附近,几乎没有成团的军队防守,只有不到一营或二营的警卫部队。因为是南昌委员长行营的中心地带,一般认为是安全的军事区域,想不到共匪竟能实行这样一次的奇袭作战,当时的情况,危急万分,如果共匪奇袭成功,整个大局就将面目全非,而两场战争都将无法进行、同时失败了。

> ……彭德怀以其指挥的第一集团军,加上第三、第五集团军的大部,在很短时间内,绕道山岭昼伏夜行,衔枚疾走,一支十万人以上的匪军,竟在不知不觉中,出人意料之外,到达了江西中部的临川附近。他以一部部署在赣东北黎川方面,阻击我汤恩伯兵团救援。而以主力包围攻击临川委员长前进指挥所。指挥所设在临川第八中学,委员长这时正在那里指挥前线作战。有一天晚上,临川附近发生枪声,经过短期的侦察,便知道了共匪有很大的部队到达赣东北与赣中,抚州空

虚，危急万状，南昌后方没有军队可以增援。幸赖蒋委员长指挥若定，沉着应战，一面命令赣东北的汤恩伯兵团攻击当面匪军主力，同时要他迅速派兵，到抚州附近增援解围。这时冷欣指挥的第四师、宋希濂指挥的第三十六师等约5个师兵力，都是能征惯战部队。他们接到命令，听到委员长指挥所被围的消息，都是英勇奋进，冒一切恶战苦斗的行动，以劣势的兵力和共匪作战，幸赖将士用命，他们竟把彭德怀的主力囊括住了，而且节节胜利……经过不到一周之恶战苦斗，彭德怀部脱离战场，逃逸无踪，来如洪水猛兽，去若流水落花，这场战争，可谓有惊无险，胜得很轻松。

当时一定极为惊慌的邓文仪，连着搞错了几件事。彭德怀的兵力不是十万，而是不足两万。蒋军以九十八师防守临川，以第四师、第三十六师、第八十五师参加战斗，兵力不但不处于"劣势"，且两倍于红军；红军行动的目的不像邓文仪所述"围攻蒋委员长在江西临川的前进指挥所"。红军并不知道蒋介石在临川指挥作战。中革军委的设想是以红七军团深入抚州地区活动，牵动围攻苏区的南进之敌回援，然后运用主力一、三军团与回援之敌在运动中决战。

邓文仪还回忆道：

当前面战争紧急的时候，委员长除了紧急指挥前线军队作战之外，内心也很焦急。因为抚州空虚，增援部队不能迅速到达，万一匪军主力急攻抚州，实在无法以空城计对付彭德怀。曾想令南昌行营派来水上飞机，迎接统帅回南昌去。某天下午，委员长带卫士二三人与我散步到抚河畔，侦察水上飞机起落场所，行进途中委员长对我说：剿匪部队师劳无功，作战不力，危急战况，竟在抚州附近发生，证见我们的剿匪部队，已无能力战胜共匪，说罢连连慨叹。

红军几乎击中国民党军神经中枢之举，令蒋介石沮丧不已。

"福建事变"

1933年11月20日,蒋介石发动的对苏区第五次"围剿"进行正酣。不想,突然后院起火。十九路军将领蒋光鼐、蔡廷锴发动抗日反蒋的"福建事变"。

十九路军本来是"围剿"的东路力量,负责扼守闽西及闽西北地区,阻止红军向东发展。东部防线的突然崩塌,精心策划的第五次"围剿"几乎全盘泡汤。

侍从室主任晏道刚回忆,蒋介石在抚州得知"闽变"消息,神色异常紧张,深恐红军与十九路军联合。好几次与晏道刚同坐汽车时,忽而自言自语,忽而挥拳舞掌。一个人坐在房子里时,便不时掏出自己写的"剿匪手本",翻到后面的军歌,竟独自高声歌唱起来。

蒋介石刺耳的歌声一起,侍卫长宣铁吾就跑去找晏道刚,说老头子又发神经了。

据蒋介石身边人回忆,蒋失去控制一个人唱歌,在中原大战结束后有过一次。那是打垮冯玉祥、阎锡山后得胜而归,蒋靠在车子里不停地哼小曲,还随手向沿途士兵、难民撒钱慰劳,欣喜之状,非同一般。哼又哼不成调,惹得周围人欲笑不敢。

这次他又唱起歌来,但感觉完全不一样了。他的阵脚乱了。

其实,对"闽变"中新成立的"生产人民党"、"中华共和国人民政府",上红下蓝中间嵌一黄色五星的"国旗",甚至新颁发的对蒋介石、汪精卫、何应钦等的通缉令,蒋介石并不重视。他看重的是蔡廷锴指挥的那5万军队。

如果这5万军队与江西10万红军合股,第五次"围剿"计划将破产不说,闽赣结为一体后,凭借中共与共产国际联系,加上十九路军掌握控制的福建出海诸口,外来援助直接进入,后果不堪设想。因而,他必须转过头来,先收拾蔡廷锴。

蔡廷锴,曾多次出任敢死队队长。

1922年5月,孙中山在韶关督师北伐,分兵三路进入江西。攻赣州城十日不克,北伐军伤亡很大。粤军第一师挑出身材高大、作战勇猛的四团三营十一连上尉连长蔡廷锴担任敢死队长。蔡率领敢死队员一百余人,凌晨4时向守军方本仁部防守薄弱处发起冲击,7时将敌阵冲破。后继部队迅速跟进，古有"铁城"之称的赣州遂被北伐军占领。

这位猛将，13岁学的是耕田，14岁学的是缝衣，15岁学的是兽医。他在家乡最早的名声不是打仗，而是医牛。凡经他医治的病牛，十有九愈。

他曾被迫参加八一南昌起义，虽然担任了南下部队左翼总指挥，但他并不情愿，等部队至进贤县，他便乘混乱之机清理掉队伍里的共产党员，脱离了起义军。

第三次"围剿"中，蒋介石因粤变实行总退却。转入追歼的红军选定蒋鼎文的第九师和蔡廷锴的六十师、六十一师作为打击目标。蒋鼎文师为蒋军嫡系，红军未集中主力便歼他一个旅，俘两千人枪；朱德、毛泽东指挥红军主力彭德怀之三军团、林彪之红四军及方面军直属红三十五军打非嫡系的蔡廷锴，未料到竟打成了一场持续数日的血战。

蔡廷锴

战场在距离兴国40里的高兴圩。从白天到黑夜，再到白天，再到黑夜，红军反复发起冲击，双方数十次用刺刀拼刺。放牛娃出身的红军三军团总指挥彭德怀，驱策战马，挥舞战刀，身先士卒率队奋身冲击；医牛出身的蒋军一军团代总指挥蔡廷锴，手持双枪，声嘶力竭，亲率指挥部人员压在第一线督战。

激战中，蔡军几番全线动摇。其六十师师长沈光汉擅自向兴国方向逃去十余里，军团部人员和蔡的随员都有人逃跑；无线电不再发出战斗命令，而是拼命向周围部队紧急呼救。蔡廷锴几番想拔枪自杀，但一转念"横竖一死，未到红军俘我之时，先死殊不值"，又纠集残兵拼杀下去。

高兴圩血战，成为红军第三次反"围剿"中持续时间最长、战况最烈的一次战斗。特别在徒涉高兴圩以西河流时，红军伤亡重大。最终，朱德、毛泽东指挥红军主动退出战斗。蔡军也因伤亡过大，未加追击。

蔡廷锴在日本人面前，照样很硬。

高兴圩血战后一周，"九一八"事变爆发。蔡廷锴在赣州率部誓师，要求抗日，反对内战。率十九路军驻防上海后，日本海军陆战队大量增兵。1932年1月22日，日本领事村井提出要十九路军后撤30公里，蔡坚决不允。1月24日，军政部长何应钦来沪与蔡面谈。

何说，现在国力未充，敌方提出要我后撤，政府本应拒绝，但为保存国力起见，只有不得已忍辱负重。十九路军可后撤，政府拟以外交途径解决。蔡说，驻地是我国领土，撤退殊无理由；政府要撤，请不限于敌方要求，调我全军离开京沪路，我当绝对服从。

"一·二八"事变，日本人面前站立的，同样是敢死的蔡廷锴。违令抗战的蔡廷锴，最终获得了蒋介石挂在他胸前的青天白日勋章一枚。

之后，十九路军被调防福建。这样一支颇具战斗力的军队在第五次"围剿"中，打出抗日反蒋旗帜，给红军打破"围剿"提供了一个极好的机会。

蒋介石十分紧张，不得不抽出"围剿"主力北路军九个师，加上宁沪杭地区抽调的两个师，共计十一个师，由蒋鼎文指挥分别从江西和浙江进入福建，进攻十九路军。

蒋介石把家底子都拿上来了，苏浙皖赣地区再无多少兵力可调。他最担心的是红军与十九路军联合。每天晚餐后，他都要找侍从室主任晏道刚和参谋本部第二厅厅长林蔚。问题就一个：是否有红军与十九路军联系的情报？他叮嘱晏、林二人，要密切注意双方动向，每日派飞机空中侦察。

蒋光鼐

一直未发现红军与十九路军联系的征候，蒋这才慢慢放下心来，决定亲自飞往建瓯，指挥收拾十九路军。

宋美龄打翻腌菜罐

第三度危机，更是始料未及。宋美龄在临川发现了蒋介石的腌菜罐。

与普通人毫无二致，蒋介石爱吃家乡的风味小吃。每年，其原配夫人毛福梅都要送些亲手制作的家乡菜到南京，如腌雪里蕻、豆腐乳、臭冬瓜、腌笋片等。

宋美龄却是位生活西化的人物，吃西点、西菜，早餐酸奶或牛奶、烤鸡、猪排、白脱面包、色拉之类，与蒋介石吃不到一块儿。有时蒋也陪吃西菜，但吃不几天，就又重新用中餐和吃家乡菜。

宋美龄虽然也不喜欢蒋那些心爱的家乡风味，但对腌菜，如精心制作一番，倒也吃些。但那些霉变菜品，如臭冬瓜之类，无论如何也不行。因此每当蒋、宋同餐时，毛氏制作的臭冬瓜之类，便绝对不能摆上餐桌。

宋美龄在战事正紧之时，来到了抚州前进指挥部，本想慰问蒋一番，却意外发现蒋的床下隐藏着原配老婆的宁波小菜罐坛，臭冬瓜自然少不了，她便像火山一般爆发了。

宋美龄平时修养极好，从不摔盘子砸碗，更不颐指气使。尤其公开场合，特别给其夫面子，这回是实实在在忍不住了。蒋一口一个生死之战，你死我活，"围剿"发起以前还亲写有两幅手书，其一是："一、要对得起已死的将士；二、要对得起总理的灵魂；三、要对得起生我的父母；四、要对得起痛苦的民众。"其二是："一、对主义尽忠了么；二、对党国负责了么；三、对统帅信仰了么；四、对上官服从了么；五、对部下信任了么；六、对本身信仰了么。"

词句之间，对自己坚定自信，令部下百折不回，颇有生死不计、百战不辞之感，却又在指挥作战的床铺下埋伏了好几罐前妻的腌菜。

腌菜罐子没有藏好，被宋美龄从床下一个一个拖出来，统统砸碎。宋美龄开了杀戒，蒋介石的情绪顿时跌入谷底。

与此同时，红军却错过了利用"闽变"的大好时机。

本来是做好了利用这个机会的准备。10月26日，由周恩来主持，红军全权代表潘汉年与十九路军全权代表徐名鸿，在瑞金签订了《反日反蒋的初步协定》。张闻天、毛泽东、朱德也会见了徐名鸿和十九路军参议陈公培。博古虽未见十九路军代表，但与李德一样，都对这一合作表示支持。

10月30日，中共中央给福州市委和福建全体同志发出一封指示信，说：

> 党在福建的总方针之一应该是尽可能造成民族的反帝统一战线，来共同反对日本帝国主义及其走狗国民党南京政府，而不要简单地提出与反对南京政府和蒋介石一样的口号来反对当时正采取着左的策略的福建统治阶级与其他派别。要不调和地、不容情地反对那种关门主义的、不估计客观事实与脱离当时群众的、不愿意去建立革命的反帝

统一战线的左倾思潮。

这个颇为清醒的指示,与在中共中央负总责的博古关系不小。但11月18日又发出一封指示信:

> 十九路军中的若干领袖和政客正在蓄意开始一个大的武断宣传的阴谋,企图集合更多的力量来树立较坚强的障碍阻止革命的怒潮;这些"左"的民族改良主义政党的力量的任何增加是在中国革命的进步上放了新而非常可怕的障碍物;必须彻底明了十九路军领袖们政治阴谋的特征,必须在下层革命统一战线的基础上竭力同这些政党斗争,来争取现在仍然附和他们的劳苦群众及士兵。

此信,将10月30日信的正确观点统统推倒。两天后,"福建事变"发生。

博古等人态度剧变的理由,来自共产国际。11月18日指示信,完全是根据共产国际的指示电拟就的。当时苏联已同蒋介石南京政府改善了关系。苏联的态度决定着共产国际的态度,共产国际便不再支持红军同十九路军联合反蒋。

12月5日,中共中央发出《为福建事变告全国民众书》,称福建政府"不过是一些过去反革命的国民党领袖们与政客们企图利用新的方法来欺骗民众的把戏,他们的目的不是为了要推翻帝国主义与中国地主资产阶级的统治,而正是为了维持这一统治,为了要阻止全中国民众的革命化与他们向着苏维埃道路的迈进"。

蒋军大举进攻十九路军的时候,中革军委却将我军主力从东线调到西线永丰地区,不去配合十九路军,反去进攻敌人的堡垒阵地。

粉碎第五次"围剿"的有利时机,就这样丧失了。

蒋介石平息"闽变"之后,入闽蒋军11个师,加上被改编的十九路军部队,共计14个师组成东路军,以蒋鼎文为总指挥,开始从东面向苏区进攻。

中央苏区真正陷入四面合围,在军事上被完全封锁,处于更加困难和不利的地位。苏区首府瑞金,就是被东路军攻占的。

历史：追寻之旅

围剿与反围剿（七）
王明的荒谬谎言与苏区的残酷现实

中共党史上最为重要的一步，莫过于出发长征。中国共产党人和中国工农红军最深重的苦难与最耀眼的辉煌，皆出自于此。长征是一次精心筹划的战略行动，还是一场惊慌失措的退却逃跑？已经进入了21世纪，人们仍然为此争论不休。

红军决定苏区突围

中共党史上最为浓墨重彩的一笔，莫过于长征。中国共产党人和中国工农红军最深重的苦难与最耀眼的辉煌，皆出自于此。

被誉为里程碑的遵义会议，也是长征路上的里程碑，是长征的产物。四渡赤水、突破金沙江、强渡大渡河、爬雪山、过草地，这些史诗般的壮举皆是长征一步一步的过程。甚至震惊中外的"西安事变"，很大程度上也是红军长征的结果。

长征第一步是怎么迈出去的？长征是一次精心筹划的战略行动，还是一场惊慌失措的退却逃跑？

已经进入了21世纪，人们仍然为此争论不休。

原因之一，是这一行动的最初规划者据说竟是李德。果真如此吗？

"福建事变"的良机错失，广昌战斗又严重失败，中央苏区的被迫放弃，已成定局。但认识这个定局还需要时间，还需要更大的压力。因为放弃的不是一间住了一晚上的屋子，是建设六年之久、粉碎了敌人四次"围剿"的根据地。

在此以前，项英曾最早提出过放弃中央苏区的意见。

1931年4月第二次反"围剿"，项英到苏区时间不长，认为20万敌军压境，3万红军难于应付，只有离开江西苏区才是出路。退到哪里去呢？退到四川去。斯大林讲过，"四川是中国最理想的根据地。"

1928年，项英到莫斯科出席中共六大，当选为政治局常委。斯大林对工人出身的项英特别青睐，亲自送给他一把小手枪。身上别着斯大林亲赠手枪的项英，记住了四川是中国最理想的根据地，却不知道斯大林还讲过国民党人是中国革命的雅各宾党人。

第五次反"围剿"的一个接一个挫折中，彭德怀最先提出脱离苏区，外线作战。

1933年10月23日至25日，彭德怀、滕代远连续三次向军委建议，改变战略方针与作战部署，主力离开敌人堡垒区向外线，即苏区东北的金溪、东乡、贵溪、景德镇挺进出击，机动作战，迫敌回援。

项英

实行这一战略，部队有可能被敌人切断不能返回苏区，苏区北部也可能失去主力掩护，建议被迅速否决。彭、滕仍然坚持，恳望军委"以远大眼光过细考虑"。10月27日，中革军委以代主席项英的名义电告在前方指挥的朱德、周恩来："军委已决定了战役问题，望转告彭、滕，停止建议。"

一旦认定正确就不依不饶的彭德怀，11月7日与滕代远联名第四次提出建议，结果滕代远丢掉了三军团政委的职务。可是，用撤滕代远职，来堵彭德怀嘴的博古、李德，在广昌战斗后，也不得不开始考虑同一个问题了。

广昌战斗之前，中央苏区在军事上已经陷入四面合围。中革军委面临三种抉择：一、主力突围；二、诱敌深入；三、短促突击。

首倡短促突击的李德从一系列失败中，已经觉出情况不好。他突然转向主张主力突围。他提出以一、三军团，或者五、九军团脱离苏区，插到敌人后方去摆脱堡垒，争取大一些的空间，获得作战行动的自由。讨论结果，主力突围的方案没有通过，在苏区内取胜的希望似还存在；毛泽东的诱敌深入方案也被否决。领土不战而弃，并不能为阻挡敌人提供保证；最后通过的，还是继续运用短促突击。

但损失沉重的广昌战斗，使短促突击的战法彻底破产。

1934年4月底广昌战斗彻底失利之后，中央书记处5月开会，决定突围转移。当时的书记处书记是四人：博古、张闻天、周恩来、项英。代表"山沟里的马列主义"的毛泽东不是书记，无法参加会议。

会议作出了战略转移的决定。四位书记都认识到了局面的严重。但除了急于摆脱眼前的困境以外，有几人意识到这个决定对中国共产党的历史将影响深远？

所谓决策，往往是面对十字路口的选择。往往有些原以为影响应该极其深远、意义应该极其重大的决定，却似一块滑过水面的轻石，经过几片涟漪后便无踪无影。而有些或仓促中或不经意中或应急中作出的决定，以为临时姑且如此，却从此踏上一条历史的不归之程。

王明的荒谬发言

远在莫斯科的共产国际，并不详知当时中国共产党人面临的严重困难。

6月5日，国际机关刊物《共产国际》发表米夫文章《只有苏维埃能够救中国》，米夫说毛泽东讲过，只有苏维埃能够救中国，"现在各国无产阶级和全世界被压迫人民都热切地希望中国苏维埃运动的胜利"。

共产国际不知，中共中央已经在没有毛泽东参加的情况下，决定放弃中央苏区。拿出具体方案的是李德。

李德对局面之严峻还是非常敏感的。伍修权在回忆录《往事沧桑》中说，1934年春李德就同博古谈要准备作一次战略大转移，去湘鄂西。如此重大的决定，当然首先还是要报共产国际。

6月25日，共产国际回电："动员新的武装力量，这在中区并未枯竭，红军各部队的抵抗力及后方环境等，亦未促使我们惊慌失措。甚至说到对苏区主力红军退出的事情，这唯一的只是为了保存活的力量，以免遭受敌人可能的打击……"

博古对李德说，国际来电同意。其实国际的表态是含糊不清的。首要的是"保存活的力量"自然正确，但又认为中国红军打破"围剿"的希望不是没有，具体怎么办，留给中国共产党自己决定。

这一回答，是基于共产国际对中国革命的详情并不清楚。

1934年2月5日，王明在联共(布)第十七次代表大会上，做了一篇《中国革命是不可战胜的》的发言：

> 现在，我来介绍一下关于最近时期中国状况的基本材料。
>
> ……在所有"围剿"中，最大最凶的一次，就是最近的第六次"围剿"。这次"围剿"的主要特点是，帝国主义分子除了向蒋介石提供金钱和枪炮外，还直接参加作战行动。以塞克特将军为首的法西斯德国的70名参谋军官，不仅制订了第六次"围剿"的军事计划，不仅组织了专门训练军事专家和军事技术专家的讲习班和学校，不仅领导了从技术上加强城防和战线的工作，而且直接参加了军事行动……
>
> 这场战争的结果将会怎样呢？结果只有一个，那就是国民党和帝国主义分子的不断失败以及中国红军和苏维埃的一次又一次胜利。(鼓掌)
>
> 根据不完整的材料，红军在国民党前四次"围剿"中取得的成果如下：国民党军队50多个师被击退，其中20个师被彻底粉碎，约20万支步枪、5000挺轻重机枪、数百门加农炮和重炮、几十部电台、12架飞机和不计其数的装备、粮秣，均为我英勇的红军缴获。(鼓掌)
>
> ……关于第六次"围剿"的结果，我们至今尚未掌握充分的材料，但据部分材料得知，红军在福建、四川和赣北等战线击溃了国民党18个师。缴获步枪2万多支，机枪180挺，驳壳枪500支……(鼓掌)为了卸载这些大轮中8艘船上的物资，动员了1万多名工人。红军在福建战线也俘虏了第十九路军的1名旅长和3名团长。
>
> 结果，塞克特和蒋介石的第六次"围剿"又遭到了可耻的失败！这便立刻揭露了一个秘密：谁是我们红军武器装备的主要供应者，什么地方是红军的兵工厂和军事仓库！……(鼓掌)
>
> 最近几年来中华苏维埃共和国成立并日益巩固的这一事实具有巨大的世界历史意义。首先，它在实践中证实了斯大林同志创造性发展的列宁天才思想的正确性，证实了在经济落后和殖民地国家建立苏维埃政权的可能性，以及斯大林同志在联共(布)第十次代表大会上关

历史：追寻之旅

于只有苏维埃才能拯救中国免于彻底崩溃和贫困的英明指示的现实性（鼓掌）……

报告在"斯大林同志万岁！万岁！万岁！"的高呼声中结束，全场报以热烈鼓掌，全体起立向王明同志致敬。

不耐心看完这篇报道，你就不会知道王明已经荒谬到什么程度——喝完牛奶吃完面包后，用自己国家革命者的鲜血杜撰谎言，去证明另一个国家领导人的英明和另一个国家的伟大。

王明话音未落，中共马上来电要求放弃苏区突围转移，对中国革命现状并不清楚的共产国际，完全陷入自我营造的矛盾之中，因此他们只能发出那封态度模糊的电报。

对苏区实际情况，王明并非一无所知，但所知情况甚为混乱。

第五次反"围剿"以前，共产国际派美国共产党人史蒂夫·纳尔逊来华。纳尔逊出发前，王明对他说，江西的形势十分困难，苏维埃已经完全被包围。盐的供给殆尽，蒋介石抓住走私盐的人就砍头。更糟糕的事情是蒋介石要使用毒气。能用什么办法抵御毒气呢？所以派纳尔逊带5万美元去中国，任务是给中国共产党人买防毒面具。

这真是一个又严肃又可笑的任务。纳尔逊到上海后，将5万美元交给了中共上海局负责人。共产国际远东局负责人尤尔特到底还算了解一些情况，他否认毒气战是苏区的主要威胁，对共产国际除了防毒面具之外便没有别的指示，他感到甚为失望。

1934年春季，共产国际又派美国共产党人尤金·丹尼斯来华担任国际代表。这正是第五次反"围剿"的困难时刻。尤金身上带有一份在莫斯科拟订的反"围剿"作战计划，准备让江西苏区贯彻执行。

看到这个计划的人很少，所以详细内容恐怕无人能够讲出来了。接下来的一些情况是：连携带这个计划的尤金在了解了一些当地的情况后，也开始对他的中国同事嘲笑那些"在别处制订好行动计划的顾问们"。

胜利从来不是鼓掌鼓出来的,不管掌声有多么热烈;它也不是计划制订出来的,不管计划有多么翔实。王明和那些只会在金碧辉煌的莫斯科会议大厅鼓掌欢呼的人们,真应该看一下中国工农红军是在什么样的条件下战斗的。

苏区陷入四面合围

1934年7月上旬,各路敌军向中央苏区的中心区发起全面进攻。

局面越来越紧迫了。8月5日,北路敌军9个师,在飞机、炮兵的强大火力支援下,向驿前以北地区攻击前进。我红三军团主力和红五军团一部在高虎脑、万年亭到驿前约15公里纵深内,构筑了5道防御阵地进行固守。

蒋介石特地从南京调来德国造卜福斯山炮12门。卜福斯山炮侵彻力强,最远射程为9公里。蒋介石、陈诚企图依靠此炮的强大侵彻力,对红军工事进行破坏性轰击,为其步兵开路。

蒋还增加了税警总团追击炮营、炮兵训练处山炮第一营、第二十三师重迫击炮连,大大增加了炮兵的攻击力量。7个师敌人在猛烈炮火支援下,发起进攻。

在蜡烛形阵地,攻击者是蒋军邢震南第四师之两个团。防守者是红四师第十团第三营。邢震南及两个团长后来不知后终,红四师十团三营长是五十多年后出任中国人民解放军中央军委副主席的张震。

在保护山阵地,攻击者是陈诚最为精锐之主力黄维第十一师,防守者是四师十二团,该团中有后来在中国人民解放军中以天不怕地不怕著称的战将钟伟。

但那场战斗却是陈诚的天下。

在敌人炮火猛烈轰击之下,红军阵地工事全部被炸塌,机枪被炸坏。血战至下午,蜡烛形阵地的三营损失严重,张震带着全营仍然能够战斗的人坚守在一条交通壕内,准备用刺刀同敌人作最后一拼。保护山阵地尽管放上了全军闻名的红五连,但在敌人强大的兵力、火力压迫下,阵地还是失守了,红五连大部壮烈牺牲。

红军十日内伤亡 2300 余人，内含干部 600 人，不得不放弃驿前以北的全部阵地。

尽管 9 月 1 日至 3 日，朱德指挥林彪的红一军团、罗炳辉的红九军团取得温坊大捷，歼敌一个多旅，取得第五次反"围剿"以来的一次难得胜利，但被动局面已无法改变。到 9 月下旬，中央苏区仅存在于瑞金、会昌、于都、兴国、宁都、石城、宁化、长汀等狭小的区域之内。

王明在莫斯科吹嘘："截至联共（布）第十七次代表大会召开时，苏维埃中国的总面积已达 1348180 平方公里。仅固定的苏区面积就有 681255 平方公里，比法国的面积大 19.1%，比德国大 31.3%……现在，红军的正规部队已有 35 万多人，非正规武装支队有 60 万人，这还不包括有数百万人参加的各种半军事性群众组织"。

历史的结论是：自称"100% 布尔什维克"的王明，所推行的左倾路线使苏区红军损失 90%，根据地损失 100%。

战略转移已成定局。

围剿与反围剿（八）
长征——命运的抉择

为分散敌军注意力，打乱其部署并牵制其兵力，红军共组织了三支部队突围远征。两支走在中央红军之前：红七军团三个师北上，红六军团西征。一支走在中央红军之后：红二十五军西征。而中央红军于1935年10月10日从瑞金出发，向湘西突围。中共中央领导人面对的是一个捉摸不定的历史时刻，一个艰难曲折的历史时刻。

"三人团"

在收到共产国际的正式回电以前，中共中央书记处会议已决定：由博古、李德、周恩来组成"三人团"，总揽一切指挥大权，负责筹划秘密且重大的转移工作。政治、军事由博古、李德分别做主，周恩来负责具体计划的组织实行。

贮备粮弹、扩大红军的工作，有步骤地开始了。5月12日，中共中央发出《给各级党部党团和动员机关的信》，提出"为三个月超过五万新的红军而斗争"的任务。根据地的青壮年几乎都被动员参加了红军，很多村庄只剩下妇幼老弱。

5月初，李德受托起草5月至7月季度作战计划。计划的核心已经是主力部队准备突破封锁，深入敌后。7月底，李德再次受中共中央和中革军委之托制订8月至10月作战计划时，中央红军的战略转移问题已正式提出。退出苏区的直接准备全面开始。

为分散敌军注意力，打乱其部署并牵制其兵力，共组织了三支部队突围远征。

两支走在中央红军之先。

7月6日，红七军团三个师共6000余人，在军团长寻淮洲、政委乐少华、参谋长粟裕、政治部主任刘英率领下，组成中国工农红军北上抗日先遣队，从瑞金出发北上。中共中央代表曾洪易随行。

7月23日，中共中央、中革军委发布《给六军团及湘赣军区的训令》，命令由任弼时、萧克、王震领导红六军团撤离湘赣根据地，向湖南中部转移，开始西征。

这两支部队的出发，周恩来说"一路是探路，一路是调敌"。

红六军团10月上旬陷入危境。四十九团、五十一团在石阡县被敌截断，五十团在施秉县被敌截断，军团部队被敌切为三截，陷于湘、桂、黔三省之敌包围。六军团军政委员会决定："王震率十八师，任弼时萧克率十七师，焚烧行李，减少辎重，以灵活的游击动作，转到苏区。"10月下旬，六军团各部共转战80余天，行程5000里，才与贺龙的红三军会师。

他们探出的路，中央红军已经无法再走了。

红七军团从江西瑞金出发经福建向闽浙皖赣边挺进，企图调动敌"围剿"部队回援，以减轻中央苏区的压力。但由于兵力过小，未能牵动敌人。七军团与方志敏的红十军会合后组成红十军团，在怀玉山陷入敌军合围，仅存500余人在粟裕、刘英的率领下突出重围。

还有一支部队走在中央红军之后。

1934年11月10日，中央红军长征出发一个月之后，程子华、徐海东领导的红二十五军按照中央指示，对外改称"中国工农红军北上抗日第二先遣队"，西越平汉路实行战略转移，开始西征。

三路力量之中，徐海东一路风一路火首先打到陕北，成为对中国革命立下大功的人。

毛泽东同意随军突围

在讨论有多少红军部队参加西征时，李德与周恩来发生了尖锐分歧。

李德主张只以中央红军一、三、五三个主力军团突破封锁线，他设想在外线作战打开局面牵动敌人之后，主力还可以返回。周恩来没有明说，但内心非常清楚，一旦主力出击外线，便很难返回。他主张撤退整个苏区。

应该说周恩来是对的。后来留在苏区的力量，在敌人重兵"围剿"下损失极其惨重。当时的实情是留得越多，损失越大。

李德也不是毫无道理。突围的野战部队如果负重臃肿，失去机动，损失也要增加。红军长征初期受到的严重损失，也证明了这一点。

负责组织工作的周恩来面临两难。

在"三人团"激烈争论之时，被排斥在核心圈子之外的毛泽东，每天天不亮就在会昌城外爬山，并写《清平乐·会昌》一首："东方欲晓，莫道君行早。踏遍青山人未老。风景这边独好。会昌城外高峰，颠连直接东溟。战士指看南粤，更加郁郁葱葱。"1958年，他对这首词作批注："1934年，形势危急，准备长征，心情又是郁闷的。"

眼见危机，又眼见自己的意见无人听，甚至无人来询问自己，内心之痛苦，旁人难察。

长征开始之前，毛泽东给"三人团"写了一封信，要求带一军团和九军团的部分官兵留在苏区打游击，请中央批准，今年后以崭新的面貌迎接中央局回苏区。

看完信后，博古找周恩来商量。周恩来坚决不同意。

第二天一早，周恩来带上警卫员，冒着小雨，披上蓑衣，骑马去于都找毛泽东谈。第三天周恩来回到瑞金，只对博古说了一句话：他同意随队转移了。

这时离中央红军出发已不到10天。

与毛泽东谈了些什么，周恩来未对博古说。随去的警卫员回忆，周恩来与毛泽东在于都城北外毛泽东住地，一直谈到深夜。警卫员送水都不准留在屋里。四个警卫员戴着斗笠、披着蓑衣，在屋檐下站了半夜。

这是决定中央红军命运的一个夜晚。

如果毛泽东不参加后来演变成长征的突围，中央红军的命运将如何？毛泽东同意随队长征后，他能想到前方有个遵义会议吗？他能想到前面还有个瓦窑堡会议吗？……最后走向胜利是非常艰难的，这就是真实的历史，历史的前进极其艰难曲折。

历史：追寻之旅

与共产国际失联

1934年9月16日，王明、康生从莫斯科写信给中共中央政治局，谈三件事。一是说明国际"七大"延期召开的原因；二是要中共中央暂时不要给满洲省委发指示，同时川、陕苏区应联系起来，"打通川陕苏区与新疆的联系"，这是"中国革命有伟大意义的工作"；最后是国际在莫斯科出版了毛泽东文集——《经济建设与查田运动》。

这是中共中央与共产国际的最后联系。

美国人哈里森·索尔兹伯里在其《长征——前所未闻的故事》中说：1934年春，李德在上海的上级弗里德·斯特恩德被召回莫斯科，没有人前来接替。无线电转送电报由中共上海中央局负责，事实上掌握在两个中国人手中，他们在莫斯科工作过。一位名叫李竹声，另一位是盛忠亮。6月，蒋介石的秘密警察逮捕了李竹声，在死亡的威胁下，他供出了电台的位置和盛忠亮的身份，盛也被捕，电台被破获，从此结束了上海局的活动，中断了莫斯科与中国的联系。

但中共中央还保持着与上海局沟通联络的能力。当时中央红军共有电台17部，留3部给坚持中央苏区斗争的项英、陈毅、刘伯坚，14部分别配属军委总部和一、三、五、八、九军团。后来在湘江战役中损失严重，部队大量减员，军委下令把笨重的发电机、蓄电池埋掉，对上海方面无回音的呼叫才完全中断。

在莫斯科发号施令的王明，听到上海日文《新闻联合》通信社1934年11月14日发布的消息，才知道红军撤出了中央苏区。该消息说："向四川省进发的中国红军主力，在11月10日放弃了过去中央区的首都瑞金。"

战略转移是后来的说法，当时讲的是"突围"。对这一决定的保密很严。李德回忆，突围的传达范围，只限于政治局和中革军委委员；其他人包括军团一级军政领导干部，也只知道他们职权范围内需要执行的任务。在这一非常时期，保守行动的秘密和突然性，就是保护党和红军的生命。

也因之，蒋介石即使抓到了中共中央上海局负责人李竹声和盛忠亮，却没有弄清楚红军下一步的意图。

中央红军的最后决定，当时连上海局也不清楚。

10月10日，党中央和中革军委从瑞金出发，率领主力红军5个军团和中央、军委机关直属部队编成的2个纵队，开始了向湘西的"突围"——即后来所说的战略转移。

10月25日，通过国民党设置的第一道封锁线，中共中央和中央红军离开了中央革命根据地。毛泽东感慨万千地说：从现在起，我们就走出中央苏区啦！

中央苏区是他用七年时间亲手缔造的，而现在不得不离开。

忙碌的周恩来一言不发，更加忙碌。他组织了庞大的撤退计划，携带了过多过细的东西。后来指责周恩来的人很多，说他组织红军长征带了过多的辎重，庞大的队伍，那么多后勤，男的、女的、老的、少的，包括董必武、徐特立这么大岁数的老同志，还有女同志，像邓颖超、蔡畅。如果没有周恩来的坚持，这些人必须得抛弃。而他个人的行李，却简单得不能再简单：两条毯子、一床被单，作枕头用的包袱里有几件替换的衣服和一件灰色绒衣。

李德也留下一段评论："就当时来说，其实没有一个人哪怕只是在梦中想到过，要北上抗日。虽然抗日是主要的政治口号，但决不是党和军队领导者的军事计划"；"突围的目的，只限于冲破敌人对中央苏区越来越紧的包围，以获得广阔的作战区域；如果可能的话，还要配合已由第六军团加强了的第二军团，在华南的湘黔两省交界地区创建一大片新的苏维埃根据地。"

谁也不知道一旦迈出第一步，就要走上两万五千里。最初称为西征，军队也叫西征军或西方野战军。

即将开始的，无疑是漫漫苦难，也是耀眼的辉煌。

历史：追寻之旅

围剿与反围剿（九）
前共产党员攻占中央苏区

在历史莫测的风云中，瞬息万变，什么都有可能发生。历史应该记下颇具中国特色的这一笔：攻占中央苏区红色首都瑞金的国民党东路军第十师、第三十六师，指挥官都是前共产党员。

前共产党员攻占苏区首府

国民党东路军第十师师长李默庵，黄埔一期毕业，毕业后秘密参加中国共产党；第三十六师师长宋希濂，黄埔一期毕业，也是毕业后加入了中国共产党。

两人的入党时间都在1925年，都与黄埔一期中大名鼎鼎的共产党人陈赓关系极深。

李默庵19岁被陈赓带到广州陆军讲武学校。后来陈赓从该校转入了黄埔，李默庵也跟着转入。

宋希濂与陈赓是湖南湘乡同乡，17岁入黄埔军校，18岁由陈赓介绍加入中国共产党。

李默庵是湖南长沙县人，出身穷苦，亲见穷人逃荒避难，颠沛流离，国家内战外患。青年时代，他就深受共产党理论的吸引。进入黄埔军校后，便与很多共产党人密切联系。共产党员李之龙、蒋先云都给他很大影响，使他很快成为"青年军人联合会"积极分子。军校毕业秘密参加中国共产党后，与校政治部主任、中共一大代表包惠僧也相当熟。留军校政治部工作期间，几乎每天晚上10点都要到包惠僧宿舍参加碰头会。第二次东征时，作为第一军第六十团党代表,他又与团长叶剑英相处甚好。

宋希濂与李默庵比较起来,家境较为宽裕。中学期间恰逢五四运动,他与同学曾三合作创办《雷声》墙报,撰写声讨帝国主义侵略和军阀祸国殃民的文章。

这两个人都在"三二〇"中山舰事件后,退出了共产党。

李默庵退党,起因于谈恋爱。他与女生队一学生相好,经常借故不参加党组织的会议,支部书记、黄埔一期生许继慎狠批了他一顿,从此不通知他开会。李默庵也心存芥蒂,你不通知,我就不来,无形中脱离了组织。

其实,这是李默庵找的借口。共产党动辄强调流血牺牲,李默庵更感兴趣的还是光宗耀祖。黄埔一期中有"文有贺衷寒,武有胡宗南"之说,他自己则添上一句"能文能武是李默庵"。作为第一期的高材生,他更热衷于在校长蒋中正麾下干出一番事业。

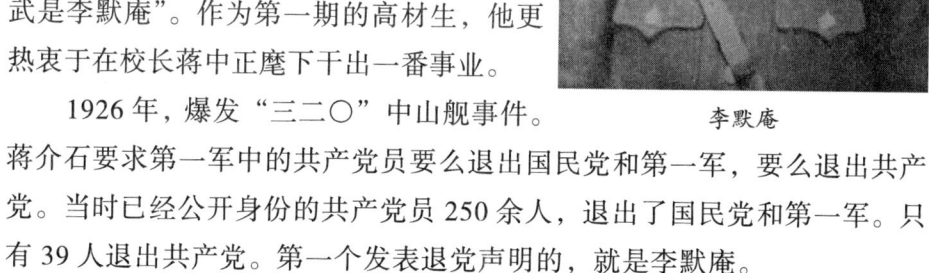

李默庵

1926年,爆发"三二〇"中山舰事件。蒋介石要求第一军中的共产党员要么退出国民党和第一军,要么退出共产党。当时已经公开身份的共产党员250余人,退出了国民党和第一军。只有39人退出共产党。第一个发表退党声明的,就是李默庵。

初入黄埔时,见到广州一些腐败现象,他还气愤地发誓:不当官,要革命。现在正式加入国民党行列,他已经不想革命,而要当官了。

宋希濂参加共产党时,在党内的活动还不像李默庵那么活跃;退出共产党时,也不像李默庵那样绝情。他在中山舰事件后说:"在当今中国,国民党和共产党都是革命政党,目标是一致的。由于军队方面要求军官不要跨党,为避免发生不必要的麻烦,我打算不再跨党";又说:"我可以保证,决不会做有损于国共合作的事!"

前共产党员成"围剿"先锋

作为国民党军将领,李默庵开始与早年那些兄长一样待他的共产党员们为敌。

出于对共产党人的了解,在和红军的作战中,李默庵基本上没有吃过大亏。还是老同学陈赓给了他一个深刻教训。

1932年6月对鄂豫皖苏区"围剿"期间,李默庵的第十师作为中路军第六纵队的前锋,向红军根据地核心黄安进击。8月13日在红秀驿附近,突然遭到陈赓、王宏坤、倪志亮三个师夹击,其前卫三十旅陷入红军包围,战斗异常激烈。为使三十旅免遭被歼,第六纵队司令卫立煌亲临前线督战,到李默庵师部指挥,李默庵则移至最前沿。战斗最激烈时,红军冲到离师部仅500米,卫立煌的特务连都投入战斗,才保住了师部。李默庵师死伤1500人以上,而且与卫立煌险些当了红军的俘虏。

第五次"围剿"中,李默庵率部进至泰宁县建宁间的梅口附近时,被红军主力重重包围。他将全师两个旅四个团近一万人龟缩一处,再集中数百挺轻重机枪死守一狭小阵地。战斗于黄昏发起,激战通宵,尽管红军四面围攻,李默庵阵地也无一处被突破。次日天明,红军撤围而去,李部虽有损失,但总算避免了被歼厄运。

就在李默庵龟缩阵地避免被歼的前后,宋希濂却因为过分自得,连续向红军发起进攻,被红军射手一枪击中,身负重伤。

而发誓不做有损国共合作的事的宋希濂,拖到1933年8月,才参加对苏区的第五次"围剿"。一旦参加,就作战凶猛。他率部驻扎抚州,兼该城警备司令。三个月后,与奔袭敌后的彭德怀红三军团和寻淮洲红七军团在浒湾相遇。当时,蒋介石正在抚洲。宋希濂率三十六师与其他几个师拼死作战,给红三军团和红七军团造成很大伤害。

之后,宋希濂参加平定"闽变"。第一次战斗便一举攻克天险九峰山,使驻守延平的十九路军部队不得不开城投降。蒋介石亲自写一封信空投给他:"三十六师已攻占九峰山,使余喜出望外。"本来蒋介石只让三十六师担任助攻,牵制对方兵力,连火炮支援也没有分配给他们,没想到助攻部队竟然打下了天险主峰。当

宋希濂

晚蒋介石通电全国军队，表扬宋希濂的三十六师"于讨伐叛乱战斗中首建奇功"。

两个前共产党员摇身一变，皆成为国民党悍将。

宋希濂在红军出发长征前十几天身负重伤。这时距苏区首府瑞金最近的，是东路军李延年的第四纵队。李延年也是黄埔一期生，敢打敢拼。但蒋介石不把占领瑞金的任务交给他，却交给了他的副手李默庵。

11月6日，李延年收到东路军总司令部发来的电报："着该纵队副指挥官李默庵率第十、第三十六师进取瑞金，于八日集结长汀，即一举占领瑞金之目的，于九日晨开始攻击前进，限当日占领古城，十日占领瑞金。仰遵办具报。"

8日，李默庵指挥部队集中长汀附近。部队行动得非常小心谨慎。9日向瑞金进展。第十师在先头，第三十六师跟进。至午后4时，十师占领隘岭、古城一带地区，第三十六师到达花桥、青山铺一带。11月10日，李默庵的第十师占领中央苏区首府瑞金。

瞿秋白慷慨就义

瑞金失陷三个半月后，前中国共产党主要负责人瞿秋白落到了宋希濂手里。

1935年6月16日，宋希濂收到东路军总指挥蒋鼎文转发的蒋介石密电："着将瞿秋白就地处决具报。"

6月17日，他派参谋长去向瞿秋白转达。当晚瞿秋白服安眠药后，睡得很深。

第二天清晨，瞿秋白起身，提笔书写："1935年6月17日晚，梦行小径中，夕阳明灭，寒流幽咽，如置仙境。翌日读唐人诗，忽见'夕阳明灭乱山中'句，因集句得偶成一首：夕阳明灭乱山中，（韦应物）/落叶寒泉听不穷。（郎士元）/已忍伶俜十年事，（杜甫）/心持半偈万缘空。（郎士元）"

未写完，外间步履急促，喝声已到。瞿秋白遂疾笔草书："方欲提笔录出，而毕命之令已下，甚可念也。秋白有半句：'眼底烟云过尽时，正我逍遥处。'此非词谶，乃狱中言志耳。秋白绝笔。"

罗汉岭下一块草坪上，他盘膝而坐，微笑点头："此地正好，开枪吧！"

历史：追寻之旅

一位前共产党员攻占了红色首都瑞金。一位前共产党员枪杀了前中共中央主要负责人瞿秋白。

历史作为洪钟，默默接纳着又默默展示着这千千万万令人惊心动魄的嬗变。

十四年零五个月又十三天后，1949年4月23日，"钟山风雨起苍黄，百万雄师过大江"，中国人民解放军华东野战军第三十五军占领南京。第三十五军军长吴化文，是济南战役中起义的国民党将领。

前共产党人李默庵率领国民党队伍占领了瑞金，前国民党人吴化文也率共产党队伍解放了南京。

安排这一切的，是一只看不见的手。

要说报复，这是历史的报复。

更有意思的是，李默庵1949年8月13日在香港与44名国民党高级军政人员通电起义，斥责蒋介石背叛三民主义，拥护中国

瞿秋白

共产党领导的新民主主义革命。这个1925年加入中国共产党的人，1949年以败将身份向共产党投诚。

不久，北京电邀起义人员北上进京。李默庵没有去。他感觉到了眼前宽阔奔腾的历史洪流，却藏下胸中千曲百折的难言之隐。台湾他也去不成，在香港就遭到蒋介石的通缉。1950年11月，他举家移居南美的阿根廷，后移居美国。

1949年11月，身边只剩一些残部的宋希濂，在四川腹地对其部下演讲：我们在军事上是被共军彻底打垮了，但我们不愿做共军的俘虏。我们是三民主义的忠实信徒。现在，我们计划越过大雪山，走到遥远的地方去，找个根据地。

刚刚渡过大渡河，宋希濂就被解放军包围生俘。他被关进重庆磁器口的白公馆。这个地方与渣滓洞齐名。一本《红岩》，使它们在中国几乎无人不知。

当年介绍他加入共产党的陈赓已是云南军区司令员兼云南省人民政府主席，听到消息特从云南赶到重庆，请这位囚徒吃了一顿饭。

154

长征前奏曲（一）
"小诸葛"白崇禧精确判断红军转移时间

蒋介石想借"追剿"之机压红军入粤，"南天王"陈济棠早有思想准备。防红更防蒋的他，与红军秘密达成"让路"协议。蒋介石将陈济棠当棋子用的时候，一定没有想到，这颗棋子具有如此多捉摸不定的特性。

"南天王"陈济棠

陈济棠，红军长征路上第一道封锁线和第二道封锁线的"围堵"主角。当年，他独揽广东军政大权，进行封建割据，保持广东半独立局面达8年之久，被人称作"南天王"。

1908年，陈济棠加入同盟会。1920年11月，粤军参谋长邓铿组建粤军第一师，陈在该师第四团任营长。邓铿被刺，陈炯明发动反对孙中山的政变，其干将叶举路过肇庆，逼邓铿的基本部队粤军第一师将领饮鸡血之盟，对陈炯明效忠。第一师中有三位将领起兵反抗：邓演达、张发奎、陈济棠。

粤军第一师后来扩编为国民革命军第四军，即北伐中著名的"铁军"。后来中国共产党领导的南昌起义主力部队，即在"铁军"中产生。

但在反共问题上，陈济棠是不含糊的。

陈济棠

1927年他在苏联考察，听说蒋介石发动"四一二"事变，立即回国。到南京先向蒋介石呈报反苏反共的意见，后在"总理纪念周"上作反共报告，称"共产党是本党的反对党，是危害本党的唯一敌人"。1927年9月，八一南昌起义的部队进入广东。陈济棠与薛岳、徐景唐等率师驰赴潮汕阻击。28日，陈济棠率部与叶挺、贺龙部主力在汤坑东南的白石遭遇，激战三昼夜，使起义军伤亡两千余人，无力再战被迫退出战斗。

陈济棠善战，其作战实力连蒋介石也刮目相看。但他再反共，再善战，蒋也总拿他当一颗棋子。

陈济棠之前是李济深主粤。李济深是广西梧州人，政治上属于粤系，但私人感情中却偏向桂系。广东财力充裕，但士兵的战斗力较差；广西较穷，但士兵勇敢。李济深利用乡土关系，长期与桂系结为一体，密切配合，使蒋无法插手。蒋介石一直想从派系甚多的广东内部找出一颗棋子打入其间，拆散粤桂联盟。这颗棋子就是陈济棠。

1929年蒋桂战争中，蒋介石用他取代了李济深，再用他三败桂系，一时间粤桂联盟土崩瓦解。

靠蒋介石搞掉了别人的人，最怕蒋用别人再来搞掉自己。粤桂联盟拆散了，但宁粤关系并未多一分亲近。从陈济棠上台第一天起，他与蒋之间那种深层次的不信任和提防，便出现了。

陈济棠问计"小诸葛"

红军和蒋军，是陈济棠长期畏惧的力量。

他主粤8年，与北面的江西中央苏区就对峙了6年。对红军应该采取什么对策，他考虑得最多，也最细。从第一次"围剿"开始，他就看出蒋利用"围剿"红军之机，借刀杀人，兼并异己。如果不参加"围剿"，又会失去蒋的军饷军械，也会给蒋以借口兴师问罪。陈济棠左思右想，最后确定的原则是：可以派兵入赣，但不能被战事纠缠，弄得难以摆脱；尤其不能在与红军作战之机，让蒋军乘虚袭取广东。

1932年2月，彭德怀的红三军团围攻赣州，守城之滇军马崑旅一再告急求救。在蒋介石连电督促下，陈济棠不情愿地派粤军范德星旅驰援。范旅到达新城，即遭红军打援部队林彪的红四军伏击，损失两个营。而乘红四军主力集中城南防范粤敌之机，陈诚命其主力第十一师长途奔袭，从北面突破拦截，进入赣州。

赣州解围，陈诚名声大振。陈济棠损失的两个营，成了吸引红军主力鱼钩上的诱饵。此后陈济棠便对部属谆谆交代，与红军作战要特别慎重，各部均以固守为主，不要轻易出击。

1933年9月，蒋介石调集大军搞第五次"围剿"，以陈济棠为南路军总司令，指挥十一个师又一个旅，具体任务是阻止红军向南发展，相机向筠门岭、会昌推进。

对陈济棠来说，要阻止其"向南发展"的，不光是红军，还有蒋军。

他采用了两面做法。首先给蒋介石做出个样子。1934年4月中旬，粤军进占筠门岭。虽然筠门岭只是一座空城，红军已经事先撤离，但陈济棠大肆宣扬，向蒋报功。蒋"传令嘉奖"，并赏洋5万元劳军，然后命陈部为配合北线蒋军攻打广昌，直捣会昌。

心事重重的陈济棠没有"直捣会昌"，而是请来了过去的对头、有"小诸葛"之称的桂军主将白崇禧。

两广之间多次血战，但在防共防蒋问题上，两广又同病相怜。白崇禧应邀马不停蹄地赶到筠门岭。陈济棠召集军参谋长以上军事首长会议，听取白崇禧对形势的分析。

白略微沉默，不紧不慢地说道："蒋介石采纳了德国军事顾问的意见，对共产党采取了公路碉堡政策，使对红军的包围圈逐步缩小。这种战略，已收到显著的效果。如果共产党继续留在江西，将会遭到防地日见缩小以致失败的危险。如果要谋生路，就必然作战略性的转移。共产党转移的出路将在何处，这是个关键问题。"

桂军主将一席开场白，便立即攥住了在场粤军将领们的神经中枢。

白崇禧长于分析，一旦进入某种他潜心琢磨与思考的角色，便会设身反谋，易地而思。

他继续说下去：从地形判断，以走湖南和广东的可能性比较大。由南康、新城一带可入湘南，由古陂、重石一带可入粤北。根据当地防军情报，近日在古陂一带，每隔十日左右，就发现共党军官乘骑，少者五六人，多者七八人，用望远镜侦察地形，很可能是共产党准备突围的象征。至于共产党突围的时机，估计当在秋冬之间，因为那是农民收获季节，可以就地取粮。否则千里携粮，为兵家所忌。

白这一席精到的分析，无疑在这些高级将领面前，较为清晰地展现出了红军可能转移的方向和时间。尤其对红军转移时间的判断，今天查遍史料，在当时的国民党将领之中，也确实没有一人像这位"小诸葛"算计得这样精确。

秘密停战协议

国民党之失败，绝非败于智商，而是有一个高于智商的因素：平衡。

蒋介石想压红军入粤，陈济棠早有思想准备。第五次"围剿"的部署本身就是北重南轻。北面蒋介石先后集中了50多个师，明显要把红军压入粤境陈济棠的地盘。现在红军转移的迹象日益明显，被迫入粤的可能性越来越大，这对陈济棠来说，重大危机即将来临。

十万红军若倾巢入粤，绝非粤军所能力敌。数十万蒋军再跟随入粤，广东数年之经营成果必然灰飞烟灭，毁于一旦。

于是，陈济棠采取了其后数十年秘而不宣的行动。进占筠门岭后，他立即停止交战行动，开始寻觅建立与红军的直接联系。

1934年7月，中央红军同陈济棠部谈判达成停战协议，并建立了秘密通信联系。

9月，国民党北路军、东路军向中央苏区核心地带逼近。白崇禧估算红军行动的"秋冬之间"已在眼前。陈济棠派出一个被称为"李君"的代表，直赴苏区面见朱德，要求举行秘密谈判。

红军正在寻找战略转移的突破口。朱德立即给陈济棠回信。周恩来委派潘汉年、何长工为代表，与陈济棠的代表杨幼敏、第三军第八师师长黄质文、第三军独立第一师师长黄任寰进行谈判。

第三军是粤军中陈济棠的基础。之所以做出这种安排，而没有让常年防堵红军的余汉谋第一军参加谈判，自然是因为陈深知这种谈判或成或败，皆非同小可，不能不小心提防。

谈判在寻邬附近一片寂静的山林里举行，持续了三天三夜，达成五项协议：就地停战，取消敌对局面；互通情报，用有线电通报；解除封锁；互相通商，必要时红军可在陈的防区设后方，建立医院；必要时可以互相借道，我们有行动事先告诉陈，陈部撤离 20 里。

为了保密，协议没有形成文本，双方代表将之记在了各自的笔记本上。

大多数冠冕堂皇的正式协议，都是为破裂翻脸后谁承担多少责任而准备的。那些签字的公证的鉴证的文本，在非常时刻，甚至不如一个会意的眼神。

真正起作用的，是默契。默契的基础，则是利益相符。

陈济棠的核心，是让中央红军不要入粤。达成协议后，他明白了红军之意也不在进入粤境，便将协议传达到了旅以上粤军军官，告知红军只是借路西行，保证不侵入广东境内；又考虑到协议不便下达给团，怕下面掌握不好，于是增加一道命令，要求下面做到"敌不向我射击，不许开枪；敌不向我袭来，不准出击"。

实际就是在湘粤边境划定通路，让红军通过。

蒋介石将陈济棠当棋子用的时候，一定没有想到，这颗棋子具有如此多捉摸不定的特性。

长征前奏曲（二）
陈济棠为红军让出一条通道

蒋介石对第五次"围剿"的结局想过很多，就是没有想到红军会置经营7年之久的苏区于不顾，贸然突围。他更没想到，陈济棠会暗中让路，红军得以快速通过第一道、第二道封锁线。这一秘密，五十年后才被当事人揭晓。被蒙在鼓里的蒋介石，直到延寿之役才弄清红军的突围不是战术行动，而是战略转移。

红军顺利过两关

长征之始，中央红军要通过的第一道封锁线，是赣南安远、信丰间的粤军防线。

奉蒋之命，粤军余汉谋的第一军和李扬敬的第三军均在封锁粤赣边境。而第一军第一师恰好卡在红军经过道路的要冲。

毕竟是你死我活的战场。虽然签订了协议，红军与粤军间仍有疑惑。我怀疑你是否真正让路，你怀疑我是否真不入粤境。协议第五条要求红军有行动时要事先告诉粤军，在军情如火、兵贵机密的时刻，就不太可能。十月中旬，红军突然开始行动，余汉谋急令第一师向大庾、南雄方向西撤，给红军让路。

但动作稍迟，第一师又出了个狂妄自大的第三团团长彭霖生，彭本来奉命指挥本团和教导团取捷径从速撤退，但他认为红军大部队不会那么快到，可以先打一仗捞一把再走。他低估了林彪的前进速度。10月22日，彭霖生团和教导团被快速挺进的红一军团前锋分路合击，损失很大。特别是教导团，最后逃出来时伤亡惨重，行李辎重丢失一空。

彭霖生挨了余汉谋一顿暴跳如雷的痛骂，教导团团长陈克华以作战不力被免职。残余粤军立即退向安西。

该师位置一移，西南门户洞开。红军从安远、信丰间大步穿过，至10月25日左右，全部渡过信丰河。

第一道封锁线顺利通过。

第二道封锁线，是湘南汝城、粤北仁化之间的湘军、粤军防线。

当时蒋介石判断中央红军将步萧克红六军团后尘，从赣南经赣粤湘边与贺龙部会合，随即令薛岳部从赣南兴国并行追击；另电陈济棠、何键，火速在汝城、仁化间阻截。

因为红军通过余汉谋防线速度过快，何键措手不及。湘军主力来不及向粤边靠拢，只能次第集结于衡阳、彬州之间，汝城仅有湘军一个旅担任守备。

于是，第二道封锁线的主角，还是粤军的陈济棠。

陈济棠接蒋电后，先以李扬敬第三军，外加归余汉谋指挥的独三师防守粤东北门户，既防红军也防蒋军进入；然后，才以余汉谋之余部尾追红军，以张达第二军加几个独立师旅集结于曲江（韶关）以北地区防堵。余汉谋在尾追过程中，又以其第一师向乐昌西进，阻止红军进入粤境。

三分两划，11个师又1个独立旅的粤军，真正尾追红军的只有叶肇的第二师和陈章的独二旅。

11月初，红一军团先头部队轻取第二道封锁线的中心、湘粤交界处的城口。城口守军多系保安队，根本无法与主力红军抗衡；北面汝城的湘军仅一个旅，只有干瞪眼，除了困守孤城之外毫无作为；南面陈济棠倒是兵员甚众，但都集结在纵深处的南雄、仁化、乐昌一线，力图自保，根本不愿使防线向北延伸与湘军防线衔接。

于是，第二道封锁线在汝城与仁化之间，出现一大大的缺口。

11月8日，中央红军在横列于仁化、乐昌之粤军检阅般的注视下，徐徐通过了第二道封锁线。

陈济棠再次为红军让出了前进通道。

粤军本来有可能对红军造成大的损害。10月27日夜，陈济棠警卫旅第一团发现当面的红军乘夜徒涉锦江，队伍庞大，且含有乘骑和辎重，估计是高级指挥机关的队伍。团长莫福如立即电话报告，要求半渡出击。

他得到的回答是：不受袭击，不得出击。莫福如只得隔着夜幕，观察前方川流不息的红军大队。是夜，红军队伍在锦江方面安全无阻，不断西行。

两道粤军构成的封锁线内，随处可见修筑在公路两旁、山坡岭头等要害位置上大大小小的碉堡。若真打起来，对红军肯定会造成很大阻碍。但这些碉堡，均被后撤的粤军放弃了，红军和部分当地老百姓拆的拆，烧的烧，烟尘蔽天，老远望去像古战场上的烽火台。

因而，在陈的防区内，红军前锋部队以每天近百余里的急行军速度开辟通路。红军后队能作搬家式、甬道式的前进，把坛坛罐罐一直保留到了湘江边。

延寿之役

台湾"中央研究院近代史研究所"编著的《中华民国史事日志》中，有这样的记载："1934 年 11 月 12 日，南路军李汉魂师破红军第一军团于粤北乐昌九峰延寿间，获枪六千，收复城口。"

这就是蒋介石当时颇为重视、认为是弄清红军情况的最有意义的"延寿之役"。蒋介石确信红军"确实倾巢西窜"，"一、三军团在前、五军团在后，朱、毛确在军中。歼灭此股，关系国家成败，应特加注意，倍加奋勇"。

这也是陈济棠即将完成其让路使命时，出现的闪失。始作俑者，是他的侄子、粤军第二师五团团长陈树英。

本来担任尾追的粤军第二师和独二旅，一直距红军一天或半天的行程。11 月 6 日中途得报：延寿附近一带山地森林，发现有大股红军在掩蔽休息，似零散人员及后卫部队，状极疲劳。

陈树英闻讯，立即率五团急进，在延寿金樽坳与红军接上了火。

陈树英平日仗其叔父权势，好大喜功，却不知陈济棠与红军的秘密约定。在追击路上，陈树英曾经大骂其他部队不阻击，让共产党从眼皮底下经过，全是饭桶。此番，他认为是大显身手的时候了，便猛扑上去。

战斗的规模不大，时间不过一昼夜，但红军战斗顽强，陈树英团损失不小。该团第一营官兵伤亡尤其严重。营长负伤，副营长也被红军俘虏，隐瞒了身份才逃回来。粤军独二旅也受到相当的损失。红军乘夜撤离阵地，他不敢跟踪尾追，连红军的去向也弄不清楚。

占便宜的，是率独立第三师赶上来加入战斗的李汉魂。

李汉魂部在战斗中以压倒性优势兵力袭击红军后尾，抓到了几十名俘虏。据称，其中发现了红军一、三、五、九军团的番号。

原来中央红军通过第二道封锁线后，因为无地图可循，再加上侦察情报不准确，林彪的一军团及随后的九军团，在延寿、九峰之间的深山峡谷中和羊肠小道上走了弯路，几乎浪费了一周时间。绕过这些自然障碍后，中央和军委纵队及其他兄弟部队都走在了前面，一、九军团由前锋变成了后卫，散失落伍者不在少数。

李德回忆说，因为这次军委指挥的失误，毛泽东、张闻天、王稼祥向三人团发动了激烈攻击，特别是针对李德。李德说"我们承认，在确定第一军团行军方向时，我们犯了错误"，"使得第五、九军团好几天都陷入损失巨大的后卫战斗之中"。

其实，李汉魂并未和林彪的主力碰面。他所称抓到的红一军团俘虏，多是伤病失散人员。一军团之后的九军团损失大一些。

延寿之役，恰好可使陈济棠从连失两道防线的责任中脱身。他立刻拟定两封电报。一封致蒋委员长呈报粤军战绩："获枪六千，收复城口"；另一封则是敲打李汉魂等人：

伯豪兄：

关于金樽坳战报，备悉。我军以"保境安民"为主。

陈伯南 穗总参 ××

陈济棠对李汉魂微妙不言的指责，尽在"保境安民"四字之中。

蒋介石认为延寿之役，是弄清红军情况最有意义的一仗。此前，蒋军空军负责侦察红军动向，却总是摸不到真实具体的情况。此役使蒋最终判断红军的突围不是战术行动，而是战略转移。

蒋介石对粤军的延寿之役一再嘉勉，李汉魂也因此见重于蒋。但自此之后，李汉魂师虽然奉命沿着红军西进的道路尾随追击，却再没有和红军发生过战斗。

陈济棠给红军让路的秘密，知情者一直守口如瓶。谜底直到1982年才解开。该年10月，中央顾问委员会常委何长工发表回忆录《难忘的岁月》，其"粤赣风云"一章中，这位当年的粤赣军区司令员兼政治委员，披露出了这段鲜为人知的内幕。

让蒋介石头疼的红军动向

蒋介石对第五次"围剿"的结局想过很多，就是没有想到红军会置经营7年之久的苏区于不顾，贸然突围。

1934年9月是蒋介石剿共以来最为轻松的一个月。他认定江西围攻的大势业已完成。

国民党的《中华民国史事日志》记载："7月25日，前红军湘鄂赣军区总指挥第十六军军长孔荷宠，向驻泰和之剿匪军第七纵队周浑元投诚。"8月7日，红六军团九千七百余人，在任弼时、萧克、王震等率领下，从江西遂川之横石、新江口地区出发，开始突围西征。

蒋介石迅速把这两件事联系在了一起。他得意扬扬地对部属说："湘赣边红六军团是在西路军围攻下站不住脚才不得已西移的。孔荷宠投降是红军瓦解的先声。"他认定江西中央苏区的红军已是穷途末路了。

9月2日，蒋介石踌躇满志地严令各路将领，于12月中旬召开国民党四届五中全会前，肃清江西红军。9月4日，蒋介石电西路军总司令何键：从速绵密构成碉堡线，坚密守备，以防红军向西突围。

整个9月，捷报频传。中央革命根据地被压缩到瑞金、会昌、于都、兴国、宁都、石城、宁化、长汀等县的狭小地区。安下心来的蒋介石，把"围剿"之事委托部下，偕宋美龄下庐山去华北视察。他在察哈尔向宋哲元表示信任，在北平与莫德惠、马占山握手，在归绥接见傅作义及蒙旗德王、云王、沙王，在太原与阎锡山会谈，在西安拍杨虎城、马鸿逵的肩膀。

得意潇洒之中，突然接到南昌行营发来的急电：红军主力有突围模样。前锋已突过信丰江。

蒋介石急忙赶回南昌。此时红军已经突破了第一道封锁线。红军向南突进的举动，是战术行动还是战略行动？需要作出迅速判断。可空中侦察红军动向，一直未能提供满意的情况。在江西全部解决红军的计划落空了，蒋介石只有对身边幕僚说："不论共军是南下或西行、北进，只要他离开江西，就除去我心腹之患。"

可对红军去向琢磨不透的蒋介石,成了热锅上的蚂蚁。10月23日,蒋介石给各路总指挥发电,"该匪此次南犯,是否主力或先以一部渡河?"问总指挥们,也是问他自己,叫大家跟他一起思考。10月25日,蒋以南昌行营名义再发电:"查匪此次南犯系全力他窜?抑仍折回老巢或在赣南另图挣扎?刻下尚难断定。"

红军"南窜"是否是主力?是否动用了全力?这是蒋估算红军动向的两大疑点。红军声东击西的战术给他印象太深了,他不敢再次上当,将身边的智囊们召集起来,共商对策。

在智囊团的参谋下,蒋介石的追剿部署,按照争取将红军压入粤桂、严防红军入湘与贺龙会合的战略意图实施。而红军最初的战略意图,确实是入湘与贺龙会合。历史的奇异在于,红军认准的方向因为也被蒋介石认准,全力加以防堵,便无法成为最终走向。

延寿之战,让蒋介石得出两个结论:红军的突围行动不是战术行动,而是战略转移;红军的突围方向不是南下,而是西进。

委员长南昌行营,像一台突然获得动力的机器,笨拙而迟缓地转动起来。蒋介石每隔十几分钟就向行营打电话,催问围堵计划搞出来没有,每次挂电话的声音皆很重。行营上上下下极为紧张。

蒋介石认为出现了一个绝好机会,他怕稍纵即逝,要不遗余力抓住它。此时,红军已突破第二道封锁线,正在向第三道封锁线逼近,进入湘粤桂边境地带。这正是利用粤军、桂军、湘军与中央军联合作战,利用湘桂边境的潇水、湘江之有利地障,围歼红军的大好时机。

蒋介石在踱步中反复对部下说:"红军不论走哪一条路,久困之师经不起长途消耗,只要我们追堵及时,将士用命,政治配合得好,消灭共军的时机已到,大家要好好策划。"

薛岳接棒"追剿"

对南昌行营制订的中央军与湘、粤、桂军联合作战的湘江追堵计划,从出任的指挥官到动用的部队,蒋介石无不费尽心血。首先是中央军方面参加追剿的统帅,他点将北路军前敌总指挥陈诚。陈诚却向蒋推荐薛岳。

薛岳绰号"老虎仔",广东乐昌人,作战欲望强烈,战斗作风也颇为顽强。

几番思虑，蒋介石同意了陈诚的推荐：以薛岳率领中央军九个师负责追剿。于是，薛岳从兴国开始了跟踪追剿，后来叫"长追"。对陈诚的一再保举，薛岳自然分外感激，在作战中便特别卖力。

在给薛岳的密信中，蒋介石说："过去赤匪盘踞赣南、闽西，纯靠根据地以生存。今远离赤化区域，长途跋涉，加以粤、湘、桂边民性强悍，民防颇严，赤匪想立足斯土，在大军追堵下，殊非容易。自古以来，未有流寇能成事者，由于军心离散，士卒归故土；明末李自成最后败亡九宫山，可为明证。"

他没有对薛岳说出来的是：红军正在进入湘、粤、桂和中央军四股力量可以相向合力的区域以内。而且前面还横亘着两条大河：潇水、湘江。

蒋介石看到了他围歼红军的理想地点：在潇水与湘江之间。

薛岳

长征前奏曲（三）
最完美的湘江追堵计划

蒋介石调动湘、桂、粤军与中央军近40万兵力，参加了庞大的"追剿"行动。第三道封锁线布防在湘南良田、宜章间。第四道封锁线是桂北全州、兴安间的湘江防线，这是蒋介石真正清醒过来、腾出手来布置的第一道防线。

湘江追堵计划

布防在湘南良田、宜章间的第三道封锁线，由何键带领的湘军把守。

11月12日，在红军向第三道封锁线挺进之际，蒋介石发布命令：以何键为追剿军总司令，薛岳为前敌总指挥，指挥湘军与中央军16个师77个团追剿中央红军，务须歼灭红军于湘、漓水以东地区。

第二天，何键、薛岳根据蒋的命令，制订了消灭中央红军的五路追剿计划：

以湘军刘建绪部四个师为第一纵队，开往湘、桂边境依湘江布防，正面堵截红军；

以中央军吴奇伟部两个师为第二纵队，在全州东北方向机动，防止红军北进；

以中央军周浑元部三个师为第三纵队，抢占道县，压迫红军西进；

以湘军李云杰部两个师为第四纵队，在红军行进路线北侧进行追击；

以湘军李韫珩部一个师为第五纵队，在红军行进路线南侧进行追击；

另以中央军三个师另加一个惠济支队机动纵队，由前敌总指挥薛岳兼指挥官，协同吴奇伟部在湘桂公路线上机动，阻止红军北进。

此外，白崇禧桂军的两个军，列阵于桂北红军前方，作正面堵截；陈济棠粤军两个军，列阵于湘粤边境的红军侧后，防止红军回头。

湘、桂、粤军与中央军近40万兵力，参加这个庞大的追剿行动。

这个追剿计划，用兵方面不无粗糙，用人方面却较为细致。总司令一职给了何键，薛岳颇为不服，认为率中央军九师之众入湘还要听游击司令出身的人指挥，打电报向陈诚表示不满。

这一点，蒋的考虑比薛岳要远。用何键的有利之处在于：其一，广东的陈济棠、广西的白崇禧皆处于半独立状态，指挥不甚灵便，何键却一直比较听蒋的招呼；其二，作战地域正在转入何键统辖的领域，用人用兵之际，须最大限度发挥湘军力量；其三，何键与李宗仁、白崇禧私交不错，一旦需要湘军入桂，彼此不至猜忌，这一点尤其关键。

蒋以为用何键出任追剿军总司令，对湘桂合力封锁湘江、堵住红军最为有利。他无须知道薛岳的不满，反而告诉薛岳，中央军九个师入湘后皆归何键指挥。这是蒋介石首次给予地方实力派指挥中央军的权力。

得知中央红军向西南方向突围，湖南统治阶层上上下下极为紧张，皆认为数十万蒋军都不能将红军剿灭，现在让湘军完成正面防堵，风险太大。此时不光是何键，连蒋介石也最担心中央红军在湖南重建根据地，与贺龙、萧克部会合。正因考虑到这一招，湘军主力集结得过于靠北，而在粤汉线南段兵力配置较弱，反而违背了蒋介石的初衷。

何键

由于红军通过前两道封锁线很快，致使何键部因时间局促，散于衡阳以南的粤汉铁路、湘桂公路线上各要点的兵力，来不及向湘粤边境靠拢。何键转而期望陈济棠予以积极配合，设法弥补。在这种问题上，国民党内部从来是一个靠一个，一个推一个的。

虽然粤军云集粤北边境，但陈济棠不向北面的何键伸出接力棒。周恩来亲自布置红一军团一师抢占郴州以南、坪石以北湘粤两军的接合部白石渡。

距白石渡仅数十里的坪石，即有粤军重兵驻守，但陈济棠不为所动，不向北面延伸入湘协防。随后，红军攻占郴州以南的良田及粤汉线西侧的宜章。宜章县城仅有些地方保安队驻守，确是湘军防线上的严重漏洞。

11月15日左右，红军全部越过良田至宜章间的第三道封锁线。何键叫苦不迭。

桂北全州、兴安间的湘江防线，是第四道封锁线。这是蒋介石真正清醒过来、腾出手来布置的第一道防线。

蒋介石一生中不知制订过多少个消灭共产党武装力量的计划，湘江追堵计划也许是其中最为完备的一个。

能否闯过湘、桂军主力布防的湘江门户，成为红军成败的一大关键。

湘、桂两军封锁湘江大门

蒋介石要何键做他封锁湘江的半扇大门。

何键以衡阳为门轴，主力向湘桂边境的黄沙河一线展开。11月19日，何键命令："第一路追剿司令刘建绪，指挥第十六、第六十二、第六十三各师，第十九师一部，及补充四团、保安团等部，着集结主力于黄沙河附近，与桂军联系，堵剿西窜之匪，并沿湘江碉堡线，下至衡州之东阳渡止，严密布防。"

11月21日，湘军部署完毕。湖南段湘江被封闭。

另半扇大门，是广西的白崇禧。

广西境内的湘江，以全州、灌阳、兴安为门户。三重镇构成一个等腰三角形：岭南咽喉全州似三角形的顶点，灌阳、兴安一线拉成三角形底边。桂军廖磊第七军二十四师、夏威第十五军四十四师以三角地带中心石塘圩为核心构筑南北阵地，布成所谓"全、灌、兴铁三角"；另三个师桂军集结于龙虎关以南的恭城地区，随时准备策应"铁三角"内的战斗。

白崇禧也摆足阵势，在全、灌、兴地区关闭了广西境内的湘江门户。

蒋介石用湘、桂军联合封闭湘江门户的作战预案，基本实现。

在全州，完成各自布阵的两军主将白崇禧与刘建绪握手言欢。双方交换了各自兵力部署情况，相约共同配合，夹击红军，并具体协调了通信联络等事项。

历史：追寻之旅

从战场实景看，红军陷入了明显不利态势，局面极其严峻。如果不能撞开湘江大门，红军只有掉头转入桂北或粤北。这一带民防组织多，地方军阀统治极严，且白崇禧、陈济棠几万大军虎视眈眈，进入他们老家，必然都要拼老命的，红军将很难立足。

如果红军果真能够破门而出，也必将实力大损。以逸待劳的薛岳，再率中央军雷霆万钧地从湘南压下来，突过湘江的红军立即成为背水之势。

此时，红军正向湘江疾进。

蒋介石赋予中央军的主要任务不是参加此番决战，主要是执行驱赶。以薛岳、吴奇伟部在红军行进路线北侧，将红军压向南面；以周浑元部插到红军后尾，将红军向西赶。

其实，何键这个总司令既指挥不了薛岳的中央军，薛岳这个前敌总指挥也指挥不了湘系部队，两者都是空职。一切都是蒋介石、陈诚在南昌居中调度、亲自指挥的。

但恰恰又是关键之处出了毛病，白崇禧、刘建绪组成的湘江大门，其实是虚掩的。

自认为善于用人的蒋介石，失败的主因也在用人。

第一个失误来自追剿总司令何键，其失误于对决战方向的判断。

为湘江之战，何键准备了三套方案。三套方案中，他又认为红军主力经寿佛圩、新桥、黄沙河一线向西突进的可能性最大。他与红军作战多年，深知红军善于从两省两军的衔接处钻缝乘隙，而黄沙河是湘、桂两省交界处，又是湘、桂两军防务衔接点。何键指示部下："预期可于黄沙河附近与匪遭遇，即以主力迫匪决战。"

按照何键黄沙河决战的设想，11月21日，刘建绪指挥第十六、第六十二、第六十三师和第十九师一部，及补充四团、保安团等部，在黄沙河附近集结完毕。

但何键估算的决战地点，比后来的实际地点偏北了一百多里。

军事行动无不包含有双方指挥者的个性特点。黄沙河决战的部署，有何键对敌手的估算，也有他对自身的斟酌。蒋以他为总司令，主要想让湘军出省作战。但何键却不想出省。长沙丢过一次，让他在国民党军政界失尽脸面，这次无论如何不能再有丝毫闪失。对他来说，只要红军不侵入湖南腹地，就是万幸。

蒋介石精心构筑的湘江追堵计划之实施关键,在湘、桂两军的协同配合。但何键使湘军主力刘建绪部的位置稍稍偏北,于是真正将与红军迎面的,是刚刚在全、灌、兴地区部署完毕的桂军白崇禧。

白崇禧能全力完成蒋介石的重托吗?

桂军悄悄敞开大门

白崇禧与毛泽东同一年出生。他14岁报考广西陆军小学校,全省报名应试千余人,只取120名,白以第六名录取。16岁投考广西省立初级师范,又列榜第二名。入学后,屡次考试名列第一,被选为领班生。

白崇禧和蒋介石,有过很好的配合。因白崇禧在统一广西中表现出来的军事才能,北伐伊始,蒋介石点名要他出任总司令部参谋长。

攻下武汉后,蒋之嫡系第一军第一师王柏龄、第二师刘峙在浙江作战失败,何应钦又被困于福建战局,蒋又以白崇禧为东路军前敌总指挥,白又毅然前往,克杭州,逼上海,连战连捷。

1927年的"四一二"反革命事变,则是蒋、白配合的高峰。蒋在上海下定"清党"决心,白则出任上海戒严司令;蒋发表《清党布告》《清党通电》,白则在上海用机关枪向工人队伍扫射;当时莫斯科百万人大游行抗议上海的白色恐怖,在"白"字下面,特地注明是白崇禧。

高峰之后,便是下坡了。"四一二"事变后仅4个月,白崇禧就与何应钦、李宗仁联合,迫蒋第一次下野。后来蒋桂战争、蒋冯战争、蒋冯阎大战、宁粤之争,只要是反蒋,就少不了白崇禧的身影。

白崇禧

白反蒋。蒋同样反白。1929年3月唐生智东山再起,白崇禧在北方无法立足,在一片打倒声中,化装由塘沽搭乘日轮南逃。蒋介石获悉,急电上海警备司令熊式辉"着即派一快轮到吴淞口外截留,务将该逆搜出,解京究办"。亏得熊式辉的秘书通风报信,白崇禧方得以逃一命。

白、蒋关系是民国史上的一只万花筒。战场上同生共死的关系,瞬间

历史：追寻之旅

变成兵戎相见的关系；政坛上相依为命的关系，眨眼转为你死我活的关系。

但蒋介石庞大的湘江追堵计划，必须用白。桂军战斗力极强，又有白崇禧的头脑，很可能要唱主角。

用人先给钱，这是蒋的惯例。随即有飞机给白崇禧急送两个军、三个月的经费，及作战计划、密电本等，并附电报一封："贵部如能尽全力在湘桂边境全力堵截，配合中央大军歼灭之于灌阳、全县之间，则功在党国。所需饷弹，中正不敢吝与。"白崇禧亦回复："遵命办理。"

白崇禧倾桂军全部两个军于桂北边境，以第十五军控制灌阳、全县一带，以第七军控制兴安、恭城；自己也带前进指挥所进至桂林；弹指之间，撒开在湘江一带的大网形成。

但白崇禧多了一个心眼儿。他在调动大军的同时出动空军，名曰侦察红军行踪，实则侦察蒋军的行动。与蒋打交道多年，他太了解此人了。桂系的主要原则，依然是防蒋重于防共。

果然，空中侦察报告：蒋军以大包围形势与红军保持两日行程，其主力在新宁、东安之间停止不前，已有7日以上。

既然说是消灭红军的大好时机，中央军薛岳、周浑元为何不积极追剿？白崇禧的头脑里画出一个大大的问号。

正焦急之中，桂系设在上海的秘密电台又发来电报，称：蒋介石决采用杨永泰一举除三害之毒计，一路压迫红军由龙虎关两侧进入广西平乐、昭平、苍梧，一路压迫红军进入广东新会、阳春；预计两广兵力不足应付，自不能抗拒蒋军的大举进入。如此则一举而三害俱除，消灭了蒋的心腹大患。

发电人是王建平，广西平乐人，白崇禧保定军官学校同学，与白私交甚厚。他已混入蒋军中央参与机要，不断为白搜集情报，经常住在上海。

白崇禧看过电报，连呼："好毒辣的计划，我们几乎上了大当！"联系薛岳将主力置于新宁、东安，只与红军后尾保持接触，意在驱赶而不在决战，恰与王建平电报相吻合。白决定立即变更部署，采纳幕僚刘斐的建议：对红军"不拦头，不斩腰，只击尾"；让开正面，占领侧翼，促其早日离开桂境。

台湾《中华民国史事日志》记载，1934年11月17日，"白崇禧赴湘桂边布置防务"。但白不是去布置战斗，而是去布置撤退的。

当时桂北龙虎关一带，桂军动用了无数民夫抢修公路桥梁，彻夜不停，妇女小孩也都加入。白崇禧在平乐开会，布置坚壁清野，既防红军又防蒋军。当晚，下达了转移大军于龙虎关的命令。

首先除固守龙虎关阵地外，命令永安关、清水关、雷口关的警戒部队撤退，并将工事星夜挖去，让红军从龙虎关以北各关通过桂北；其次，命令防堵红军的中坚，部署于全灌兴铁三角核心阵地石塘圩周围的四十四师、四十二师，撤至灌阳、兴安一线，变正面阵地为侧面阵地，改堵截为侧击；第七军集结恭城。灌阳至永安关，只留少数兵力。全县完全开放，只留民团驻守。

在这一系列动作之后，桂军的布阵出现了关键性变化。

历史：追寻之旅

血战湘江（上）
湘江防线出现大漏洞

白崇禧突然退防，令千军万马、千山万壑中出现了一道又宽又深的裂隙，为红军让出了一条通道。在湘军、桂军与中央军互相将最严重的作战任务推来推去的时候，中央红军却在疾进途中表现出一种顽强的整体性。蒋介石精心构筑的湘江防线，被撕开一个宽60里的缺口。

白崇禧让出通道

白崇禧原来沿湘江部署的南北阵形，恰似一扇在红军正面关闭的大门。现在突然间被改为以湘江为立轴的东西阵形，似大门突然打开。尤其是全、灌、兴三角地带之核心石塘圩的放弃，更是令千军万马、千山万壑中出现了一道又宽又深的裂隙。

据湘军记载，桂军放弃全、灌、兴核心阵地的日子是1934年11月22日。

桂军中有人提出，如此部署，红军主力一旦由灌阳、全县突入，夏威的十五军支持不住，湘江防线必然有失。白愤然回答："老蒋恨我们比恨朱毛更甚，这计划是他最理想的计划。管他呢，有匪有我，无匪无我，我为什么顶着湿锅盖为他制造机会？不如留着朱毛，我们还有发展的机会。如果夏煦苍（夏威别号）挡不住，就开放兴安、灌阳、全县，让他们过去，反正我不能叫任何人进入平乐、梧州，牺牲我全省精华。"

白崇禧总共18个团的兵力，不论面对5个军团的红军还是面对9个师的中央军，他只能钉成一块门板。对红军关上湘江大门，就对蒋军敞开了广西大门；对蒋军关上广西大门，便又对红军敞开了湘江大门。明白蒋介石的企图后，他便毫不犹豫把关闭湘江的那扇门板拉过来，屏护恭城、桂林。

完成这些布置后，白崇禧才带着刘斐去全州会刘建绪。11月22日，何键接到白崇禧那封关键性电报：因红军攻击贺县、富川，全州、兴安间主力南移恭城。所遗防务，请湘军填接。

何键叫苦不迭。刘建绪部21日刚刚在黄沙河一线集结部署完毕，白崇禧一抽屁股，闪出近二百里湘江防线，如何填接？桂军向腹地收缩，要湘军深入桂境协防，湘境出现漏洞。谁来填接？

由于桂北永安关、清水关、雷口关桂军的撤退，红军先头部队快速通过灌阳以北各关，朝空虚的石塘圩一带猛进，前锋直趋桂境湘江。何键精心构筑的黄沙河决战设想瞬间泡汤。

此时，湘军在最接近全州的黄沙河一线，为章亮基的第十六师及李觉率领的4个补充团；陈光中第六十三师刚到东安；陶广第六十二师25日才能到达黄沙河；薛岳所部24日方集中零陵，且疲惫至极。

11月23日，何键电令刘建绪："着第一路沿湘水上游延伸至全州之线与桂军切取联络，堵匪西窜。"

11月25日，再电刘建绪、薛岳："着第一路追剿司令刘建绪指挥所部，担任黄沙河（不含）至全州之线，置重点于全州东北地区"；"着第二路追剿司令薛岳指挥所部，担任零陵至黄沙河（含）之线，集结主力于东安附近，并策应第一路"；"第一、第二路，均限明晨开始行动"。

何键让刘建绪与薛岳梯次衔接、逐步推进的方法，意思很明显：湘军可以入桂境接防。从黄沙河向全州延伸70里，但决不再向兴安方向前进，去"填接"桂军留下的那一百多里空隙。湘江防堵计划南昌行营早有安排，一旦有漏，责任不在他何键。

白崇禧要了滑头，红军根本没有"攻击贺富"。林彪红一军团仅以一部佯向龙虎关运动，摆出进击恭城、平乐的架势，白崇禧立即抓住作为退兵的理由。

何键也要了一个滑头。他接到白崇禧撤防的电报，迟至26日才开始南移，且反复叮嘱刘建绪不要伸过全州。事后却对蒋介石说，红军"阳攻黄沙河一线"，刘建绪部集结时间过于紧张，虽然"星昼南移"，也来不及在湘江的全州至兴安段全线布防。

湘江渡口门户洞开。蒋介石精心构筑的湘江线出现一个硕大的漏洞。

走在中央红军全军最前列的红一军团便衣侦察队，连续发回前方无大敌的报告。红一军团林彪立即决定采取"两翼分割，中间突破"的态势向湘江兼程猛进，从白崇禧的"全、灌、兴铁三角"地带无阻拦地大踏步穿过，突破封锁线。

红军错失全州

此时，出现了一个极好的机会。红一军团侦察科长刘忠率领军团便衣侦察队，从界首悄悄渡过湘江，抵达全州城附近，侦察发现全州尚是一座空城。

城内仅有桂军一个民团，惊慌失措，战斗力很弱。湘军接防部队尚未到达。

谁占领全州，谁就在湘江作战中占据有利地位。刘忠立即建议在对岸附近的一军团二师五团从速过江，占领全州。

现任团长陈正湘做不了主。率领五团的是二师参谋长李棠萼。李棠萼觉得应该先报告军团指挥部，待命令再行动。军机却稍纵即逝。待军团司令部"渡过湘江，占领全州"的命令下达，全州已被刚刚赶上来的湘敌占领。

追剿军第一纵队司令刘建绪27日下午5时，已经向其部属发报"予在全县"，下达一系列战斗命令了。李棠萼只好指挥五团抢占觉山铺，紧急构筑面向全州的防御阵地。

我方的这一失误，使极好的机会失去。红军在湘江之战中之所以损失巨大，中央纵队过于笨重缓慢、未能有效利用湘江缺口是其一，红一军团二师五团未能坚决抢占全州，也是其一。

刘建绪后来向红一军团阵地发起一次又一次猛烈的冲击，就是利用全州这个前进基地。如果当时红一军团二师五团果断占领全州，一军团对湘军的防御态势无疑将大为改观。林彪还用在11月30日晚向中央发出那封"防线动摇万分危急"的电报吗？

就在湘军、桂军与中央军互相将最重要的作战任务推来推去的时候，中央红军却在疾进途中表现出一种顽强的整体性。

一军团一师掩护中央纵队渡过潇水后，按林彪命令应该迅速向湘江前进，与军团部会合。但后卫五军团还未赶上，潇水一线形成缺口。彭德怀立即命令一师停止前进。他对一师师长李聚奎说，不能给敌人留下空隙，一师不但现在不能走，而且三军团六师还要暂时归你一师指挥，其他问题我同你们军团司令部联系说明。

一师按照彭德怀命令继续防守潇水西岸两天，打沉追敌一批又一批渡船，有效地阻敌前进，保障了红军后尾。

11月27日夜，一军团二师渡过湘江，占领界首，三军团四师也随即到达。二师向纵深发展，四师奉命接防。原想按一军团原先的阵势在湘江北岸布防，林彪说不可，四师不要摆在二师原来阵地上，要过江回去，在南岸构筑防御阵地，防止桂敌侧击。

四师师长张宗逊、政委黄克诚按照林彪意见在南岸布防，很快就与赶上来的桂敌接火，一打就是两天两夜，使界首渡口牢牢控制在我军之手。

彭德怀指挥了一军团的部队，林彪指挥了三军团的部队，皆指挥得十分关键，使红军避免了更大损失。

从界首至屏山渡，蒋介石精心构筑的湘江防线，被撕开一个宽60里的缺口。

11月27日，就在林彪占领界首的同一天，刘建绪进占全州。红军突击先锋与湘军堵截主将，各自使自己的军事机器高速运转起来。

一军团过河部队连夜向纵深前进，与三军团部队一道，迅速控制了界首到觉山铺一线30公里渡河点。林彪爬上山头上看地形，决定以觉山铺一带4公里长的山冈线，作为阻击主阵地，并立即部署二师部队进入阵地构筑工事。

刘建绪下午5时在全州下达一系列命令：章亮基师出全县沿飞鸾桥、桥头之线占领阵地，待机出击；陶广师即集结五里牌待命；陈光中师主力即集结太平铺待命；李觉部迅速集结全城西北端待命；炮兵营归章亮基指挥，即在大石塘附近选定阵地，测定射击距离。

后续湘军源源到来。恶战在即。

桂军"击小尾"

最先与红军动手的，不是迎面扑将上来的刘建绪，却是抽身闪出通道的桂军白崇禧。

11月28日,蒋介石怒气冲冲地给白崇禧发了一封电报:"共匪势蹙力竭,行将就歼,贵部违令开放通黔川要道,无异纵虎归山,数年努力,功败垂成。设竟因此而死灰复燃,永为党国祸害,甚至遗毒子孙,千秋万世,公论之谓何?中正之外,其谁信兄等与匪无私交耶?"

话说到了如此严重的地步,读电报的白崇禧不禁一身热汗,继而一身冷汗。

当日,桂军即对红军发起攻击。其实,桂军的攻击日期早已定好。

放开"铁三角"之初,在灌阳的桂军十五军根据对当面红军行军速度的观察计算,从11月23日夜红军入清水关算起,算上红军为避空中侦察昼伏夜行的习惯,估计要5夜才能通过完毕。

"不拦头,不斩腰,只击尾"的战略已定,但还存在击大尾还是击小尾的问题。为此,桂军同时制定了两个方案:于红军通过第四日夜出击,十五军三个师全部展开,截击红军后尾;于第五日夜出击,只在新圩展开一个师,截击红军最后一小部。白崇禧最终作决断,"在新圩用一个师就行了",采用的是第二案。

11月28日,桂军日历上红军通过的第五天,十五军王瓒斌师向新圩的三军团五师发动进攻,激战两个昼夜。五师损失重大,师

广西省兴安县界首镇光华铺湘江战役纪念碑

参谋长胡浚、十四团团长黄冕昌先后牺牲。

29日,桂军复与背水为阵的三军团四师在界首南光华铺发生激战。30日,十团团长沈述清阵亡。彭德怀命杜中美接任团长。当日杜中美又

牺牲。一日之内,一个团牺牲两位团长,战斗激烈程度可以想见。

三军团六师的十八团,则被桂军围于湘江东岸,全团覆没。三军团四师政委黄克诚后来回忆说:"自开始长征以来,中央红军沿途受到敌人的围追堵截,迭遭损失,其中以通过广西境内时的损失为最大,伤亡不下两万人。而界首一战,则是在广西境内作战中损失最重大的一次。"

虽然采取的是"击小尾",桂军也给红军造成了很大伤害。

白崇禧晚年在台湾回忆这一幕时,指责刘建绪部未能努力合作,否则战果会更大。但据说当年白崇禧的高参刘斐回忆证明,白崇禧有意说错了与刘建绪在全州相会的情景。当时他曾对刘斐反复叮嘱:"见到刘恢先(建绪)时,千万不能把我们这一套完全告诉他。"他怕刘建绪知道桂系放弃全、灌、兴核心阵地的意图后,会向蒋告密讨好。

公平地说,被白崇禧指为作战不力的刘建绪,在湘江之战中异常勇猛。

血战湘江（中）
枪林弹雨中的红一军团

国民军大量集结而来，红军面临千钧一发的局面。红一军团经受了最惨烈的战斗、最严峻的考验。为掩护中央纵队强渡湘江，林彪深夜发出"星夜兼程过河"的火急电报。沉默寡言的他，后来用文字记下了这一非常时段。

觉山铺血战

11月29日，刘建绪连接何键两封电报：

十一月艳戌电令：刘总司令建绪：
奉委座俭亥电：责令务于湘漓以东，四关以西间地区，将匪军歼灭。我军奉命追剿，责无旁贷。无论如何，应使匪军主力，不致由全、兴间窜逃。甚望激励将士，努力从咸水席卷匪之右翼，压迫于湘水以南地区而聚歼之，为要。何键。艳戌总参机。

十一月艳戌电令：刘总司令建绪：
据空军本日报告：莲花塘、大福桥、石塘圩、铁路头、大岭背一带各村落中，发现多数匪军。……判断匪循肖匪故道西窜，已甚明显。仰饬五五旅固守梅溪口，遏匪北窜，截匪西窜，并督率主力，务于全州、咸水间沿河乘匪半渡而击灭之，为要。

收到何键两封电报后，刘建绪命令湖南代保安司令李觉指挥十六师全部、补充总队四个团，陈子贤旅（欠一团）及山炮一门，步兵炮两门，除以一团固守寨墟外，其余沿全兴公路攻击前进。以第六十三师一部接补十六师阵地，第六十二师为预备队，位置于全县西北地区。

他的对手，是红一军团团长林彪。红一军团面临的压力巨大。午刻，湘敌攻抵带子铺附近。鲁板桥、锄头田、带子铺、勾牌山、马鞍山一带红军前沿阵地，纷纷被攻占。红二师前沿部队在敌军优势炮火下，一步步退向觉山铺核心阵地。只有沙子包、田心铺之线仍在我军手中，与敌相持。

30日，红一师完成潇水阻击任务后赶到。林彪令其不顾疲劳，立即进入觉山铺阵地，在米花山、怀中抱子岭一线设防。

桂黄公路与湘江南北平行，两侧夹着许多小山岭。觉山铺就处在山与路的交汇处，是个有二十来户烟火的小村庄。只有控制住它，才能保障界首渡口掌握我手。

当天战斗在全线打响。

据湘军战斗详报记载，11月30日拂晓，十六师以第四十八旅附第九十三团共四个团，向邓家桥、田心铺一带进攻。师长章亮基指挥第四十六旅三个团附山炮一门，步兵炮两门，沿全兴公路向沙子包、觉山铺一带进攻。李觉率四个补充团沿公路跟进策应。总共十一个团兵力，就攻防来说，其优势并不是很大。这里需要特别提一下湘军前线总指挥、湖南代保安司令兼十九师师长李觉，他是何键的长门女婿。

李觉跟团长唐生智学到的一套带兵办法，较得士兵信任，且又有何键女婿的身份，使同是师长的章亮基也不得不唯命是听。加上李觉本人头脑机敏，作战顽强，这一切在红一军团防守的阵地均表现了出来。

30日，红一军团一师刚刚参加防守的米花山阵地，当天就被突破。紧接着二师的美女梳头岭也失守。一师向西南方向后退。李觉指挥湘军，三面夹击二师五团防守的尖峰岭，轮番冲锋，倒下一批，又冲上来一批，入夜攻势仍不停。五团政委易荡平身负重伤，为不当俘虏，用警卫员的枪对着自己头颅扣动了扳机。五团尖峰岭阵地失守。二师主力只得退守黄帝岭，与强攻不舍的湘军拼杀得惊天动地。阵地前后，到处是红军指战员的遗体。四团政委杨成武也身负重伤。湘军采取迂回战术，派部队向二师侧后运动，二师只得后撤。

这是红一军团从未经历过的最残酷的战斗。

林彪也为眼前的战局深感震惊。一军团过去应付过无数困难的局面和包围，但总能先敌决定自己的意志，取得支配战局的主动地位。现在眼见军团部队处于敌人迂回包抄之中，还需要像钉子一样坚守阵地，自己的野战机动性全部失去。如此窘境，林彪头一次遇到。

"星夜兼程过河"

长征路上林彪有两次最为紧张。第一次就是掩护中央纵队强渡湘江。

几天来，前后方的来往电报都标明"火急"、"十万火急"；但后方对催促前进的回答却总是"中央纵队向湘江前进"、"中央纵队接近湘江"，仍然携带着几十个人才抬得动的山炮、制造枪弹的机床、出版刊物的印刷机、成包成捆的图书文件、整挑整挑的苏区钞票……还在以每天20公里的速度前进。

11月30日深夜，在觉山铺的军团长林彪、军团政委聂荣臻、军团参谋长左权彻夜未眠，对着摇曳的马灯反复思虑了几个小时，给中革军委拍发了一封火急电报：

朱主席：

我军如向城步前进，则必须经大埠头，此去大埠头，须经白沙铺或经咸水圩。由觉山铺到白沙铺只二十里，沿途为宽广起伏之树林，敌能展开大的兵力，颇易接近我们，我火力难发扬，正面又太宽。如敌人明日以优势猛进，我军在目前训练装备状况下，难有占领固守的绝对把握。军委须将湘水以东各军，星夜兼程过河。一、二师明天继续抗敌。

这就是那封著名的"星夜兼程过河"电报。之所以著名，因为局面已到千钧一发之际。向来披坚执锐的红一军团，对自己的战斗能力还能支撑多久已经发生动摇。

这封电报，给中革军委带来极大震惊。行军过程中前后左右不间断的枪炮声，使中央纵队和军委纵队的人们，已经明白局势的险恶，但未料想险恶到如此程度。

12月1日凌晨一时半，朱德给全方面军下达紧急作战令，其中命令"一军团全部在原地域有消灭全州之敌由朱塘铺沿公路向西南前进部队的任务。无论如何，要将汽车路以西之前进诸道路，保持在我们手中"。

两小时后的3时30分，为保证中革军委主席朱德的命令不折不扣地执行，中革军委副主席、三人团中的组织者周恩来以中央局、中革军委、总政治部名义起草电报：

一日战斗，关系我野战军全部。西进胜利，可开辟今后的发展前途，迟则我野战军将被层层切断。我一、三军团首长及其政治部，应连夜派遣政工人员，分入到各连队去进行战斗鼓动。要动员全体指战员认识今日作战的意义。我们不为胜利者，即为战败者。胜负关全局，人人要奋起作战的最高勇气，不顾一切牺牲，克服疲惫现象，以坚决的突击，执行进攻与消灭敌人的任务，保证军委一号一时半作战命令全部实现，打退敌人占领的地方，消灭敌人进攻部队，开辟西进的道路，保证我野战军全部突过封锁线应是今日作战的基本口号。望高举着胜利的旗帜，向着火线上去。

中央局

军　委

总　政

以最高权力机关联合名义发报，且电报语气之沉重，措辞之严厉，为历来所罕见。

面对红一军团历史上空前的严峻情况，林彪在天亮前给各部队下达命令，按照军委要求，12时前决不准敌人突过白沙铺！

聂荣臻组织政工人员全部到连队，提出战斗口号：生死存亡在此一战！

林、聂光想着白沙铺了，未想到差点儿被湘军端了一军团的军团部。

差点被湘军端了军团部

12月1日凌晨，敌军再次对觉山铺一线发起猛烈进攻。国民党《陆军第十六师于全县觉山沙子包一带剿匪各役战斗详报》记载：本日拂晓，我李代司令率补充各团附炮兵,沿公路向朱兰铺、白沙铺攻剿。本师(十六师)第四十八旅附第九十三团,向刘家、严家之匪攻剿。师长率第四十六旅沿公路跟进策应。自晨至午,战斗极烈。我军在飞机炮火掩护之下,勇猛冲击,前仆后继……

不仅林彪会打穿插迂回,李觉的穿插迂回更加凶猛。湘军一部从一军团一师与二师的接合部切入,以浓密的树林作掩护,向右翼迂回到一师三团背后,包围该团两个营。左翼敌人也向红军侧后迂回。一、二团被分割

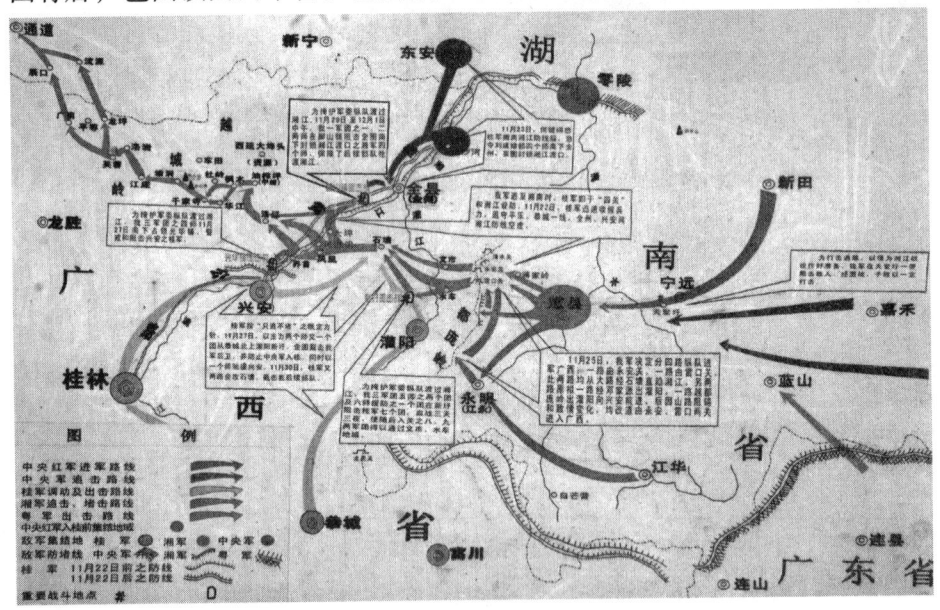

湘江之战形势图

截击,情势危急。

战至中午,敌人竟然迂回到了觉山铺南面隐蔽山坡上的军团指挥所。参谋长左权正在吃饭,警卫员邱文熙突然报告:"敌人爬上来了!"聂荣臻不信,以为是自己部队在调动,到前面一看,黑压压一片敌人端着刺刀,已经快到跟前了。

林彪拔出手枪。聂荣臻拔出手枪。左权丢下饭碗操起枪,去指挥警卫部队。军团指挥所瞬间成了战斗最前沿。军团指挥员眨眼变成了普通战斗员。

红一军团部曾几次遇险。

第四次反"围剿",在草台岗围歼陈诚的十一师,一颗炸弹落到指挥位置,强大的气浪把正在写作战命令的林彪一下子抛到山坡下。林彪爬起

来一看没有受伤，拍掉身上的土，继续书写战斗命令。

第五次反"围剿"，一军团从大雄关向西南转移，在军峰山堡垒地带遭毛炳文第八师袭击，敌人冲到军团部前。林、聂带领身边的警卫员、炊事员和机关直属队人员投入战斗，一直顶到增援部队上来。

但最险的，还是湘江这一次。

1942年5月，左权牺牲在抗日前线。林彪写了一篇声情并茂的《悼左权同志》：

> 多少次险恶的战斗，只差一点我们就要同归于尽。好多次我们的司令部投入了混战的旋涡，不但在我们的前方是敌人，在我们的左右后方也发现了敌人，我们曾各亲自拔出手枪向敌人连放，拦阻溃乱的队伍向敌人反扑。子弹、炮弹、炸弹，在我们前后左右纵横乱落，杀声震彻着山谷和原野，炮弹、炸弹的尘土时常在你我的身上，我们屡次从尘土中浓烟里滚了出来。

林彪一生没有留下什么像样的军事专著。沉默寡言的他，在家乡林家大湾上学时，曾给小学女同学林春芳写过一副对联：读书处处有个我在，行事桩桩少对人言。这两句话成为贯穿他一生的格言。只有在很少的场合、很少的文字之中，他才略微表露出自己的真情与心迹，《悼左权同志》是其中之一。

历史：追寻之旅

血战湘江（下）
蒋介石长叹："这真是外国的军队了！"

湘江水面被鲜血染红。红军一、三军团在两侧硬顶，五军团在后卫硬堵，主力部队硬是用热血浇出一条愈见狭窄的通道。眼见精心布置的湘江封锁计划落空，蒋介石不由仰天长叹："这真是外国的军队了！"

弹雨中闯过湘江

12月1日中午以前，中央纵队渡过湘江并越过桂黄公路。

一、三军团在两侧硬顶，五军团在后卫硬堵，红军主力部队硬是用热血浇出一条愈见狭窄的通道。湘江江面，殷红的鲜血伴随着撕碎的文件、丢弃的书籍、散落的钞票，汩汩流淌。

彭德怀晚年回忆这一段时说："一、三军团像两个轿夫，抬起中央纵队这顶轿子，总算是在12月抬到了贵州之遵义城。"

湘军刘建绪给红一军团予拦截；桂军白崇禧给红三军团、红八军团、红九军团予侧击；中央军周浑元予红五军团以尾击，造成红军的重大伤亡。

五军团三十四师、三军团六师十八团被隔断在河东。八军团二十一师完全垮掉。二十三师严重减员。军团政治部主任罗荣桓冒着弹雨蹚过湘江时，身边只剩一个扛油印机的油印员。整个军团损失三分之二，剩下不到2000人。十几天后，八军团建制撤销。

江西苏区著名的少共国际师，也基本失去了战斗力。中央红军从江西出发时86000余人，至此损失过半。

在通过湘南郴州、宜章间第三道封锁线时，彭德怀曾建议三军团迅速北上，向湘潭、宁乡、益阳挺进，威胁长沙，迫敌改变部署；同时中央红军其他部队进占湘西，在溆浦、辰溪、沅陵一带建立根据地，创造新战场，"否则，将被迫经过湘桂边之西延山脉，同桂军作战，其后果是不利的"。

红军到底还是进入了西延山脉。三十多年后，彭德怀还在感叹未采纳他的方案。

并非所有失误都可归入左倾机会主义路线。薛岳率领的中央军九个师就在北面并行追击；曾经失守长沙的何键更是将主力云集衡阳，严防红军北上进入湖南腹地。历史如果能够再走一遍，那么从湘南北上，前途会更加凶险。

黄克诚回忆说："桂系军队不仅战斗力强，而且战术灵活。他们不是从正面，也不是从背后攻击我军，而是从侧面拦腰打。广西道路狭窄，山高沟深林密，桂军利用其熟悉地形的优越条件，隐蔽地进入红军侧翼以后，突然发起攻击，往往很容易得手。而我军既不熟悉地形，又缺乏群众基础，所以吃了大亏。"

冲过湘江后，中央红军进入西延山脉。桂军依仗道路熟悉，当红军还在龙胜以东时，桂军第七军二十四师已抄到前头，先期赶到龙胜。该师参谋覃琦建议：迅速攻占入黔通道马堤北坳，截断红军去路，将其包围于马堤凹地歼灭之。

马堤地区是由南向北的狭长隘路，东西两侧重山叠嶂，无路可攀。北路若被先期赶到的第七军二十四师截断，南路又有夏威十五军部队追击，红军既无攻坚兵器，又难寻到粮食，困于狭长谷地，局面可想而知。

但二十四师师长覃联芳不用此案。他说："总部（白崇禧）的作战计划是放开入黔去路，使红军迅速离开桂境，堵塞中央军入桂剿共借口。本军进出义宁、龙胜，主要任务是防止红军向三江方面侵入。依你的意见，纵能将红军围困于一时，他这样大的兵力，岂能立即歼灭？倘逼急跳墙回头同我硬碰，造成鹬蚌相持，给中央军入桂之机，获渔人之利，这与总部的作战计划相违背，断不能行。"

覃联芳师采取防守态势，监视红军大队通过后，才攻占马堤北坳，截击红军后尾四百余人。

桂军确实给红军造成很大的损害。但从实质上看，中央红军通过桂境时，桂军的攻击仅属于尾击和侧击。其让开防堵正面，放开红军西进通道，

历史：追寻之旅

才是关键和实质。

桂军摆拍"七千俘虏"

作为对 11 月 28 日蒋介石指责桂军让路电报的回答，白崇禧 12 月 1 日给蒋介石拍发了一封颇不客气的电报：

"钧座手握百万之众，保持重点于新宁、东安，不趁其疲敝未及喘息之际，一举而围歼于宁远、道县之间，反迟迟不前，抑又何意？得毋以桂为壑耶？"

同一天，桂军第七军覃联芳师，与从清水关进入广西的中央军周浑元部万耀煌师发生冲突。这次覃联芳的攻击精神极强。部下通过衣服颜色已经辨明是中央军，覃联芳仍说"即使是中央军，也不能放过"，派出一营兵力攻击前进。万耀煌师遭覃师两面突袭，急向关外撤退，但先头部队一个连还是被桂军包围，就地缴械。

虽然最后双方皆以误会互相致歉，桂军发还所缴枪械了事。但周浑元从此不敢再入桂境，只有率队绕个大弯，从湘境的东安追击红军。

桂军一俟红军主力通过后，立即以主力由龙虎关突至灌阳的新圩，俘获红军的一些掉队人员、伤病号及挑夫，还雇用一些平民化装成"俘虏"，拍成"七千俘虏"的影片，既送南京给蒋介石看，又送各地放映，宣传桂军之战绩。

蒋介石毫无办法，只得严饬桂军向贵州尾追，不得稍纵。白崇禧令第七军廖磊依中央军之前例，与红军保持两日行程。廖磊便在红军后卫董振堂红五军团之后，徐徐跟进。到独山都匀后，便全军停止，不再前进。

蒋介石坐镇贵阳，急电廖磊星夜兼程，廖复电曰："容请示白副总司令允许，才能前进。"

蒋仰天长叹："这真是外国的军队了！"

他忘记了亲自对薛岳交代的话："此次中央军西进，一面敉平匪患，一面结束军阀割据。"这就是王建平告诉白崇禧的"一举除三害"之计。

允许自己的两面，不允许别人的两面？

粤、桂、湘军阀为维护割据地位，在红军不深入其腹地的前提下，故意为红军让开西进通道，以免中央军渗透其势力范围。陈济棠、白崇禧和何键三人，同床异梦，却又异曲同工。

即使担任追击的中央军的薛岳部，也在用一种不远不近、不紧不慢的方式，和红军保持两天路程，耐心等待红军尽可能多地与粤军、桂军、湘军相拼，以收渔翁之效。蒋介石的高级幕僚们称之为"送客式的追击，敲梆式的防堵"，即追堵部队中谁也不愿意猛追强堵。

这就不是一般意义上军人所能够理解的战争运作了。

冲过湘江，红军脱离了迫在眉睫的危险。前面是新的漫漫之途。

毛泽东在长征途中作《十六字令》三首。因行军作战匆忙，只标明1934—1935年，无具体日期了。从心情看，从实情看，词中的"山"，描写的很可能就是红军突破湘江封锁线后，进入西延山脉的心情：

山，快马加鞭未下鞍。惊回首，离天三尺三。
山，倒海翻江卷巨澜。奔腾急，万马战犹酣。
山，刺破青天锷未残。天欲堕，赖以拄其间。

嬗变
叛变者是怎样形成的

造就大英雄的时代，即是产生大叛徒的时代。有多少至死不渝的忠诚，就有多少鲜廉寡耻的叛卖。外部的凶险环境，往往成为一个人意志与信念是否坚定的考验场。之中，既有昂首走向刑场的慷慨就义者，也有纷纷脱党、叛变的彷徨动摇者。而非常时期，分清敌友，也成为一种特殊的考验。

孔荷宠叛变

由于外部的凶险环境，共产党人的队伍曾经出现过两次大的动摇与叛变。

一次是1927年"四一二"反革命事变，一次就是1934年红军长征。

"四一二""清党"，"宁可错杀，不可错放"，共产党人血流成河。严酷的白色恐怖中，组织被打散，党员同党组织失去联系；彷徨动摇者纷纷脱党，有的公开在报纸上刊登反共启事，并带人捉拿搜捕自己的同志。

1934年中央红军长征后，共产党再次面临着这样的局面。

红十军团军政委员会主席方志敏、红十军团长刘畴西、中华苏维埃教育人民委员瞿秋白、赣南军区政治部主任刘伯坚等人，被敌人捕获枪杀。中华苏维埃工农检察人民委员何叔衡、中央军区政治部主任贺昌等人，在战场上牺牲。

新中国同龄人都记得这三部作品：方志敏的《可爱的中国》、瞿秋白的《多余的话》、刘伯坚的《带镣行》，都是他们在铁窗中对中国命运的思索。

国民党南昌行营有如下记载：

截至本月底（注：1935年3月底），江西清剿军先后在于都、会昌俘红军六千余人，步枪手枪两千余支，机关枪五十余挺。在瑞金俘红军三千余人，掘出埋藏步枪身八千支，机关枪二百余挺，炮身十余门，迫击炮十余门，图书三十余箱，铜锡两百余担。

比牺牲更加严重的，是叛变。

最先是被蒋介石称为"红军瓦解先声"的孔荷宠叛变。

孔荷宠是湖南平江人，参加过湘军，1926年入党，先是搞农民运动，后组织农民武装，任游击队大队长、湘赣边游击纵队司令。参加平江起义后，任红五军第一纵队队长，红军独立第一师师长、红十六军军长，被选为中华苏维埃共和国中央执行委员，中革军委委员，出任湘鄂赣边区总指挥兼红十六军军长。

1932年，孔因犯盲动主义错误受到朱德批评，被撤销职务，入红军大学学习。1933年调中央动员部工作。1934年7月，他利用去外地巡视工作之机叛逃。

叛逃后，他供出了湘鄂赣边区中共、红军和苏维埃政权组织情况，帮助国民党军制订"围剿"红军和革命根据地的计划，特别是他提供的中央机关在瑞金驻地，为国民党空军轰炸提供了准确情报。后来他被委为"特别招抚专员"。1935到1937年间，组织便衣别动队，专门袭击红军游击队。

孔荷宠的叛变没有成为红军瓦解的先声，但的确成为了一连串投敌叛变的先声。

中央红军长征后，苏区先后出现闽北分区司令员李德胜叛变，瑞金红军游击司令部政委杨世珠叛变，闽赣分区司令员宋清泉叛变，湘赣省委书记兼湘赣分区政委陈洪时叛变，闽浙赣省委书记兼闽浙赣分区司令员曾洪易叛变，赣粤分区参谋长向湘林叛变，闽赣分区政治部主任彭祜叛变，红十军副军长倪宝树叛变。

这些叛徒在叛变前，虽各有各的方式和嘴脸，但往往都很"左"。

孔荷宠对让他去红大学习非常不满，他说谁还不会打仗，用几挺机关枪就能坚持到底，什么正规训练和战略战术，都是一派胡言。

向湘林则常对周围人说："中央苏区失败了，我们在这山里打埋伏可耻，不如出去拼个痛快，拼掉他几个算几个。"敌人真的来了，他却没有决一死战。

很左的人一瞬间突然变得很右，中国革命中至今不乏此例。

龚楚叛变

所有叛变中，最为严重的还是中央军区参谋长龚楚的叛变。

龚楚是广东乐昌人，1924年在广州加入中国社会主义青年团，1925年转为中国共产党党员，比孔荷宠资格更老。

龚楚还是中国共产党内最早从事农民运动的领导者之一。1925年6月，他受中共广东区委派遣，赴省农民协会从事农运工作，后回到自己的家乡乐昌，1926年5月任共青团乐昌特支书记。因龚楚进过滇军讲武堂韶关分校，任过粤军连长，有军事工作经验，又成为乐昌县农民自卫军的指挥者。1927年2月，中共乐昌支部成立，龚楚理所当然地担任了书记，成为在该地区有重要影响的共产党人。

1927年底到1928年初，朱德、陈毅率南昌起义军余部辗转于粤北想进入湖南，遇见的第一个共产党员，就是龚楚。

井冈山斗争时期，有军民运动经验又有军事工作经验的龚楚，成为红四军前委委员、二十九团党代表，其威望和地位在红军中也算屈指可数。有一段时期，中央和湖南省委给红四军前委的信都是称"朱毛龚"的。

百色起义时，龚楚又与邓小平建立了很深的关系。

1929年5月龚楚被任命为中共广西前委委员，1929年12月参加广西百色起义。起义后即宣布成立红七军，军长张云逸，政治委员邓斌——即邓小平，参谋长龚鹤村——即龚楚。红七军辖十九、二十、二十一三个师，十九师战斗力最强，龚楚兼任师长，邓小平兼任政委。由于龚楚是从井冈山过来的，熟知红军的建军经验及政治工作制度，给红七军的建设的确带来不小帮助。

龚楚后来担任的职务也闪闪放光：继李明瑞之后任红七军军长，然后是粤赣军区司令员、红军总部代总参谋长、赣南军区司令员。红军主力长征后，龚楚出任中央军区参谋长。

这样一个人物的叛变，对红军长征后中央苏区留守力量的严重影响，可想而知。

龚楚的叛变出现得很突然。1935年2月，他奉命率一部分红军去湘南开展游击战争。5月在湖南郴县黄茅地区遭到粤军袭击，就叛变投敌。陈济棠给他一个少将"剿共游击司令"，调一支四十多人的卫队归他指挥，要他到赣粤边去诱捕项英、陈毅。

龚楚将自己的叛变隐蔽得很巧。10月中旬，他把卫队扮成红军游击队，在北山龙西石地区和粤军余汉谋一支部队假打一阵，"击溃"了"敌人"，在龙西石出了名。

贺子珍的哥哥、北山游击大队大队长贺敏学，原来是中央军区司令部的科长，听说老首长龚楚拉起了游击队伍，便赶紧派人去联系。龚楚说，他需要马上见到项英、陈毅，接他们去湘南加强领导。中共赣粤边特委机关后方主任何长林等人热情帮忙，建议龚楚写一封信给项、陈。信写好后，何长林也在上面签了名。特委秘密交通员很快把信送到了项英、陈毅手里。

项英看过信后非常高兴。他不太了解龚楚，但这是第一次和其他游击区取得联系，有足够的理由感到振奋。

陈毅却没有那么乐观。他对龚楚非常了解。龚楚自恃资格老，井冈山斗争时期骄傲自大，除了毛泽东、彭德怀，便目中无人。彭德怀在第三次反"围剿"中，因龚楚不执行命令曾经撤了他的职。今天，他怎么变得谦虚起来，要项英、陈毅去"加强领导"呢？

陈毅告诉项英，斗争残酷，人心难测，还是过一段时间再去见龚楚。

就是这"过一段时间"，使龚楚现了原形。只见信走，不见人来，他害怕夜长梦多，决意先下手为强，把北山地区游击队一网打尽。

又是那位特委机关后方主任何长林帮忙，召集游击队员和干部在龙西石开会，贺敏学等重要干部都参加。待他们发觉情况不妙时，龚楚的伏兵已经将会场包围，这位中央军区参谋长开始撕下脸面，赤裸裸地劝他原先的部属们投降了。

贺敏学第一个跳起来，举枪边打边往外冲。他身中三弹，硬是翻滚下山，冲出包围。其余的只有八九个人带伤冲出会场。五十多名游击队员和干部当场牺牲。特委机关后方主任何长林也是个软骨头，一看大势不好，未及走脱被捕，马上叛变。

这就是长征留下来的部队突围到赣粤边后，损失最大、性质最严重的"北山事件"。

没有抓到项英、陈毅，龚楚不甘心。他熟悉红军活动的规律，布置军队日夜搜查，通往各地的大小道路都被严密封锁，连在一些大山和羊肠小道上也设置了暗哨、密探。何长林则把与游击队发生过关系的群众统统指出来，很多人被敌人杀害。

1935年10月，龚楚引导国民党三个师向湘南游击区发动进攻，使湘粤赣游击支队受到严重损失，方维夏壮烈牺牲，蔡会文重伤被俘，壮烈牺牲。中共湘粤赣特委书记陈山负伤被俘。

留守苏区的"火种"（上）

中央红军在粤、湘、桂的中间地带艰难行进，寻找着合适的落脚地。先期突围的红十军团与红七军团整编后不久，即陷入国民党军的包围圈。红军最年轻的军团长寻淮洲牺牲。方志敏和刘畴西被俘，两人并肩走向刑场。

红十军团出师不利

红军主力突围西征后，中央苏区周围最大的部队，便是红十军团。

1934年7月6日，作为北上抗日先遣队的寻淮洲红七军团，担负"东征"任务，从瑞金出发。其时全军团共编有3个师、6000余人，有长短枪1200余支，轻重机枪数十挺，迫击炮6门。因为枪支短缺，很多战士使用的仍然是梭镖、大刀。

红七军团军团长是寻淮洲，政委乐少华，参谋长粟裕。

寻淮洲年仅22岁，少年才俊；乐少华曾在苏联留学；粟裕则是参加过南昌起义的老战士。寻淮洲虽是军团长，却没有实权，七军团的领导权由曾洪易、乐少华掌握。曾洪易曾在闽浙赣苏区担任中央代表和省委书记，积极推行左倾错误政策，造成极大的危害。到抗日先遣队后，面对艰险的斗争环境，他一直悲观动摇，后来投敌叛变。军团政委乐少华在苏联喝过洋墨水，但无实际斗争经验。

国民党军不清楚红七军的意图，蒋介石的关注点在中央红军主力，居然放过了红七军团，任由它猛冲猛打。10月，红七军到达赣东北根据地，与方志敏的红十军会合。此时，全军减员已达一半。方志敏送来了几百头猪及大量鸡鸭被服等物，来慰劳这支疲惫不堪的部队。

红军时期，方志敏和邵式平开创了赣东北根据地，与朱、毛的瑞金根据地并肩作战，"方邵"一度与"朱毛"并称。1933年春，赣东北苏区与中央苏区联成一片，方志敏带出来的红十军赴中央苏区参加第四次反"围剿"斗争，给中央带的礼物是：黄金2000两、银元100余万元和药品40余箱。雪中送炭，周恩来、朱德称赞不已，"你们为中央解决了大问题"。

1934年11月上旬，中央红军已撤离江西苏区，中革军委给方志敏等人发来命令，要求红七军团与红十军合编为红十军团，由曾洪易任赣东北省委书记兼政委，方志敏为军区司令员，统归项英的苏区中央分局领导。

新红十军，刘畴西任军团长，政委乐少华，参谋长粟裕。全军团编为3个师，原七军团部队编为十九师，原红十军部队编为二十师、二十一师，全军团共一万余人。

这支相当可观的力量，从1934年11月中旬到1935年1月底，仅仅存在了两个多月。

事后看来，这次整编极不合理。方志敏本是直接军事领导人，却成了司令，不可能越级指挥。刘畴西缺乏指挥大兵团作战的经验；寻淮洲本是军团长，东征时大小几十战，指挥精当，却降级成了师长……朱德后来心痛地概括成八个字：不编不散，一编就散。

更要命的是，留在中央苏区的项英于11月18日发来一电，相当奇怪：部队整编，以运动战方式向外线出击，以在皖浙边界创建新的苏区。

中央红军已离开苏区，国民党军已占据了绝对的优势，如果继续跟敌军打运动战，无异于自取灭亡。坚守苏区的红军应该迅速分散，以积极的游击战袭扰敌人，从而最大程度地保存自己。

项英过高估计了红十军团的实力，方志敏、粟裕等人虽心存疑虑，但还是执行了项英的命令。

11月19日，寻淮洲率十九师先行出发，经怀玉山向浙西前进，沿路击溃小股敌军。几天后，方志敏、刘畴西等人也率红十军团主力踏上了征程。12月，部队会合，继续向浙皖边挺进。

蒋介石调动五个正规师、两个独立旅、四个保安团，加上后备部队共十多万人，以嫡亲战将俞济时为总指挥，呈左、中、右三路向红十军团围了过来。

面对严峻的局势，红十军团指挥部召开会议，大家觉得不能被敌人追着走，商议要打一仗。考虑到其他敌军距离尚远，唯尾随之敌补充第一旅显得孤立突出。方志敏、刘畴田决定将王耀武的补充第一旅狠敲一顿，战场放在浙西谭家桥附近的乌泥关。

敌人共三个团，装备比较好。红十军团是三个师，兵力和敌人差不多，但地形却十分有利。乌泥关至谭家桥两侧皆是山地及森林，地形险要，利于隐蔽埋伏。当时红军的弹药等物资极感缺乏，消灭补充第一旅，不但能获得人员和物资的补充，且能打掉追敌的气焰。

军团长刘畴西没有把王耀武放在眼里。他1924年入黄埔军校第一期学习时，王耀武还是上海马玉山糖果公司卖饼干的小伙计。刘畴西1922年加入中国共产党，经历颇富传奇色彩：参加过五四运动，担任过孙中山的警卫，第一次东征在棉湖战斗中失去左臂，照样参加了南昌起义，随后去苏联，进了莫斯科伏龙芝军事学院。

他不知道，补充第一旅1933年冬由保定编练处的三个补充团改编，旅长王耀武，山东泰安人，黄埔军校第三期毕业，是蒋军中一员悍将。该旅装备好，干部多是军校毕业生，训练有素；士兵以北方人为多，战斗力相当强。这是一支蒋介石的嫡系部队，完全不似"补充"两字给人以二流部队的感觉。

王耀武对刘畴西的红十军团却了解得很清楚。他对手下的三个团长说："共军第十军团政治委员会的主席是方志敏，军团长是刘畴西，副军团长是寻淮洲。该军团辖三个师：十九师师长由寻淮洲兼，二十师师长王如痴，二十一师师长胡天桃。军团长和师长的意志很坚强，作战经验丰富，尤以寻淮洲的作战指挥能力为最强。"王耀武只讲错了两处：方志敏任主席的是红十军团军政委员会，不是"政治委员会"；二十师师长由刘畴西兼，不是王如痴。

刘畴西以二十师、二十一师在伏击地域右侧，担任正面攻击；置战斗力最强的十九师于左侧，待正面打响后截敌归路。

原红七军团军团长、现十九师师长寻淮洲和十军团参谋长粟裕均执异议，认为十九师野战经验丰富，而二十师、二十一师组建才一年多，缺乏野战经验，担任主攻存在问题。

刘畴西却很自信。二十师、二十一师都是他的老部队，他认为战斗力强于十九师。他坚持原来的部署。

12月14日，补充旅出发，以第二团为前卫，其余按直属部队、第三团、第一团的秩序，经乌泥关、谭家桥向太平追击前进。

红十军团隐蔽得非常好。王耀武的前卫第二团经过乌泥关、潭家桥时，路旁百姓有的在砍柴，有的在种地，有的在公路上行走，如平常一样。前卫团长周志道以为没有可疑情况，也未派部队严密搜索，部队浩浩荡荡继续前进。

机会很好，但开火提前了。敌人团指挥部还未进入伏击地域，二十师、二十一师部分干部战士过分紧张，竟然走火了。王耀武可不是庸才，立即警觉，马上抢占路边高地，整个伏击战斗被迫提前。

野战经验不足特别是打硬仗经验和思想准备皆不足的二十师、二十一师，连续向敌前卫团发起猛冲，企图一举将敌人压垮。攻势很猛，几次展开肉搏，敌前卫团团长周志道被打伤。但两个师动作不一致，连冲四次也攻不下来。未放在主攻位置的十九师，在山峡里一时出不来，局势很快由伏击的主动，变成被敌反击的被动。

王耀武一面命令部队不许后退，一面调加强营和第三团的三营增加到第二团的正面作战；同时令第三团团长李天霞率该团主力，向红十军团的左侧背猛烈反击；令第一团团长刘保定立派一部占领乌泥关，并坚决守住。

乌泥关制高点的争夺战，成为胜败的关键。敌军用迫击炮猛烈轰击高地，发起一次次冲锋，红二十师没有打过阵地战，顶了一阵，终究被撕开了缺口。

十九师终于抽出来，发动为时已晚的攻击。寻淮洲调集全师所有轻重机枪和几十名特等步枪射击手，组成一个密集的火力网，压制制高点上敌军火力。他一手执枪，一手握刀，腰别手榴弹，亲自领头奋勇冲锋。

王耀武后来回忆这场战斗说："红军三次冲锋虽都受到挫折，但斗志仍盛，其打败补充第一旅的决心并未动摇，又发起了一次规模较大的冲锋。这次红军出动了七八百人，分三路冲过来，一路针对加强营，两路对着第二团中伤亡较重的第一、第二两个营。大有一鼓作气击溃补充第一旅之势，情况紧张、危急。"

王耀武亲到第一线督战，令各部集中迫击炮、机关枪的火力，向冲过来的红军猛烈射击。他回忆说："据第二团团长周志道报称，在敌人第四次冲锋中，发现红军有十几个人冒着炮火的危险去抢救一个人，抬着向后方走去，看样子，被抬走的这个人可能是敌人的高级军官。"

被抢救下来的，是身负重伤的寻淮洲。敌人火力太猛，枪林弹雨中，寻淮洲腹部中弹,鲜血喷涌,被背离战场。方志敏十分着急,命担架队将寻淮洲抬往茂林医院救治。接着,红十军团主要阵地大部丢失,红军被迫撤退。

寻淮洲牺牲

人们都以为,25岁当军团长的林彪是红军中最年轻的军团长。其实,寻淮洲1933年出任红七军团军团长时,还不满22周岁。

寻淮洲是湖南浏阳的青年学生,参加秋收起义上井冈山后,与陈伯钧、王良同为红四军三十一团三个有名的青年知识分子连长。

三人中,陈伯钧、王良都是黄埔军校武汉分校学生,算黄埔六期。寻淮洲没进过军校,但他一直是红四军战将、黄埔四期生伍中豪的下级。从这位与林彪齐名的红军将领身上,寻淮洲学到了很多东西,进步极快。他19岁当师长,20岁当军长,1933年2月在第四次反"围剿"的黄陂战斗中,率红二十一军直插敌后,截断蒋军第五十二师归路,为全歼该敌创造了条件,获二等红星奖章,受到中革军委的特别嘉奖。

粟裕回忆说:寻淮洲是在革命战争中锻炼成长起来的一位优秀青年军事指挥员;他艰苦朴素,联系群众,作战勇敢,机智灵活。

寻淮洲

寻淮洲曾经5次负伤,谭家桥成为最后一次,因伤过重,在转移途中牺牲。

方志敏后来在囚室中写《我从事革命斗争的略述》,这样评价寻淮洲:"十九师师长寻淮洲同志,因伤重牺牲了!他是红军中一个很好的指挥员,他指挥七军团,在两年时间,打了许多有名的胜仗,缴获敌枪6000余支,并缴到大炮几十门。他还只有24岁。"

王耀武在谭家桥战斗中反败为胜,所获甚丰。他派出一个步兵连寻找寻淮洲的遗体,捉到一个参加埋葬的人,便由此人带路到茂林,把寻淮洲遗体挖出来照相,以作为寻淮洲确实被打死的证据。他们发现遗体尚完好,但上

历史：追寻之旅

身无衣，王耀武判断说："共军官兵所穿的衣服破烂不堪，难以护体，因被服奇缺，在掩埋其阵亡的官兵时，顺手将死者的衣服脱下，以供活人穿用。"

为此，王耀武领到了 5000 块大洋的犒赏。

此战后，红十军团辗转于皖南，前有来敌后有追兵，不停战斗，人疲马乏。1935 年 1 月 10 日，红十军团指挥层在浙西遂安的茶山开会。会上，乐少华、粟裕等人提出分兵游击，减小目标保存实力；刘畴田则提出继续保持建制，转回闽浙赣苏区休整。

方志敏不擅长兵团作战，也不想与刘畴田闹得太僵，决定采取刘的方案。

方志敏被捕

方志敏、刘畴西率领红十军团，南下返回闽浙赣边。

谭家桥战斗前十分自信的刘畴西，又变得如此优柔寡断。到达闽浙赣苏区边缘时，敌情已十分紧急，敌军设置了许多道封锁线。1 月 15 日中午，前锋十九师与敌军四十九师遭遇，十九师负责掩护方志敏、粟裕率领的军团机关和伤病员，无法恋战，只好夺路冲出。敌军趁势出击，将后边的二十师、二十一师切断。刘畴田见前路受阻，便率主力改道向南。

次日，方志敏、粟裕率十九师冲到陈家湾村，等了很长时间，不见军团主力到来，方志敏放心不下，让粟裕及负伤的乐少华等带十九师先走，自己回去接应。粟裕带部队连夜疾行，终于到达赣东北苏区，等了 4 天，仍不见大部队赶来，只好继续前行。

刘畴田边打边撤，转移到怀玉山附近的杨林。方志敏得知后，赶紧去信："敌四十九师、补充一旅，已设下包围圈，现在我们向南的路只有翻山去化婺德苏区中心。所以部队应立即开拔，向南前进！"他反复强调，务必当夜闯过封锁线，才有一线生机。

方志敏

刘畴西却觉得部队疲劳，决定休息一夜再走。方志敏得信久久不语。他不忍抛下战友，带人闯进包围圈，找到了刘畴田的大部队。

就是这一夜，决定了这支部队的悲剧命运。敌军14个团的兵力分路赶来，封死了四面的通道。红十军团的主力，被围在了方圆十五里左右的怀玉山地区。

刘畴西率领的军团主力只剩下不到三千人，弹尽粮绝，无路可走，又遇大雪。蒋介石下令：方志敏一天没找到，有退兵者军法处置，捕获方志敏者，赏银十万！敌人发了疯般地，恨不能将怀玉山用篦子篦一遍。

方志敏等人无奈之下，只好化整为零，分散潜伏在树林及深草中。浙赣边界的怀玉山，正值天寒地冻之时。缺衣少食的红军战士，面黄肌瘦，手脚冻裂，拿枪向敌人射击，冻僵的手扣不动扳机；挣扎着向围上来的敌人投弹，又投不了多远。很多人数日不得饮食，冻饿交加，躺在地上动弹不了。

王耀武很佩服方志敏，想亲自抓住对方，却只抓到红十军团第二十一师师长胡天桃。这位师长被捕时，上身穿着三件打了许多补丁的单衣，下身穿两条破烂不堪的裤子，脚上穿着两只不同颜色的草鞋，背着一个旧干粮袋，袋里装着一个破洋瓷碗。他至死也不肯说出方志敏在哪里。

方志敏和刘畴田在冰天雪地中苦撑了一个月。1935年1月29日，本可跟着粟裕突围的方志敏，为了等刘畴西，双双在程家湾被俘，并肩走向了刑场。

为了"可爱的中国"

国民党随即将方志敏、刘畴田解往南昌，沿途召开"庆祝大会"。到达南昌后，又在市内豫章公园召开"庆祝生擒方志敏大会"，美联社一名记者报道了当时的情景：

> 豫章公园周围都排列着警察队伍，街上架着机枪……戴着脚镣手铐而站立在铁甲车上的方志敏，其态度之激昂，使观众表示无限敬仰。周围是大队兵马戒备着。观众看见方志敏后，谁也不发一言，大家默默无声。即使是蒋介石参谋部的官兵，对此气魄昂然之囚犯，也表示无限敬佩及同情……

方志敏、刘畴西被俘后，蒋介石密令国民党驻赣绥靖公署主任顾祝同，尽力劝说方、刘"归诚"，特别是针对黄埔一期毕业、第一次东征在棉湖之

历史：追寻之旅

役任教导一团第三连党代表的刘畴西。那是奠定国民党军生死存亡的关键一仗。蒋介石一直记得当时奋不顾身、因伤被锯掉左臂的刘畴西。他命顾祝同对刘畴西要特别关照，一定要设法争取过来。

顾祝同是军校战术教官，管理部代主任，在黄埔既是刘畴西的教官，又是他的上司。但顾祝同怕自己一个人说不动，又借蒋介石任黄埔同学会会长时，刘畴西担任过总务科长，以此为由头联络来更多的黄埔同学做工作。于是，从怀玉山到上饶，从上饶到南昌，押解方志敏、刘畴西二人的路上，来劝降之人络绎不绝。仅顾祝同本人就来了三次。

在敌人以友情、官爵、监禁、死亡的利诱和威胁面前，刘畴西的意志坚韧不拔，丝毫不为所动。方志敏在《可爱的中国》中，用"田寿"这个名字，记述了刘畴西在狱中的不屈斗争。

1935年8月6日凌晨，方志敏、刘畴西被秘密杀害于南昌。

红十军团三个师一万余人，最后冲出包围圈到达闽浙赣苏区的，只有粟裕率领的一个无炮弹的迫击炮连，一个无枪弹的机关枪连，二十一师第五连，及一些轻伤病员及军团机关工作人员，共400余人。

对丧魂落魄者来说，这是一支残兵。对前仆后继者来说，这是一堆火种。以这支突围部队为基础，迅速组成挺进师，粟裕为师长。

新中国著名的音乐家劫夫有一首歌："像那大江的流水一浪一浪向前进，像那高空的长风一阵一阵吹不断。"

中国工农红军就是这样的队伍。伍中豪牺牲了，带出了寻淮洲；寻淮洲牺牲了，又带出了粟裕。革命的理想、战斗的意志像一支不熄的火炬，从一个人的手中，传到另一个人手中。

1948年9月16日，华东野战军发起济南战役，重兵合围济南城。以济南战役为转折点，人民解放军与国民党军开始了惊天动地的战略决战。

指挥15个纵队、共32万大军发起济南战役的，是时任华东野战军代司令兼代政委的粟裕；率14个旅共10万守军防守济南城的，是时任国民党山东省主席兼第二绥靖区司令官长的王耀武。

14年前的生死对手再度交锋。粟裕亲自拟定攻城部队的战斗口号："打到济南府，活捉王耀武。"

9月24日，济南全城解放。王耀武化装出逃，在寿光县被民兵查获。

"捷报飞来做纸钱。"那些在天英灵，可会有知？

留守苏区的"火种"（下）

坚持南方三年游击斗争最杰出的代表，是陈毅。给人以火星者，必怀火炬。陈毅是一团火，即使面黄肌瘦、满脸胡须、只有一盒万金油治腿伤，也仍然是一团不熄的火。这枚火种，传递着光热，在革命最艰难时期，点燃了一枚又一枚火种。

陈毅留在苏区战斗

中央红军出发前一个半月，陈毅在三军团六师的兴国老营盘前沿阵地被弹片击中，身负重伤，开始采取保守治疗。待发现粉碎性骨折的右胯骨必须动手术时，医疗器械和药品都装箱准备出发长征了。

还是周恩来出面干预，重新取出电台的汽油发电机做电源，开箱为陈毅做了手术。他不能参加长征了。周恩来告诉他，中央让他留下来与项英一道坚持根据地斗争，负责军事。

1934年10月22日，转移中的中革军委来电，指示中央军区从22日起正式成立，项英任司令员兼政委，龚楚任参谋长，贺昌任政治部主任。

陈毅没有职务。叫他负责军事却又不给军事职务，他被晾在了一边。

原来，周恩来也不能做主。要等到遵义会议后，毛泽东才做了这个主。那是1934年2月5日，新中央发来了一封十万火急的电报：

项转中央局：

政治局及军委讨论了中区的问题，认为：

（甲）分局应在中央苏区及其邻近苏区坚持游击战争，而目前的困难是能够克服的,斗争的前途是有利的。对这一基本原则不许可任何动摇。

（乙）要立即改变你们的组织方式与斗争方式,与游击战争的环境相适合,而目前许多庞大的后方机关部队组织及许多老的斗争方式是不适合的。

（丙）成立革命军事委员会中区分会,以项英、陈毅、贺昌及其他二人组织之,项为主席。一切重要的军事问题可经过军委讨论,分局则讨论战略战术的基本方针。先此电达,决议详情续告。

中共中央书记处

这封电报,和后来收到的"决议详情续告"电报,让陈毅感觉到毛泽东很可能回到领导岗位了。这种电文是博古等人写不出来的。

陈毅两次取代毛泽东的职务

陈毅与毛泽东的相互了解,是通过两次分歧完成的。历史上,陈毅两次被推举代替毛泽东为前委书记。

第一次是1928年7月中旬,毛泽东不同意红四军主力按湖南省委的布置去湘南,于是在有湖南省委巡视员杜修经出席的沔渡会议上,陈毅被推选担任前委书记,指挥二十八团、二十九团去湘南,毛泽东只能以党代表的名义指挥余下的部队。

去湘南一路,连连碰壁。先一鼓作气打下郴州,理发、洗澡、逛街,天擦黑敌人一个反击打来,二十九团士兵枪上挑着郴州发的"洋财",成连成排朝家乡跑,挡都挡不住。一个团最后只剩下团长胡少海、党代表龚楚、团部零星人员和萧克的一个连。若不是副营长萧克在混乱中严令率领的那个连坐下不准动,这连人也将跑散。

碰了壁,也不想马上回井冈山。陈毅起草《告湘南人民书》,提出开展土地革命,发展武装力量,仍然把目标定在湘南,还派出二十八团二营和团直机炮连去沙田及湘粤赣边区,先期探路。

结果又是一次打击:探路的二营营长袁崇全率队叛变。

在二十八团党代表何长工主持召开的党员代表大会上,陈毅与朱德一起受到尖锐批评。会议最后决定分别给予朱德、陈毅以留党察看三个月的处分。

失败，使得陈毅第一次认识到毛泽东的正确。8月24日召开前委扩大会，决定一起回井冈山，取消前委，成立以毛泽东为书记的行动委员会。

"陈毅主义"

第二次是1929年6月22日的红四军七大。这次代表大会上，陈毅被大会选为前委书记，再次取代毛泽东。

大会前，红四军内部因个人领导和党的领导、前委职权和军委职权等问题发生激烈争论。在6月8日召开的白沙会议上，毛泽东表示"我不能担负这种不生不死的责任，请求马上调换书记，让我离开前委"。

前委委员们决定陈毅代理书记，且决定召开红四军党的七大，把各方的争论意见原文印发各支部，提出了红军早期幼稚口号之一："同志们努力来争论吧。"

只有林彪一人得知毛泽东提出辞职后，连夜写信给毛泽东，要他留下来继续斗争。

林彪的信令毛泽东激动不已，通宵未眠。

今天再看当时那些异常激烈的争论，应该说在总的路线上大家是一致的。争论的焦点集中在党怎样更好地领导军队，军队怎样更好地建设根据地。

代理书记陈毅日夜工作。在龙岩召开的红四军七大上，他对争论的双方都做了批评和回答，主观上为了维护党内团结，客观便成了折中平衡，即所谓的"调和"。

毛泽东最反对的就是调和。党对军队的绝对领导，也未被大会大多数代表接受。毛泽东被给予了党内严重警告处分。

这即是毛泽东后来说的"陈毅主义"。

不知道自己发明了"陈毅主义"的陈毅，在七大上当选前委书记，第二次取代毛泽东在红四军内的地位。

七大后，毛泽东、贺子珍去闽西特委所在地蛟洋，休养兼指导工作。在离开龙岩城时，闽西特委发给每人30元钞票。随行的江华回忆说："那时我们一行人真有些灰溜溜的样子。"

灰溜溜的毛泽东却并不放弃自己的意见。陈毅去上海向中央报告工作之前，到蛟洋同毛泽东交换意见，两人在交谈中又争论起来，各执己见，未能统一。

争论都是面对面的，一旦背靠背，陈毅绝对不打小报告。

他到上海最先见到的中共中央领导，是政治局常委李立三。他如实向李立三报告了红四军七大情况。

按照中央要求，陈毅写了《关于朱德、毛泽东军的历史及其状况的报告》、《关于朱、毛红军的党务概况报告》等五份书面材料，公正无私地如实反映了红四军各方面的详情。正是陈毅的这些报告，使周恩来、李立三等中央领导者认识到朱、毛的很多经验都是在中国别开生面的，值得向全国推广。

周恩来、李立三、陈毅三人反复讨论，最后在周恩来主持下，由陈毅执笔起草中央"九月来信"，决定"毛同志应仍为前委书记"，从路线高度肯定了毛泽东的领导。

可回到苏区的第一个消息，却令陈毅凉了半截。

红四军八大上，一些同志提议毛泽东回来主持工作，彭祜、郭化若还给毛泽东写了信。毛泽东回信说他反对敷衍调和、模棱两可的"陈毅主义"，不打倒"陈毅主义"，他不回来。

这消息对陈毅震动很大。在上海时，中央认为他与毛泽东的矛盾已很深，有派他去鄂豫皖或广西左右江工作的意向。陈毅考虑之后回答说：还有一件事没有办好，没有把毛泽东请回来，等办好这件事再考虑工作问题。

现在毛泽东不原谅他，他真是进退两难。但面对真理，只能有进无退。陈毅就是从这个时候起，练就了后来照耀其一生的大度与豁达。

他表示，毛泽东说的"陈毅主义"是非无产阶级的东西，自己也要和大家一起打倒这个"陈毅主义"。他先向前委传达"九月来信"，再和好几位前委委员谈话，一个一个做工作，最后派专人把中央"九月来信"送去蛟洋给毛泽东看，并附自己一信，请毛泽东尽快回前委工作。

毛泽东心情舒畅地回来了。陈毅诚恳地向毛泽东当面检讨，并转达了李立三代表中共中央对毛泽东的问候。毛泽东说"八大"时因为身体不好，情绪不佳，写了一些伤感情的话。他给中共中央和李立三写信，表示在中央正确指导下，四军党内的团结完全不成问题。信中有这样的话："陈毅同志已到，中央的意思已完全达到。"

毛泽东真切地感受到了陈毅那颗坦荡的心。后来谈起陈毅今后的工作安排，毛泽东同样真诚地对陈毅说：你哪里也不用去，就在这里。

遵义会议后，陈毅才成为中央苏区军分会委员之一。这一次是毛泽东使他重新上台。

毛泽东坚持参加陈毅追悼会

龚楚的叛变，使留在苏区的北山游击队损失严重，陈毅冒着生命危险去处理。

他带着两名警卫员昼伏夜行十几天，下瓢泼大雨也行进不停。劳累加淋雨，陈毅伤口复发，身边无医无药，就打来一盆山泉水，自己挤伤口的脓血，还叫警卫员帮忙。警卫员挤一下，他的全身就触电一般颤抖，脸色蜡黄，大汗淋漓，警卫员实在不忍心再用劲挤。

陈毅就叫人拿带子把自己的伤腿绑在树干上，自己背靠另一棵树，硬是把开刀没有取干净的一块碎骨，从伤口里挤了出来。

忍着伤痛，他尽快赶到了北山游击区。游击区正在发生极大的动摇。为了防止逃跑，夜间派两个人放双岗，一个监视一个也不能制止。后来又放三岗，以为三个人中总有一个靠得住的，还是照样跑。两人一起跑变成三人一起跑。十几天时间，二百多人的游击队跑得只剩下一百多人。

陈毅集合起游击队讲话。他说，游击战争非常艰苦，打死、病死、饿死随时都可能发生。身体弱的，跑不动的，不能坚持，可以自愿回家，发给路费。不过出去了要站稳立场，不要叛变，不要去当反革命，不要翻脸为仇。不要不辞而别，要握手告别，后会有期。出去了，待不住，愿意回来的可以再回来。

说到这里，他站起来，摸着自己的脸说："你们别看我面黄肌瘦，长着满脸胡子，我是要在这个地方坚持斗争的，就是剩下我一个人还是要干，这是党给我的任务。"

听了陈毅讲话，一个人泪流满面地站起来说："你能坚持，我们为什么不能！"

历史：追寻之旅

这是陈毅的警卫员宋生发。他情绪激动地向大家讲述了三天前，陈毅在林子中把自己绑在树上挤脓血的情景。

众人深受感动，几个人同时站起来说："我们也要坚持到底，决不动摇！"

给人以火星者，必怀火炬。陈毅是一团火，即使面黄肌瘦、满脸胡须、只有一盒万金油治腿伤，也仍然是一团不熄的火。

对北山这些剩下来的游击骨干，他高兴地说："真正革命的同志要坚定信心。留下一点星火，定能燃遍万里江山！"

1972年，陈毅逝世。就中华人民共和国元帅的地位来说，那也许是一个最小的追悼会场。如果没有毛泽东亲自前往参加，大多数中国人甚至不知道他的去世。很多人不明白毛泽东为什么一定要参加陈毅的追悼会。

毛泽东参加陈毅追悼会

决定是突然作出的，事先完全没有安排。毛泽东一觉醒来，穿着睡衣就要去，谁劝也劝不住。周围一片忙乱。主席身体也不好。陈毅曾经是元帅，但军衔已经取消了；曾经是副总理兼外交部长，早已靠边站了；只是个"九大"的普通中央委员，而且还是"右派代表"。

旁人不明白，毛泽东却明白。在轿车向八宝山疾驶的路上，他脑海里可飘过当年陈毅带着中央九月来信请他回前委工作的情景？

长征，长征（一）
红军奔向大西南

蒋介石相信，中国从未有流寇能成事者。红军此次脱离赖以生存的根据地长途迁徙，在多方"追剿"中奔向大西南，他视之为一个"安内"的大好机会，"围剿"红军的同时，也可以收拾他一直难以控制的黔、贵、川地方实力派。

贵州王家烈求自保

红军突围出江西苏区开始长征，初使蒋介石吃惊，继令他兴奋。他认为红军脱离赖以生存的根据地转入长途跋涉，军心必离散，士卒必思归；自古以来，中国从未有流寇能成事者。

他觉得机会来了。而这个机会，又不仅仅是吃掉红军的机会。攘外必先安内，"安内"不光包括"围剿"红军，也包括收拾地方实力派。

从1928年12月29日凌晨张学良、张作相、万福麟等宣布东北易帜之后，蒋介石名义上统一了中国，但实际上一天也未统一。几年浴血奋战，打垮了两湖的唐生智和中原的冯玉祥、阎锡山，损耗了两广的陈济棠、李宗仁、白崇禧，但对西南军阀之实力，却丝毫未触及。

这是他的心腹大患。

西南军阀集中起来，主要是四川的刘湘、贵州的王家烈、云南的龙云三人。

三人中，刘湘不满17岁进武备学堂，可算一个职业军人；王家烈是出身于富有人家的家庭教师；龙云曾是川西滇北金沙江两岸的流浪汉。

三个人都是从硝烟血火中拼杀出来的。面对蒋介石的中央军，都有自己的精打细算。

三人中，蒋介石与王家烈关系最深。

王家烈是国民党中很早的剿共老手。1927年9月他就率部进抵湖南沅陵，进攻毛泽东领导的秋收起义农军。可惜未同起义军接触，就与湘系军阀熊震、陈汉章等因争夺地盘打起来；1929年冬，张发奎、李宗仁联合反蒋，蒋特委任王家烈为国民军讨逆指挥官，并将军政部第四电台拨给他使用，与蒋直接联系。王家烈受宠若惊，百般效力，出兵黔桂边境，牵制李宗仁、白崇禧后方，接着又逼走四川军阀赖心辉，占据黔东南一带；1930年7月，王家烈奉蒋命出兵湘西，配合中央"围剿"湘鄂西革命根据地。因"出兵积极，会剿有功"，被蒋任命为湘黔边区"剿总"司令；1931年7月，王家烈又伙同湘军章亮基部堵截北上与中央红军会师的李明瑞、张云逸的红七军。蒋介石当面夸奖他"剿共很有成绩"，特赏迫击炮16门，子弹20万发，后来又赠德国新式步枪1000支。

在蒋介石的支持和资助下，三年多时间里，王家烈新增加了几个团，部队装备也为之一新。1932年春在蒋介石怂恿下，王家烈率其精锐特务团和一、二、四团由洪江直趋贵阳，迫使贵州军阀毛光翔将大权交了出来。国民党中央立即任命王为二十五军军长，兼贵州省主席。

当了省主席的王家烈，就渐渐忘记手中的权力是谁给的了。为求自保，他一面将贵州土产鸦片烟运出，通过两广换回武器补充实力，一面同陈济棠、李宗仁订立三省同盟，暗中反蒋。这一密约被陈济棠部属余汉谋出卖给蒋了，从此蒋视王为眼中钉，开始制造机会摄取贵州。

1934年10月，王家烈接到蒋介石由牯岭发来的电报，说红军主力已离开瑞金西进，其先头部队已到大庚县附近，有沿萧克部队路线进入贵州模样，命王率部择要地堵截。王家烈当时只掌握何知重、柏辉章2个师，计15个团的兵力，听说红军有四五万之众，自觉力量单薄，难与红军抗衡。同时他也知道，密约之事蒋已获知，此番很可能要乘机派兵入黔，吃掉自己。

他开始做两手准备，一面执行蒋令，一面暗与两广李宗仁、陈济棠联系，求其援助。他还对部队做了相应部署，一旦形势不利，便向广西李宗仁部靠拢。

王家烈的作战兼自保计划是：乌江以北防务交由侯之担负责；乌江以南的防务，由王本人和犹国才负责；王本人担任贵州东南路的指挥作战，以便万不得已时, 向广西靠拢。

与两广的联系, 也有了回音: 广西李宗仁、白崇禧答应派第七军军长廖磊率两个师, 开进贵州都匀、榕江, 以为策应; 广东陈济棠答应派其第二军军长张达率军推进至广西桂平, 必要时进至柳州策应。再远, 两广就难办到了。

这些交易, 蒋介石不知。但蒋图黔的决心之大, 王家烈也不知。

西南三军阀

蒋与刘湘的关系也不浅。在关键时刻, 刘湘帮过蒋介石的大忙。

1927年3月23日, 一个叫戴弁的黄埔学生带来两封电报。一封是武汉中央党政联席会议的决议, 免去蒋介石国民革命军总司令职务; 一封是蒋介石等人以南昌国民党中央常务会名义的通电, 解散武汉党政联席会议。

刘湘看过两封电报, 当众高举起南昌那份通电, 大声说: "军人以服从为天职, 我服从总司令的命令。"

蒋总司令立即任命他为国民革命军第五路军总指挥, 并让黄郛托日本军舰运去一部短波无线电台。当时这种无线电台全国只有三部, 一部在南京蒋介石总司令部; 一部在上海龙华白崇禧司令部; 一部在重庆刘湘司令部。

蒋介石也在关键时刻帮过刘湘的大忙。

1932年刘湘与刘文辉争夺四川, 当时刘文辉为四川省主席, 蒋介石无保留地支持刘湘。

西南军阀中与蒋介石关系最浅的, 便是龙云。蒋介石认为最不好琢磨的, 也是龙云。因而, 龙云也最难控制。

龙云是彝族人, 彝名纳吉乌梯, 本出身奴隶主贵族, 父病逝后家境衰落, 他流浪于川西滇北金沙江两岸, 拜江湖术士为师, 学了一手好拳法。辛亥革命后, 入云南讲武堂第四期骑兵科学习。1914年秋, 昆明来了一个法国大力士, 自称打遍天下无敌手, 在云南陆军讲武堂摆擂台三天。头两天的确无人打得过他, 第三天龙云穿一双草鞋上台, 硬是用"和尚撞钟"之法用双拳和头部将大力士撞翻, 随即一扑将其压住。法国拳师认输离开昆明, 龙云也由此引起云南军阀唐继尧的注意, 被任命为唐都督的中尉侍从副官。

从 1915 年底任唐部副官,到 1927 年以昆明镇守使身份发动推翻唐继尧的"二六"政变,龙云惨淡经营了 12 年时间。刚刚掌握云南大权的龙云,就挨了一颗炸弹,一只眼睛被碎玻璃扎伤,鲜血淋漓,成为终身残疾。1928 年 1 月,蒋介石任龙云为云南省政府主席兼第十三路军总指挥。

无论如何,西南军阀的三个关键人物,都是由蒋介石任命的。他们都对蒋介石有所依赖,有所畏惧,也有所防范。

从部队战斗力看,刘湘的川军拥兵百团以上,兵力、战斗力最强,内部派系也最复杂。龙云的滇军兵力最少,没有军师编制,全部兵力仅 6 个旅加 1 个警卫团,共 13 个团,比黔军还少一半,但兵员却最精,内部最统一,掌握控制也最严。黔军成军最晚,在西南诸军中,黔军虽然兵员尚足,兵力居中,但战斗力最弱,在历次军阀战争中很少得胜。

毛泽东选择歼灭对象时,是拣弱的打。蒋介石对付地方军阀,也是如此。收拾大西南,他首先选中了与他关系最深但实力最弱的王家烈。

他把石头准备好了。这块石头,就是紧紧跟在红军后面的薛岳。

"担架上的'阴谋'"

1934 年 8 月,瑞金由于叛徒孔荷宠的告密,连续遭到敌机轰炸,中共中央被迫迁往云石山。云石山上有一个小庙,叫"云山古寺",毛泽东和张闻天的住处都在里面。开始是生活上互相关心,后来在小庙里那棵黄槲树下的一次深谈,毛泽东才知道张闻天也对博古、李德等人的领导深为不满。

毛泽东当时脱离中央核心已久,连广昌战役后的"博洛分裂"都不知道。

洛甫,即张闻天。张闻天与博古早就相识。两人都是 1925 年入党。当时张闻天在苏州乐益女中任教,到苏州高等工业专门学校演讲,台下听众中就有一名叫秦邦宪的青年。秦邦宪 1926 年入莫斯科中山大学,起俄文名 БОГУНОВ,中文译作"博古诺夫",БОГ 是"上帝"之意。回国后,他的化名就是博古。

张闻天先一步到中山大学学习。张闻天学识渊博,思维缜密;博古大刀阔斧,口若悬河。在中大内部斗争期间,两人都站在支部局一边,属于少数派，即响当当的"二十八个半布尔什维克"。

博古1930年5月回国，比张闻天早7个月。这7个月可不能小看，它成为博古日后在张闻天面前总有一种优越感的重要源头。

当时，恰逢比博古更加大刀阔斧的李立三推行"立三路线"。博古从王明那里知道了共产国际对"立三路线"的态度，便和王明一起激烈地反对这一路线。李立三给王明6个月留党察看处分，给博古、王稼祥、何子述3人党内严重警告处分，4人都被调离中央机关。

待米夫来中国收拾这个局面时，挨的处分就成了王明、博古等人的重要资本。六届四中全会后，王明成为中共中央的主要领导，博古也反败为胜，先当团中央宣传部长，后成为团中央书记。

张闻天1932年2月回国时，惊心动魄的斗争已过去了。他和杨尚昆一同回来，博古代表党中央迎接他们。凭理论功底，张闻天不久就担任中共中央宣传部部长的职务，但在博古等人看来，总有一些下山摘桃子的味道。1931年9月，鉴于王明要去苏联，周恩来要去中央苏区，共产国际远东局提议成立中共临时中央政治局，博古排第一，负总责；张闻天排第二，负责中央宣传工作。博、张二人连候补中央委员都不是，皆一蹴而就为政治局常委。

张闻天

但一、二把手很快就出现不和。1932年10月下旬，团中央机关遭到大破坏，几位负责人被捕后相继叛变。住在团中央机关的张闻天，觉得无法再从事地下斗争，便提出到中央苏区去工作。博古不同意。此前博古已经在临时中央常委会议上表示，为加强对中央苏区的领导，他要亲自前往。他想把张闻天安排到北方局去开展工作。

两人意见不统一，便请示共产国际。国际回电：整个中央首脑机关迁入江西中央苏区。

1933年1月中旬至下旬，张闻天、博古、陈云先后到达江西中央苏区。在苏区工作中，怎样认识统一战线策略的变化，如何看待苏区的资本主义经济等，博古与张闻天分歧不断。1934年1月底，中华苏维埃第二次全国代表大会上，"因毛泽东不管日常事"，博古让张闻天出任苏维埃人民委员会主席。张闻天觉出博古既要让他排挤毛泽东，又要把他挤出中央决策圈。两人积聚已久的矛盾，终于爆发了。

广昌战役的失败，成为冲突爆发点。

1934年5月上旬中革军委的会议上，张闻天批评博古、李德指挥不当，使红军主力遭受了不应有的重大损失。博古情绪激动，站起来大声说，1905年俄国工人武装起义失败后，普列汉诺夫就是这样站出来指责党，说什么"本来是不需要动用武器的"。

通晓联共（布）党史的人都知道，这句话分量很重。在苏联学习多年的张闻天，当然深知被形容为"普列汉诺夫"的分量。他平素温和沉静，这回却再也坐不住了。两人争得面红耳赤。会议不欢而散。到会的其他同志，无一人表示意见。

这次冲突，导致张闻天与毛泽东的大幅度接近。在云石山"云山古寺"前黄槲树下的石凳上，张闻天把被形容为"普列汉诺夫"前后的苦闷，都对毛泽东谈了出来。

在此以前，毛泽东已经争取到了王稼祥。

当时中央已作出将张闻天、毛泽东、王稼祥三人分散到各军团的决定。毛泽东知道张闻天这个态度后，立即向中央建议，把他和张闻天、王稼祥安排在一起。

这就是伟人之所以能够成为伟人的历史主动性。

红军出发长征时，三个人都留在了中央纵队，成为以后新三人团的基础。美国作家索尔兹伯里把长征中毛泽东与张闻天、王稼祥的接近，形容为"担架上的'阴谋'"。其实，毛泽东是"谋"在了上担架之前。

新"三人团"

在中央纵队里，"三人团"博古、李德、周恩来忙于指挥战事。毛泽东便利用此特定环境，在与张闻天、王稼祥反复交换意见之中，形成一个毛、张、王新"三人团"。

对老"三人团"打击最大的，是湘江之战。此战红军损失过半，博古深感责任重大，痛心疾首，情绪一落千丈。在过了湘江的行军路上，他拿一支手枪不断朝自己比画，被聂荣臻看见，上前劝阻说，这不是瞎闹着玩的！越在困难时候，作为领导人越要冷静，要敢于负责。

最敢于负责的李德，变得经常暴跳如雷，不但毫不认错，反说湘江失败是意见分歧，因此贻误了战机。只有周恩来一人在默默坚持工作。

从1934年12月1日全军渡过湘江，至1935年1月15日遵义会议召开，一个半月之间，中共中央连续召开了三个重要会议：12月12日的通道会议；12月18日的黎平会议；1935年1月1日，猴场会议。

这些都是遵义会议的铺垫和准备。虽说积聚了足够的量变，但完成质变何其艰难。毛泽东在推动这一质变发生的过程中，何其坚忍。

突破第一道封锁线进入湖南后，毛泽东就开始对张闻天、王稼祥谈论博古、李德军事指挥的错误。此时，只是三个人小范围内讨论阶段。

突破第四道封锁线过湘江之后，毛、张、王开始在会议上，公开批评中央的军事路线。从翻越广西北部越城岭的老山界起，中共中央领导内部的争论公开化了。

通道会议是第一个重要场所。在这个讨论红军行动方向的中共中央领导人紧急会议上，李德提出让平行追击的薛岳部超过去，红军在其背后向北转，与贺龙、萧克会合。毛泽东坚决反对，力主西进，向敌兵力薄弱的贵州进军。这个建议除张闻天、王稼祥外，又得到了周恩来的支持。

毛泽东第一次获得了多数人的支持。

因为是第一次，所以成果不巩固。会后，虽然中革军委以"万万火急"电各军团首长继续西进，但同时又令红二、六军团策应中央红军，"在继续西进中寻求机动，以便转入北上"。毛泽东的建议成了权宜之策。

黎平会议是第二个重要场所。周恩来以会议主持者的身份采纳毛、张、王的意见，西进渡乌江北上。会议通过的《中央政治局关于战略方针之决定》说："过去在湘西创立新的苏维埃根据地的决定，在目前已经是不可能的，并且是不适宜的"；"新的根据地区应该是川黔边地区，在最初应以遵义为中心之地区"。

方向被根本扭转了。

黎平会议还作出了一个并不引人注目的决定，即渡过乌江到遵义地区后，召开政治局扩大会议讨论军事指挥的问题。

1934年12月20日，军委纵队到达黄平。

历史：追寻之旅

耿飚在 1990 年回忆说：那时正是南方橘子收获的季节……那时张闻天身体不太好，长征路上坐着担架，同时王稼祥同志因为有伤，也坐着担架，两副担架走在一起。在一个橘子园里，他们叫担架停了下来，两个人头靠头地躺着说话。王稼祥问张闻天，我们这次转移的最后目标中央究竟定在什么地方？张闻天忧心忡忡地回答说：咳，也没有个目标。这个仗看起来这样打下去不行。接着就说，毛泽东同志打仗有办法，比我们有办法，我们是领导不了啦，还是要毛泽东同志出来。对张闻天同志这两句话，王稼祥同志在那天晚上首先打电话给彭德怀同志，然后又告诉毛泽东同志。几个人一传，那几位将领也都知道了，大家都赞成开个会，让毛泽东同志出来指挥。

橘林谈话，使黎平会议决定的、准备在遵义地区召开的会议增加了一项重要内容：请毛泽东出来指挥，即要求人事的变动。

1935 年 1 月 1 日的中央政治局猴场会议，通过规定"关于作战方针以及作战时间与地点的选择，军委必须在政治局会议上作报告"，实际取消李德的军事指挥权，为遵义会议作出最后准备。

长征，长征（二）
遵义会议

1935年1月15日，中国共产党终于迎来了遵义会议。之所以重要，是因为它决定了一支军队的命运，进而是一个党的命运，最终是一个国家的命运。中国共产党人终于第一次自主选择了自己的领导人。

遵义会议

1935年1月15日，中国共产党终于迎来了遵义会议。会议在黔军师长柏辉章公馆举行，由博古主持。

因为联系中断，遵义会议的酝酿准备工作无法请示共产国际。这使得中国共产党人终于获得自主选择领导人的机会。

出席会议的有中央政治局委员博古、张闻天、周恩来、毛泽东、朱德、陈云；政治局候补委员王稼祥、邓发、刘少奇、凯丰；红军总部负责人刘伯承、李富春；各军团负责人林彪、聂荣臻、彭德怀、杨尚昆、李卓然；还有军事顾问李德、翻译伍修权和中央秘书长邓小平。

会议开了三天，除主持会议的博古固定坐在长条桌中间的位置上外，会议参加者基本按先后顺序随便入座。王稼祥腹部伤口未愈，躺在一张藤榻上与会；聂荣臻脚上带伤，每天坐担架到会；彭德怀未等会议结束，就匆匆返回前方执行新的命令去了。

生死攸关的军事问题是切入点。会议的第一项议程，就是研究战略转移的目的地。黎平会议确定的以遵义为中心建立川黔边根据地的设想，被否定了。刘伯承、聂荣臻建议打过长江去，到川西北建立根据地。

历史：追寻之旅

会议采纳了刘、聂的建议。接下来，开始清算第五次反"围剿"以来的军事路线。

博古作主报告。周恩来作副报告。张闻天作反报告。

耿飚回忆说：张闻天同志那时是中央政治局委员、书记处书记，相当于现在的政治局常委。他在当时中央的这个职务，是长征路上最先起来反对错误军事路线的三个人（毛泽东、张闻天、王稼祥）中最高的。所以认真想起来，遵义会议如果没有张闻天首先在中央提出这个问题来，会议就不可能开。事实上，如果他不提出来，也没有别人敢提呀。如果他不提，毛泽东也就出不来，我们红军就不可能胜利到达陕北，也就不可能有后来的发展。

当时中央常委或称书记处书记只有4人：博古、张闻天、周恩来、项英。项英留在了中央苏区。张闻天的地位，仅次于博古。他在政治局扩大会议上首先站出来，旗帜鲜明地批评错误的军事领导，分量自然最重。

遵义会议纪念馆

他的发言极有系统性。张闻天文思敏捷，文笔流畅，他在遵义会议上带提纲发言，与博古的主报告针锋相对。

在张闻天发言完后，毛泽东、王稼祥、朱德先后发言。毛泽东讲了一个多小时，分析错误军事路线的症结所在。会议决定委托张闻天起草遵义会议决议。他那份反报告的内容基本包含在《中共中央关于反对敌人五次"围剿"的总结决议》中了。

陈云那份珍贵的《遵义政治局扩大会议传达提纲》说："扩大会议指出军事上领导错误的是A、博、周三同志，而A、博二同志是要负主要责任的"；"扩大会中恩来同志及其他同志完全同意洛甫及毛王的提纲和意见，博古同志没有完全彻底地承认自己的错误，凯丰同志不同意毛、张、王的意见，A 同志完全坚决地不同意对于他的批评。"

这位"A 同志"，便是李德。

一个"完全坚决地不同意"，把完全处于被批判地位、一个劲在会场门口抽烟的李德描绘得淋漓尽致。不管成功与失败，他在中国的使命基本结束了。

遵义会议决定"取消三人团"，就是正式撤销李德的指挥权。这在中国共产党同共产国际的关系史上，是破天荒的第一次。

不管李德是否共产国际派来的，他已经被作为了一个国际的信物。遵义会议在事先没有得到共产国际批准的情况下，改组中国共产党和红军的领导，取消了博古和李德的军事指挥权，确立了毛泽东在中共中央和红军中的领导地位，这是中国共产党人第一次在没有共产国际干预下，独立自主地解决自己的路线、方针和政策。

遵义会议是中共党史上一个生死攸关的转折点，同时也是中国革命和共产国际关系史上的一个意义重大的转折点。

1935 年 1 月 17 日遵义会议结束时，毛泽东只是政治局五常委之一，按张闻天、周恩来、毛泽东、博古、陈云的顺序排名第三。1 月 18 日政治局会议常委分工时，才决定"以泽东同志为恩来同志的军事指挥上的帮助者"，至此毛泽东刚回到军队领导岗位。最高军事首长仍然是朱周，而"恩来同志是党内委托的对于指挥军事上下最后决心的负责者"。

从某种意义上说，长征是中国共产党由不成熟走向成熟的里程碑。

当时的中国共产党，唯有毛泽东是真正成熟的领袖。而唯有长征那种艰难困苦的环境，才能使从 1921 年建党之日就开始的对领袖的漫长选择得到终结。

薛岳入黔怀私谋

1935 年 7 月，蒋介石在成都对薛岳说："国军长途追剿，从中枢到边陲，军行所至，中央德威远播，诚为我国历史空前壮举。"

忠心耿耿帮助蒋介石完成从东南到西南、从西南到西北，迢迢万里追击、截击、堵击的，正是薛岳。

历史：追寻之旅

红军以瑞金、宁都为起点开始长征。薛岳率吴奇伟第四军（韩汉英五十九师、欧震九十师）、周浑元第三十六军（万耀煌十三师、萧致平九十六师、谢溥福第五师）及直属的梁华盛九十二师、唐云山九十三师、郭思演九十九师，共计8个师，以兴国为起点开始"长追"。

有意思的是，就是这个穷凶极恶的薛岳，在1927年"四一二"反革命事变前夜，曾亲自跑到中共中央驻地向共产党人建议：把蒋介石作为反革命抓起来。

那真是一个大革命、大动荡、大分化、大瓦解的时代。

1935年1月上旬，红军进占遵义，薛岳率十万中央军直入贵阳。此番入黔的薛岳，不单肩负追击红军的使命，还有更加微妙的任务待他去完成。

蒋介石对其"文胆"陈布雷讲过："共军入黔我们就可以跟进去，比我们专为图黔用兵还好。"蒋介石把追击红军作为进入地方实力派势力范围的敲门砖，薛岳对此心领神会。

当时，他的先头部队已到湘西洪江，便电约贵州军阀王家烈在平越县马场坪会见，"共商追剿事宜"。

1935年1月初，王家烈抵达马场坪见薛岳。当时王家烈满脑子红军，还总结出两点：一、红军自江西出发，一路长驱直入，势不可当；二、红军之意不在图黔，入黔境后未兵指贵阳，似是要由余庆向北，渡过乌江。所以王家烈暗中打定主意以自保为主，不与红军拼消耗，让红军过境。

他以为薛岳肯定要催促他与红军作战，还想好了对付办法。万万想不到，薛岳对他说的第一句话是："你的政治上的敌人是何敬之，以后要对他取远距离，应该走陈辞修的路线。"

何敬之即何应钦。陈辞修即陈诚。蒋介石嫡系中央军内部也是派系林立。何、陈矛盾尖锐，不仅在中央搞，竟也带到了地方；不仅平时闹，竟然深入了战时。王家烈顿时目瞪口呆。

陈诚与何应钦矛盾之深，在国民党内也是出了名的。蒋也乐意利用手下这些金刚之间的矛盾，完成控制与平衡。蒋介石让薛岳入黔，首先是为中央军扩展地盘。陈诚系统大将的薛岳代表中央军入黔，头号目标是完成陈诚系统扩展，同时防止本是贵州人的何应钦势力入黔。

王家烈起初对薛岳的提醒，颇不以为然。没想到情况很快证实：南京方面派来贵州出任省民政厅长的，竟是何应钦之弟何辑五。王家烈方才醒悟薛岳所言极是。

表面上追击红军是头等重要之任务，实际对国民党各个派系和集团来说，最主要的目标和对手，皆是自己权力道路上的障碍。蒋介石如此，何应钦如此，陈诚如此，薛岳、王家烈也是如此。

王家烈的错误判断在于，红军并不像他想的那样不图黔，而恰恰要图黔，建立川黔边根据地。所以，当红军在以遵义为中心的黔北展开行动时，王家烈成了一只热锅上的蚂蚁。

王家烈是黔北桐梓人，丢贵阳都可以，就是不愿丢遵义。遵义地区资源比较富裕，若被红军久占，将地方土豪浮财打光、民团枪支搜尽，以后想恢复就十分不易；且黔北为自己桑梓之地，不首先掌握黔北，就失去了根基。

最不愿意与红军打仗的王家烈，突然变得最愿意打仗了。他在薛岳面前把胸脯拍得嘭嘭响，一定要收复遵义："我愿亲率所部打过江去，成败在所不计。"

但最愿意与红军打仗的薛岳，又变得最不愿意打仗了。他对王家烈的软磨硬泡不动声色，慢吞吞地说："目前部队太少，不会成功。等四川方面的中央军郝梦龄、上官云相等部出动，南北夹击，才易奏功。"

王家烈不知，自己落入了薛岳的圈套。

薛岳害苦王家烈

薛岳没有地盘。在军阀林立的社会中，没有地盘便是没有根基，总须仰人鼻息。但国家已基本被瓜分殆尽。北方林立着张学良、阎锡山、宋哲元、杨虎城、韩复榘；长江中下游和江浙尽属蒋介石；广东有陈济棠；广西有李宗仁、白崇禧；湖南有何键；四川有刘湘、刘文辉；云南有龙云。连冯玉祥、李济深、唐生智这样的人都属无家可归了，他薛岳还能在哪儿找到新的立足点呢？

薛岳看中了贵州。这也许是最后一块可易手的土地，最后一个可利用的机会了。

黔军太弱，薛岳带来了中央十万大军。黔军腐败，薛岳带来了中央的恩德。而且，此时图黔，正合蒋介石、陈诚之意。掌握黔省，以东面忠蒋的湖南何键为依托，北可入川，西可入滇，南可入桂，同时对三股强大的地方实力派，也是蒋介石的三个心腹大患形成威慑。居此一省，以镇三省，何愁在中央无牌打，何愁在地方无根基？所以，薛岳绝对不愿意调中央军去黔北作战。他要以贵阳为中心，一步一步对黔省完成消化吸收。

就苦了一个王家烈。他原以为红军是路过，中央军也是路过。哪知不但红军要图黔，中央军的薛岳也要图黔！蒋介石则更要图黔！

借助中央军力量恢复遵义不成，王家烈只有让手下两师长何知重、柏辉章去独立作战。两人服从了这一命令，柏辉章有更深一层原因：遵义是其老家，中国共产党召开遵义会议的"柏公馆"，房主就是他。

何、柏两部到达靶水时，红军已经主动撤离遵义，开始了一渡赤水。王家烈在遵义未遇见红军，身后却被抄了后路：薛岳以亲信郭思演为贵阳警备司令，用中央军取代了黔军为贵阳城防军。

坐稳了贵州的薛岳，开始组织人调查王家烈反蒋和贪污两方面的材料，同时拉拢收买其他黔军将领。

风雨交加的王家烈祸不单行。2月27日拂晓，红军以迅雷不及掩耳之势二渡赤水掩杀过来，王家烈所属各部纷纷败退，遵义复为红军所得。王本人逃到前来增援的吴奇伟处，28日又受到红一军团林彪的奇袭，一溃千里。王家烈率残部先逃至金沙，后转到黔西。在黔西遇见滇军将领孙渡，这下找到了知音。他放开嗓门破口大骂：

"中央军对贵州人，比帝国主义对待殖民地还不如……我们贵州人今天实在有亡省的沉痛感觉！如果不得已时，我只有向云南跑的一条路。到那时，恳请云南暂划几个县给我做安身之所。"

黔滇历来不和。1928年冬，龙云曾派大军入黔与黔军作战。混战到年底，王家烈被打成重伤。这些宿怨在大敌当前之时也顾不得了，只要对付得了中央军，一切都好说。王家烈叫孙渡一定把他的话告诉龙云。

王家烈的下场，使龙云受到极大震撼。后来当薛岳率中央军入滇时，他做的第一件事就是把中央军挡在昆明城外。

此时，薛岳正在收拾王家烈留下来的摊子。他以第二路军前敌总司令名义，直接指挥调动黔军，吞并王家烈部的侯之担师，拉拢收买王家烈嫡系部队何知重、柏辉章师归附中央军。

但蒋介石没有把贵州省主席的职务给薛岳。这位权谋家怕过于直露，引起桂系反感。王家烈一直与桂系有互保关系，所以蒋介石宁愿将过渡搞得圆滑一些。他让吴忠信取代王家烈，主要考虑吴与李宗仁、白崇禧都有交情，可以缓和矛盾。

广西李宗仁、白崇禧得悉王家烈交出省主席职务，马上派人送信，说："你已交出省政权，蒋介石可能以军饷卡你，我们决定每月接济你30万元以及所需枪弹等，你即将部队集中在黔南一线，与廖磊部取得联系，蒋如进逼，就与他打响。"

支持不但来得太迟，而且多出于桂系利益的考虑，让王家烈拿桂系的钱，做桂系的屏障。王家烈看过后把信往旁边一撂，说："算了，捆猴子上得了树，捆狗是上不了树的，我不能干。"

他还以为丢掉了省主席可以安心做军长，哪知在蒋介石面前退了一步，便是要一步接一步退下去的。

被薛岳收买的何知重、柏辉章两师长，开始怂恿部属向王家烈闹饷。王家烈无奈之下，让秘书连发四封电报向蒋介石请辞军长，出去考察。蒋介石把他召到身边假作挽留："辜负了你啊！在国内各地看看就行了。"第二天便给他一个军事参议院中将参议的头衔。

1935年5月3日，王家烈带着蒋介石送的5000元旅费和爱妾，离开贵州飞往汉口。此时前后，红军离黔入滇，贵州成为蒋介石的天下。

蒋介石的势力终于深入大西南。

西南战事结束后，薛岳也受到嘉奖。蒋介石不会让他白忙活一场。1937年5月，薛岳美梦成真，就任贵州省政府主席。

历史：追寻之旅

长征，长征（三）

红军计划入川

在遵义会议上，建立川黔边根据地的设想被否定。红军转而计划入川，却遭遇敌人兵力厚结处。拿定主意"防蒋胜于防共"的刘湘，精明布局。黔北一带顿时成了一个巨大的棋盘，双方指挥员调兵遣将，步步逼近，剑拔弩张。

刘湘统一四川

红军到遵义地区后，发现这里人烟稀少，少数民族众多，党和红军无工作基础，不是建立根据地的理想地域。在遵义会议上，建立川黔边根据地的设想被否定了。

熟悉四川情况的刘伯承、聂荣臻，建议去川西北搞根据地。根据有三：有红四方面军川陕根据地的接应；四川为西南首富，人烟稠密，站稳脚跟后有发展前途；四川对外交通不便，川军排外，蒋介石要调中央军入川不很容易。于是，遵义会议在讨论战略发展方向时，采纳了刘、聂的建议，决定北渡长江，会合四方面军，在川西北创建根据地。

1月20日，红军野战军司令部下达《渡江作战计划》，规定作战方针是："在由黔北地域经过川南，渡江后转入新的地域，协同四方面军由四川西北方面实行总的反攻"，"并争取四川赤化"。

但这一计划后来没有获得成功。红军最初选定的入川地点，是宜宾与泸州之间的蓝天坝、大渡口、江安一线各渡河点，恰恰是敌人兵力厚结处。

陈云后来在《遵义政治局扩大会议传达提纲》中，认为渡江入川、争取四川赤化的决定"只在一些比较抽象的条件上来决定根据地，没有具体地了解与估计敌情与可能,没有讲求达到这个目的的具体步骤。而且个别同志对于四川敌人的兵力是过低估计的,后来由威信回兵黔北而没有达到渡江入川的目的,亦正在此"。

自古便有"天下未乱蜀先乱,天下已治蜀未治"之说。四川是中国人口最多的省份,也是近代以来出军阀最多的。杨森、刘存厚、罗泽洲、邓锡侯、田颂尧、唐式遵、王陵基……都出自四川。最著名的,还是刘文辉、刘湘叔侄二人。

四川以其经济富庶和地势险要,一直是南北军阀争夺的焦点。连年战火中拼杀出来的川军悍将,与迷恋烟灯鸦片的黔军首领大大不同。

辛亥革命前,同盟会在四川陆军速成学堂开展活动,不少同学慷慨激昂地议论时事,唯刘湘埋头出操,上课,不过问政治,加上眼皮染病,久治不愈,被同学呼为"刘瞎子"。刘湘不是真瞎,他纵横穿梭周旋于各种势力的夹缝之中,在新旧军阀混战中硬是熬出了一对火眼金睛。

他与蒋并无历史渊源,却在1927年蒋背叛革命前的关键时期,毫不含糊地支持了没见过面的蒋介石。一报还一报,刘湘统一四川之时,蒋介石也支持了没见过面的刘湘。

统一四川是刘湘长久的梦想。刘湘比刘文辉大4岁,辈分上却是刘文辉的侄子。他与刘文辉联手,打倒四川最强悍的杨森、罗泽洲,四川遂成为叔侄俩的天下。

刘湘

但中国的天下最难均分,哪怕是叔侄。叔侄俩各自拥兵十余万,虽然都不想打,却又都不想让。谈了几个月,还是只有一战。刘湘知道要战胜其叔、四川省主席刘文辉,非得有蒋的支持。他搞了一个《安川计划》,把反刘文辉与"剿共"硬扯在一起:"江西剿共军事虽暂有不利,但只要能确保四川不遭侵袭,使工农红军囿处江西一隅,就不到蔓延成为全国之患,且终有被剿灭的一天。要达到这一要求,就得先求四川军民财政的统一。这一要求之所以不能实现,完全由于刘文辉从中作梗。"

历史：追寻之旅

刘湘摸准了蒋介石的痛处。刘文辉一直对蒋介石态度暧昧。1929年蒋桂战争中，刘文辉有过与唐生智联名通电讨蒋的记录。1930年，又支持冯玉祥、阎锡山反蒋。所以蒋介石无保留地支持了刘湘，刘文辉大败。刘湘坐稳了四川的天下。

刘湘精明布局

张国焘、徐向前率红四方面军从陕南进入川北之时，刘湘与刘文辉正打得不可开交。等他察觉情况不妙时，这支红军已经击败田颂尧、杨森、刘存厚三个军的"围剿"，发展到5个军8万余人，建立了23个县革命政权。

刘湘本意只想"拒'匪'于川外"。对红四方面军久战不胜，六路围攻皆失败后，刘湘想金蝉脱壳，便通电辞职。蒋立即来电："兄为乡为国，均应允负责到底，虽至一枪一弹，亦必完成任务。"

非要刘湘干到最后一枪一弹为止。刘湘终于再清楚不过地看清了身后那只黄雀。

红军西征后，刘湘接到蒋介石邀其到南京面商机宜的电报。此前，他与蒋介石从未谋面。刘湘并不急迫，到南京见蒋之前，先停汉口，与邓汉祥密商。

邓汉祥，是刘湘放在上海为其固定提供消息的眼线。邓汉祥在汉口告诉刘湘，蒋介石主要想利用川军阻止红军西进，以期两败俱伤。然后借口防堵红军，派重兵入川，掌握川局。这话，与湘江防堵前王建平告诉白崇禧的，如出一辙。

刘湘就此拿定主意：防蒋胜于防共。

1934年10月20日，刘湘抵达南京。初次见蒋，他一副笨拙迟钝的样子，连话都说不清楚。次日再见蒋，依然如故。蒋见状不愿直接与他再谈，叫杨永泰、张群、吴鼎昌去具体交涉。这正合不愿在蒋面前讨价还价的刘湘心意。连蒋介石的高参杨永泰这样精明的人都被蒙骗过去，以为素有雄才大略之称的刘湘，不过是一个窝囊废而已。

但刘湘在磋商中，却表现出决不会大意失荆州。他一点不肯让步，最后只好取消了蒋介石提出的中央军九个师入川的提议。刘、蒋达成如下协议：

第一，仍由刘湘担任四川"剿匪"总司令负全责，中央尽量补助饷款弹药；第二，改组四川省政府，以刘湘为主席；第三，组成南昌行营驻川参谋团，任命贺国光、杨吉辉为该团正副主任。

蒋介石挖空心思，也只派进去一个参谋团。刘湘回川后，将新政府迁往重庆。他的方针是北守南拒。在川北，由唐式遵率5万部队与邓锡侯、田颂尧合作，堵住红四方面军；在南面，调集川军主力布防于宜宾至江津间的长江南岸，以潘文华为南岸"剿匪"总指挥，阻止红军过江。

"请神容易送神难。"刘湘牢牢记住了中国这句老话。在西征的红军面前，他有软的一面，也有硬的一面。红军假道则软，红军入川则硬。他最担心的是，红军总司令朱德、参谋长刘伯承都是四川人，多年在川滇一带作战，足智多谋，地形又熟，很可能要率领红军取道泸州、宜宾渡过长江。他对潘文华反复叮嘱：一旦发现红军入川企图，就抱必死决心，奋勇阻截。

惯于利用敌人矛盾的毛泽东，在遵义会议后取得了军事指挥权，却并不知道刘湘的这些情况。毛泽东指挥作战每每讲究出敌不意，这回的行动，却落入刘湘的意料之中。

1935年1月中旬，红军召开遵义会议时，川军也召开重庆团以上军官会议，防堵红军入川。刘湘在会上提出判断，红军很可能"沿赤水河出合江，渡长江北上；或经古蔺、永宁（叙永）出泸州北上"。

这一判断，与红军野战军司令部下达的《渡江作战计划》基本一样。红军还未渡江，却已经丧失了出敌不意的主动权。

红军与川军恶战

红军按照计划准备渡江入川。1935年1月22日，中央政治局及军委致电四方面军，告以中央红军渡江北上计划，指示其"向嘉陵江西进攻"，配合一方面军北上。1月23日，潘文华令郭勋祺率领两个旅向土城前进，于赤水河东岸地区拉住红军，不让其入川。

黔北一带顿时成了一个巨大的棋盘，双方指挥员调兵遣将，步步逼近，剑拔弩张。

1月25日，红一军团进占土城，并向赤水城推进。赤水城却被川军先期占领。

土城地处贵州西北，是赤水东岸重要渡口，其东、南、北三面为险峻山岭，为西渡赤水的良好地域；赤水城地处川黔交界，东南部山大坡陡，西北部河谷开阔，公路毗连附近的川黔各县，是中央红军北上入川必须通过的要点。

这两个要点，一南一北，之间为中央红军西渡赤水的广大地域。攻占并保有这两地，是实现北渡长江进而赤化四川的关键。现在红军占了土城，川军占了赤水。

1月26日，毛泽东到达土城。郭勋祺也尾追红军进至土城以东地区。毛泽东同朱德、周恩来、刘伯承研究后，决心在土城以东青杠坡地区围歼郭部。

次日，林彪之一军团在赤水城南，与川军激战。李聚奎的一师在黄皮洞被川军三面包围，伤亡较大；陈光的二师在复兴场战斗也不顺利。郭勋祺尾追董振堂的五军团，至下午抢占了土城东面青杠坡和石羔嘴东南端，截断了五军团与三军团四师的联络。

与郭部决战尚未展开，总的形势已呈现不妙。1月28日，红军三军团、五军团按预定计划，在青杠坡地区与川军郭勋祺展开决战，从南北两面发动猛烈进攻。三军团担任主攻。彭德怀亲临前沿阵地指挥，与川军反复争夺阵地，双方伤亡很大。

对这一仗，对川军的战斗力，红军各级指挥员思想准备都不足。事实证明，青杠坡的川军，不是红军原先估计的4个团六七千人，而是6个团一万余人；不是"战斗力全无"，而是战斗力甚强。原想围歼郭部，但郭部反而在优势火力的掩护下，步步进逼土城，局势危急。

土城之战是遵义会议后的第一仗，成败关系全军士气。在此紧急时刻，朱德提出亲自上前线指挥作战。毛泽东连吸几口烟，没有答应。朱德把帽子一脱，大声说："只要红军胜利，区区一个朱德又何惜！敌人的枪是打不中朱德的！"

朱德、刘伯承上了前线。毛泽东急令奔袭赤水城的红一军团火速回援，同时命令陈赓、宋任穷率军委干部团急赴前线，发起冲锋。

红军与川军在土城以东展开一场恶战。冲锋与反冲锋犬牙交错，险情环生。川军一直攻到白马山中革军委指挥部前沿。连董必武、林伯渠、邓颖超、贺子珍等老弱及女同志组成的军委干部休养连也未及撤离，陷入险境。

幸得陈赓率红军最后的老底子——军委干部团，冲上来奋力救援，才使休养连脱离敌人的火力拦截，撤出险境。中革军委主席朱德也是在一个排掩护下，仓促地撤出来的。

时任三军团四师政委的黄克诚回忆说："当时张宗逊师长已住进了卫生所，我又赶上害病，躺在担架上指挥部队。适逢朱总司令前来督战，看到部队疲惫不堪的样子，朱总司令非常恼火，对我大发了一通脾气。"朱德这位以宽厚著称的总司令，对躺在担架上带病指挥战斗的指挥员发火，可见当时局面之紧张危急。

增援之川军还在陆续到来。鉴于局面已十分不利，毛泽东与政治局几个主要成员于28日傍晚开会，决定改变北渡长江的计划，迅速撤出土城战斗，渡赤水河西进。

1月29日拂晓前，红军迅速渡过赤水河。

长征，长征（四）
二渡赤水与遵义战役

紧急情况下临时决定的一渡赤水，成为红军著名的四渡赤水作战的开始。这是一段红军紧张选择立足根据地的日子。虽然黔军基本垮了，但新锐的川军、滇军正在逼近。在三省之交能否站住脚，红军并没有把握。红军再次面临生死存亡的关键时刻。

红军最后一门山炮被弃

为迅速摆脱追敌，红军部队不得不再次轻装。一些笨重的物资、机器被抛进河中。当时三军团还有全军最后一门山炮，是 1930 年打长沙前缴获的，也被迫投入了赤水河。这是从中央苏区出发长征以来，中央红军被迫第二次大轻装。

1 月 30 日，郭勋祺率部进入土城。得知红军主力进入云南，并未北上入川后，郭便借口休整部队，停止了前进。此后，郭勋祺根据刘湘、潘文华的命令，保持一天行程尾随红军，由东向西，再由西向东，由川入黔，又由黔入川，跟随红军四渡赤水，但没有再与红军作战。

遵义会议设想了赤化四川，却没有设想要四渡赤水。历史从来是在挫折中前进的。遵义会议确定的战略方向，一开始便被修正了。但修正不是一蹴而就，只能逐步完成。土城一战失利，修正的只是过江地点，向古蔺、叙永地区寻求从宜宾上游渡长江的机会。

当刘湘看到红军反复寻找渡江地点，大有入川与四方面军会合的趋向，便开始硬拼了。西起横江、东至古蔺一线，刘湘、潘文华先后调集数十个团，切断通往长江南岸的要道、隘口，严密封锁红军的前进方向。

准备入川的红军方才知道，川军的战斗力绝不弱于蒋系中央军。土城战役后，川军气焰尤其嚣张，一个团也敢上来向红军挑战。

2月6日上午，一军团二师一部行至天堂坝，竟被尾追的川军一个团三面包围。三军团五师听到枪声后迅速赶来支援，从两翼对敌军实施反包围。三军团后续部队一千余人，下午也赶来增援。激战一天，向敌阵地反复冲击十多次，不能解决战斗。入夜，该团敌人乘机转移阵地。红军发现川军另一个团已在增援途中，也只有撤出战斗。

面对川军的顽强阻击，从宜宾上游渡江入川已明显不可能。

2月6日凌晨，朱德电令一、三军团向扎西靠近。电报中说："根据目前敌情及渡金沙江、大渡河的困难，军委正在考虑渡江的可能问题，如不可能，我野战军应即决心留在川、滇边境进行战斗与创造新苏区。"电报要求一、三军团领导人，速将意见电告军委。

领导层已经感觉到原定战略方向实现的严重困难。这封电报实际上是询问一、三军团领导人，渡江入川还能否？如不可能，新的战略方向应在川滇边境何处？

2月7日，三军团彭德怀、杨尚昆回电，向军委建议在川黔滇边建立根据地。

这个建议非常重要，坚定了毛泽东等人转变遵义会议原定战略方向的决心。中革军委当即决定，暂缓渡江，改取以川滇黔边境为发展地区，以战斗的胜利来开展局面，并争取由黔西向东的有利发展。

中革军委命令各军团，迅速脱离四川追敌，向川滇黔边的扎西地区集中，开始准备与滇军作战。

陈毅在抗日战争时期曾对黄克诚说，毛泽东的伟大之处，在于他不二过。

伟人从来不是不犯错误的人，而是犯了错误能够及时纠正的人。现在，工农红军"打得赢就打，打不赢就走"的机动灵活战略战术又回来了。说毛泽东又回来了，意义正在这里。红军请回来的不是一尊万无一失的神，而是一位随时准备坚持真理、随时准备修正错误的实事求是的人。

长征后首次大胜

这是一段红军紧张地选择立足根据地的日子。川军、滇军正在逼近,在三省之交能否站住脚,红军并没有把握。

2月9日,政治局扎西会议。毛泽东在会上提出,趁敌人注意力和主力都集中在川南之机,回师东进,再渡赤水,向较空虚的黔北进击,为此提出轻装精简。

2月10日,中央红军进行扎西整编。全军除干部团,共编为16个团。新的编制是一军团两个师6个团;三军团4个团;五、九军团各3个团。这一精简缩编,为下一步大进大退做好了准备。

扎西会议旧址纪念馆

同日,滇军孙渡纵队和川军潘文华部,从南北两个方向压向扎西。中革军委决定迅速脱离川军与滇军侧击,先敌东渡赤水,将作战目标转换为黔军及中央军薛岳部。尽管没有着意说明,但在川、滇、黔边区建立根据地提出仅3天,根据敌我态势,行动指针已偏向了黔北。

2月15日,红军野战军司令部下达《二渡赤水河的行动计划》。16日,中共中央和中革军委发布《告全体红色指战员书》,指出:"红军必须经常地转移作战地区,有时向东,有时向西,有时走大路,有时走小路,有时走老路,有时走新路,而唯一的目的是为了在有利条件下求得作战的胜利。"

2月18日至21日,中央红军二渡赤水河。

四渡赤水的每一渡都是寻机,不是目的。因为实行了灵活机动的战略战术,所以很快捕捉到了眼前出现的战机。

二渡赤水的战机之中,潜伏着红军长征以来最大的一次胜利。

2月24日，林彪率一军团攻占桐梓。第二天，三军团向桐梓开进中。前卫红十三团抓获几名黔军俘虏，得知娄山关仅有黔军柏辉章部3个团，杜肇华部一个旅在娄山关以南近3公里处的黑神庙。红十三团团长彭雪枫立即向彭德怀报告。

25日14时，彭德怀、杨尚昆向中革军委报告上述情况，提出以迅速动作歼灭此敌。20时，一军团林彪、聂荣臻也致电朱德，建议以主力在娄山关南消灭黔敌。

两大主力军团领导人意见一致，使中革军委决心即定。

25日23时，朱德电复彭、杨、林、聂：一、三军团及干部团统归彭、杨指挥，应于26日迂回攻击娄山关、黑神庙之敌，坚决消灭之，并乘胜夺取遵义，以开赤化黔北的关键。

24时，朱德再补一电给彭、杨、林、聂：同意彭、杨25日14时来电部署，全军统归彭、杨指挥。彭德怀的基本部署是：三军团担任正面主攻。一军团向黑神庙之敌侧后迂回，五军团迟滞由桐梓方向来援之川敌。

红十三团向娄山关急进。前卫侦察连连长韦杰和手枪排战士换上国民党军装，一鼓作气冲到娄山关口。十三团刚刚占领关口，黔军就发起反击。彭德怀命令红十二团从正面冲击，硬把敌人压了下去。

十二团政委钟赤兵腿被打断，没有麻醉药品，硬是咬紧牙关锯掉了一条腿。部队认为他不能随军行动了，拿出一部分钱要他留在本地。只剩一条腿的钟赤兵坚决不肯，有人劝他就拔出手枪要拼命，只好用担架抬走他。很快，他就奇迹般地可以用一条腿在马背上翻上翻下了。

十二团参谋长孔权（一说孔宪权）也在战斗中负了重伤。后来用担架抬进遵义城罗马天主教堂里，与臀部负伤的十三团俱乐部主任胡耀邦住在一处。半个世纪后胡耀邦还清楚记得，疼痛难忍的孔权喊了一夜"杀！杀！杀！"弄得大家一夜未眠。

孔权被留在了当地，解放后担任遵义纪念馆馆长。胡耀邦后来担任了中共中央总书记。钟赤兵1955年授衔中将。前卫侦察连连长韦杰1955年也授衔中将。

2月26日，一、三军团占领娄山关。

兵败如山倒。残敌纷纷向遵义溃逃，遵义守敌极度慌乱。红军乘胜向遵义进击，于28日晨再占遵义。

历史：追寻之旅

这场预期不大的战斗，由于红军前线指挥员彭德怀、林彪对战机把握及时，特别是统一指挥一、三军团的彭德怀扩展战果主动，使战斗迅速从围歼黔军两个旅，发展为追歼国民党中央军两个师的大规模战斗。由此，揭开了红军长征中一次最大的战役——遵义战役。

林彪奇兵突降

红军突然东向夺占娄山关，蒋介石受到极大震动。他判断这极有可能是红军的战略行动，欲图继续东驱，向红二、六军团靠拢。于是，急令相距最近的第一纵队吴奇伟之九十三、五十九两师，火速增援遵义。

吴奇伟部进抵遵义城南部地区时，红军已重占遵义。

在离遵义不远的忠庄铺，吴奇伟碰到逃出遵义的王家烈。王家烈身边只剩下一个手枪排，吴奇伟一听进攻遵义的是红军主力，便不愿前进了。王家烈是来寻救兵的，巴不得别人的兵帮他收复遵义，对吴奇伟一催再催。吴左右为难，便命一个贴身参谋去侦察，临行前特加以暗示。于是，参谋侦察报告说：遵义已被红军占领。

王家烈怏怏而去，吴奇伟这才展开部队，防御红军。吴的部下却跃跃欲试。在师、团长会议上，众人认为国军装备远优于红军，红军主力到遵义是过路，只要发动攻击，红军就会撤离，因而一致主张打。

就在吴奇伟有意耽搁、应付王家烈之时，红军已经真的占领了遵义城。且红军主力已经认准了吴奇伟部，中革军委决心乘其孤军冒进之机，集中全力歼之。

战斗开始，吴部第五十九师师长韩汉英看到右翼地形对自己不利，向吴建议占领前面不远的老鸦山和红花岗。

一场激烈的战斗围绕红花岗右侧主峰老鸦山展开，双方皆拼尽全力争夺。因为蒋介石下了死令，为打好这一仗吴奇伟也拼了命。

后来成为中国人民解放军总参谋部副总参谋长、总后勤部部长的张宗逊上将，当时是防守老鸦山主峰的三军团十团团长。十团是三军团的主力部队，在敌优势兵力、火力、不计伤亡的轮番冲击下，该团损失严重。张宗逊负伤，参谋长钟伟剑牺牲，韩汉英部于15时许攻占主峰。

老鸦山主峰丢失，不仅居高临下威胁十一团红花岗阵地，而且直接威胁遵义城的安全。战局千钧一发。

但占领老鸦山主峰之敌，在莫名其妙之间突然转入防御。原来林彪一直在遵义城东山包上，一言不发地用望远镜观战。一军团隐蔽集结在这一带丘陵地区待命出击，敌人全然不晓。待吴奇伟全部力量重心都压向老鸦山前三军团阵地，山谷突然响起一片号声，一军团之一师、二师像两只猛虎，从水师坝地区向敌人侧后出击，尖刀一般直插忠庄铺敌军指挥部。

这是遵义战役的关键一刀，直取敌人心脏。

吴奇伟把全部力量都投上去了，纵队指挥部周围没有剩下多少部队。林彪这一着整得他实在是苦，只有丢下部队，带着身边少数人员狼狈逃窜。占据主峰之敌，居高临下看得清楚，发现其指挥部突然溜走，料想不妙，于是不敢大动，只得坚守。

说是坚守，心劲早已不坚。黄昏，便被三军团一部和干部团的反攻打得翻滚下去。失去了指挥官的部队几近羊群，沿着来路向乌江狂奔。

见此情景，林彪从参谋的包里拿出一个本子，撕下一张纸，又把这张纸对折撕成两半，分别在上面用红蓝铅笔标出追击方向，并在上端写了一个很大的"追"字，分头传达两个师的指挥员。红军排山倒海的追击开始了。

林彪命令：二师向南追，以乌江为界；一师向西追，沿鸭溪、白腊坎方向猛打猛扫。部队回问：追多深？答：可以追出 100 里。

吴奇伟最先逃到江边，立即与南岸联系，要欧震率九十师速来支援。九十师本属吴奇伟第四军建制，此番被薛岳留在贵阳，得到前线吃紧的消息，才刚刚上来。欧震认为北岸兵败如山倒，过江增援背水为阵太危险，一口回绝。他认为九十师只能在南岸占领阵地，掩护收容败兵。

吴奇伟见北岸局面无法收拾，缩在南岸的老部下又不听话，万念俱灰，倒地大哭说，我不过江了，就在此死了算了。参谋长吴德泽赶忙招呼来几个卫士，连拖带拉地把吴奇伟扶过江南岸。

一千多名官兵被甩在北岸，做了红军的俘虏。

二渡赤水的遵义战役，完全超过了原来设想的规模。红军 5 天之内取桐梓、夺娄山关、占遵义城，尤其是消灭中央军吴奇伟部九十三师大部、五十九师一部，击溃黔军 8 个团，毙伤敌二千四百多人，俘敌约三千人，缴枪二千支以上，的确是中央红军长征以来的最大一次胜利。

HISTORY 1893-1945 历史：追寻之旅

长征，长征（五）
鲁班场战斗

1956年9月10日，毛泽东在八大预备会议第二次全体会议上讲话："我是犯过错误的。比如打仗。高兴圩打了败仗，那是我指挥的；南雄打了败仗，是我指挥的；长征时候的土城战役是我指挥的，茅台那次打仗也是我指挥的。""茅台那次打仗"，即指三渡赤水前的鲁班场战斗。鲁班场战斗的影响，远比今人想象的大。战前，毛泽东差一点儿丢掉前敌总指挥职务，遵义会议成果几乎成为泡影。四渡赤水后，又有林彪写信要求改换指挥。

两诱周浑元

说鲁班场战斗，必须谈林彪的打鼓新场战斗；谈林彪的打鼓新场战斗，必须谈中革军委于遵义大捷后确定的战略方针；谈中革军委新确立的战略方针，必须看蒋介石的实际部署和设想。

如果你想解开历史之谜，必须解开这些连环。

红军遵义大捷以前，先有蒋军的"土城大捷"。

红军二渡赤水的当天2月18日，薛岳就从滇军得报：红军放弃入滇计划折向黔北。两天之后，投降的红一军团二师供给部出纳员何彬说，红一军团正在向东急进，其余各军团也在后跟进。作战要求是打倒王家烈，消灭周浑元。

薛岳连忙调动军队，重新部署，却为时已晚。但薛岳及时地得知了毛泽东上台的消息，大受震动，一面上报蒋介石，一面通令各部队。

蒋介石对此半信半疑。一直到嫡系中央军在遵义大败所展示的红军用兵风格中，他才确定毛泽东的确上台了。他拍电报骂薛岳，说这是"国军追击以来的奇耻大辱"。

3月2日，蒋介石带着陈诚亲自飞往重庆。到重庆后第二天，便发出一道公开命令和一封私人信函。公开命令给各部队首领："凡我驻川、黔各军，概由本委员长统一指挥，如无本委员长命令，不得擅自进退，务期共同一致完成使命。"私人信函则写给薛岳："毛既已当权，今后对共军作战，务加谨慎从事，处处立于不败之地；勤修碉堡，稳扎稳打，以对付飘忽无定的流寇，至为重要。"

同时，还把红军作战已改为飘忽无定、要分外慎重的信，空投给了吴奇伟。

失败使蒋介石再一次清醒了。但对红军的战略方向，他依然判断不清。对红军走向的猜测与判断，再次成了国民党高级将领的一道智力竞技题。

陈诚、薛岳、刘湘、龙云从各自的角度出发，把红军入川、入滇、回湘的可能性都估计到了，皆认为红军图黔的可能性极小。红军却偏偏要图黔。

二渡赤水取得遵义大捷后，图黔决心更加坚定。为彻底实现以遵义为中心的川、滇、黔边区根据地设想，中共中央决定与追击军主力周浑元纵队决战。

于是继土城之战后，再次出现"决战"这一字眼。3月4日，中革军委主席朱德，副主席周恩来、王稼祥签发命令："为加强和统一作战起见，兹于此次战役特设前敌司令部，委托朱德同志为前敌司令员，毛泽东同志为前敌政治委员。""此次战役"，即指预定的歼灭周浑元。毛泽东以政治委员的身份，担任实际的总指挥。

同一天《红星报》提出口号，"为赤化贵州而战！"3月8日更发表了《党中央为粉碎敌人新的围攻赤化全贵州告全党同志书》。其中有"打大胜仗""赤化全贵州""赤化整个云贵川三省"并"以至湖南地域的广大地区"等句，二渡赤水的空前胜利，使中革军委再一次急于求成。

3月5日，前敌总指挥毛泽东决定各军团集中鸭溪，"突击周敌"。但寻歼周浑元，未果。

3月6日，毛泽东又准备在白腊坎以西迎击周浑元。毛泽东对这一仗踌躇满志，率前敌司令部亲至白腊坎。除要求各军团用无线电随时报告战况外，还特别规定了烧烟火办法：大胜利烧三堆火，小胜利烧二堆火，相持或不利烧一堆火。

结果一堆火也烧不起来。周浑元根本就没有进入我预伏地域。

两次诱周决战未果，林彪按捺不住了。

毛泽东遇到危机

3月10日，林彪、聂荣臻联名向中革军委主席朱德发出一封"万急"电报，建议以主力向打鼓新场、三重堰前进，消灭西安寨、新场、三重堰之敌。电报是凌晨1时发的，林彪思考一夜的结果。电文很长，对各部队行程时间、途经地域、到达位置，均有缜密算计，一如林彪以往的指挥风格。

西安寨、新场之敌为黔敌犹国才旅。林彪长思后，提出该作战计划，核心是不想打周敌，想打黔敌。所以，仅以"干部团佯攻敌周浑元部"。但成立前敌司令部就是为了打周浑元。林彪突然站出来说转攻黔敌，给毛泽东带来了遵义会议以来最大的危机。

当天中央政治局在鸭溪召开扩大会议，讨论林彪提出的打鼓新场战斗。会议由张闻天主持。毛泽东认为红军两天以后才能赶到打鼓新场，届时滇军将与那里的黔军会合，旁边还有川军和中央军周浑元部的侧击，一打，又会碰硬。

但大多数人支持林彪的意见，主张打。毛泽东只能苦口婆心地一再阐述不能打的理由，却未能说服众人。最后，毛泽东也着急了，提出如果要打，他就辞去前敌总指挥的职务。未料想坚持打的人针锋相对："少数服从多数，不干就不干。"

现场表决，通过了攻打打鼓新场的决定。毛泽东刚刚担任了6天的前敌总指挥职务被撤销，由彭德怀暂代。

遵义会议成果眼看将毁于一旦。挽救局面的是周恩来，更是毛泽东自己。

当晚，毛泽东提着一盏马灯来到周恩来住地。周恩来后来回忆说，毛泽东要求攻打打鼓新场的命令晚一点儿发，再想一想。毛、周二人在屋里做了一番讨论。周恩来最终采纳了毛泽东的意见，当晚21时即以军委名义发电要部队集中，以便寻求新的机动。第二天一早又开会讨论，到底把大家说服了。

取消了打鼓新场战斗，毛泽东的前敌总指挥地位便自然恢复。毛泽东后来常说，真理往往在少数人手里。这句话他有深刻的体会。这次争论后，为使军事指挥真正机动灵活，毛泽东向张闻天提议成立"三人军事领导小组"，全权指挥军事，成员为周恩来、毛泽东、王稼祥。

在3月12日的政治局会议上，"三人军事领导小组"的提议被通过。至此，毛泽东终于进入最高军事决策机构，并掌握了决策权。中共中央变换军事领导的决策，最终完成。

次日20时，新"三人团"发布第一个战略方针《关于我野战军战略方针的指示》。基本设想是在消灭黔军的战斗中调动周浑元、吴奇伟纵队，相机歼灭。14日，新"三人团"发布"我野战军决心以全部力量，于明15号绝不动摇地消灭鲁班场之敌"。鲁班场之敌，即周浑元。

3月11日至14日，周浑元率第二纵队三个师先后进至鲁班场，驱赶老百姓伐木砍树，在周围山上修工事、挖战壕、筑碉堡，布成一道道障碍，以阻击红军进攻。

面对这些不利条件，红军指挥员中提出了不同意见。彭德怀、杨尚昆13日19时向前敌司令部提出：时间局促，地形对我不利，敌人阵地工事坚固，我们考虑无攻破周敌的可能；建议迅速脱离当面之敌，控制仁怀、茅台西渡，以吸引滇、川两敌向西，来寻求机动。

但这个建议当时未被采纳。攻击周浑元的具体部署是：以一、三军团及干部团为右翼队，统由林彪、聂荣臻指挥，由北向南突击鲁班场之敌左侧背及左正面；以五军团和三军团之第十、第十三团为左翼队，由董振堂、李卓然指挥，协同一军团突击鲁班场之敌。

15日拂晓，战斗打响。红军向周纵队第五师阵地正面进攻，遭到猛烈反击。10时许，向敌3个师的阵地全面进攻，均被敌重机枪的猛烈火力所压制，屡攻不克。双方鏖战至13时，敌机在士兵白色标志引导下，向红军阵地狂轰滥炸，压得红军抬不起头，伤亡不断增加。

黄昏，红军以密集队形实施连续冲击，仍不能得手。战至天黑，因敌占据有利地势，只得停止攻击，与敌对峙。19时许，周敌开始向红军右侧迂回。黔军两个团也尾追红军至鲁班场东南永安寺附近。为避免受敌夹击，红军遂撤出战斗，于15日夜转移到茅台、仁怀地域。

鲁班场战斗失利。

对中国革命来说，每一次失败，都蕴含着成功；每一次成功，又都潜伏着失败。鲁班场战斗的失败，使得红军不得不放弃赤化贵州的战略方针。

四天两渡赤水

3月16日晚，红军放弃在黔北建立根据地的计划，于茅台县开始三渡赤水，向古蔺、叙永方向前进，一副北渡长江的姿态。

蒋介石急令川军防堵于西，黔军沿赤水河防堵于东与南；滇军向赤水河靠近；中央军周浑元、吴奇伟实行尾追。他虽然还是摸不清红军的战略动向，但鲁班场战斗红军啃不动周浑元部，让他感到红军已没有很强的战斗力了。

他在重庆电示薛岳："共军已成强弩之末，势将化整为零，在乌江北岸，长江南岸，横江东岸打游击，冒险渡长江公算不大；应令各纵队实施江西'围剿'时之碉堡战术和先求稳定、次求变化的方针，分路自得截堵，逐次缩小，加以包围。"

在蒋介石一系列命令下，湘军李韫珩部东开，在遵义城周围修筑碉堡；上官云相第九军在桐梓、遵义间修碉筑路；刘湘进至长江以南叙永、赤水城、土城、古蔺一带修碉封锁；龙云以孙渡部进至毕节以东地区修筑碉堡。蒋介石声称："如许大兵，包围该匪于狭小地区，此乃聚歼匪之良机"，若再不消灭红军，"何颜再立于斯世！"

红军再次面临千钧一发的时刻。

三渡赤水预定进至的古蔺、叙永地区已三面受敌，回旋余地十分狭小；若敌人碉堡封锁线形成，又将出现第五次反"围剿"的困难局面。紧急关头，以毛泽东为首的红军前敌司令部于20日17时当机立断，决定四渡赤水，在赤水河东岸寻求机动。

3月16日晚三渡赤水，到20日晚决定四渡赤水，仅隔4天。3月20日17时，党中央、总政治部致电各军团首长：

林聂彭杨刘董李曾罗蔡黄陈宋：
现因滇敌与川敌可能防堵，我再西进不利，决东渡，这是野战军此后行动发展的严重紧急关头,各军团首长要坚决与迅速组织渡河,必须做到限时渡毕。

1.派高级首长亲自鼓动与指挥架桥,打破任何困难,使桥迅速完成。

2.组织渡河,使部队免除混乱、拥挤与落伍,有秩序限时迅速渡毕。渡河迟缓或阻碍渡河的困难不能克服,都会给野战军最大危险。这次东渡,事前不得下达,以保秘密。

党中央　政治部
20日17时

红军四渡赤水纪念塔

四渡赤水前的电文,语气如此严重急迫。这是自突破湘江封锁线后,红军最高指挥机关下达命令时从未用过的严重用语。

周恩来后来说:"从那个时候一直到渡金沙江,从1月、2月出发,到了5月,这是相当艰难困苦的一个时期。走'之'字路,四渡赤水河。"四渡赤水后南渡乌江时,干部团奉命拆掉浮桥,其时九军团还未过江,一向宽厚的朱德知道后,对干部团的陈赓、宋任穷发了很大的火。

中国工农红军的胜利,绝不是历史用托盘端上来的一份幸运礼物。把四渡赤水看成一场出神入化的妙算和从容不迫的行军,糟踏的是我们自己那部艰难曲折的奋斗史。

3月21日,中央红军分别经二郎滩、九溪口、太平渡四渡赤水河。蒋介石以古蔺地区为核心用碉堡围死红军的设想,遂不能实现。

长征，长征（六）
彭德怀、杨尚昆最先提出入滇作战

蒋介石严令各路军队向遵义地区开进，南北夹击，不顾一切迫使红军于遵义地区决战，围歼红军于遵义、鸭溪地区。与此同时，红军也处在快速变化与紧张的调整中，恢复了灵活机动作战的战术。突然间，薛岳找不着红军主力了。

敌军找不到红军主力

3月24日，蒋介石自重庆飞抵贵阳。他分析红军反复徘徊于此绝地，乃系大方针未定的表现，遂改碉堡封锁战法为碉堡封锁与重点进攻相结合。他严令各路军队向遵义地区开进，实行南北夹击，不顾一切迫使红军于遵义地区决战，围歼红军于遵义、鸭溪地区。

在给薛岳部连以上军官的训令中，蒋介石说："残匪西窜是我军围歼唯一良机，如再不能剿灭，则再无革命军人之资格。"

但关键时刻，薛岳找不着红军主力了。

红军也处在快速变化与紧张的调整中。

25日，毛泽东、周恩来、王稼祥三人团以中革军委主席朱德名义致电各军团负责人，提出首先钳制周浑元、吴奇伟部，消灭王家烈部，由此扩大机动区域转向西南，然后在运动战中消灭追击或截击之敌一部或大部，以扭转战局。

此方针还是胃口太大。红军当时连续奔波，已相当疲惫，粮食等给养又十分困难，加上兵员逃亡严重，要吃掉王家烈，再吃掉其余敌人一部或大部，已无可能。

接到这封电报后，晚上22时三军团彭德怀、杨尚昆回电，认为目前向西南突破敌之包围、寻求机动很困难，建议转向东南之乌江流域。同时根据调查所得情况，彭、杨提出，只要有充分准备，用4至6个小时即可在三军团原来渡乌江处架起浮桥。

关键时刻，彭、杨再次提出重要建议。26日，毛泽东迅速接受彭、杨建议。朱德发布命令，决定中央红军集结主力改经长干山与枫香坝中间地段南下。

27日，敌情再变。长干山之敌进占平家寨、李村，薛岳直接指挥的九十二师已在坛厂与九军团激战。原定从长干山、枫香坝之间突围南下已不可能，蒋介石、薛岳正调集人马在这一带修碉筑封锁线。毛泽东决定，以红九军团伪装主力向长干山、枫香坝佯攻，引敌北上；一、三、五军团及军委纵队，乘机改由枫香坝以东穿过敌人封锁线，向南急进，抢渡乌江。

但前线敌军发现了红军的企图。28日，土城守敌侯汉佑电薛岳：红军停止西进，一部有回转模样。薛岳却未加重视，认为遵义以西封锁线已完成，红军向何处回转，不足为虑。

30日周浑元急电薛岳：长干山、枫香坝、鲁班场附近防线遭红军袭击，红军已经南移，有偷渡乌江模样。薛岳这才大惊，急忙请示蒋介石。

这回轮到蒋介石不以为然了，认为是红军的战术行动，不要上当。28日，侯汉佑致电薛岳时，红军主力已由鸭溪、白腊坎之间突破敌军封锁。30日周浑元急电薛岳时，红军主力到达乌江边。

3月31日，中央红军除九军团继续伪装主力在乌江北岸迷惑敌人外，其余全部南渡乌江，跳出敌人精心构筑的包围圈。次日，蒋介石才知道红军渡过乌江的消息。

4月1日至10日，是蒋介石最难受的10天。他在贵阳同陈诚、薛岳、何成濬等人商谈，判断红军有两个走向：南进袭击贵阳；或东进与湘西红军会师。两者都威胁贵阳的安全，应以确保贵阳为当务之急。

此时红军一部兵力佯攻息烽，并在沿途张贴"拿下贵阳，活捉蒋介石"的标语，前锋直逼贵阳。贵阳附近只有郭思演第九十九师的4个团兵力，大部担任外围守备，城防兵力包括宪兵在内不足两个团。蒋介石令各部队对红军衔尾急追，另急调驻防大定的滇军孙渡纵队火速增援贵阳。

薛岳用电报和电话传达蒋介石的命令，声嘶力竭。4月4日，湘军李韫珩电告，该部在息烽县黑神庙与红军遭遇，红军先头已过息烽，红军前锋距贵阳仅百余里。贵阳城陷入极度紧张之中。

蒋介石贵阳惊魂

蒋的幕僚们判断，红军在重兵尾追下顿兵攻坚可能性不大。且即使红军强攻贵阳，只要坚守一天，援军即可赶到。但这些判断安不了蒋介石的心。他现在想力保的不是贵阳城而是飞机场了。

4月5日夜，郊外响起枪声，谣传飞机场被红军占领，贵阳全城人心惶惶。滇军孙渡纵队赶上来后，蒋介石亲自打电话给孙纵第七旅旅长龚顺璧，要他抽兵保卫飞机场。龚顺璧听不懂蒋的浙江话，一再反问，蒋介石大发其火，几乎摔掉话筒。

性命攸关之时，蒋介石从来非常认真。他早做好了多种准备。仅"走"的工具，就备有飞机、轿子和马匹。同时，劝说各国教士及外国人，退出贵阳到安顺暂避。

大定距贵阳四百多里，普通行程需7天，滇军孙渡部硬是以3天3夜急行军赶到。蒋特电龙云："滇军忠勇诚朴，足为军人模范。"

不想，正当贵阳城内张皇失措之际，红军主力于4月3日出其不意地改为东进。4月4日，蒋介石以飞机侦察发现红军在清水江上架设的浮桥。4月5日，红军以少数兵力东渡清水江。

蒋介石由此判断红军要向东与贺龙、萧克会合，急令湘军3个师及桂军一个师立即堵截；令吴奇伟纵队和孙渡纵队、五十三师，分3路向东追击，防止红军北渡乌江返回黔北，围歼红军于黔东。

红军的意图却既不是东进，也不是北返。4月7日，中革军委致电林聂彭杨董李："我野战军决以遭遇敌人佯攻贵阳、龙里姿势，从贵阳、龙里中间向南急进，以便迅速占领定番。"

红军要南下。

8日起，乘敌全部精力用于防止红军东进之机，红军主力以日行60公里的速度迅速南进。4月9日，红军主力穿过贵阳、龙里间20公里地段的湘黔公路，在蒋介石的眼皮之下飘逸而去。

此间，惊惶不安的蒋介石已在7日下午，秘密飞往昆明躲避。待10

日贵阳解除戒严后,他才又飞回来督战,令吴奇伟纵队和孙渡纵队立即转入尾追。

虽然此时的红军还没找到立足地,但毛泽东灵活机动的战略战术又回来了。毛泽东说,四渡赤水作战是他一生中得意之笔。得意在哪里?不在神机妙算,也没有神机妙算。只有根据实际情况迅速对决策作出修订,方能一次又一次化险为夷。

红军弃黔北入滇

鉴于敌人的精心围堵,黔西南已无法获得。4月13日,彭德怀、杨尚昆向朱德并中革军委提出建议:迅速西渡北盘江,袭取平彝、盘县,在滇黔边与敌第三纵队作战。

电文说:……目前,只有争取到时间,才能有空间。我军往西,甚至入滇,只要给滇敌一个较大的打击,使我机动区域更大,则更能多得时间和空间……

此电的关键,在"甚至入滇"四字。

从江西出发那天起,红军一直在极力避免被敌人压向经济落后、消息闭塞、少数民族聚居的边陲。此前,中央红军徘徊于黔北川南70天不去,一直争取创建川、滇、黔新根据地,就是以免被压向更偏更远的地区。

彭、杨的这一建议,对于红军摆脱敌人重兵包围、迅速西渡北盘江入滇作战,特别是对后来实现北渡金沙江的战略意图,有着重要意义。但所有意义,都是执行后才能显现的。执行之前,一切仍扑朔迷离。

毛泽东再次迅速接受彭、杨建议。16日,中革军委命令中央红军在17日完成北盘江架设浮桥任务,并开始分左、右两路纵队渡江。4月18日,中央红军主力全部渡过北盘江,连克县城数座,打开入滇通路。4月24日,红军一、三、五军团进入云南。

即使此时,中共中央领导人仍然没有放弃争取在贵州立足的努力。

4月25日,中革军委下达在白水、曲靖地区作战的命令:"这一地区是战略机动的枢纽,背靠西北天险,便利于我们向东及向南(包括黔边及南盘江上游)作战。"

同日,中共中央向前线指挥员发出指示:

> 最近时期将是我野战军同敌人决战争取胜利以转变战局的紧急关头，首先要在沾益、曲靖、白水地区内消灭滇敌安旅，以我们全部的精力与体力去消灭万恶的敌人，一切牺牲为了目前决战的胜利，是我野战军全体指战员的唯一的铁的意志。在这一意志之下，中央相信你们对于中央与军委所提出的意见，决不会妨害我们内部的团结一致与保障军委命令的坚决执行。这种上下的团结一致与军委命令的坚决执行是我们争取决战胜利的先决条件……

从这份指示中，可以看出当时围绕立足点问题，红军领导层内部出现的分歧和争论，和上上下下对长期无根据地作战的焦灼。

这份指示无法落实。当时条件下，追击重兵陆续而来。4月25日晚，林彪、聂荣臻致电中革军委：

> 目前战略上已起重大变化。川、滇、黔、湘各敌及中央军正分路向昆明东北前进，阻我折回黔西，企图歼灭我军于昆明东北之窄狭地域内。在目前形势下，我军已失去回黔北可能，且无法在滇东开展局面。野战军应立即变更原定战略，而应迅速脱离此不利形势，先敌占领东川，应经东川渡过金沙江入川，向川西北前进，准备与四方面军会合。

这是一封非常重要又相当大胆的电报。后来，红军采取的正是"渡过金沙江入川，向川西北前进，准备与四方面军会合"的路线。但在当时，电报没有立即发生作用。

4月26日，红三军团彭、杨呈军委电报："争取滇黔边各个击破敌人可能极少，因我军行动错失争取平彝、盘县的良机，使战略已陷于不利地区"，因而建议："明日应继续向西北前进渡过东洪江，争取几天休息，解决一切刻不容缓的事件。"

同日，红军一军团、五军团进至白水以西地区，担任后卫的三军团在白水以东遭敌机轰炸，伤亡三百多人；27日，追敌与三军团十一团在白水激战；当日15时，红军放弃白水。

4月28日晚，中共中央、中革军委在鲁口哨、水平子一带宿营地开会。

研究的问题不再是滇东决战或返回黔西，而是北渡金沙江的行动部署了。

4月29日，中革军委发出万万火急电报：

林聂彭杨董李罗何邓蔡：

（甲）由于两月来的机动，我野战军已取得西向的有利条件，一股追敌已在我侧后，但敌已集中70团以上兵力向我追击，在现在地区我已不便进行较大的作战机动；另方面金沙江两岸空虚，中央过去决定野战军转入川西创立苏维埃根据地的根本方针，现在已有实现的可能了。

（乙）因此政治局决定，我野战军应利用目前有利时机，争取迅速渡过金沙江，转入川西，消灭敌人，建立起苏区根据地……

红军的战略方针，再次出现重大转变。

长征，长征（七）
飞夺泸定桥

金沙江是长江的上游，从昆仑山、横断山奔腾而下，穿行在深山峡谷中，成为中央红军北上的一大险关。蒋介石迅速发现了红军的意图，沿江重兵布防。刘伯承立下大功，皎平渡的6只渡船，让红军再一次绝处逢生。脱离困境的红军，却又因林彪的一信，遭遇会理裂痕。

金沙江险隘

4月29日，中央红军以一军团为左纵队，以三军团为右纵队，军委纵队和五军团为中央纵队，三路大军向金沙江南岸疾进。

蒋介石迅速发现了红军的意图，即令薛岳率各纵队跟踪北追，又电刘文辉派兵扼守金沙江各渡口，将船只悉送北岸，严加控制；同时，命令空军每天派飞机在金沙江各渡口侦察。

金沙江江面宽阔，水流湍急，地势极为险要。川军刘文辉为阻止红军渡江，把船只都掳往北岸，并控制了北岸渡口。若红军不能掌握渡口，则前无去路，后有追兵，又入险境。

5月2日，中革军委主席朱德命令：

> 左纵队第一军团从龙街渡方向渡江；右纵队第三军团从洪门渡方向渡江；中央纵队和第五军团从皎平渡方向渡江。

各军团急进。一军团先向昆明虚张声势，完成佯攻任务后，调头北上，

5月4日赶到龙街渡。三军团分两路,以每昼夜80公里的速度向金沙江疾进,5月4日抵达洪门渡。中央纵队由总参谋长刘伯承率领干部团三营作为先遣队,一昼夜行军一百多公里,5月4日占领皎平渡。

但一军团首先受挫。一师一团以急行军抢占龙街渡口,渡船已被敌人拉到对岸烧掉了。直接架桥又没有器材,弄来一些门板,用绳拴住从上游一块挨一块往水里放,由于水流太急,架到江面的三分之一便无法继续进行。又用骡子拉着铁丝过河,也因江水急,骡子游到一半,转个圈又回来了。整整两天,毫无进展。

林彪火急火燎地打来电话。一师师长李聚奎开口刚想汇报,被他一下打断,说:"你不要讲情况了,干脆回答我,队伍什么时候能过江?"李聚奎心里也是火烧火燎,见上级根本不听他讲情况,顿时也火冒三丈,大声说:"要是干脆回答的话,那桥架不起来,什么时候也过不了江!"师政委急得在旁边直拉李聚奎衣角也拉不住。林彪大怒,在电话中妈的娘的骂起来。

三军团在洪门渡,彭雪枫团渡过去后,浮桥被激流冲垮,无法再渡。

全军的眼光都转到中央纵队的皎平渡。

刘伯承立了大功。他带领干部团三营化装成国民党军,在守敌毫无防备中占领渡口,控制了两只船。首批部队过江后,又找到四只船。刘伯承喜出望外,一面在江边设置渡河司令部,制定《渡河守则》,一面向朱总司令发电:皎平渡有船六只,每日夜能渡一万人。军委纵队5日可渡完。

"每日夜能渡一万人。"对追兵逼近、主力于龙街渡洪门渡连续受挫的红军部队来说,是天大的喜讯和天大的生路!

皎平渡红军渡江纪念碑

历史：追寻之旅

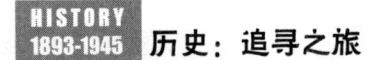

朱德立即下令全军都从皎平渡过江。三军团"必须6号拂晓前赶到河边开始渡河，限6号夜渡完"；"7、8两日为第一、第五军团赶来渡河时间"。

刘伯承没有想到全军都要从他这里过江。唯恐渡口有失，他立即命令宋任穷率干部团三营翻山20公里抢占通安镇，以保渡口安全。

三营连夜出发，在通安北面与刘文辉的胞侄、川康边防第一旅旅长刘元瑭遭遇。干部团是红军精锐，第三营又是政治营，军、政皆强。宋任穷命令吹冲锋号，三营以锐不可当之势，一气将敌人冲垮。

5月5日，朱德电令林、聂：

> 军委纵队在末日已渡江完毕，三军团7号上午可渡毕，五军团在皎西以南任掩护，定于8号下午渡江，敌人8号晚有到皎西的可能。我一军团务必不顾疲劳，于7号兼程赶到皎平渡，8号黄昏前渡江完毕，否则有被隔断的危险。

一军团立即放弃龙街渡，向皎平渡方向挺进。5日黄昏至6日清晨，一夜之间翻山越岭，48次越过急流，急行军120公里，终于赶到皎平渡。

毛泽东、朱德、周恩来一直站在江北一个崖洞里，等待着有被隔断危险的一军团。

5月4日至9日，除三军团彭雪枫团从洪门渡、一军团一个野战医院从鲁车渡过江外，全军靠刘伯承掌握的那六只小船，皆从皎平渡渡过了金沙江。李德也在这支队伍里，后来他在回忆录《中国纪事》中，说起这段历史，对刘伯承赞不绝口。

刘文辉刚刚接到蒋介石要其派重兵扼守金沙江各渡口、阻截红军的急电，其侄刘元瑭就丢失了渡口。溃兵满山遍野。刘元瑭急得放声大哭。红军再一次绝处逢生。

会理裂痕

红军渡过金沙江，进至会理城附近后，为了保证主力短期休整，中革军委决定，由彭德怀、杨尚昆指挥红三军团和干部团围攻会理城。会理扼金沙江北岸，为滇、川交通要邑，有重要战略地位。该地守敌，就是失守皎平渡的刘元瑭。

会理城墙坚固。抹干了眼泪的刘元瑭率其一个旅,守志坚强。为不让红军接近城垣,不惜烧光东、西城关的房屋。蒋介石又派飞机到会理上空巡视,投下手令晋升刘元瑭为陆军中将,犒赏钞票一万元,把他的气打得足足的。

9日,红三军团和干部团强攻不克;10日晚强攻,仍然不克;12日坑道爆破,未成功;

14日晚,红三军团发起总攻,城西北角炸开一个缺口,刘元瑭组织人拼命堵击,红军未能突入。遂在城东北角爆破,又被觉察,刘元瑭命人事前在墙上灌了不少水,使爆破未能成功。

就在刘元瑭与红三军团打得最激烈之时,5月12日,中共中央政治局在会理县城附近的铁厂举行扩大会议,史称会理会议。会议是毛泽东提议的,为统一从遵义会议以来实行新的战略方针的认识,和研究下一步军事行动。

之所以要统一认识,是因为出现了分歧。直接起因是林彪。焦点集中在对四渡赤水作战的理解。

四渡赤水在后人看是伟大的,但伟大从来以苦难为代价。李德后来回忆那一段行军之苦:"如果我们白天在一个村子或场院里睡觉,附近落下炸弹,我也根本不会醒来,即使炮弹在旁边爆炸,我也只是翻身再睡。有一天夜里,当我们穿过一片平原时,我走着走着真的睡着了,路已经转弯,我却一直走到旁边的小溪里去了,当冰冷的水拍打着我,我才醒了过来。"得以享受特殊待遇的李德尚且如此,一般红军干部战士的疲劳程度可想而知。

极度疲劳带来大量减员。病号和累垮的人数,远远多于战斗中的死伤者。四渡赤水期间虽然在扎西地区和遵义地区招募到几千新兵,但到过金沙江时,红军总人数已减到两万余人。

中央的战略意图又不甚明确,长期以来不能找到战略立足点,部队中普遍出现牢骚和埋怨情绪,相当一部分人感到照这样下去,部队没有被打垮也要被拖垮。

林彪过金沙江前已经牢骚满腹。他说红军净走弓背路,应该走弓弦,走捷径,否则部队要被拖垮。进至会理地区后,他就给彭德怀打电话。聂荣臻回忆，林彪在电话里说："现在的领导不成了，你出来指挥吧。再这样下去，就要失败。我们服从你的领导，你下命令，我们跟你走。"

彭德怀回忆林彪在电话里说："蒋介石和龙云的追兵虽然暂时摆脱了，但他们的追击不会停止。如果蒋介石增援川军，合力堵住大渡河，后面再有追兵，我军只能在这块狭长地区转来转去，十分不利。我看该由你来指挥，赶紧北进吧！"

彭德怀的回答是"我怎能指挥北进，这是中央的事"。林彪放下电话就给中革军委写信。写完信要聂荣臻签名，聂不签，林彪便签上自己的名字将信送了上去。

林彪爱思考的特点很多人都知道。他还有另一个不太引人注目的特点：爱写信。林彪的信涉及的问题，一般都较重大，意见也往往颇为尖锐。毛泽东否定了林彪的打鼓新场战斗，这令林彪耿耿于怀。他的自尊心与自我尊严感极强。聂荣臻回忆，他有一个小本子随身不离，上面密密麻麻写满指挥过的历次战役，及战役中歼敌、俘虏、缴获数字。这是林彪的命根。谈起这些数字，他立刻容光焕发，神采飞扬地一页一页念下去。但四渡赤水期间，他的小本子上基本是空白。毛泽东让他统一指挥一、三军团的鲁班场战斗，是一场失利的作战。此外只有无休止的撤退、转移、回头路、弓背路、马鞍路。这些他是不会写进小本子的。

据《彭德怀自述》中的回忆，林彪信的大意如下：毛（泽东）、朱（德）、周（恩来）随军主持大计，让彭德怀任前敌指挥，迅速北进与红四方面军会合。

毛泽东立即向张闻天提议，召开政治局扩大会议。虽是政治局扩大会议，但参加者不多：三人军事领导小组的周恩来、毛泽东、王稼祥，中革军委主席朱德，一军团的林彪、聂荣臻，三军团的彭德怀、杨尚昆，共8个人。

彭德怀正在指挥攻打会理城，也从前线撤下来；杨尚昆生病发高烧，也用担架抬到会场。怕敌人飞机来袭，会场设在会理城外一个称为铁厂的山坡洼地上临时搭起的一个草棚里。人在草棚里打了地铺。会议有两个传看材料：一是一军团林彪来信，二是三军团刘少奇、杨尚昆的电报。

会议气氛紧张。张闻天主持会议并作报告。报告的大纲，会前已经同毛泽东、王稼祥商定。他在报告中严厉批评林彪对毛泽东军事指挥的怀疑、动摇是右倾表现。毛泽东接过来发言。张闻天矛头对着林彪，毛泽东矛头却对着彭德怀。起初与会者没有觉察到。

近中午，还没有吃饭，彭德怀发言。会理城久攻不克，心中正在着急，彭便说起军事行动问题，刚说到渡过金沙江进入会理地区是个很大的胜利，发言被毛泽东打断。毛泽东大声说，彭德怀同志你对失去中央苏区不满，在困难中动摇，这是右倾；林彪写的信，是你鼓动起来的；你向中央隐瞒三军团指战员对作战方针的不满情绪，少奇向中央反映，你不签字……话说得很重，而且突如其来，与会者无不震惊。

对此，彭德怀也毫无思想准备。他进入会场才看到林彪的信。至于林彪，见到自己的信被作为了会议材料，便觉得情况不妙。现在毛泽东发这样大的火，他赶紧申辩几句，说给中央写信是因为老跑路，心里烦闷，还没说完，毛泽东一句"你是个娃娃，懂得什么？"就把他打断了，也把他解脱了。

会理会议遗址纪念碑

当时毛泽东已经听信了个别人的汇报，认为是张闻天煽动林、彭反对"三人团"，要林、彭代替"三人团"指挥，张闻天到三军团去是与彭德怀勾结等等。

彭德怀觉得难过，张闻天感到委屈。但大敌当前，团结要紧，两人在会上会下都没有争辩。不但未申辩，彭德怀在发言中批评了林彪，更批评了自己。

周恩来、朱德发言，也称赞毛泽东的指挥，支持毛泽东的意见。会议开了两三天。最后由张闻天代表中央作结论，批评反对机动作战、怀疑军

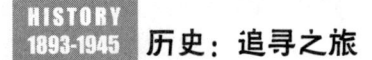

事领导的思想，肯定毛泽东的军事指挥，维护遵义会议确立的政治领导和军事领导的团结，克服右倾思想。

会议决定，红军立即北上，同四方面军会合。

但会理裂痕，已是事实。此事，24年内毛泽东提了4次。1959年庐山会议，毛泽东第四次提此事时，林彪站出来申明，信是他自己决定写的，与彭无关，一桩公案才终于了清。

对张闻天的误解，毛泽东到延安整风才完全挑明。1941年六七月小型谈话会上说一次，1943年9月的政治局会议上又说一次。张闻天只有认真对待了。他利用许多同志在延安的机会搞了一些调查，最后在《1943年延安整风笔记》，他的检讨中，澄清说明："现在大致可以判明，说我曾经煽动林、彭反对三人团的话，是×××同志的造谣！（林、彭同志关于此事有正式声明）"

大渡河上只有一条船

5月中旬，红军攻打会理城期间，蒋介石飞到昆明，在五华山龙云布置的房子里一住就是二十多天，布置大渡河会战。此时，薛岳一部已渡过金沙江，蒋又电令刘湘以川军二十军全部及二十一军一部归杨森指挥，火速进至大渡河北岸防堵；令刘文辉部6个旅堵截红军，掩护薛岳部北进；令刘文辉二十四军主力布防大渡河北岸严密封锁，并让杨森、刘文辉到汉源指挥。

红军过金沙江后曾将追敌甩掉一周之遥，取得战略转移中具有决定意义的胜利。但从来没有不包含时间因素的胜利。在时间的消耗中，胜利也会变为不利。从9日到14日夜，红军以整整6天时间强攻会理城。待15日决定放弃对会理的围攻挥师北进时，时间优势基本耗光。再不抓紧时间抢渡大渡河，就真的要成为石达开第二了。

大渡河是岷江的一大支流，出青海南部，流入西康省（今四川省西部）后同小金川汇合，经过泸定桥至安顺场，折而向东流至乐山入岷江。河面宽200米，流速每秒4米，河水沿险要的石壁奔泻，数十里路也不易找到一个渡口，大部队通过极为困难。蒋介石就想凭借大渡河天险，布置重兵南攻北堵，一举消灭红军。

红军把希望放在了安顺场。21日，红军到达冕宁县泸沽地域后，即兵分两路。主力部队向安顺场进发，红一军团二师五团向大树堡方向进击，以钳制和吸引富林（今汉源）一带敌人。

先遣司令刘伯承率红一师走在最前面。骑着马的刘伯承，一路喃喃自语："有船我就有办法！有船我就有办法！"警卫员说前夜梦里，他翻来覆去也是这句话。

5月24日夜，红一军团一师一团一营占领安顺场渡口。还好，搞到一条船。

刘伯承寄希望于对岸能找到更多的船。一营组织的强渡开始了。以二连长熊尚林为首的17名勇士登上了第一船。船在猛烈火力掩护下向对岸进发时，刘伯承、聂荣臻禁不住都走出了工事，紧紧盯住那条关

安顺场渡口红军渡纪念碑

系大军命运的小船。军团政治部组织部长萧华亲自吹起了冲锋号。

强渡成功了，但对岸没有发现船。一条船最多坐40人，往返一次一个多小时。每日夜顶多只能渡过五六百人。靠这条船，全军渡河要一个多月。

杨得志的红一团26日上午10点渡河完毕时，追敌薛岳纵队已经进抵西昌以北的礼州，杨森的第二十军先头部队已达金口河，离安顺场只有几天的路程了。焦虑万分的刘伯承发出了两个"千方百计"命令：工兵连要千方百计地架桥；各部队要千方百计地找船。

但两个"千方百计"，一个也没有实现。

工兵连用8根二号铁丝缉缆，只系上3个竹排，放入水中即被激流冲断。两岸也再没有发现一条船。

消息报来,刘伯承只对自己说了一句:"看来架桥不可能了……"便再也无语。

5月26日中午,毛泽东、朱德、周恩来来到安顺场。刘伯承急着向军委领导汇报,毛泽东却一边喝着缴获来的米酒,一边若无其事地谈笑风生。越是危险境地越要扯轻松事,是毛泽东一贯的风格。

全军集中安顺场渡江,已不可能。于是,将一军团分为两半:一师和干部团在安顺场渡河,编为右纵队,由刘伯承、聂荣臻指挥,沿大渡河左岸前进;二师和五军团编为左纵队,由林彪指挥,循大渡河右岸前进;两路纵队沿大渡河夹岸突进,火速抢占泸定桥。大队红军随左纵队前进,从泸定桥过河。

谈话之间,红军的过河地点作出了迅速改变。若泸定桥也不能过河呢?毛泽东用并非轻松的口吻说道:"假如两路不能会合,被分割了,刘、聂就率部队单独走,到四川去搞个局面。"

在此严峻时刻,众人皆无异议。

飞夺泸定桥

5月27日,刘伯承、聂荣臻率右纵队出发,向320里外的泸定城疾进。连打带冲,一路摧枯拉朽,所向披靡。平均每天行军一百余里,还打掉了瓦坝驻防的刘文辉一个团,龙八布驻防的刘文辉的另一个团加旅部。

30日凌晨2点,刘、聂的右纵队赶到泸定城。但左纵队已经在9个小时前,夺占了泸定桥。

28日清晨,一军团二师四团接到军团通信员飞马送达的命令:

王(开湘)、杨(成武):

  军委来电限左路军于明天夺取泸定桥。你们要用最高速度的行军力和坚决机动的手段,去完成这一光荣伟大的任务。你们要在此次战斗中突破过去夺取道州和五团夺鸭溪一天跑一百六十里的纪录。你们是火线上的英雄,红军中的模范,相信你们一定能够完成此一任务的。我们准备祝贺你们的胜利!

林（彪）、聂（荣臻）：

　　红一军团向来以运动神速著名。但是在大渡河面前，以过去一天一百六的速度已经不能完成任务了。现在需要"昼夜兼程二百四"。而且赶到后要立即发起战斗，夺取天险泸定桥。

世间除了中国工农红军，谁人能靠两只脚板使这种不可能成为可能？！

一军团二师四团，前身是北伐革命中的叶挺独立团。强行军开始了。口号是："和红一团比赛，坚决拿下泸定桥！""红四团有光荣的战斗历史，坚决完成这一光荣任务，保持光荣传统！"

团政委杨成武回忆道："在行军纵队中，忽然一簇人凑拢在一起。这群人刚散开，接着出现更多的人群，他们一面跑，一面在激动地说着什么。这是连队的党支部委员会和党小组在一边行军，一边开会啊！""天黑了，下起倾盆大雨，部队一天未吃饭，号召每人准备一根拐杖，拄拐杖，嚼生米，喝凉水前进。小道被雨水冲洗得像浇上一层油，三步一滑，五步一跌，队伍简直是在滚进。"

5月29日清晨6时，红四团赶到泸定桥。

杨成武回忆道："泸定桥真是个险要所在。就连我们这些逢山开路、遇水搭桥、见关夺关的人，都不禁要倒吸一口凉气。"刚接近大渡河，那轰轰隆隆的河水咆哮声便鼓荡人们的耳膜。到河边一看，桥下褐红色的流水像瀑布一样从上游山峡间倾泻下来，冲击着河底参差耸立的恶石，溅起一丈多高的白色

泸定铁索桥

历史：追寻之旅

浪花。

王开湘指定二连任突击队，连长廖大珠任突击队长。参加突击队的共22名，均为共产党员和积极分子。

廖大珠这个连队，湘南起义时的连长是林彪。朱毛会师后连长为龚楷。第三任连长是萧克。这是红军中著名的英雄连队，主力中的主力，尖刀上的刀尖。

下午4点，总攻开始。在全团司号员集合吹响的冲锋号声中，廖大珠带领22名勇士背挎马刀，腰缠手榴弹，攀桥栏、踏铁索向对岸冲去。

最终，冲过泸定桥后活下来的，有18个人。对18名勇士的奖励，是每人一套列宁装、一个笔记本、一支钢笔、一个搪瓷碗、一个搪瓷盘和一双筷子。

刘伯承率领的右纵队午夜赶到泸定桥。这场他未见的夺桥战斗令他激动万分，虽然已经凌晨2点，也不愿休息，非要去看桥。二师四团政委杨成武提盏马灯，陪着刘伯承、聂荣臻踏上桥面。刘伯承从桥东走到桥西，又从桥西折向桥东。他对泸定桥上每根铁索、每个铁环看了又看。最后在桥中央停下了脚步。他扶着冰凉的铁索护栏，看脚下奔腾汹涌的河水，使劲在桥板上跺了三脚，感慨万千地说："泸定桥！泸定桥！我们为你花了多少精力，费了多少心血！现在，我们胜利了！我们胜利了！"

长征，长征（八）
北上还是南下

1935年8月是一个多事之月。日本法西斯、德国法西斯在迫使世界发生改变。共产国际和苏联在变。蒋介石的国民党在变。力量在重新趋向联合，利益在重新开始交换。外界发生的这一切，唯独仍然苦行于雪山草地间、面临党内分裂危机的中央红军和红四方面军，毫不知晓。

《八一宣言》

1935年8月是一个多事之月。

华北危机爆发。法肯豪森为蒋介石草拟《应付时局对策》。

日本陆军省军务局长永田铁山被刺杀，天皇裕仁"意欲亲自监督一切外交事务及军事工作"。

王明代表中共中央在共产国际七大上发表《为抗日救国告全体同胞书》，即《八一宣言》。

日本法西斯、德国法西斯在迫使世界发生改变。共产国际和苏联在变。蒋介石的国民党在变。力量在重新趋向联合，利益在重新开始交换。

外界发生的这一切，唯独仍然苦行于雪山草地的中央红军和红四方面军毫不知晓。准备开始长征的红二、六军团也不知晓。

正在苏联基斯洛沃德斯克疗养的王明，除了看到少量的外电报道，知道那些红色火种依然在顽强燃烧之外，根本不知道红军的准确位置在哪里。在即将召开的国际七大上，中共代表团的"苏区代表"，是一直待在莫斯科的周和生（即高自立）。周和生的发言由王明、康生领导炮制，说"今

HISTORY 1893-1945　历史：追寻之旅

天苏区占有土地有二百多万平方公里，人口有 5600 万"，"现时的红军有 50 万人，此外还有一百多万人加入了游击队……"纯粹夸大其词。

这种不实事求是似乎已经成为王明的一种理念。他费力地要用这种虚假的东西去粉饰什么，掩盖什么，获取什么。

1937 年底王明回国前，与王稼祥等人一起去见斯大林。王稼祥回忆说："当我进入斯大林办公室时，我被介绍说，这是不久才从陕北来到莫斯科的。斯大林就问红军有多少人？我说，在陕北约 3 万人。王明就插上来说是 30 万人。因为俄文中没有'万'字，而是说 30 千或 300 千。斯大林就说，重要的是红军每个战士都是真正的战斗员，而不是吃粮的。"

也不能说王明一件好事没办。他办的最出名的好事，就是疗养回来后写的《八一宣言》。

1934 年 2 月 27 日，以"国会纵火案"在莱比锡审判中获得巨大国际声誉的季米特洛夫，获释后抵苏联。他对希特勒法西斯的残暴有切身体会，从斗争实践中得出结论：迫切的任务是联合所有力量，结成广泛的反法西斯统一战线。成为共产国际新的主要领导人后，他立即把这一想法付诸实施。

而中国国内，正值华北危机。吴玉章回忆，"1935 年 6 月，在莫京（莫斯科）听到何梅协定及平津日寇屠杀我爱国人民及上海新生事件等难忍的消息，我们急电王明同志共商对策，出了展开革命新局面的《八一宣言》。"

王明写了 3 天，每天都工作到深夜 3 点。驻共产国际的中共代表团成员，又进行了认真讨论和集体修改。宣言的核心是停止内战，一致抗日；组织全中国统一的国防政府和全中国统一的抗日联军。"苏维埃政府和共产党愿意做成立这种国防政府的发起人"，"红军绝对首先加入联军，以尽抗日救国的天职"。

8 月 1 日，中共代表团制定的《八一宣言》经共产国际审阅通过，

> 无论各党派在过去和现在有任何政见和利害的不同，无论各界同胞间有任何意见上和利害上的差异，无论各军队间过去和现在有任何敌对行动，大家都应当有"兄弟阋于墙外御其侮"的真诚党悟，首先大家应该停止内战，以便集中一切国力（人力、物力、财力、武力等等）去为抗日救国的神圣事业而奋斗。
> ——《八一宣言》

《八一宣言》部分内容

以中国苏维埃中央政府和中国共产党中央委员会的名义发表。这一宣言，是对季米特洛夫提出反法西斯统一战线的一个具体配合。

9月中旬，中共代表团写信给在美国的中共党组织，寄去《八一宣言》，指示他们铅印3万到5万份，设法巧妙地寄给中国包括南京政府在内的各个政府、军队、机关、党派、报馆及社会团体等，寄给包括蒋介石在内的军政要人。不久，《八一宣言》通过法国、美国和中国香港等多种途径传到中国国内。

两个关键人物都看到了这个宣言：蒋介石、张学良。

蒋介石是10月份看到宣言的。他立即要宋子文、陈立夫、曾养甫等人设法"打通共产党关系"。

此时的蒋介石，正在感受华北面临的重大危机。耳边回响着日军华北驻军参谋长酒井隆叫他下台的吼叫，和德国总顾问法肯豪森劝他坚决抵抗的言辞。他开始考虑是否可借此达到从政治上解决共产党的目的。

10月18日，蒋介石在孔祥熙官邸会见苏联驻华大使鲍格莫洛夫，提出希望同苏联签订"真正能促成中苏间的真诚关系和能够保障远东和平"的协定。苏联副外交人民委员斯托莫尼雅科夫于11月19日通知鲍格莫洛夫："苏联政府同意卖给中国军用品"。

12月2日，国民党五届一中全会在南京召开。议决对日国策时，蒋介石提出："和平未到绝望时期，决不放弃和平；牺牲未到最后关头，决不轻言牺牲。"对日本的侵略"以不侵犯主权为限度，谋求各友邦的政治协调，以互惠平等的原则，谋求各友邦之经济协作，否则国民党下最后之决心"。蒋日矛盾尖锐了。

张学良11月从杜重远那里了解到《八一宣言》。他当即表示同意与红军联合抗日，要杜重远帮助他寻找与共产党联系的线索。一年之后西安事变的基础，已在悄悄建立。

1935年11月，共产国际为了传达第七次代表大会的精神，让久已失去联系的中国共产党了解和执行建立反法西斯统一战线这个新方针，同时恢复和中共中央的联系，决定由中共代表团派人回国。

这种任务谈何容易，夸夸其谈的中国代表团中，竟然没有一个人能说清楚红军和苏区到底在哪里。"经过慎重考虑"，王明等人最后选定了张浩。

张浩又名林育英，林彪的堂兄，1922年2月加入共产党，长期从事工人运动。来莫斯科担任中华全国总工会驻赤色职工国际代表之前，在东北坐了一年多日本人的监狱。狱中受尽严刑拷打，始终不屈，在党内有"钢人"之称。张浩领受任务后，装扮成从蒙古回来的商人，跨越沙漠经由内蒙古，于11月到达陕甘边区的边缘地区——定边。这时，长征的红军已经到达陕北。从定边开始，边区赤卫队一直把张浩送到了根据地瓦窑堡。

在瓦窑堡，见到张闻天、邓发、李维汉，张浩才知道出了两个党中央：一个是瓦窑堡的中共中央；一个是张国焘在卓木碉成立的伪中央。工农红军分裂了。

与红四方面军会合

1935年6月2日，中革军委给夺占泸定桥的廖大珠等人授奖的同一天，张国焘、陈昌浩、徐向前来电：已派李先念率红四方面军一部进占懋功，与中央联系。

从江西苏区出发以来，中央红军8个月时间英勇奋战，先期望与二、六军团会合而不可得，遵义会议后将与四方面军会合作为战略目标，用了近5个月的时间，终使这一目标得以实现。中央红军上上下下心情振奋。

6月8日，中革军委发出《关于一、四方面军会师以开展新局面的战略任务的指示》。提出今后的基本任务，是用一切努力，不顾一切困难，取得与四方面军的直接会合，开展新局面。6月12日，博古在《前进报》第一期发表《前进！与红四方面军会合去！》。

同一天，中央红军先头部队一军团二师四团翻越夹金山。快下到山脚，突然响起枪声。团长王开湘从望远镜中发现前面村庄周围有部队。试着用号音联络，对方回答了，但仍然听不出敌我，王开湘命令部队以战斗姿态向前推进。

四团政委杨成武回忆当时的情景说："忽然，山风前来了一阵很微弱的呼声，我们屏息细听，还是听不清楚字句，于是我们加快速度前进。渐渐地，这声音越来越大了，仿佛听见是'我们是红军！'红军？真的是红军？我正在半信半疑，一个侦察员飞奔回来，他边跑边喊：'是红四方面军的同志呀！''红四方面军的同志来了呀！'"

一军团是中央红军的主力部队，二师四团则是主力中的主力。三十军也是四方面军的主力部队，八十八师也是主力中的主力。工农红军的两支头等主力部队热情相聚！四团团长王开湘与八十八师师长熊厚发的手紧紧握在一起!

晚上,会师部队联欢,篝火映红了天空。四川民歌与兴国山歌响在一起。

彭德怀与徐向前,是这两支红军部队的主要指挥。7月6日,徐向前率十余个团沿黑水河岸蜿蜒前进。途中接到彭德怀的一份电报,说三军团已进抵黑水迎接四方面军。徐向前异常高兴,立即发报约彭德怀到维古河渡口会面。

维古河宽约二三十米,是岷江的支流之一,水深流急,水寒刺骨,虽7月也难以徒涉。平素靠铁索桥来往两岸。徐向前走到渡口才知道,铁索桥已被破坏。要渡河比登天还难。

1991年11月出版的《徐向前传》,详细描写了两位红军指挥员难忘的会见:

> 这时河对岸出现了一支蜿蜒而来的小队伍。走在最前面的一个人体魄健壮,中等身材,穿一身灰布军装,戴一顶斗笠,走到岸边后直向徐向前等人挥手呼喊;徐向前也挥动八角帽答话,但因水声太大,谁也听不清对方说什么。彭德怀的名字,徐向前早就听说过。徐向前的名字,彭德怀也不陌生,但两人从未见过面,所以谁也不敢断定对方就是自己要会见的人。过了一会儿,徐向前见对岸戴斗笠的人朝他打了打手势,接着扔过一块小石头来。石头上用小绳拴着一张纸条,上面写着:"我带三军团之一部,在此迎接你们!——彭德怀。"徐向前高兴极了,马上从记事本上撕下一页纸,正正规规地写上:"我是徐向前,很想见到您!"也拴在石头上甩过河去。彭德怀得知是徐向前在对岸,高兴地挥动大斗笠,频频向他亲切致意。

徐向前

当天,通信部队在河面拉起一根电话线,徐向前和彭德怀第一次通了话，互相问候，约定次日在维古河上游一个叫亦念的地点相见。次日，徐向前带人翻过两座大山，到达亦念时已近正午；彭德怀也同时到达，但令人失望的是，这里的铁索桥也遭破坏，双方仍然是隔河相望。徐向前的随从人员在一段河面上找到了另一种渡河工具——溜索，恰好有个老乡正向对岸滑来。徐向前因急于同彭德怀会面，等那老乡过河来，赶紧坐进筐子，用脚向岩石上猛力一蹬，借劲向对岸滑去。等他到达终点跳出筐子，彭德怀快步迎上，两双手紧握在一起。彭德怀风趣地说："徐总指挥，还不知道你有这种本领呢！"徐向前说："我这是大姑娘上轿——头一回呀！"逗得周围的人哈哈大笑。

这两位威震敌胆的红军将领，用石块和箩筐完成了情真意切的首次会面。

毛泽东与张国焘会面

中央红军与红四方面军这两支主力红军的会师，最重要的还是毛泽东与张国焘的会见。

为两军会合，毛泽东亲自为一军团定了三条标语：四方面军是一家人！会师的胜利证明我们的红军是不可战胜的！欢迎张主席！

张国焘也给毛主席发来热情洋溢的电报："懋功会合的捷电传来，全军欢跃。你们胜利地转战千余里，横扫西南，为反帝的苏维埃运动与神圣的民族革命战争历尽艰苦卓绝的长期奋斗，造成了今日主力红军的会合，定下了赤化西北的最有利的基础的条件。我们与你们今后在中国共产党的统一指挥下，共同去争取西北革命的胜利，直到苏维埃新中国胜利。"

1935年6月25日，张国焘从茂县经汶川、理番到达两河口。毛泽东、张闻天、周恩来、朱德等几十人赶到三里路外的欢迎会场远迎。张国焘回忆说："在离抚边约三里路的地方，毛泽东率领着中共中央政治局委员们和一些高级军政干部四五十人，立在路旁迎接我们。"

有回忆说那天还下着雨。那么，毛泽东和政治局诸委员就都是立在雨中等候了。

张国焘好不风光，骑着一匹白色高头大马，在十余名骑兵卫士的簇拥下，由远而近疾驰而来。见政治局全体站在路边肃立迎候，他立即下马，跑上前去拥抱握手。多年后，他回忆说："久经患难，至此重逢，情绪之欢欣是难以形容的。毛泽东站到预先布置好的一张桌子上，向我致欢迎词，接着我致答词，向中共致敬，并对一方面军的艰苦奋斗，表示深切的慰问。"

《红星报》以《伟大的会合》发表社论，称这次会合"是历史上空前伟大的事件，是决定中国苏维埃运动今后发展的事件"，"是五次战役以来最大的胜利"，"是中国苏维埃运动新的大开展的基点"。

张国焘在中共党内资格极老。他面对面与列宁谈过话，亲耳聆听过列宁的教诲。其资格1927年以前，只有陈独秀能与之相比；1927年以后，则只有周恩来能与之相比。资格如此之老，却又比毛泽东年轻4岁，其内心的优越感即使不说出来，也是巨大的。

其实，在两河口握手拥抱以前，张国焘与毛泽东等人的分歧已经出现。

6月16日，毛泽东致电张国焘，提出会合后的战略方针：占领川、陕、甘三省，建立三省苏维埃政权，并于适当时期以一部组织远征军占领新疆。目前则在岷江以东，向着岷、嘉两江之间发展。

第二天张国焘回电，同意向川陕甘发展，但不同意"目前计划"。认为中央来电提的岷、嘉两江之间地形给养均不利大部队行动，眼前暂时利于向南进攻。

毛泽东要向北，张国焘要向南。有分歧是正常的。一方长途跋涉，一方长期据守，各自对形势的判断、对本身的估量都不一样，出现分歧可以理解，通过进一步讨论和反复比较也不难解决，问题是不能加入其他因素。张国焘第一个把实力因素加入到争论中，问题便被大大复杂化、严重化和激烈化了。

延安时期张国焘与毛泽东合影

历史：追寻之旅

北上还是南下

张国焘与毛泽东等人会面第二天，政治局在两河口一个喇嘛庙里召开扩大会议。以三天时间，专门讨论两军会合后的战略方针。周恩来作目前战略方针的报告。

周恩来抓住了一个很好的切入点。中央红军与四方面军都脱离了原有根据地。在这种情况下，方向问题便成为在什么地方创造新苏区的问题。他提出未来苏区应具备的三个条件：一、地域宽大，便于机动；二、人口较多，便于扩红；三、经济条件。

周恩来的结论是，四方面军控制的懋、松、理地区地域虽大，却没有后两个条件；陷于此地区就没有前途。回头向南更不可能。东过岷江，敌人在东岸有130个团。向西北，是一片广漠的草原。可走的路只有一条，就是北向甘肃，去川陕甘。那里道路多，人口多，山少。必定会遇到敌人，但可用运动战消灭敌人。

周恩来作报告后，毛泽东、张国焘、朱德、博古、张闻天等13人相继发言。张国焘在会议上也同意了周恩来的意见。周恩来作结论。提出口号：赤化川甘陕。会议记录在最后写道："全体通过恩来的战略方针。"

会后，周恩来根据两河口会议决定，立即制订《松潘战役计划》，准备一举击败胡宗南，控制松潘地区作为北上通道。但张国焘很快改变了。

会师大会后，张国焘曾问周恩来，一方面军有多少人。周恩来坦率地告诉他，遵义会议时有三万多人，现在可能不到了。1972年6月周恩来回忆这一幕时，依然印象深刻。他说，张国焘一听，脸色就变了。这个数字，意味着两个方面军会合后总兵力十万人内，80%以上都是四方面军的人。

实力隐性地进入关于前进方向的争论。张国焘开始思考如何把这个比例带进中革军委，然后再带入政治局。他的个人野心就这样膨胀了起来。

中央红军的实力在一、三军团。林彪、彭德怀成了张国焘做工作的重点对象。他派秘书黄超看望彭德怀，送去几斤牛肉和几升大米，还有二三百块银洋，一坐下就问会理会议情况。还对彭德怀说：张主席很知道你。对林彪，估计也送去了同样的东西，说了同样的话。

毛泽东是照顾到会合后四方面军的强大实力的。6月29日，政治局召开常委会议，决定任命张国焘为中革军委副主席，徐向前、陈昌浩为中革军委军委委员。同日，根据两河口会议决定，中革军委下达北进的《松潘战役计划》。

6月30日，中共中央派李富春、刘伯承、林伯渠、李维汉等组成中央慰问团，到红四方面军驻地杂谷脑慰问。慰问团7月3日到达，张国焘向李富春表示对中央的不满，要求"充实红军总司令部"。李富春鉴于事情重大，于7月6日致电中央报告张国焘的要求，请中央考虑。

7月8日，张国焘在杂谷脑召开红四方面军高级干部会议，抓住《前进报》批评"西北联邦政府"这件事，攻击中共中央。此前的5月30日两军会合之前，张国焘在茂县宣布成立"西北联邦政府"，认为从此"树立了西北革命的中心，统一了西北各民族解放斗争的领导，从此南取成都、重庆，北定陕、甘，西通青、新，进一步与中央红军西征大军打成一片"。

两军会合后，凯丰在《前进报》上发表《列宁论联邦》，批评张国焘成立"西北联邦政府"。《前进报》上发表的那篇文章，从时机看不好，从效果看更不好。张国焘以此为口实，"他们是洋鬼子，修洋头，穿西装，戴眼镜，提着菜盒子，看不起我们四方面军这些'老土'，不想要我们"，一下子就挑起了四方面军干部与中央的对立情绪。

张国焘摊牌

7月9日，张国焘控制的川陕省委，又向中央提出改组中革军委和红军总司令部的人员名单，要陈昌浩出任总政委。

7月10日，毛、周、朱致电张国焘，切盼红四方面军各部速调速进，分路迅速北上，"勿再延迟，坐令敌占先机"，并望他速到芦花集中指挥。同日，张国焘电中共中央，亲自提出"宜速决统一指挥的组织问题"。

7月16日，中央红军攻下毛儿盖。张国焘不仅不执行计划，按兵不动，还提议由四方面军政委陈昌浩担任红军总政委。7月18日，陈昌浩致电中共中央，提出由张国焘任中革军委主席，朱德任前敌总指挥，周恩来兼参谋长，"中政局决大方针后，给军委独断专行"，不这样"集中军事领导"，便"无法顺利灭敌"。

这段时间，毛泽东很少说话，很少表态，分外谨慎。当时在中央队担任秘书长的刘英，1986年这样回忆那段非常时期：

> 毛主席说："张国焘是个实力派，他有野心，我看不给他一个相当的职位，一、四方面军很难合成一股绳。"毛主席分析，张国焘想当军委主席，这个职务现在由朱总司令担任，他没法取代。但只当副主席，同恩来、稼祥平起平坐，他又不甘心。考虑来考虑去，毛主席说："让他当总政委吧。"毛主席的意思是尽量考虑他的要求，但军权又不能让他全抓去。周恩来再一次负重，让出了红军总政委职位。

7月18日，中共中央在芦花召开政治局常委会议。张闻天主持会议，代表中央提出人事安排意见："军委设总司令，国焘同志担任总政治委员，军委的总负责者。军委下设小军委（军委常委），过去是4人，现增为5人，陈昌浩同志参加进来，主要负责还是国焘同志。恩来同志调到中央常委工作，但国焘同志尚未熟悉前，恩来暂帮助之。这是军委的分工。"

至此，鲁班场战斗前成立的"三人军事领导小组"，即毛、周、王三人团终结。表面看起来，北上的问题好像解决了。

7月21日，中革军委决定四方面军总指挥部兼红军前敌总指挥部，徐向前兼任总指挥，陈昌浩兼任政治委员，叶剑英任参谋长。中央红军第一、三、五、九军团番号依次改为第一、第三、第五、第三十二军。四方面军番号不变，仍是第四、第九、第三十、第三十一军。

同日，中革军委下达《松潘战役第二步计划》，将红军混编为五个纵队北上。第一纵队司令员林彪，政委聂荣臻，率第一军两个师及第三十军两个师共12个团；第二纵队司令员兼政委王树声，率第三十一军一部、第四军一部、第九军一部共8个团；第三纵队司令员彭德怀，政委杨尚昆，率第三军和第三十军一部、第四军一部共9个团；第四纵队司令员倪志亮，政委周纯全，率第五军、第三十二军、第九军一部共9个团；第五纵队司令员兼政委詹才芳，率第三十三军及第三十一军一部，共6个团。另以第四军4个团编为右支队，许世友为司令员，王建安为政委。

大军刚到毛儿盖，张国焘就表现出了他对芦花会议的不满。他召集紧急干部会议。宣布中央执行的是机会主义路线，要求将四方面军的十几个干部分别批准为中央委员、政治局委员及书记处书记；同时指责遵义会议是调和主义，要求博古退出书记处与政治局，周恩来退出军委工作，不达目的不进兵。

矛盾空前尖锐化，张国焘想摊牌了。

为应付这一局面，8月4日至6日，中央政治局在毛儿盖以南40里的沙窝召开会议。毛泽东再次决定退让，通过了徐向前、陈昌浩、周纯全为中央委员，其中陈昌浩、周纯全二人为政治局委员。何畏、李先念、傅钟为候补中央委员，陈昌浩为红军总政治部主任，周纯全为总政治部副主任。

张国焘还是不满意。周恩来在会上发言：现在我们最高的原则是作战胜利，只有这样才能得到一致，所以我们要将问题尽量提到最高原则上来解决。

沙窝会议后，中央决定恢复一方面军番号，周恩来任一方面军司令员兼政治委员，中央红军改称为红一方面军。但周恩来刚刚执掌一方面军大印，就病倒了。

由于时间的耽搁，胡宗南部主力已集结松潘，堡垒封锁基本完成。中共中央被迫放弃松潘战役计划，决定改经草地北上。据此，红军总部制订了《夏洮战役计划》：以集中在卓克基地区的红四方面军第九、第三十一、第三十三军，和红一方面军第五、第三十二军编为左路军，由朱德、张国焘率领，北出阿坝，争取先机进占夏河洮河流域；以集中在毛儿盖地区的红一方面军第一、第三军和红四方面军第四、第三十军编为右路军，由徐向前、陈昌浩率领，北出班佑、阿西。中共中央随右路军行动。

8月10日，红军前敌总指挥部下达《右路军行动计划》，规定右路军分三个梯队蝉联北进，掩护左路军主力北上。13日，前敌总指挥徐向前将这一计划电告张国焘。但张国焘按兵不动。

国民党军薛岳部，已由雅安进至文县、平武，向胡宗南部靠拢；川军已进占懋功、绥靖等地及岷江东岸地区。各路敌人正在逐步合围过来。此时，张国焘又想北出阿坝占领青海、甘肃，又想南击抚边、理番，举棋不定。

8月15日，中共中央致电张国焘："不论从地形、气候、敌情、粮食任何方面计算，均须即以主力从班佑向夏河疾进"，"目前应专力向北，万不宜抽兵回击抚边、理番之敌"，否则军粮"难乎为继"。张国焘接电后终于从卓克基出发。20日，先头部队占领阿坝。

长征，长征（九）
中央红军北上

跟随右路军前进的中共中央，焦急地等待左路军的张国焘北上。等来的却是一个残酷的9月9日，中共中央将要与张国焘在战略行动上分离的9月9日；一方面军将要和四方面军分离的9月9日；中国工农红军从1927年八一南昌起义以来将出现第一次大分裂的9月9日。

党内分裂

8月20日，中共中央在毛儿盖召开政治局会议，讨论战略方针。会议通过了由毛泽东起草的《关于目前战略方针之补充决定》，严厉指出："政治局认为在目前将我们的主力西渡黄河，深入青、宁、新僻地，是不适当的，是极不利的。"号召全体党员、指战员为实现赤化川陕甘，为苏维埃中国而战。

8月21日，右路军开始过草地。

周恩来的身体基本上垮了。开始以为患的是痢疾，后来才发现是肝脓肿。当时的条件根本不能开刀或穿刺，只能用治痢疾的易米丁和警卫战士从60里外的高山上取冰块在肝区上方冷敷。但过草地怎么办呢？彭德怀咬牙一句"抬！"

从迫击炮连抽人组成担架队，宁可装备丢掉一些，也要把重病的周恩来、王稼祥等人抬出草地！陈赓站出来担任担架队队长，兵站部部长兼政委杨立三也站出来给周恩来抬担架，别人怎么劝也劝不住。人人都经过了长途跋涉，人人都缺吃少穿，冻饿交加，抬担架的人，比睡担架的人已经强不了太多。杨立三和战士们一起抬着担架，硬是把周恩来等人抬出了草地。

1954年杨立三去世。担任国务院总理的周恩来，无论如何要亲自给他抬棺送葬，也是别人怎么劝也劝不住。1974年彭德怀去世，戴着"里通外国、阴谋夺权"的帽子，骨灰被送到成都。存放前，传来周恩来的指示：要精心保管，时常检查，不准换盒，也不准转移地方，以免查找时弄错。

1935年8月29日，右路军第三十军和第四军一部，向包座地区之敌发起进攻。经三天激战，毙伤俘敌第四十九师五千余人。四十九师是胡宗南的主力，被刚刚走过草地的程世才、李先念指挥三十军一下打垮，北上之门由此完全打开。

跟随右路军前进的中共中央，站在敞开的门边焦急地等待左路军的张国焘。

9月1日，张国焘率左路军一部从阿坝出发，向中央所在的班佑、巴西地区开进。2日，张国焘到达噶曲河附近，致电中共中央"噶曲河水涨大，上下三十里均无徒涉点"，停止东进。3日，张国焘电称"茫茫草地，前进不能，坐以待毙"；公开反对北上方针，要中共中央和右路军南下。同时，令左路军先头部队三日内全部返回阿坝。

危机到了爆发时刻。

从9月8日开始，空气中充满了火药味。张国焘电令四方面军三十一军军长詹才芳："令军委纵队蔡树藩将所率人员转移到马尔康待命，如其（不）听，则将其扣留，电令处置。"

同一天，徐向前、陈昌浩电张国焘："中政局正考虑是否南进。毛、张皆言只有南进便有利，可以交换意见；周意北进便有出路；我们意以不分散主力为原则，左路速来北进为上策，右路南去南进为下策，万一左路若无法北进，只有实行下策。""请即明电中央局商议，我们决执行。"

张国焘回电徐、陈："一、三军暂停向罗达进，右路军即准备南下，立即设法解（决）南下的问题，右路皮衣已备否。即复。"

徐向前、陈昌浩接电后，经研究由陈昌浩报告了党中央。当晚，中央领导人通知陈昌浩、徐向前去周恩来住处开会。会议一致通过，向张国焘发出如下电报：

历史：追寻之旅

目前红军行动是处在最严重关头，需要我们慎重而又迅速地考虑与决定这个问题。弟等仔细考虑结果认为：

（一）左路军如果向南行动，则前途将极端不利，因为：

（甲）地形利于敌封锁，而不利于我攻击……

（乙）经济条件，绝不能供养大军……

（丙）阿坝南至冕宁，均少数民族，我军处此区域，有消耗无补充……

（丁）北面被敌封锁，无战略退路。

（二）因此务望兄等熟思深虑，立下决心，在阿坝、卓克基补充粮食后，改道北进，行军中即有较大之减员，然丹南富庶之区，补充有望。在地形上、经济上、居民上、战略上，均有胜利前途。即以往青、宁、新说，亦远胜西康地区。

……

以上所陈，纯从大局前途及利害关系上着想，万望兄等当机立断，则革命之福。

恩来、洛甫、博古、向前、昌浩、泽东、稼祥

9月8日22时

索尔兹伯里在《长征，闻所未闻的故事》中说，9月9日上午，张国焘发密码电报给陈昌浩，彻底开展党内斗争。前敌总指挥部参谋长叶剑英获悉后，立即报告了毛泽东。

《叶剑英传》引述叶剑英的回忆说，"9号那天，前敌总指挥部开会，新任总政治部主任陈昌浩讲话。他正讲得兴高采烈的时候，译电员进来，把一份电报交给了我，是张国焘发来的，语气很强硬。我觉得这是大事情，应该马上报告毛主席。我心里很着急，但表面上仍很沉着，把电报装进口袋里。过了一段时间，悄悄出去，飞跑去找毛主席。他看完电报后很紧张，从口袋里拿出一根很短的铅笔和一张卷烟纸，迅速把电报内容记了下来。然后对我说：'你赶紧先回去,不要让他们发现你到这来了。'我赶忙跑回去，会还没有开完，陈昌浩还在讲话，我把电报交回给他，没有出娄子。那个时候，中央要赶快离开，否则会出危险。到哪里去呢？离开四方面军到三

军团去，依靠彭德怀。"

叶剑英说出一个重要情况：依靠彭德怀。中央红军与四方面军会合后，张国焘各军团互通情报的密电本收缴了，一、三军团和毛泽东通报的密电本也被收缴了。从此以后，只能与前敌总指挥部通报。彭德怀忧心忡忡地说："与中央隔绝了，与一军团也隔绝了。"

北进时，林彪率一军团和四方面一部为前锋，距离中央队甚远。三军团走在右路军的最后，与中央队很近。当时周恩来、王稼祥因病重，均住在三军团部。出于担心中央的安全，每到宿营地，彭德怀都要去看毛泽东，还秘密派三军团十一团，隐蔽在毛泽东住处不远，以防万一。

身经百战的彭德怀，已经从空气中感觉出事态严重。他觉得张国焘有野心，中央没有看出来。林彪已进至俄界地区。身边的兵力只有三军团的几个团，中央领导人又都住在前敌总指挥部。一旦有变，安全没有保证。粗中有细的他，多了个心眼，叫人另编了密码本，派武亭带着指北针，沿一军团走过的路径去找林彪、聂荣臻。密码本刚送达，事情就发生了。

这一步非常关键。林彪、聂荣臻在前方接到彭德怀的电报后，立即作好了接应中央和三军团的所有准备。

9月8日，毛泽东得知张国焘来电后，发现情况严重，通知陈昌浩、徐向前"在周恩来住处开会"，即是在三军团开会。

会前，彭德怀向毛泽东请示："如果四方面军用武力解散我们，或挟中央南进，怎么办？从防御出发，我们可不可以扣押人质，以避免武装冲突？"毛泽东深思片刻说："不可。"

毛泽东到陈昌浩住处对陈说：军队即要行动，中央是否召开一次会议，作些部署？陈昌浩同意。毛泽东又以病中的周恩来、王稼祥均在三军团为由，约陈到三军团司令部开会。

这是非常时期毛泽东唯一能够掌握的武力了。会议开完，毛泽东便留在了三军团。

这样，就到了9月9日。中共中央将要与张国焘在战略行动上分离的9月9日；一方面军将要和四方面军分离的9月9日；中国工农红军从1927年八一南昌起义以来将出现第一次大分裂的9月9日。

毛泽东一生中三个9月9日

9月9日，中央再电张国焘："陈谈右路军南下电令，中央认为完全不适宜的。中央现恳切地指出，目前方针只有向北是出路，向南则敌情、地形、居民、给养都对我极端不利，将要使红军受空前未有之困难环境。中央认为：北上方针绝对不应改变，左路军应速即北上，在东出不利时，可以西渡黄河占领丹、青交通（界）新地区，再行向东发展。"

同日24时，张国焘复电徐、陈并转中央，坚持南下："南下又为真正进攻，决不会做瓮中之鳖。"

分裂已成定局。

毛泽东一生中，三个9月9日深深嵌入他的生命。

第一个是1927年9月9日，湘赣边界秋收起义爆发，毛泽东第一次实践"枪杆子里面出政权"。就在这天，与潘心源途经浏阳张家坊时，毛泽东被清乡队抓住，押送团防局处死。他从未暴露身份的潘心源那里借了几十块钱，打算贿赂押送的人。普通士兵同意释放他，可负责的队长不允许。直到离民团总部大约不到200米的地方，毛泽东才找到机会挣脱出来，往田野里跑。他跑到一个高地，下面是一个水塘，周围长了很高的草，在那里一直躲到日落。士兵们强迫一些农民帮助他们搜寻，有好多次走得很近，毛泽东甚至以为自己一定会再次被抓住，可不知怎么的，并没有被他们发现。天近黄昏了，敌人放弃了搜寻，毛泽东马上翻山越岭，彻夜赶路。他没有穿鞋，脚底擦伤得很厉害。路上遇到一个友善的农民，带他到了邻县。他用身上的七块钱买了一双鞋、一把伞和一些食物。当最后安全到达农民武装那里的时候，他的口袋里只剩下两个铜板了。

秋收起义部队在浏阳县文家市会师后，第一师师部副官杨立三看见毛泽东脚趾溃烂，问缘由，毛泽东回答是从安源到铜鼓的路上爬山扎烂的。

第二个是1935年9月9日，毛泽东说这是他一生中最黑暗的日子。

这一天，中共中央和工农红军不是因敌人包围而是因内部分裂面临覆灭的可能。

中共中央决定与四方面军分离，紧急北上。9月10日凌晨，万籁俱寂。毛泽东等人率三军团、红军大学出发。

前敌指挥部作战室墙上有一张地图掉在地上，叶剑英把这张地图放在自己的背包里。他后来回忆说，"我预先曾派了一个小参谋叫吕继熙（后改名吕黎平），把甘肃全图拿来。我把它藏在我床底下的藤箱子里。我起来后，把大衣一穿，从床底下把地图拿出来，就往外走。我先到萧向荣那里，他也刚起来。我告诉他，赶紧把地图藏起来，并说，这张地图你可千万要保管好，不要丢了，这可是要命的东西。当时，全军只有一份甘肃地图。我交地图给他的时候，离两点还有五分钟。"

10日凌晨，前敌总指挥部得知一方面军单独北进，急电张国焘。张国焘于凌晨4时致电中央，称已得悉中央率三军团单独北上，表示"不以为然"；仍坚持南下，拒绝北上。

徐向前在《历史的回顾》中回忆道：那天早晨，我刚刚起床，底下就来报告，说叶剑英同志不见了，指挥部的军用地图也不见了。我和陈昌浩大吃一惊。接着，前面的部队打来电话，说中央红军已经连夜出走，还放了警戒哨。陈昌浩说：我们没下命令，赶紧叫他们回来！发生了如此重大的事件，使我愣了愣神，坐在床板上，半个钟头说不出话来。心想这是怎么搞的呀，走也不告诉我们一声呀，我们毫无思想准备呀，感到心情沉重，很受刺激，脑袋麻木得很。前面有人不明真相，打电话来请示：中央红军走了，还对我们警戒，打不打？陈昌浩拿着电话筒，问我怎么办？我说：哪有红军打红军的道理！叫他们听指挥，无论如何也不能打！陈昌浩不错，当时完全同意我的意见，作了答复，避免了事态的进一步恶化……那天上午，前敌指挥部开了锅，人来人往，乱哄哄的。我心情极坏，躺在床板上，蒙起头来，不想说一句话。陈昌浩十分激动，说了些难听的话。中央派人送来指令，要我们率队北进；陈昌浩写了复信，还给张国焘写了报告。

打电话来请示的，是第四军军长许世友。陈昌浩在给彭德怀的信中，火气十足："胡为乎几个人作恶，分散革命力量，有益于敌"，"吾兄在红军久经战斗，当挥臂一呼，揭此黑幕"，"立即率队返回阿西"。彭德怀把陈昌浩的信报告了毛泽东。毛泽东说，打个收条给他，后会有期。

彭德怀问毛泽东："如果他们扣留我们怎么办？""那就只好一起跟他们南进吧！我想他们总会觉悟的。"

北进中再次出现险情。险情出自何畏向陈昌浩的报告。

据徐向前回忆，何畏是红军大学政委。陈昌浩从他那里知道红军大学也跟着北上了，立即命令他们停止前进。红大的学员主要来自四方面军，接到命令便停了下来。毛泽东等人走在红大前面，见他们停下来了，便也停下来，想问个究竟。

来传达命令的是红大教育长李特。李特当过四方面军司令部副参谋长，脾气急躁，身上从不离枪。他带着人追赶上来，问毛泽东：张总政委命令南下，你们为什么还要北上？跟随他的几个警卫员，手提驳壳枪指头按着扳机，气氛十分紧张。

毛泽东冷静地回答：这件事可以商量，大家分析一下形势，看是北上好，还是南下好；南边集中了国民党的主要兵力，北面敌人则较薄弱，这是其一。其二，北上我们可以树起抗日的旗帜。

说到这里，毛泽东话锋一转，对李特说："彭德怀同志率领三军团就走在后面，彭德怀是主张北上、坚决反对南下的，他对张国焘同志要南下，火气大得很哩！你们考虑考虑吧！大家要团结，不要红军打红军嘛！"

李特没有轻举妄动。他只是带回了红大中四方面军的学员。毛泽东对这些又将南返的学员说："你们将来一定要北上的。现在回去不要紧，将来还要回来的，你们现在回去，我们欢送，将来回来，我们欢迎。"

会师刚刚三个月的两支主力红军，在北上大门之前分道扬镳。

第三个9月9日，是1976年9月9日。中央人民广播电台在这天下午4时向全世界沉痛宣告：中国人民的伟大领袖和导师毛泽东主席去世。

中央红军北上

毛泽东只带出了七八千人，大部队都留在了后面。

9月12日，中共中央在俄界召开政治局扩大会议。毛泽东说，一、四方面军会合后，是应该在川、陕、甘创建苏区。但现在只有一方面军主力北上，所以，当前的基本方针，是要经过游击战争，打通同国际的联系，整顿休养兵力，扩大红军队伍，首先在与苏联接近的地方创造一个根据地，将来向东发展。

6月26日两河口会议决定的北上川陕甘方针，被修正。

会议还一致通过《关于张国焘同志的错误的决定》。决定将红一方面军主力和中央军委纵队改编为中国工农红军陕甘支队，彭德怀任司令员，毛泽东任政治委员，林彪任副司令员，王稼祥任政治部主任，杨尚昆任政治部副主任。并成立了彭德怀、林彪、毛泽东、王稼祥、周恩来五人团指挥军事；设立了编制委员会，主任李德，叶剑英、邓发、王稼祥、蔡树藩、罗迈为委员。

这是一个非常时期团结所有力量的班子。毛泽东已经作了最坏打算："即使给敌人打散，我们也可以做白区工作。"

9月17日，红军陕甘支队攻占天险腊子口，打开北上门户。

腊子口是一个三十多米宽的山口，两边悬崖陡壁，周围崇山峻岭，无路可通。山口下面的两座山峰之间，是一段深不见底的急流，一座木桥将两座山峰连在一起。过腊子口必过此桥，再无别路。不打下腊子口，则北进的队伍只有回头。

彭德怀第二天经过时，连声感叹："不知昨天我第一军团这些英雄怎样爬上这些悬崖峭壁，投掷手榴弹的。" 50米一段的崖路上，手榴弹的弹片铺满一层，有的地方还厚厚地堆了起来。

一军团主力二师四团主攻腊子口。战斗最激烈时，林彪亲到四团指挥，四团团长王开湘则亲率两个连从腊子口右侧攀登悬崖陡壁，摸向敌后。黑夜中正面拼杀正酣，一颗白色信号弹腾空而起：王开湘迂回成功！三颗信号弹又腾空而起，林彪命令总攻！

冲锋号声、重机枪声、迫击炮声和呐喊声随着历史远去了，唯王开湘在拂晓晨曦中洪钟一般的呼唤，像洪钟一样回响："同志们，天险腊子口被我们砸开了！"

腊子口战役纪念碑

是倒下的和未倒下的英雄，用鲜血和生命在回答：为何道道雄关，皆无法阻挡红军北进的意志。

9月18日，红军陕甘支队攻占甘肃岷县哈达铺，缴获大批军粮和食盐。鉴于该地区敌军兵力薄弱、群众条件好、物资比较丰富，中共中央决定部队就地休整。在此期间获得一个重大发现：侦察连从当地邮局搞到了七八月间的天津《大公报》，上面登载着阎锡山的讲话："全陕北二十三县几无一县不赤化，完全赤化者八县，半赤化者十余县。现在共党力量已有不用武力即能扩大区域威势。"报纸还进一步披露了红二十五、二十六军的一些情况：刘志丹的红二十六军控制了大块陕北苏区根据地，徐海东的红二十五军已北出终南山口，威逼西安。

阎锡山为共产党做了一回好的情报员。毛泽东、张闻天、博古读到后，那种"山重水复疑无路，柳暗花明又一村"的兴奋心情，无法用言语形容。陕北不但有红军、有游击队，而且发展迅速，颇似1931年的江西苏区！

9月27日，政治局在榜罗镇召开常委会议，决定改变俄界会议的方针，到陕北去，在陕北保卫与扩大革命根据地，以陕北苏区来领导全国革命。脱离根据地一年、长途跋涉两万余里的中央红军，终于找到了落脚点。

大后方与最前方（上）

1935年10月，陕甘支队翻过了岷山。19日，中共中央随陕甘支队到达吴起镇，又很快东进至瓦窑堡。终于和红军十五军团取得联系，中共中央才知道，这个终于找到的落脚点，正在发生一场大规模肃反。

陕北红军

1935年9月16日，红二十五军长征到了陕北，与陕北红二十六军组成十五军团，聂鸿钧任军委主席，徐海东任军团长，刘志丹任副军团长，程子华任政委，高岗任政治部主任，郭述申任政治部副主任。

当时陕北肃反情况相当复杂。之中有老问题、老矛盾。自中央苏区陷落后，党对西北工作的领导也陷入混乱。当时北方局还未成立，领导陕北地区斗争的有两个党组织：陕北特委和陕甘边特委。前者归中央驻北方代表领导，后者由陕西省委领导，两者之间存在矛盾；也有新问题、新矛盾。一是陕北党的工作中确实存在一些问题，如土改问题，党组织的发展问题和地方政权的建设问题等；二是红二十五军与红二十六军的分歧。

两支红军的矛盾，最初表现为会合后的人事安排，继而是应采取的战略战术。红二十五军能打硬仗，战斗力强，干部军事素质高，但在新环境中人地生疏，红二十六军则基本还是游击队性质，不擅长正规作战，但人熟地熟。两军合编作战，必然在如何用兵、攻击何处等问题上产生分歧。加上两支红军以前素未谋面，都长期处于敌人包围，在极端艰苦复杂条件下战斗，不能不对周围保持高度警惕。二十五军未到陕北，就听到二十六军混进了陕西省委的右派，二十六军则传说二十五军是杨虎城派来的假红军。再加上一个在鄂豫皖苏区就擅长肃反、擅长逼供的戴季英，严刑逼供之下，使局面变得复杂起来。

10月6日，陕甘晋省委保卫部以开会为名，将刘志丹骗回瓦窑堡逮捕"审查"。肃反运动一天一天扩大，红军里军心浮动，谣言四飞。

毛泽东基于早年在江西苏区打AB团的教训，一发现陕北肃反有偏，马上提出放刘志丹。以董必武为首的五人委员会，在张闻天的领导下，迅速查清了问题，放出了刘志丹等同志。

周恩来在直罗镇战役后，回瓦窑堡接见被释放的同志，刘志丹一进门便说："周副主席，我是黄埔四期的，你的学生。"周恩来热情地说："我知道，我们是战友。"并说，"你和陕北的同志受委屈了。"刘志丹回答："中央来了，今后事情都好办了。"

刘志丹

刘志丹见到毛泽东，说："谢谢党中央救了我们，救了陕北根据地！"毛泽东说："你们也救了革命，给党创造和保住了这块长征的立脚点和革命的出发点……这里群众基础好，地理条件好，搞革命是个好地方呀！"

徐海东、程子华同志：

你们辛苦啦！感谢你们的帮助和支援。我们久已听到了二十六军同志在陕甘边长期斗争的历史，二十五军同志在鄂豫皖英勇斗争的历史，和在河南、陕西、甘肃的远征，听到了群众对你们优良纪律和英勇战斗的称赞。最先又听到你们会合，不断取得消灭白军、地主武装的胜利，这使我们非常欢喜。现在中央红军、二十五军和陕北红军这三支部队会合了。我们的会合，是中国苏维埃运动的一个伟大的胜利，是西北革命运动大开展的号炮！我们表示热烈祝贺！

此致

敬礼

中国工农红军北上抗日陕甘支队　司令员　彭德怀

政治委员　毛泽东

毛泽东写这封信的时候，心情是激动的。徐海东读到信，心情也相当激动。尽管他不明白"陕甘支队"是怎么回事，也不明白为什么没有朱德的签名，但红二十五军按照中革军委命令于1934年11月脱离根据地西征，用一年时间，终于和中央又建立了联系！

蒋介石想打"苏联牌"

1936年1月，蒋介石委派驻莫斯科武官邓文仪同王明会谈。

根据共产国际保留下来的记录，邓文仪当时说，蒋介石和南京政府被日本的宣传所欺骗。他们认为日本不会也不能把中国变为它的殖民地，所以他们决定不抗日，而首先同日本一起反对西方列强，然后再来对付日本。邓说：现在看来这是错误的，日本进攻威胁到整个中华民族，不抗日中国就会灭亡。

邓文仪告诉王明，蒋介石收到他在共产国际"七大"的发言和《八一宣言》后，决定同中共谈判。初步提出三项建议：

1. 取消苏维埃政府，苏维埃政府的所有领导人和工作人员参加南京政府；

2. 因为对日作战需有统一指挥，改组工农红军为国民革命军；

3. 恢复两党在1924年到1927年的合作形式或任何其他形式。

邓文仪强调，在上述情况下，中国共产党可以继续存在。

谈到改编红军时，邓文仪说："当然红军不会接受南京政府的军事工作人员，但红军和南京军队间应交换政工人员以表示互相信任和尊重。南京政府将给红军一定数量的武器和粮食，以及拨出若干军队帮助红军，以便红军开到内蒙古前线，而南京军队将保卫长江流域。"

轮到王明表态了。王明说，蒋介石把内蒙古划为红军根据地和活动区域，实际上是使红军处在他的监视之下，这是共产党所不能接受的。

邓回答说：考虑到内蒙古远离中心和那里缺乏粮食，南京政府可以给红军其他地区作为基地，其中包括西北部分地区。他还说，这使中共有可能建立"国际联系"。邓文仪特别提出，在中日战争情况下，日本将会封锁中国海岸，那时，中国将不能从欧洲和美国买到武器和弹药，主要来源将是苏联，所以我们想经过西北从苏联方面得到武器和弹药。

王明根本不了解国内的详细情况，他只有向邓文仪建议同在国内的中共和红军领导直接联系，谈判抗日和停战的具体条件。

1936年1月23日，王明专就此事写信给毛泽东、朱德、王稼祥，介绍邓文仪去苏区。并让潘汉年以中华苏维埃中央政府人民外交部副部长身份，致函蒋介石，代表苏维埃政府主席毛泽东和红军总司令朱德，保证邓文仪进入苏区谈判时的人身自由与安全。

就在王明写信的前一天，1月22日，苏联驻华大使鲍格莫洛夫又与蒋介石进行了一次认真深入的会谈。蒋介石因急于获得苏联军事装备的援助，加强与日本的谈判地位，改善中苏关系，这次谈判的态度特别好，在会谈中未提任何使苏联为难的要求。关于援助的规模，蒋介石表示一切由苏联政府决定。谈到与中共组成联合抗日统一战线问题时，蒋未再提及《孙越宣言》，要求只要红军承认中央政府和总司令部的权威，保持现有编制，参加抗日，在此基础上他可以同中共谈判。

蒋介石为保障华北不再分裂，要打苏联牌吓唬日本；苏联为保障其东部安全，也需要打蒋介石这张牌牵制日本。双方各有所需，也各有自身的打算。这些情况，在陕北将开始组织东征的中共中央并不知道。

1936年2月，董健吾牧师受宋庆龄、宋子文委托，从南京到达陕北，在张学良部队护送下来到中共中央所在地瓦窑堡。他向留守陕北工作的博古介绍说："蒋系法西斯分子陈果夫左派与曾扩情右派，陈主联红反日，曾主联日反红。此外，孙科、于右任、张群、冯玉祥等均主联俄联共。"

博古将此情况，迅速报告正在晋西指挥东征作战的毛泽东、彭德怀。这消息，使中共中央首次得知国民党的态度正在发生转变。

2月28日，毛泽东、彭德怀致电李克农："蒋介石亦有与红军妥协反日的倾向。"

3月4日，毛泽东、张闻天、彭德怀致电董健吾："弟等十分欢迎南京当局觉悟与明智的表示，为联合全国力量抗日救国，弟等愿与南京当局开始具体实际之谈判"；并进一步指出，"我兄复命南京时，望恳切提出弟等下列意见：一、停止一切内战，全国武装不分红白，一致抗日；二、组织国防政府与抗日联军；三、容许全国主力红军迅速集中河北，首先抵御日寇迈进；四、释放政治犯，容许人民政治自由；五、内政与经济上实行初步与必要的改革。"还指出，"同意我兄即返南京，以便迅速磋商大计。"

从此，中共中央开始逐步放弃反蒋抗日口号，逐步明确地提出"联蒋抗日"和"逼蒋抗日"。

红军打通国际联系

1934年9月中央红军长征前夕，中共中央与共产国际的电讯联系中断。1935年5月占领泸定城基本脱离险境后，中共中央立即召开会议：决定以陈云、潘汉年作为中共中央代表，携带密码到上海恢复白区工作，建立中央与上海及共产国际间的电讯联系。

10月2日，化名史平的陈云辗转到达莫斯科，出席中共驻共产国际代表团召开的会议，并成为中共代表团三个正式代表之一。此时陈云才知道，为恢复与中共中央的联系，共产国际也付出了极大的努力。

从1935年4月开始，共产国际为了恢复与中共中央的电讯联系，先后派阎红阎、张浩和刘长胜带密电码回国。

阎红阎乔装富商，进入新疆后骑着骆驼，载着俄罗斯毛毯和灯芯绒，经伊犁、迪化、兰州、宁夏、绥远到达北平。这时，中央红军已经胜利结束长征，阎红阎立即去陕北找党中央。12月，他在瓦窑堡见到了毛泽东、周恩来等中央领导同志，全凭记忆汇报了带回来与共产国际联系的密码。可惜，不知是否记忆有误，凭阎红阎的密码中共中央未能和共产国际联系上。

张浩比阎稍晚出发，装扮成从蒙古回来的商人，跨越沙漠，沿途打听消息，经过三个月长途跋涉，于11月到达陕甘边区的边缘——定边。在那里，由边区赤卫队护送到瓦窑堡，终于找到了中共中央。他在瓦窑堡刚和张闻天、邓发、李维汉等见面，便立即传达共产国际"七大"关于改变以往对社会民主党的策略，建立反法西斯统一战线和人民阵线等精神，以及中共驻国际代表团起草的《八一宣言》。他甚至先于阎红阎，将密码转给中共中央。但遗憾的是，他带回来的密码也未能与共产国际联系上。

最终，让中共中央与共产国际联系上的，是刘长胜带回来的密码。之中，又主要是李立三的功劳。

历史：追寻之旅

李立三在苏联期间，"终日提心吊胆，谨小慎微，以免触怒，但还是不免经常受到斥责"。即使这样，他仍然努力为党工作。1935年初春，共产国际派他到接近新疆的阿拉木图建立交通站，负责国内方面来往人员的安排，了解新疆政治情况，更重要的是设法恢复与中共中央的电讯联系。

李立三到阿拉木图后，派两批人带上密电码回国，寻找长征后的红军，由于地理和技术上的困难，都失败了。最后，派刘长胜带上李立三亲自编写的一套新的更难以破译的密码回国，终于在1936年6月16日，收到了中共中央按照李立三编的密码拍来的电报。莫斯科谁也翻译不了这封电报，康生带着电报到高加索，找到在那里疗养的李立三，由他翻译出来。

电报是毛泽东起草的，报告了中国国内形势和党内的情况。电报说："你们派出的人，林仲丹（林育英）12月就到了，闫红阎、罗英（刘长胜）均到了。但有7个人带电台已达苏区边境被民团杀害6人，余1人及电台现尚在民团手中。"

中共中央和共产国际的电讯联系，终于重新建立。

大后方与最前方（下）

与共产国际重新取得联系的中共中央，开始准备作出战略和策略上的重大转变。1935年12月17日，中央政治局在瓦窑堡举行扩大会议，确定"抗日反蒋"策略方针。红军试图打通国际路线的战略行动，由东征到西征，由宁夏战役到最后的远征新疆，一步一步演化为一个庞大的计划。

瓦窑堡会议

张浩还带来了一个比沟通联络更加重要的消息：斯大林不反对红军向北和西北发展，靠近苏蒙边境。

这时，中共中央与共产国际已失去联系达14个月。张浩的消息，无疑是一股扑面的春风。张闻天立即连续写信给在前线的毛泽东等人，并主张根据斯大林建议，迅速经宁夏靠近外蒙，以取得技术援助，并建立战略根据地。

毛泽东也非常兴奋，12月1日致电张闻天："关于红军靠近外蒙古的根本方针，我是完全同意的"；"这个方针是使中国革命战争，尤其不久就要到来的反日民族战争取得更加有力量与更加迅速发展的正确方针"。

中共中央开始准备作出战略和策略上的重大转变。12月17日，中央政治局在瓦窑堡举行扩大会议，确定"抗日反蒋"策略方针。

12月23日，专门讨论军事方针及打通国际路线的问题。会议一致决定"把国内战争同民族战争结合起来"，准备对日直接作战，使红军发展成为抗日的主力军。通过了毛泽东起草的《中央关于军事战略问题的决议》，确定1936年红军的战略方针和任务是"打通苏联"与"巩固扩大现有苏区"，其中以打通苏联为中心任务，以山西和绥远为红军行动和发展苏区的主要方向；以便把"苏联红军和中国红军在反对共同敌人日本帝国主义的基础之上结合起来"。

在此之前，中共中央曾多次提出打通国际路线的战略设想。

早在1935年6月26日，毛泽东在与四方面军会合的两河口会议上，就提出在适当时间组织远征军占领新疆、打通国际路线问题。他认为，只要得到苏联帮助，西北地区的困难便不那么可怕了。

与张国焘分裂后，这一方针的实现变得更加迫切。在中央红军单独北上的9月12日俄界政治局扩大会议上，毛泽东作报告说："当前的基本方针，是要经过游击战争，打通同国际的联系，整顿和休养兵力，扩大红军队伍，首先在与苏联接近的地方创造一个根据地，将来向东发展。"当时北上的红军战斗部队只剩不到一万人。红军在如此弱小的情况下，如果不设法打通国际路线，背靠苏联，很可能不得不永远打游击战争。

毛泽东在瓦窑堡会议上作报告

但在红军队伍中，对打通国际路线一直存在不同看法。

首先是李德。他认为这样做会引起国际纠纷，危及苏联安全。1936年1月27日，红军主力东征前夕，李德写信给中共中央，反对瓦窑堡会议确定的以打通苏联作为主要战略目的。

第二种意见是张国焘，认为使红军远离中国内地靠拢苏联，是畏缩退却。当时张国焘满脑子想着打成都。

林彪与彭德怀也都不主张以打通苏联为第一要务。

直罗镇一战打败东北军的进攻后，林彪流露出他想带一些部队去陕南打游击。瓦窑堡会议之前，林彪给中央写信说：开辟陕南比在陕北巩固和扩大根据地更重要，更有意义。他开列了一个长长的名单，要求名单所列的红军指挥员都跟他南下发展陕南。

毛泽东批评了林彪的这封信。12月21日，毛泽东与张闻天致电彭德怀并转林彪："在日本进占华北的形势下，不能把陕南游击战争提到比陕北等处的游击战争还更加重要的地位，实际上后者是更重要的。尤其不能把游击战争提到似乎比主力红军还更重要的地位（如提出红军主要干部去作游击战争），这样的提法是不妥当的。林在某些问题上的观点是同我们有些分歧的……"

毛泽东这个电报对林彪的批评，比会理会议说他"是个娃娃"严重得多。但林彪有他自己的处理方法。他没有按要求到中央去，12月26日再发一个电报，坚持"我还在期待中央批准我打游击战争"。毛泽东没有回复林彪这封电报。

彭德怀主张巩固陕北。他认为，从兵力看，东征的目的主要是调动占据绥德、吴堡一线的晋军回援，求得在运动中消灭晋军主力和巩固河防，不宜实施战役上的进攻和转移，特别要防止出现任何脱离陕北苏区的可能性。他为此两次致电政治局："陕北苏区是中国目前第一个大苏区，是反蒋抗日有利的地区，是全国土地革命、民族革命一面最高旗帜"；并说毛泽东"过去坚决扩大红军苏区的方针"应当继续坚持。

1月31日，毛泽东主持召开军事会议，讨论东征问题。会上争论很激烈。毛泽东最后有所改变地说服了大家。

毛泽东规划的东征，以山西和绥远为红军行动和发展苏区的主要方向；以打通苏联为中心任务。经过充分争论后，大家都认识到东征必须进行，但以红军现有的实力，难以同时完成接通外蒙古的任务，于是，打通国际路线的战略方针再度被修改。

1936年2月20日，红一方面军以中国人民红军抗日先锋军名义实行东征。彭德怀任总司令，毛泽东任总政委。

毛泽东这时已经认为，红军应该首先在山西站稳脚跟，逐步形成以陕晋为中心的战略根据地，进而在河北、绥远扩大这一根据地，再与外蒙古接连，与苏联打通。这一设想没有实现。

在阎锡山频频向蒋介石告急的情况下，1936年3月下旬起，蒋介石急调中央军10个师进入山西，派陈诚协助阎锡山指挥作战，同时令东北军与西北军向陕北苏区进攻，形势变得十分紧张。至4月下旬，毛泽东原定在山西和华北几省建立根据地的计划已完全不可能。毛泽东 4 月 28 日致电张闻天："情况已根本地发生变化,丧失了继续作战的可能,为稳固计,决定西渡。""提议开政治局会,讨论新的行动方向及其他与此关联的问题。"

幸而,事前有彭德怀能不能渡回来的疑虑,所以红军作战计划制订得现实且周详,渡过去在山西扩大了 8000 红军,筹款 30 万元,于 5 月初全部回师陕北。彭德怀回忆说:"进军山西是红军到达陕北后的第二个伟大胜利。"可惜的是,在进攻三交镇的战斗中,刘志丹牺牲了。

肤施会谈

1936 年 4 月 20 日全军回师陕北以前,毛泽东、彭德怀电周恩来、张闻天并致邓发,要邓发即去苏联,最好在夏天到达。邓发去苏联在军事方面的任务是:一、对日作战的共同步骤问题;二、双方军委间的通信联络问题;三、我军向绥远行动并向绥远创立局面问题;四、技术帮助问题,能否接济步、炮、弹药、轻、重、高射机枪,以及架桥设备,通信器材等。如有可能我军在秋天全部开往绥远接运;五、苏方派人帮助的问题,担任特种技术教育者数人,担任作战者数人。

红军刚刚回师陕北,蒋介石就发起新的"进剿"。中央军、陕北地方军、宁夏"二马"、东北军、西北军共 154 个团,25 万余人一起围将上来,红军有被困死在陕甘地区的危险。

5 月 18 日,中共中央决定以红军主力组成西方野战军,彭德怀任司令员兼政治委员,实施西征,目的是设法造成陕甘宁边区革命根据地,相机攻取宁夏,打通国际路线,取得苏联援助。

这个时候,打通国际路线已不是西征战役的重点。重点是解决眼前困难,以扩大苏区为目标。

6 月 1 日,两广事变发生。国民党广东军阀陈济棠,广西军阀李宗仁、白崇禧,以北上抗日为名发表通电,组成"抗日救国军西南联军",企图出兵争夺南京国民党政权。10 日,粤桂两军分路北上。30 日,中央军与两广军队互相开火。

蒋介石不得不将主要精力用于应付两广事变,对陕北根据地的进剿被分散了。此时,红军与东北军的关系已经发展到了非常好的程度。

1936年1月，中共中央与东北军的张学良建立了直接联系。张学良、王以哲在与中共中央联络局局长李克农会谈中，表示同情中共的抗日主张，愿为成立国防政府奔走。

2月，红军与王以哲的六十七军达成互不侵犯协议，各守原防，红白通商。3月，张学良在与李克农会谈中提出，请中共在毛泽东、彭德怀、周恩来、博古4人中选一位来肤施，与他谈判。肤施，即后来的革命圣地延安。

4月，周恩来应邀前往肤施，在城内一座天主教堂与张学良彻夜长谈。

1936年5月，中共中央经过两个月来的多次讨论，决定将统战工作重点放在局部的抗日统一战线的建立上，建立东北军、西北军、红军的"三位一体"，争取首先成立"西北国防政府"，实现"西北抗日大联合"。

"三位一体""西北国防政府""西北抗日大联合"这三个基本点，成为后来张学良发动西安事变的政治基础。

张学良特别看重中国共产党与共产国际及苏联的关系。他认为在当时条件下采取联合抗日行动，必须以强大的苏联作为后盾。

在当时条件下，中国各派政治力量对苏联的态度都极其重视。因此，打通国际路线与苏联取得联络，不论是对推动张学良"抗日反蒋"建立西北大联合，还是对巩固红军与东北军的统战关系、提高红军的军事政治地位，都有极重要的意义。

6月29日，毛泽东致函彭德怀：从总的战略上看，站在红军和其他友军联合成立国防政府的观点上，打通苏联解决技术条件，应是今年必须完成的任务。关于红军接近苏联的道路有两个，一是宁夏和绥远以西，这条路距离较近，人口经济条件较好，缺点是恐怕不易形成根据地；二是甘、凉、肃三州，这条路距离较远，某些区域人口稀少，行军宿营恐有妨碍，但能形成根据地。

8月9日，毛泽东、张闻天、周恩来等致信张学良，要求东北军以至少三个师好好地控制兰州，如果成功，则可在今年秋天三个月内完成打通苏联的任务。必须坚信，打通苏联是保证西北胜利（更不说全国胜利）的基本点……信中，对张学良的个人安全颇为担心：蒋介石一解决西南问题，就有极大可能进攻西北。"无论如何兄不要去南京了，并要十分防备蒋的暗害阴谋。目前此点关系全局，卫队的成分应加考察，要放在政治上可靠的干部手里。"

12日，毛泽东又同张闻天等致电朱德、张国焘、任弼时，提出今后战略方针的建议："一、二、四三个方面军，有配合甲军（东北军）打通苏联、巩固内部、出兵绥远、建立西北国防政府之任务。由此任务之执行以配合并推动全国各派统一战线，达到大规模抗日战争之目的。"

13日，毛泽东致函国民党军第十七路军总指挥、西安绥靖公署主任杨虎城："先生同意联合战线，盛情可感。九个月来，敝方未曾视先生为敌。先生如以诚意参加联合战线，则先生之一切顾虑与困难，敝方均愿代为设计，务使先生及贵军全部立于无损有益之地位。"

承诺代杨虎城设计解决的"一切顾虑与困难"，主要还是寄希望于苏联。

共产国际同意"西征"

8月15日，共产国际执委会书记处致电中共中央书记处，明确要求中共中央根本放弃抗日反蒋的观点，以最大的努力争取全国范围统一战线；尤其"不能把张学良看作是可靠的盟友，特别是在西南（指两广事变）失败之后，张学良很有可能再次动摇，甚至直接出卖我们"。

张学良忘记了他当初恶化与苏联的关系，但显然斯大林没有忘记。

显而易见，共产国际和苏联希望中共中央将统战重心北移到全国去，核心是不同意红军与张学良的联合。

1936年12月12日，张学良、杨虎城发动西安事变。12月14日，苏联《真理报》发表社论《中国发生事变》："毫无疑问，张学良部队举行兵变的原因，应当从不惜利用一切手段帮助日本帝国主义推行奴役中国的事业的那些亲日分子的阴谋活动中去寻找。臭名昭著的日本走狗汪精卫的名字同陕西省发生的张学良兵变紧密相连，这也绝非偶然。"

斯大林非常现实。他始终感兴趣的，一直是拥兵数百万、控制全国政权的蒋介石。

由于共产国际不同意，斯大林不同意，中共中央只得放弃建立在苏联支持基础上的西北国防政府和西北大联合计划，下决心转过来同南京政府谈判。

1936年8月25日，毛泽东为中共中央起草《中国共产党致中国国民党书》，呼吁"停止内战，一致抗日，实现国共两党重新合作"，并提出我们"早已准备着在任何地方，与任何时候派出自己的全权代表，同贵党的全权代表一道开始具体实际的谈判，以期迅速订立抗日救国的具体协定"。

但毛泽东十分清楚，"联蒋抗日"不是一朝一夕的事，红军若不谋求军事上的发展，只期望谈判解决问题，不但远水不解近渴，可能还会最终无水解渴。

红军的生存和发展问题十分紧迫。同日，中共中央电告共产国际："陕北、甘北苏区人口稀少粮食十分困难"，"红军之财政粮食已达十分困难程度"，"整个红军的行动方针必须早日确定"，而"为着靠近苏联，反对日本截断中苏关系的企图，为着保全现有根据地，红军主力必须占领甘肃西部宁夏、绥远一带。这一带布满着为红军目前技术条件所不能克服的许多城市堡垒及围寨，希望苏联方面替我们解决飞机大炮两项主要技术问题。陕北、甘北人口稀少，粮食十分困难，非多兵久驻之地。目前红军的财政、粮食已达十分困难程度，只有占领宁夏才能改变这一情况。否则只好把三个方面军的发展方向放到甘南、陕南、川北、豫西与鄂西……"

1937年突围到达新疆的部分西路军指战员在迪化（今乌鲁木齐）合影

这封电报的分量是很重的。毛泽东告诉了共产国际，国际和苏联不拿出具体行动和办法，提供帮助，红军西进攻取不克或与南京谈判不能达成协定，便只好决心实施黄河以东的计划以求生存。但这一方向不是抗日方向，而是内战方向。

9月11日，共产国际执委会书记处征得苏联同意——斯大林同意——之后，致电中共中央领导人，同意占领宁夏和甘西以打通国际路线的战略方针，并明确表示在红军占领宁夏地区之后，将从外蒙给予红军以技术上和物资上的帮助。

至此，经过一年多的多次酝酿变化，打通国际路线的战略方针终于正式确定。

9月14日，中共中央致电三军领导人：

"国际来电同意占领宁夏及甘肃西部，我军占宁夏地域后，即可给我们以帮助"；为坚决执行国际指示，准备在两个月后占领宁夏。至于占领甘肃西部问题，等宁夏占领取得国际帮助后再分兵夺取。电报特别要求三军领导人"坚决执行国际指示"，这个"对于中国红军之发展与中国抗日战争之发动有决定意义的战略行动中，三个方面军须用最大的努力与最亲密的团结以赴之，并与甲军（东北军）取得密切配合"。

红军打通国际路线的战略行动，由东征到西征，由宁夏战役到最后的远征新疆，一步一步演化为一个庞大的计划。为完成这一使命，组成了中国工农红军战史上最为悲壮的西路军。

西路军担负使命之沉重和聚集矛盾之复杂，以及斗争之艰苦卓绝和历程之可歌可泣，毫无疑问将是一部鸿篇巨制。

分裂与弥合（上）

1935年10月5日，张国焘宣布另立"临时中央"，并下令通缉毛泽东等人。张国焘的分裂，是中国共产党历史上前所未有的分裂，使得中国共产党和工农红军面临因内部分裂而覆辙的危险。

张国焘另立"中央"

张国焘的分裂，使得中国共产党和工农红军面临因内部分裂而覆辙的危险。

由张国焘掌握控制的有：红四方面军第四军、第九军、第三十军、第三十一军、第三十三军，以及中央红军五军团改编的第五军，九军团改编的第三十二军，共计七个军，八万余人。而毛泽东率领北上的，只有原中央红军一、三军团七千余人。到陕北与徐海东的十五军团会合后，也只有一万三千余人。

由于张国焘掌握强大的实力，再加上当时很多情况并不清楚，连一方面军留在四方面军的很多同志，都对事情的发生感到突然和混乱，四方面军同志就更是情绪激动。态势十分严重。

在阿坝一个喇嘛寺——格尔登大殿，召开了川康省委扩大会议。会场外挂着横幅："反对毛、周、张、博北上逃跑"。张国焘先讲话，攻击中央率军北上是逃跑主义。然后，他对朱德说："总司令，你可以讲讲嘛，你对这个问题的认识怎样？是南下，是北上？"

朱德不紧不慢地说，我在政治局会议上是举过手的，我不能出尔反尔。于是，就有人冲着朱德喊：既然你拥护北上，那你现在就走、快走！刘伯承站出来说话：现在不是开党的会议吗？你们怎么能这样对待朱总司令！于是，攻击的矛头又转到他身上。

10月5日，张国焘在四川松岗卓木碉召开高级干部会议，宣布另立"临时中央"、"中央委员会"、"中央政治局"、"中央书记处"、"中央军事委员会"和"常务委员会"，自封为"主席"。并通过了"组织决议"，决定"毛泽东、周恩来、博古、洛甫应撤销工作，开除中央委员及党籍，并下令通缉。杨尚昆、叶剑英应免职查办"。

张国焘要朱德表态。朱德心平气和，语重心长地说：大敌当前，要讲团结嘛！天下红军是一家。大家都知道"朱毛"在一起好多年，全国世界都闻名。要我这个"朱"去反"毛"，我可做不到呀！不论发生多大的事，都是红军内部的问题，大家要冷静，要找出解决的办法来，可不能叫蒋介石看我们的热闹！

朱德这些话讲的是很有分量的。四方面军总指挥徐向前，也对张国焘的做法不以为然。他回忆说："另立'中央'的事，来得这么突然，人人都傻了眼"；"会后，张国焘找我谈话，我明确表示，不赞成这种做法。我说：党内有分歧，谁是谁非，可以慢慢地谈，总会谈通的。把中央骂得一钱不值，开除这个，通缉那个，只能使亲者痛，仇者快，即便是中央有些做法欠妥，我们也不能这样搞。现在弄成两个中央，如被敌人知道有什么好处嘛！"

红四方面军一部

毛泽东多次被蒋介石通缉，已经习以为常了。如今居然被党内自己人通缉，还是破天荒第一次。即使这样，毛泽东还是努力对这支红军部队进行争取。

11月12日，毛泽东到达瓦窑堡后，致电四方面军："我一、三军团已同二十五、二十六、二十七军在陕北会合"，"正与白区党及国际取得联系"；并指出现在国民党、日本关东军司令部和何应钦，都在污蔑我党中央是逃跑主义，托派分子也在这样攻击我们党中央，"请你们严重注意"。

同日，张国焘电毛泽东等人，称南下红军已"打开了川西门户，奠定了川康苏区胜利的基础"，"证明了向南不利的胡说，达到配合长江一带的苏区红军发展的战略任务，这是进攻路线的胜利"；并以命令的口吻说"甚望你们在现地区坚决灭敌，立即巩固扩大苏区和红军，并将详情电告"。

双方都在让对方知道自己的优势。都要求对方改变做法。很显然，中共中央不取得绝对优势，张国焘不会回心转意。

12月5日，张国焘干脆以"党团中央"名义致电中共中央，声称："此间已用党中央、少共中央、中央政府、中革军委、总司令部等名义对外发表文件，并和你们发生关系"；今后，"你们应以党的北方局、陕甘政府和北路军，不得再冒用党中央名义"。并宣布"一、四方面军名义已取消"；"你们应将北方局、北路军和政权组织状况报告前来以便批准"。

分裂达到了顶点。

张国焘"南下"受挫

张国焘以"党团中央"名义致电中共中央时，张浩已经来到瓦窑堡。显然，仅仅靠党中央的教育和劝导，难以解决问题，必须借助共产国际的权威。

毛泽东、张闻天与张浩商量，由张浩以"国际代表"的特殊身份出面，帮助、教育张国焘；党中央同张国焘之间的组织关系，也用变通的办法处理。

12月16日，张浩以"国际代表"身份从陕北开门见山地致电张国焘："共产国际派我来解决一、四方面军问题"；22日，张浩又电："党内争论，目前不应弄得太尖锐"，"可以组织中共中央北方局、上海局、广州局、满洲局、西北局、西南局等，根据各种关系，有的直属中央，有的可由驻莫（斯科）中央代表团代管，此或为目前使党统一的一种方法。此项意见望兄熟思，见复"。这其实是毛泽东、张闻天、张浩商量好的变通办法。

张国焘自然知道共产国际这块招牌的权威。思考一段时间后，他致电张浩,表示"一切服从共产国际的指示",但又说中共中央北上行动是"反党的机会主义路线","放弃向南发展,惧怕反攻敌人","向北逃跑",是"一贯机会主义路线"的表现。他依然坚称自己是"中央",毛、周、张、博是"假冒党中央"。

中共中央只有作出《关于张国焘同志成立第二"中央"的决定》,指出"张国焘同志这种成立第二党的倾向,无异于自绝于党,自绝于中国革命";同时,在党内公布1935年9月12日俄界会议作出的《关于张国焘同志错误的决定》。张闻天致电张国焘,望其停止分裂活动,否则"不但全党不以为然,即国际亦必不以为然。尚祈三思为幸"。

此时的张国焘并不将这些放在眼里,他的"南下"起初颇为顺利。

张国焘的南下口号实惠诱人:"大举南下,打到天全芦山吃大米"。10月7日,张国焘以"军委主席"名义下达《绥崇丹懋战役计划》,决定以主力迅速而秘密沿大金川夹河并进,夺取绥靖、崇化,然后分取丹巴、懋功。次日,部队分为左右两个纵队开始行动。

12日,攻占绥靖,击溃守敌刘文辉部两个团。15日,占领崇化。16日,攻克丹巴县城。19日袭占达维。20日,攻克懋功,守敌杨森部两个旅向夹金山以南逃窜。接着,又连克日隆关、巴郎关、火烧坪等地,大获全胜。

绥崇丹懋战役胜利结束,共击溃川军第二十、第二十四军6个旅,歼敌三千余人。

张国焘乘胜再下达《天芦名雅邛大战役计划》,提出以主力乘胜向天全、芦山、名山出动,彻底消灭杨森、刘文辉,并迎击主要敌人刘湘、邓锡侯部。

四方面军越过终年积雪的夹金山后,随即发起猛攻,十几天内连下宝兴、天全、芦山、五家口等城镇,击溃杨森、刘湘、刘文辉、邓锡侯部共17个旅近七万人,其中毙伤俘敌一万多人,控制了懋功以南、青龙江以北、大渡河以东、邛崃山以西的川康边扩大地区。

打到天全芦山吃大米的许诺,基本兑现。

南下成功,张国焘的另立"中央"就有可能成功。但是在节骨眼上,他们碰到了挫折。

四川军阀方面,刘湘等人最初确实被张国焘的突然南下弄得措手不及。他们已经作出了红军主力将北上出川的判断。

刘湘仓促接招,令教导师长杨国桢率部驰赴芦山,模范师长郭勋祺率部驰赴天全，分路防堵。同时，任命潘文华为南路"剿匪"总指挥，设总指挥部于名山。11月初，红军攻势凌厉，川军的天全、芦山相继失守。

刘湘再次后退，准备将部队转移到夹门关、莲花山、伍家垭口、蒙顶山、金鸡山一线占领阵地，拒止红军东进，保住川西平原。可是，教导师杨国桢部不遵令，退向夹门关以南的新阵地，而是自行经飞仙关向名山退走，结果北面门户洞开，暴露了名山城，直接威胁着通向成都平原的邛崃要地。

川军的部署被打乱，前线两个师失控，情况急转直下，红军直逼名山，指向成都平原。紧急关头，刘湘亲自出马，率同机枪、炮兵司令赶到邛崃前线，设"行营"，调集各路大军，准备与红军一拼。

顾了正面，又担心侧翼出现漏洞；尤其怕红军丢开正面，由北翼直插成都。刘湘特邀其心腹亲信、省府秘书长邓汉祥到邛崃，反复叮嘱说：军事情况紧急，守边部队已经用光，回成都立即组织警备部队、警察武装和民团，抢时间修葺城垣，以便凭恃环城碉堡，保卫成都。

不知道红军已经发生分裂的蒋介石，也唯恐川西平原有失，成都难保，急令中央军薛岳部的周浑元、吴奇伟两个军迅速参战。

川军与中央军的增援部队陆续到达，兵力迅速增加到八十多个团、二十余万人，摆出一副决战的架势。

张国焘南下计划最大的问题暴露出来了：四方面军对川军死保川西平原的决心和作战能力估计不足。

11月16日，关键的一场战斗在邛崃、名山之间的重镇百丈展开。川军以优势兵力围攻百丈，从北、东、南三面反攻，以整营、整团甚至整旅的兵力轮番发起攻势。中央军薛岳部又从南面压上来。四方面军血战七天七夜，毙伤敌军一万五千多人，自身也付出了近万人伤亡的代价，被迫退出百丈地带。

百丈战役的失利，成为南下红军由进攻被迫转入防御的转折点。双方重兵相持，川军主力和薛岳、周浑元、吴奇伟等部从东北、东南和东面几个方向步步压上。红军指战员虽然顽强抵抗，防线仍不断被突破，处境日趋艰难。

加上严冬到来，部队棉衣无着，口粮不继，而激战却不停息。四方面军由南下时的八万人，锐减到四万余人。

朱德从中转圜弥合"分裂"

挫折和失败，证明南下政策的错误。朱德意识到："事情向好的方向转了。"

1935年12月30日，朱德第一次以个人名义致电毛泽东、彭德怀，并转张浩，"我处与一、三军团应取密切联系，实万分需要，尤其是对敌与互相情报，即时建立"；同时，介绍了四方面军掌握的敌人调动情况，最后说："你处敌情近况望告。"

这封电报令中共中央很难判断是朱德拍发的，还是张国焘以朱德名义拍发的。毛泽东对这封电报的处理是审慎的。中共中央在这个问题上吃过大亏。

1935年9月29日，周恩来用明码发报呼叫二、六军团，询问他们基本情况。任弼时随即用密码电复周恩来，向党中央汇报和请示。但与红二、六军团联系的密码被张国焘控制，中央无法译电，电报被张国焘截获后译出，以红军总政治委员名义致电任弼时，从此沟通了与二、六军团的联系，并对其实施指挥。

此次若再借交换情报取得对一、三军团的直接联络，全部红军尽在张国焘手里了。

毛泽东对朱德回电说：本应互换情报，但对反党而接受敌人宣传之分子实不放心。今接来电，当就所知随时电告。我处不但与北方局、上海局已发生联系，对国际也已发生联系，这是大胜利。兄处发展方针，随时报告中央得到批准。即对党内过去争论，以待国际及七大解决，但组织上决不可逾越轨道，致自弃于党。

毛泽东在电文中最后说，国际除派张浩来外，又有阎红阎续来。据云，中国党在国际有很高地位，被称为除苏联外之第一党，中国党已完成了布尔什维克化，全苏联全世界都称赞我们的长征。政治局在国际指示之下有新策略决定，另电详告。

此电很长，将各方面情况和国内国际时局动向，对朱德也是对张国焘，作了一个简要的通报。唯对与一、三军团建立直接联系之事，毫不提及。

朱德在进行艰苦的转圜。

1936年1月23日，朱德致电张闻天，"现处革命新的高涨，党急宜得统一，以争取胜利。"

24日，张闻天电复朱德，"接读来电至为欢迎。兄与国焘均党内有数同志，北局同志均取尊重态度。弟等所争持者为政治路线组织路线之最高原则，好在国际联络已成，尽可从容解决。既愿放弃第二党，则他事更好商量。兄处组织仿东北局例，成立西南局，直属国际代表团，暂与此间发生横的关系，弟等可以同意……"

这是当时从实际出发的最大妥协方案：党中央暂不垂直领导四方面军，而只发生平行关系。张闻天在电报中称中共中央为"北局"，也颇耐人寻味。

1月24日，张浩电张国焘："共产国际完全同意于中国党中央的政治路线，并认为中国党在共产国际队伍中，除联共外是属于第一位。中国革命已成为世界革命伟大的因素，中国红军在世界上有很高的地位，中央红军的万里长征是胜利了"；"兄处即成立西南局，直属代表团。兄等对中央的原则上争论可提交国际解决"。

对于长期偏于西南一隅、消息不灵的张国焘来说，张浩这封电报的影响是重大的。共产国际至高无上的权威、万里长征胜利后中共中央巩固的地位、自己主张的南下政策面临的困境，都使他从来不缺乏的自信发生了崩塌。

1月27日，张国焘致电张浩、张闻天，同意"急谋党内统一"。条件是双方同时改为西北局和西南局；中央领导机构"最好在白区"；条件不允许，则"由国际代表团暂代中央"。他现在的坚持不再是向中央进攻，而是思虑怎样安全地从原来立场撤退了。

他还存有最后一点儿自信，还没有被川军彻底挤出去。但是很快，这点最后的自信就被蒋介石和刘湘拿走了。

1935年11月下旬，重庆行营主任顾祝同及参谋长贺国光来到邛崃，二人向刘湘提出一个在最短时间完全歼灭四方面军部队的"进剿方略"。但刘湘不予采纳，仍然奉行自己的方针：摆开阵势，扎稳阵脚，既要用硬打把红军送走，又不作围歼打算，以避免过度消耗实力。

刘湘下令向红军发起总攻。虽然展开了主力，但未齐头并进。时当岁暮天寒，高山积雪甚深，红军主力开始向西北山区转移。刘湘所部于12月中旬逼进天台山、伍家垭口后，亦未继续再进。双方在对峙中形成冬眠

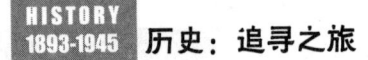

状态。

1936年2月初战局重开，形势发生对四方面军更加不利的变化。刘湘仍然只是一线平推，作驱赶式前进。这种情况下，张国焘不得不承认长期停留在川康地区是不利的。至此，南下方针宣告失败，四方面军兵力减至四万余人。

此时，接中央来电，就四方面军的战略行动提出三个方案：北上陕甘；就地发展；南下，甚至转向云贵川。来电指出：第一方案为上策。

朱德、刘伯承、徐向前、陈昌浩皆赞成第一方案。张国焘第一次处于孤立状态。他见电报中有"育弟（指张浩）动身时，曾得斯大林同志同意，主力红军可向西北及北方发展，并不反对靠近苏联"语句，也只得同意了北上方案。

分裂与弥合（下）

日渐处于孤立状态的张国焘，态度开始发生转变。恰好此时，出现了推动张国焘放弃伪中央的第三个也是最后一个重要因素：二、六军团北上。三大红军主力，终于在陕北会师。至此，全体红军完成了震惊世界的二万五千里长征。

红军二、六军团

1935年11月4日，中共湘鄂川黔省委和军委分会在湖南桑植刘家坪召开会议，决定为保存有生力量，突破国民党军的包围，实行战略转移，到外线寻求建立新的根据地。

二、六军团一万七千余人，在任弼时、贺龙、关向应率领下，开始长征。在占领黔滇交界的贫困山区后，队伍就停留下来，准备在南北盘江间创建新根据地。

朱德与张国焘联名致电二、六军团，要求他们于3月底涨水前设法渡过金沙江，同四方面军会合，大举北进。朱德后来回忆说："他（指张国焘）没有决定北上前，是想叫二方面军在江南配合他，他好在甘孜待下来保存实力，他的中央就搞成了。他想北上时，才希望二方面军渡江北上。"

张国焘想让二、六军团北上，但又怕二、六军团和他作对，搞不到一

任弼时

起。中共中央最初也不想让二、六军团北上，与四方面军会合。所以，有党史中很少提到的张浩4月1日电："二、六军团在云贵之间创立根据地，是完全正确的"，"将二、六军团引入西康的计划，坚决不能同意"。

因为与二、六军团联系的密码掌握在张国焘手里，中共中央几次要求张国焘将密码告知，均被拒绝。中央长期与二、六军团失去联系，这一联系又被张国焘独自把持，中央既不了解二、六军团现状，又不知道张国焘对二、六军团都说了些什么，所以曾担心两支部队会合后，会不会又增强了张国焘的力量。

在此问题上，唯朱德比张国焘和毛泽东心里更有底。他相信能够通过做工作，把二、六军团这两股力量拉过来。

两军前锋刚刚会合，张国焘就派出"工作团"，向二、六军团散发小册子，散布党中央有错误、单独北上是逃跑等舆论。六军团总指挥萧克回忆说，他在甲洼与四方面军接应部队会合后，曾盲目相信了张国焘追随者制造的舆论，"但当我见到朱总司令，他诚恳地向我说明了事件发生的经过后，就改变了态度。"

为澄清事实真相，朱德又同六军团政委王震整整谈了一个晚上。王震回忆说："在甘孜休息时，张（国焘）一个一个把我们召去谈话，送给我四匹马，给我们戴高帽子，说我们勇敢、能打"，"张认为我们是娃娃，想把我和萧克及六军团买过去，反对毛、周、张、博"。与朱德谈完话后，王震明白了要同张国焘斗争。

二军团上来后，朱德、刘伯承又与任弼时、贺龙、关向应秉烛长谈，告之一年来党中央与张国焘斗争的经过。朱德回忆说："任、贺来了，我和他们背后说，如何想办法会合中央，如何将部队分开，不让他指挥。贺老总很聪明，向他要人要东西，把三十二军带过来了，虽然人数少，但搞了他一部分。"

若无留在四方面军中的朱德、刘伯承，张浩的担心、中共中央的担心，就很有了几分道理。各路红军达成统一，需要更多的时间、遭受更大的损失、走更长的弯路。而在当时世界的东方各种矛盾趋于沸腾、新的战争形势和革命形式已迫在眉睫之际，中国共产党人手中还能掌握多少机动时间呢？

幸亏历史不是假设。

张国焘挥泪北上

张国焘是个实力派。看问题历来从实力出发。综合考虑种种因素后，他只有痛下决心，于6月6日取消第二"中央"。

作出这一决定前他颇不放心，于5月30日致电张浩，机关枪一般设问："兄是否确与国际经常通电？国际代表团如何代表中央职权？有何指示？对白区党如何领导及发展情况如何？对军事和政权机关各种名义，军委、总司令部、总政由何人负责？如何行使职权？对二方面军如何领导？"

对取消第二"中央"之后的处境，张国焘满腹狐疑。真实的情况是，此时包括张浩在内，中共中央还未和共产国际取得联系。第一次联系在6月16日方才沟通。

在宣布取消第二"中央"的会议上，张国焘扳着指头计算："在陕北方面，现在有八个中央委员，七个候补委员，我们这边有七个中央委员，三个候补委员，国际代表团大约有二十多个同志。这样陕北方面设中央的北方局，指挥陕北方面的党和红军工作。此外当然还有白区的上海局、东北局，我们则成立西北局，统统受国际代表团的指挥"，"我们对陕北方面的同志不一定用命令的方式，就是用互相协商的形式也还是可以的"，"我们的军事上依旧以一、四方面军会合时的编制来划归军事上的统一。军委主席兼总司令是朱德同志，军委副主席兼总政委张国焘同志，政治部主任陈昌浩同志"。

张国焘虽然挥师北上，但并不想与中央会合，发展陕北根据地，而想单独夺取河西走廊。他说："河西走廊将是未来西北抗日局面的交通要道，正是我们可以大显身手的地方，而且因此也不用与一方面军挤在一块，再发生摩擦。"

但此时，他的意愿已经不能够左右一切了。

7月1日，二、六军团齐集甘孜，同四方面军胜利会师。

贺龙回忆了会师后与张国焘相处的情景："到了甘孜，他人多，我们人少，我们又不听他的，得防备他脸色一变下狠手。我有我的办法，我让弼时、向应和朱老总、伯承、张国焘，都住在一幢两层的藏民楼里。那时，在甘孜组织了一个汉藏政府，叫'巴博依得瓦'。我们大家就住在主席府，

历史：追寻之旅

整个住处的警卫是我亲自安排的，警卫员每人两支驳壳枪，子弹充足得很呢！你张国焘人多有个大圈圈，我贺龙人少，搞个小圈圈，他就是真有歹心也不敢下手！张国焘搞分裂，我们搞团结，可是对搞分裂有歹心的人不得不防嘛！还有开庆祝会师大会，张国焘是红军总政治委员，自然要讲话。在主席台上，我坐在他身旁。他刚刚站起身要讲话，我半开玩笑半认真地给了他一句悄悄话，我说：'国焘啊，只讲团结，莫讲分裂，不然，小心老子打你的黑枪！'"

朱德后来也讲过："张国焘对弼时、贺龙都有些害怕呢！一起北上会合中央，贺老总是有大功的！"

7月5日，按照中革军委命令，红二、红六军团组成中国工农红军第二方面军。按照中共中央意图，两个方面军终于携手北进。

7月27日，中共中央批准西北局成立，由张国焘任书记，任弼时任副书记，统一领导红二、红四方面军的北上行动。

8月1日，得知两个方面军经过艰苦跋涉，通过了茫茫草地，毛泽东、周恩来、彭德怀致电朱德、张国焘、任弼时：接占包座捷电，无比欣慰。

越向北，张国焘感到越来越不能掌握控制四方面军的部队了。中共中央要四方面军北上，共同执行夺取宁夏的战略计划，张国焘却想西渡黄河。面对不断接到中央来电商讨战略步骤，陈昌浩被朱德说服，开始反对张国焘。

9月16日，在岷州三十里铺召开的西北局会议上，陈昌浩面对面与张国焘争论到深夜。张国焘突然宣布辞职，带着警卫员和骑兵住到了岷江对岸。当天黄昏，又派人通知继续开会。在会上，张国焘被迫说："党的组织原则是民主集中制，是少数服从多数，既然你们大家都赞成北上，那我就放弃我的意见嘛。"

岷州会议后，张国焘带着他的警卫部队先行北上，连夜骑马赶到漳县，进门就说："我这个主席干不了啦，让昌浩干吧！"未参加岷州会议的徐向前、周纯全、李先念等不知发生了什么事，张国焘的眼泪已经掉下来了："我是不行了，到陕北准备坐监狱，开除党籍，四方面军的事情，中央会交给陈昌浩搞的。"

哭过之后，张国焘虽然还是一再抵制北进，但他已经感觉出身边那种谁也抵挡不住的洪流了。

9月26日，就战略方向问题，张国焘向中央连发四电，中午12时那封电报中已经有"我们提议洛甫同志即以中央名义指导我们"等语，这是他第一次表示愿意接受中央领导。

中共中央与中国工农红军这次持续一年之久的分裂危机，经过多方努力，终于基本解决。

三大红军主力会师

10月9日，朱德率红军总部到达会宁，与中央派来迎接的一方面军部队会合。这个辛亥革命时期的老军人如此激动，与红一师师长陈赓谈话时，禁不住热泪盈眶。

同日，中共中央、中华苏维埃中央政府、中革军委致电朱德总司令和全体指战员，热烈祝贺一、二、四方面军在甘肃境内大会合。

10月22日，红二方面军在贺龙、任弼时率领下到达会宁以东的兴隆镇、将台堡，与一方面军接应部队会师。

至此，全体红军完成了震惊世界的二万五千里长征。

三大主力红军的会师，令蒋介石大受震动。剿共近十年不但未能剿灭，反将红色力量都剿到了一起。

当时，中共中央正式任命潘汉年为谈判代表，直接与国民党代表陈立夫会谈。毛泽东8月底致电潘汉年："因为南京已开始了切实转变，我们政策重心在联蒋抗日。"

甘肃省会宁县西关，红军第一、四方面军会师地旧址

蒋介石却又在转变心思，要变卦了。他对冯玉祥说：最担心中共手中的军队。

历史：追寻之旅

蒋介石还是想军事解决。他想乘红军云集陕北，粮食弹药供应均极为困难之际，发动围攻，最低限度也要压迫红军全部过黄河，然后在谈判桌上迫使共产党就范，完成"招安"。

蒋介石又弄错了。他把中共"联蒋抗日"政策看作是软弱的表现。

11月10日，潘汉年在上海沧州饭店与陈立夫、张冲晤谈。陈立夫的态度大不如前，转达蒋介石的意见是：首先是对立的政权和军队必须取消；中共军队最多编3000至5000人，师以上干部一律解职出洋，半年后召回，量才录用，适当分配到南京政府各机关服务。如果军队能按此解决，政治方面各点就好考虑了。

中共谈判代表潘汉年针锋相对地指出，这是蒋先生站在"剿共"立场的收编条件，不能说是抗日合作的谈判条件；"蒋先生目前有此设想的原因，大概是误认为红军到了无能为力的地步，或者受困于日本防共之提议。"

陈立夫回答说：谈判一时难成，蒋的中心意旨是必须先解决军事，其他一切都好办，可以请周恩来出来和蒋介石直接谈判。潘汉年明确答复：停战问题不解决，周恩来是不可能出来谈判的。

陈立夫又说，能否停战，蒋的意思要看你们对军事问题能否接受来决定，而军事问题必须双方军事直接负责人面谈。

刚开始谈判，就立即破裂。双方还是要战场上见。

11月，蒋介石在洛阳召开剿共军事会议。策划将其嫡系部队约30个师，调往西北剿共前线，任命蒋鼎文为西北剿匪军前敌总司令，卫立煌为陕甘绥宁四省边区总指挥，陈诚驻前方督战，并召集二十多名高级军政大员聚集西安待命，图谋一举消灭红军。

11月上旬，红军宁夏战役失利。共产国际致电中共中央，决定改变从外蒙提供援助的计划，开始研究从新疆哈密帮助红军的新方案。

但这一方案显然不切实际。中共中央11月8日复电共产国际及王明，认为除非将物资运至安西，否则要红军经过1500里荒无人烟的沙漠接运，极为困难。因此，虽可组织西路军设法前往哈密方向前进，但"红军主力一般看来将不得不改变向四川、湖北或山西"。

11月13日，中共中央致电共产国际，蒋军已将红军主力与红军渡过黄河部队从中隔断，河西部队已组成西路军，令其依照国际新的指示向接近新疆的方向前进。

同一天，中央政治局召开会议，决定新的作战方针。这一新方针虽然提出由河西部队组织西路军创建根据地，并争取在一年内打通新疆，但事实上红军主力已放弃了打通国际路线及靠近苏蒙的计划，决定全力向内地发展，以游击战争方式实行战略大转移，以解决红军主力的生存和发展问题。

12月1日，毛泽东、朱德、周恩来、王稼祥、彭德怀、贺龙、任弼时、徐向前等红军将领19人联名发出《致蒋介石》的信：

"先生一念之转，一心之发，而国仇可报，国土可保，失地可复，先生亦得为光荣之抗日英雄，图诸凌烟，馨香百世，先生果何故而不出此耶？""吾人诚不愿见天下后世之人聚而称曰：亡中国者，非他人，蒋介石也。"

从1935年冬开始，到1936年冬持续一年的国共两党秘密接触，终于落下帷幕。

1935年12月27日，毛泽东在《论反对日本帝国主义的策略》一文中，写下这样一段话：

> 讲到长征，请问有什么意义呢？我们说，长征是历史记录上的第一次，长征是宣言书，长征是宣传队，长征是播种机。自从盘古开天地，三皇五帝到于今，历史上曾经有过我们这样的长征吗？12个月光阴中间，天上每日几十架飞机侦察轰炸，地下几十万大军围追堵截，路上遇着了说不尽的艰难险阻，我们却开动了每人的两只脚，长驱二万余里，纵横11个省。请问历史上曾有过我们这样的长征吗？没有，从来没有的。长征又是宣言书。它向全世界宣告，红军是英雄好汉，帝国主义者和他们的走狗蒋介石等辈是完全无用的。长征宣告了帝国主义和蒋介石围追堵截的破产。长征又是宣传队。它向11个省内大约两万万人民宣布，只有红军的道路，才是解放他们的道路。不因此一举，那么广大的民众怎会如此迅速知道世界上还有红军这样一篇大道理呢？长征又是播种机。它散布了许多种子在11个省内，发芽、长叶、开花、结果，将来是会有收获的。总而言之，长征是以我们胜利，敌人失败的结果而告终。

HISTORY 1893-1945　历史：追寻之旅

"西安事变"与抗日民族统一战线

据民国三十一年（1942年）十月重庆初版的《蒋介石日记》载：

民国二十五年（1936年）十二月十二日。"……凌晨五时半，床上运动毕，正在披衣，忽闻行辕大门前有枪声，立命侍卫往视，未归报，而第二枪发；再遣第二人往探，此后枪声连续不止……出登后山，经飞虹桥至东侧后门，门扃，仓促不得钥，乃越墙而出。此墙离地仅丈许，不难跨越；但墙外下临深沟，昏暗中不觉失足，着地后疼痛不能行。约三分钟后，勉强起行，不数十步，至一小庙，有卫兵守住，扶掖以登。此山东隅并无山径，而西行恐遇叛兵，故仍向东行进，山巅陡绝，攀缘摸索而上……"

出逃之狼狈仓皇，与求生之急切鲁莽，跃然纸上。日记所记之事，发生在1936年12月12日，史称"西安事变"。

事变第二天上午，中共中央在保安召开政治局常委扩大会议。大多数人的意见是审蒋、除蒋。当天中午，毛泽东、周恩来致张学良电，14日红军将领致张学良、杨虎城电，15日红军将领致国民党、国民政府电，都是这个态度。

事变第三天，苏联《真理报》发表社论。苏方认为张学良是日本特务，事变乃日本阴谋主使。

日本政府则认为，莫斯科同张学良达成了"攻防同盟"，张学良

"西安事变"前夕的张学良与杨虎城

是苏俄工具。苏俄才是事变真正的后台。

南京方面，何应钦调兵遣将要动武，宋美龄穿针引线欲求和，戴季陶

摔椅拍桌、大哭大叫，连平日颇为持重的居正也用变调的嗓音呼喊："到了今日还不讨伐张、杨，难道我们都是饭桶吗？！"

而事变的中心人物蒋介石，自然方寸大乱。他连衣帽都未穿戴整齐，沉重的历史帷幕便落下了，只容他将终生最为心痛的一句话，留在那页日记上：

> 此次事变，为我国民革命过程中一大顿挫：八年剿匪之功，预计将于二星期（至多一月内）可竟全功者，竟坐此变几全隳于一旦。

和共产党苦斗8年，最后就差了两个星期。他将这句话一直默念到1975年4月5日清明节。该日深夜11时50分，他在台北市郊草山脚下的士林官邸内病逝。

共产党人终剿不灭，是其终生不解之谜。

全世界独家报导这一事变的日本同盟通讯社上海支局长松本重治回忆："从西安事变到卢沟桥事件的7个月期间，现在回想起来是决定日本命运的时刻"，他认为"西安事变"不但是中国现代史的重大转折点，同时也是日本昭和史与中日关系史的重大转折点。

半年之后，"七七事变"爆发，中日全面战争开始，以"西安事变"的和平解决为契机，国民党与共产党正式达成了第二次合作，形成了抗日民族统一战线。中华民族空前团结起来，历史转向了下一段漫漫征程！

{第三章}

世界格局里的中国

二战与世界反法西斯同盟的形成

日俄由于地缘政治上的冲突，在近代曾多次开战。发生于1939年的诺门罕战役，以苏军胜利结束，此役使日本关东军的士气大受打击，不得不放弃"北进"，转而"南进"，针对美国发动了偷袭珍珠港的太平洋战争；而苏联正在面对德国法西斯进行伟大的"卫国战争"，与此同时，随着1937年抗日战争的全面爆发，中国人民开始了艰苦卓绝的八年抗战。最终，在世界反法西斯同盟的联合打击下，德、意、日法西斯灭亡。

苏日碰撞：日俄宿怨与诺门罕战役

中、日、苏三国比邻而居。近代，日俄由于地缘政治上的冲突曾多次开战，中国也夹在其中，形成复杂的局面。

1931年，日本关东军发动"九一八事变"，全面占领中国东三省，之后在1932年成立听命于日本的伪满洲国。中国的外蒙古则在苏联的支持下，于1921年宣布独立，成立听命于苏联的蒙古人民共和国。伪满洲国与蒙古国为邻，并分别有日本及苏联的驻军，双方因在不少地段存在边境纠纷，摩擦不断。

1935年起，日本关东军驻海拉尔的部队以及兴安骑兵部队，便以历史上遗留下来的"边界"问题为借口，不断在中蒙边界地带进行挑衅，以试探苏联和蒙古的军事实力。

1939年5月至8月，日军在中国黑龙江省西部与蒙古交邻边境地区，挑起诺门罕事件。日、俄双方的军队分别代表满洲国及蒙古国交战，但并没有向对方正式宣战。战事结局是日本关东军战败，苏联胜利。苏、日双方此后在二战中一直维持和平状态,直至 1945 年 8 月 6 日美军在日本广岛投下原子弹后,苏联在 8 月 8 日对日本宣战,并发动八月风暴行动。

诺门罕战役,虽然时间不长,战区不大,但作战十分激烈,双方把自己的特点发挥得淋漓尽致。苏军机械化部队在诺门罕战役中,基本歼灭精锐的日本关东军 2 个甲等步兵师团,和全军唯一的一个坦克师团,毙伤俘敌 5.4 万人以上。

日本关东军认识到:即使日军处在补给很有利的条件下——海拉尔距战区仅 180 公里,有较好的野战公路,也无法与苏军机械化部队正面作战。而苏军的补给线,平均为 650 公里至 700 公里,依然能保障火炮、坦克、飞机、士兵有充足的弹药、油料、食品。那么,如果日本对苏开战,战线向西伯利亚延伸 2000 公里至 3000 公里,日本军队在苏联的深远腹地难逃被歼的厄运。

诺门罕战役照片

这一基本判断,使日本关东军放弃了对苏作战的基本方略。日本军阀改"北进"为"南进",1941 年 12 月发动了袭击珍珠港的太平洋战争。

诺门罕战役的胜利,使苏联在卫国战争的紧要关头,腾出手来,将本用来对付日军的 20 个西伯利亚师(其中 4 个坦克师)向西调动,参加了莫斯科、斯大林格勒和库尔斯克战役,击退了德军在莫斯科前线、顿河和伏尔加河的进攻,并转入反攻。

到 1943 年时,日军就更不敢轻易对苏联下手了。总之,这一战役使卫国战争时期,苏联东线无战事,可以放手去打希特勒,保证了卫国战争的胜利。

诺门罕战役对关东军士气的打击,可以说是对中国抗日战争的有力支持。日后，在苏军解放东北之役中，日本关东军的许多部队一击即溃，那次惨败给其官兵留下的心理"阴影"仍然可见。

红色"战神"朱可夫

诺门罕战役使朱可夫将军脱颖而出，引起斯大林重视。

朱可夫是20世纪30年代苏联军队中崛起的一颗新星。20年代末期，苏军在总参谋长图哈切夫斯基主持下，组建了两个最早的坦克试验团。斯大林和图哈切夫斯基从全军选出两个优秀团长，其中之一就是朱可夫。

此后，朱可夫凭借担任苏军最早的坦克部队领导者的身份扶摇直上，第二次世界大战爆发前担任大军区司令的领导职务，被授予苏军大将的军衔。

朱可夫长期被斯大林当作"救火员"使用，不断从一个地点奔向另一个地点，从苏联西部的白俄罗斯到中蒙边境，从南方的基辅军区到首都莫斯科。朱可夫的新战法和新思想，比苏俄内战时那些老将领的老战法，显然优越得多。诺门罕战役后，斯大林更加信任朱可夫，在卫国战争的艰难时刻，他越过许多级指挥机构，直接安排朱可夫指挥谋划战争全局，终于取得二战全胜。

作为第二次世界大战最负盛名的苏军将领，朱可夫的名字即使在今天的俄罗斯，也与苏沃洛夫、库图佐夫一样，是胜利的象征。

1941年7月，朱可夫因提出放弃基辅，被解除苏军总参谋长的职务。基辅是俄罗斯

朱可夫

文明的发源地。战争爆发以来，西南方面军作战一直是整个苏军中最好的，顶住了德军向乌克兰的强力进攻。这种情况下，朱可夫提出放弃基辅，斯大林的第一反应是：你在说什么？把基辅交给敌人？第二个反应是：简直是胡说八道！但朱可夫坚持自己的意见，为此宁可放弃总参谋长的职务。

两个月后，德军发起基辅战役，斯大林拼死坚守的决定，让苏军部队未能及时撤出包围圈，庞大的西南方面军被德军两个装甲集群的南北对进

切断，苏军损失兵力达 60 余万。正是通过这一战役，斯大林再次认识到朱可夫的价值。当首都莫斯科面临的危险与日俱增时，朱可夫被从列宁格勒保卫战战地紧急召回，接掌西方面军，肩负起指挥莫斯科保卫战的任务。

这无疑是朱可夫一生中责任最重大、任务最艰巨、考验最残酷的时刻。特别是当第五、第四十三和第四十九集团军放弃莫扎伊斯克防御地带的主要防线，德军在苏军防线中部地区实现纵深突破后，莫斯科的紧张气氛达到高峰。此时，斯大林要求朱可夫不是以一名苏军高级将领、莫斯科保卫战的主要指挥官，而是以一名共产党员的身份回答"能不能守得住莫斯科"，朱可夫沉默了一会儿，一字一句地回答最高统帅："我们能够守住莫斯科。"

危难时刻，字字千钧。

在灾难危重、艰难困苦的战争时期，一个民族、一个国家、一支军队能够有这样的军人挺身而出，那是民族有幸，国家有幸，军队有幸。

美日碰撞：偷袭珍珠港与太平洋战争

当欧洲作为两次世界大战的策源地而战火不断，亚洲成为二战后空前激烈的争夺点而战火不断，非洲因种族和部族冲突而战火不断时，当原来的新火药桶、现在的老火药桶中东战火不断，原来的老火药桶、现在的新火药桶巴尔干战火不断时，美国却得天独厚，自1865年南北战争结束，一百余年未受战火洗劫。1941年，破天荒地叫日本人偷袭了一次珍珠港，美国这才卷入

偷袭珍珠港

了第二次世界大战。但珍珠港所在的夏威夷群岛，是1898年美国人从西

班牙手中夺得的，距美国本土尚有 4500 公里之遥。

1941 年 12 月 7 日清晨，日本皇家海军的飞机和微型潜艇突然袭击美国海军基地珍珠港，以及美国陆军和海军在夏威夷欧胡岛上的飞机场。日本海军派出了 6 艘航空母舰，共 300 多架飞机的兵力，分两波进行攻击。奇袭成功，没有防备的美军损失惨重，8 艘战列舰、3 艘巡洋舰、3 艘驱逐舰被击沉及重创，188 架美国战机被摧毁，2402 人殉职，1282 人受伤。

一直遥遥观望欧洲与亚洲战事的美国，这才怒而对日本宣战，太平洋战争爆发。

为什么有此经历的美国，今天并不反对日本参拜靖国神社，不反对日本修改教科书？美国与多数亚洲国家一道，在第二次世界大战中共同战胜了日本侵略者。日本参拜靖国神社，日本修改教科书，对美国就毫无影响吗？尤其是亚洲多数国家，虽然被称为二战的胜利者，却都在战争中付出了极其沉重的代价，并且都没有对日本造成相近程度的伤害。胜利者与失败者之间，在生命损失和社会物质财富损失方面的极度不平衡，在世界战争史上也属罕见。

实际上，战胜国中，唯有美国对日本造成了比美国受损更大的伤害。

广岛一颗原子弹，8 万余人死亡；长崎一颗原子弹，6 万余人死亡。在投原子弹之前，1945 年 1 月东京大轰炸，美国用 334 架当时世界载弹量最大的 B-29 "空中堡垒"重型轰炸机，将 2300 多吨燃烧弹全部投向每平方公里人口密度达到 3.8 万人的东京地区，造成 84000 余人死亡，10 万人重伤。当时的火势之烈已经完全无法补救，甚至很多跳进池塘躲避大火的人，也因灼热火焰形成高温将池水煮开而被活活烫死。

就是在这个基础上，美国实现了战后对日本的占领。

苏德碰撞：黑色法西斯与卫国战争

1945 年 5 月 9 日 0 时 16 分，德国最高统帅部代表、苏军大本营代表在柏林近郊签署无条件投降书。第二次世界大战欧洲战场空前惨烈的反法西斯战争，终于结束。

那是德国卡尔斯霍斯特一个漆黑的深夜。世界就是这样从暗夜中挣脱出来，走向黎明的。

历史：追寻之旅

这个黑夜之前的5年零8个月零8天——1939年9月1日的那个黎明，德军大举进攻波兰。战斗发起在清晨4时45分。当巨大的爆炸声将波兰士兵从睡梦中惊醒的时候，世界也就从这个黎明开始，滑向第二次世界大战的黑暗深渊。

始于1914年7月28日的第一次世界大战，历时4年零3个月，35个国家和地区的15亿人卷入其中。战争行动从欧洲波及亚洲、非洲及大西洋、地中海、太平洋等广大海域，2000余万人死亡。

第二次世界大战的规模之大、毁伤之烈、损失之重，足令第一次世界大战相形见绌：参战国家和地区多达61个，17亿人卷入战争旋涡，占当时世界人口的80%以上。战火燃遍欧亚非三大洲及四大洋，战争持续6年，5700万至6000万人死亡。

第一次世界大战是一场霸权争夺的典型争斗。当战争开始后，交战双方具有同样心理：柏林和巴黎街头，都是彻夜排队争上前线的市民，以及在凯歌声中夹道欢送军队的人群。把战争当"伟大的战争"看待的人们，最终被战争的灾难所震醒。

1939年第二次世界大战开战后，欧洲民众的心态走向另一个极端：在法西斯的严重威胁和进逼面前，从政府到民众都选择了步步退让。巴黎和伦敦都有彻夜跪在教堂里的民众，祈祷上帝能够让希特勒回心转意。战争爆发前几个月，从来不坐飞机的英国首相张伯伦，专门坐飞机去德国与希特勒签订协定，然后在世人面前举起《慕尼黑协定》的那几张白纸，高声宣布说，他与法国总理达拉第"为世界赢得了一代人的和平"。

结果不到一年时间，第二次世界大战爆发。

大战之初，斯大林的战略思想也出现了问题。他以为凭借一纸《苏德互不侵犯条约》，能有三至四年的时间进行战争准备，未料想一年多时间希特勒发动了侵略战争。当所有征候已经极其明显，斯大林就是不相信战争迫在眉睫。他不但未作出相应部署，还要求一线部队按兵不动，"不给对方提供挑起战争的口实"，致使战争初期苏军损失极其重大。

战争爆发第五天，苏军西方方面军就被德军合围，两个集团军全部、一个集团军大部，共22个步兵师，加上配属的若干个坦克师和机械化旅，共计30万部队在明斯克方向陷入绝境。

斯大林从德国广播电台中听到这一消息，只来得及派飞机将方面军主要领导接到莫斯科,然后军法审判。从司令到参谋长,都被枪决。

但灾难并未就此终止。过了一个月,1941年8月,德军完成斯摩棱斯克合围,苏军损失39万人。9月,德军完成基辅合围,苏军损失60余万。10月,德军完成维亚兹马合围,苏军损失50余万人。

对中国来说,战争在1937年7月7日就开始了。这一天甚至可以再向前延伸到1931年的"九一八事变"。世界反法西斯战争中,中国参战最早、蒙受牺牲最烈,由于中国宁死不屈,苦苦坚持,使日本陆军三分之二的兵力深陷泥潭,为全世界赢得反法西斯战争胜利付出了巨大牺牲,作出了巨大贡献。

世界对法西斯说"不"

在战争初期保持"中立"的美国,随着北欧陷落、法国败降和英国退守英伦三岛,越来越深刻地感受到法西斯的威胁,1940年9月开始以援助形式介入欧洲战争。

1941年12月,日本偷袭珍珠港后,美英被迫对日宣战,德美和意美相互宣战。至此,世界主要国家都被卷入战争漩涡中来。

为共同打击法西斯的侵略行径,1941年6月22日苏德战争爆发的当天,英国首相丘吉尔发表广播演说,宣布对苏联给予力所能及的援助,齐心协力打击敌人。美国政府也发表了愿意援苏的声明。7月3日,斯大林发表广播演说,表明苏联的卫国战争"将同各国人民争取他们的独立、民主自由的斗争汇合在一起",结成"统一战线"。7月12日,在莫斯科签订了苏英对德作战联合行动协定。苏联还同流亡在伦敦的捷、波、挪、比等国政府签订合作协定,承认了"自由法国"。

8月,英美发表《大西洋宪章》,表达了共同反对纳粹暴政、重建和平的决心。9月29日,在莫斯科召开了苏美英三国会议,签订了英美向苏提供飞机坦克等军用物资和贷款、苏联向英美提供原料的协议。美、中和其他一些国家纷纷向德意日宣战。

12月22日,美英首脑倡议所有对轴心国家作战的国家签署一项同盟宣言。美国提出的宣言草案,经与英苏磋商修改后,用急电发给各盟国。1942年1月1日,中、苏、美、英等26个国家齐聚华盛顿,共同签署了

HISTORY 1893-1945 历史：追寻之旅

《联合国家宣言》，表示赞成《大西洋宪章》的宗旨和原则，强调战胜共同敌人的重要性；签字国保证用自己的全部军事和经济资源，与德意日法西斯国家作战，与盟国合作，不单独同敌人缔结停战协定或和约……

宣言的签署和发表，标志着国际反法西斯同盟正式建立。全世界人民挽起手来，对法西斯说"不"。

反法西斯联盟团结了可能团结的力量，最大限度地孤立了法西斯侵略势力，对于最后战胜法西斯国家起了决定性作用。

现在，波兰的奥斯维辛、俄罗斯的斯大林格勒、美国的珍珠港、法国的诺曼底已经成为著名的反法西斯战争纪念地。而第二次世界大战的爆发地——波兰维斯特普拉特半岛上有一个巨幅标语：永远不要战争。

抗战胜利后的中日关系走向

从1945年第二次世界大战结束年算起,到1991年底苏联解体,西方意义上的冷战持续了46年。柏林墙一度被视为近半个世纪冷战的象征,它的兴建与坍塌,甚至被描述成20世纪社会主义与资本主义两大阵营对抗以及这种对抗终结的象征。如今,世界已形成新的格局,并处在不断变化中。但最根本的一点不会改变,任何国家都有属于自己的国家利益,要真正实现共赢,需要双方的彼此尊重,共同努力。

柏林墙的不可承受之重

从1945年第二次世界大战结束年算起,到1991年底苏联解体,西方意义上的冷战持续了46年。

为了便于让人们记住纷繁复杂的历史,一些事物或事件被挑选出来,作为划分阶段的里程碑。柏林墙就是如此:它成为持续近半个世纪冷战的象征,成为德意志民族分裂的象征,它的兴建与坍塌,甚至被描述成20世纪社会主义与资本主义两大阵营对抗以及这种对抗终结的象征……

其实,柏林墙1961年8月动工修建时,冷战已经进行了16年。1989年11月它坍塌时,离苏联解体还有两年。将它作为冷战的象征,从时间上看也十分牵强。

丘吉尔是"冷战"概念最早的提出者,杜鲁门则是这一概念的最坚决的执行者。因党内力量平衡考虑而出任美国副总统的杜鲁门,接掌总统职权时曾引来一片嘘声。前陆军少校出身的他,是一位"行动派",敢于铤而走险,他用《波茨坦协定》表明他能够平起平坐地和铁腕人物斯大林打交道,用投向日本的两颗原子弹证明他能够收拾二战残局。也是他,1947年建立中央情报局,1948年批准"马歇尔计划",1949年成立北约,1950年6月派遣美军入朝作战,同时封锁中国的台湾海峡……中国人难免感慨,如果当初不是他命令第七舰队开进台湾海峡,我们今天还用为祖国统一熬神吗?

对德国的分割,是第二次世界大战的常务,是美、苏、英、法四大国的共同决定。以希特勒为代表的德国法西斯,不但使欧洲成为一片焦土,而且给全世界带来了深重的灾难,分割德国受到多数国家的拥护。这些事实,构成了其基础中不能被忽略的部分。那是重得我们绝对搬不动的历史。就如今天我们非常同情日本广岛和长崎的居民,也不能忘记真正给他们带来浩劫的,不光是美国的原子弹,更是他们本国疯狂到极致的军国主义。

至于柏林墙是否两个阵营对抗的象征,事实就更加简单:世界上第一个社会主义国家诞生在1917年,早于柏林墙44年。从那个时候起,对社会主义的围堵就已开始了。迄今这座墙垮掉24年了,社会主义并没有终结,中国的社会主义仍然焕发出令全世界瞩目的生命力。

钓鱼岛问题的前世今生

与960万平方公里的中国陆疆比较起来,6.3平方公里无人居住的钓鱼岛,真可谓弹丸之地。但就是这样一个小小的海岛,凝结着中华民族的历史纠结,海洋纠结。钓鱼岛的历史命运昭示:在国际关系中,权利只有在争取和捍卫时才会得到彰显。只有公理没有力量,并不能战胜强权。

钓鱼岛,这座仅6.3平方公里,且无人居住的小小海岛,却凝结着如此充满伤痛,如此让一个民族耿耿于怀的历史。在人类社会中,恐怕并不多见。

这样一个小小的海岛,使一个民族旅居各地的赤子结成共同心愿,发出共同呼唤,定立共同目标。在人类社会中,恐怕也不多见。

这样一个小小的海岛,凝结着中华民族的历史纠结,海洋纠结。

自古以来,中国人对海洋的认识主要集中于"兴渔盐之利,通舟楫之便"。至于海洋可以作为走向世界通道、作为经济贸易重要渠道、作为国家发展的全新空间,这些观念在中国十分缺乏。闭关自守的政治目标,本身就在抑制海权意识的生长和海洋进取信心的获取，最终使我们只能"面朝黄土背朝天"，留下"望洋兴叹"的纠结与沉重。

1884年，日本人古贺辰四郎声称"发现"钓鱼岛及其附属岛屿，并向日本内务省申请划入日本国界。日本内务卿山县有朋就此事，致函外务卿井上馨。井上馨覆函说："此岛屿近清国之境，较之前番勘察已毕之大东岛方圆甚小，且清国已命其岛名。近日清国报纸等，风传我政府欲占台湾近旁之清国所属岛屿云云，对我国心怀猜疑，我国已屡遭清政府之警示。此时若公然骤施立国标诸策，则易为清国所疑。窃以为目下可暂使其实地勘察，细报港湾之形状及有无开发土地、物产之望，建立国标、开发诸事可留待他日。"

1894年中日甲午战争爆发。在战争尾声时，日本于1895年1月14日通过内阁会议决定，声称钓鱼岛为"无主地"，在钓鱼岛建立国标，正式划入日本版图。4月17日，中日双方签订《马关条约》，注明将"台湾全岛及所有附属各岛屿"割让与日本，条约又指明两国将按照此一条款，以及条约黏附的台湾地图，另行划定海界。

恰恰在中华民族严重丧失海权的时刻，一个叫阿尔弗雷德·马汉的美国海军上校提出"海权论"，最终使美国这个1776年刚获得独立、以"门罗主义"自我封闭的地区性国家，走向大洋，走向世界。需要特别注意的是，马汉所提的"海权"（Sea Power）与我们理解的"海权"（Sea Right）存在重大差异，前者指由力量产生的权力，后者指由公证带来的权力。

东西方关于"海权"的观念，被撕裂了，奇怪现象也随之发生：据说崇尚"专制"的东方，遇事反而总想跟人讲清楚道理，通过以理服人获得Right；而据说崇尚自由、平等、公正的西方以及权力"脱亚入欧"的日本，则动辄使用武力，习惯用Power夺取权益。结果是相信"有理走遍天下"的，凭借自身道理实在无法走出多远；崇尚力量征服的，反而横冲直撞畅行天下。如马汉所说：海权不仅包括通过海上军事力量对海洋全部或一部的控制，也包括对和平的商业和海上航运业的控制。

一部近现代史一再证明，国家遭遇割地赔款甚至亡国亡种，并非仅仅因为战争的失败，本质上在战争尚未发生之时，在确定维护自身利益的基本手段，以及决定主要依赖何种手段的抉择中，结局已经框定。

结论很明显：在国际关系中，权利只有在争取和捍卫时才会得到彰显。

只有公理没有力量,并不能战胜强权。

钓鱼岛成为中国人完成以上认识的一个窗口。它已成为一个国家和一个民族审视自己的利益、权衡自己的利益,决定捍卫还是放弃这一利益的基本考验。中国人的海洋意识,就是随着现实遇到的一个个问题一点点扩展开来的,从自然海洋走向权益海洋,最终才能是和谐海洋。没有这些问题发生,不遭遇这些挑战,我们对世界以及对自己的认识,可能就不会像今天这么深刻。

台湾问题的国际法认定

1941年12月9日,中国政府的《对日宣战布告》宣布:"所有一切条约、协定、合同有涉及中日间之关系者,一律废止。"

1943年11月,中国、美国、英国三国首脑在埃及首都开罗举行盟国首脑会议。在就《开罗宣言》草案讨论中,中英代表进行了颇为激烈的争论。英国代表贾德干说,宣言草案中对日本占领的其他地区都提"应予剥夺",唯独满洲、台湾和澎湖写明应"归还中华民国"。他建议,为求一致,将满洲、台湾和澎湖也改成"必须由日本放弃"。

中国代表王宠惠反驳道,全世界都知道,第二次世界大战是由日本侵略中国东北而引起的,如果《开罗宣言》对满洲、台湾、澎湖只说应"由日本放弃"而不说应归还哪个国家,中国人民和世界人民都将疑惑不解。贾德干辩解说,草稿中的"满洲、台湾和澎湖"之上,已冠有"日本夺自中国的土地"的字样,日本放弃之后,归还中国是不言而喻的。

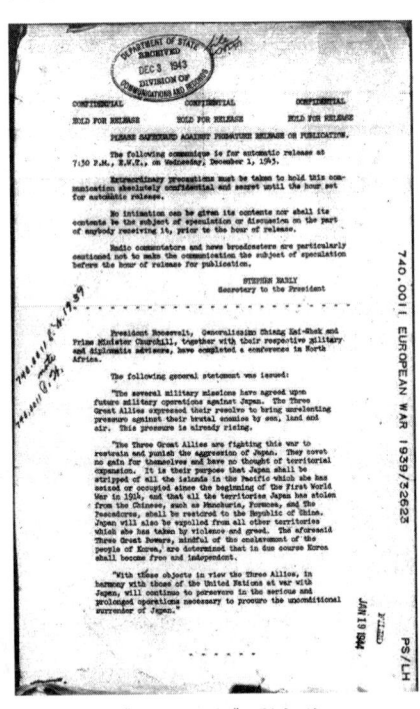

《开罗宣言》影印件

尽管双方争论激烈,但最终英方未能就宣言草案这一实质问题进行修改,只是美方草案的此段文字改为:"被日本所窃取于中国之领土,特别是满洲和台湾，应归还中华民国"，删去了美方文本中语气较强的"背信弃义"和"理所当然"两个词组。丘吉尔本人又对宣言草案文字进一步做了修改，后经中、美、英三国首脑一致同意后，正式定稿，但暂不发表，由美英人员送往德黑兰，听取参加美、英、苏三国德黑兰会议的斯大林的意见。

斯大林表示"完全"赞成"宣言及其全部内容"，并称：这一决定是"正确的""朝鲜应该独立，满洲、台湾和澎湖等岛屿应该回归中国"。

1943年12月1日，中、美、英三国在重庆、华盛顿、伦敦三地同时发表《开罗宣言》。关于台湾回归问题，《开罗宣言》的主要内容是：中、美、英三国对日作战的目的在于制止和惩罚日本的侵略；"剥夺日本从第一次世界大战爆发后，在太平洋上夺得或占领的一切岛屿"，使日本强占的中国领土，例如东北地区、台湾和澎湖群岛等"归还中国"。

两年后，美、英、中《促令日本投降之波茨坦公告》（简称《波茨坦公告》），第八项重申"《开罗宣言》之条件必将实施"；1945年8月15日，日本投降。同年9月2日，美、英、中、法等九国代表于停泊在东京湾的美国海军战舰"密苏里"号上，接受日本投降。日本外相重光葵和日军参谋总长梅津美治郎等，代表日本天皇和日本政府在投降书上签字，同意接受《波茨坦公告》中所列的全部条款，无条件地将包括台湾在内的所掠夺的领土全部交出。日本《无条件投降书》开宗明义第一条就是：日本接受"中、美、英共同签署的、后来又有苏联参加的1945年7月26日的《波茨坦公告》中的条款。"

由《中国对日宣战布告》、《开罗宣言》、《波茨坦公告》和日本《无条件投降书》四个文件，组成了环环相扣的国际法律链条，明确无误地确认了台湾作为中国领土一部分的法律地位，保证了台湾回归中国的国际协议，具有无可否认的有效性。

中日以邻为伴才能共赢

日本多届政府都宣称追求使日本成为一个"正常国家"，目标无可非议。可以说，世界上没有人比中国人更希望日本成为正常国家。

可是，当我们看到在横须贺成为太平洋美军第七舰队司令部之后，日

HISTORY 1893-1945 历史：追寻之旅

本政府又要求将东京附近的横田作为太平洋美军空军司令部，将神奈川的座间市作为太平洋美军陆军司令部，这种规划和安排，使自己的国土遍布外军基地和指挥机构，世界上哪有这样的"正常国家"？

据日本民意调查显示：民众最仰慕的国家是美国。近些年，日本几乎是按照美国的要求做每一件事。美日"2+2"会议，发表共同声明："以台湾海峡的安全为双方共同战略目标。"这无疑是公开声明日本愿意充当别人的马前卒，要干涉"一衣带水"的邻国的内政了。

中日今天的矛盾，绝不仅仅是一个对历史的态度问题。

任何国家都有属于自己的国家的利益，这本是天经地义之事。但那种不以邻为伴、而以邻为壑的思路，往往会把实现自己的利益建立在损害对方利益的基础之上。以邻居为对手，单方面就足够；若要以邻居为朋友，则非需要双方共同努力不可。

中国的蓝图是发展经济，完成统一，争取在21世纪中叶达到中等发达国家水平。中国愿意与周边国家建立友好的友善的相互合作的睦邻关系，希望在实现自己蓝图过程中得到世界的帮助。日本也有自己的蓝图。希望日本的蓝图是按照自己的意愿，而不是按照别人的意愿画出来的。希望日本的蓝图建立在亚洲共赢的基础上，而不仅仅是日美共赢的基础上。

真正决定能否成为"正常国家"的不是别人，正是日本自己。